Um casamento quase apropriado

OBRAS DA AUTORA JÁ PUBLICADAS
PELA HARLEQUIN

TRILOGIA DOS CANALHAS
Como se vingar de um cretino
Como encantar um canalha
Como salvar um herói

RECEBA ESTA ALIANÇA
Para conquistar um libertino
Para casar com o pecado
Para ganhar de um duque

OS INDOMÁVEIS IRMÃOS MACTAGGERT
Um acordo bastante inglês
Uma proposta um tanto escandalosa
Um casamento quase apropriado

Suzanne Enoch

Um casamento quase apropriado

Os indomáveis irmãos MacTaggert

tradução

Ana Rodrigues

Rio de Janeiro, 2025

Copyright © 2021 by Suzanne Enoch. Todos os direitos reservados.
Copyright da tradução © 2024 by Ana Rodrigues por Editora HR LTDA.
Todos os direitos reservados.

Título original: Hit Me With Your Best Scot

Todos os direitos desta publicação são reservados à Casa dos Livros Editora
LTDA. Nenhuma parte desta obra pode ser apropriada e estocada em sistema de banco de dados ou processo similar, em qualquer forma ou meio, seja eletrônico, de fotocópia, gravação etc., sem a permissão dos detentores do copyright.

PRODUÇÃO EDITORIAL	Cristhiane Ruiz
COPIDESQUE	Thaís Lima
REVISÃO	Thais Entriel e Helena Mayrink
DESIGN DE CAPA	Renata Vidal
IMAGENS DE CAPA	© Abigail Miles / Arcangel Images
DIAGRAMAÇÃO	Abreu's System

Dados Internacionais de Catalogação na Publicação (CIP)
(Câmara Brasileira do Livro, SP, Brasil)

Enoch, Suzanne
    Um casamento quase apropriado / Suzanne Enoch ; tradução
Ana Rodrigues. – 1. ed. – Rio de Janeiro : Harlequin, 2025. – (Os
indomáveis irmãos MacTaggert ; 3)

    Título original: Hit me with your best scot.
    ISBN 978-65-5970-457-6

    1. Romance norte-americano I. Título. II. Série.

24-238404   CDD-813.5

Índices para catálogo sistemático:
1. Romances : Literatura norte-americana   813.5
Eliete Marques da Silva – Bibliotecária – CRB-8/9380

Harlequin é uma marca licenciada à Editora HR Ltda. Todos os direitos reservados à Editora HR LTDA.

Rua da Quitanda, 86, sala 601A - Centro,
Rio de Janeiro/RJ - CEP 20091-005
Tel.: (21) 3175-1030
www.harpercollins.com.br

Capítulo 1

"Foi uma noite violenta."
Macbeth, *Macbeth*, Ato II, Cena III

— Eu mesmo encontrarei uma maldita esposa, muito obrigado!

Coll MacTaggert, visconde Glendarril, abriu as cortinas e saiu do camarote Oswell-MacTaggert no teatro Saint Genesius. Ela fizera aquilo *de novo*. Mas, dessa vez, a mãe dele, Francesca Oswell--MacTaggert, condessa Aldriss, tinha atirado *duas* moças em cima dele enquanto Coll tentava assistir a uma peça.

Duas mulheres e suas famílias compartilhando o camarote particular de lady Aldriss. Como seus dois irmãos mais novos não estavam presentes e, além disso, ambos já haviam encontrado esposas para si, todos no maldito teatro sabiam que aquelas moças estavam lá por causa dele.

— Coll — falou uma voz baixa, por trás das cortinas, e Matthew Harris também saiu para o corredor. — Sua mãe gostaria de lembrá-lo de não repetir o que aconteceu na sua primeira noite em Londres.

Matthew com certeza se referia à primeira vez que a condessa havia jogado uma mulher para cima dele. Ela tentara presenteá-lo com uma linda moça praticamente embrulhada com um laço de fita, cuja família já havia concordado com o casamento, e Coll saíra correndo em vez de permanecer sentado ao lado da jovem para assistirem a *Romeu e Julieta*. Se a mãe quisesse se ater aos detalhes, a srta. Amelia-Rose Hyacinth Baxter *acabara* se casando com um MacTaggert, só que não com ele. Seu irmão Niall e Amelia-Rose se amavam, e, portanto, Coll não tinha mais nada a dizer sobre o assunto.

— Então, Matthew Harris — falou devagar —, não vi você sem a minha irmã ao lado nos últimos... quantos foram... três dias desde que quase arruinou a reputação da sua família?

Na mesma hora, Matthew deu meio passo para trás, em direção às cortinas.

— Somos todos amigos aqui, Coll — afirmou ele. — Aden garantiu que eu ainda tinha a bênção dele para me casar com a irmã de vocês.

— Meu irmão Aden está prestes a se casar com a *sua* irmã, então acho que ele tem motivos para perdoar a idiotice que você fez. E ele está apaixonado, então sua visão está turvada por pétalas de flores e querubins.

— Eu...

— Ele pode até ter declarado que você era adequado para se casar com a nossa irmãzinha Eloise, mas eu, não. E sou o mais velho, além de herdeiro do nosso pai. Como Aden ainda está nas Terras Altas, falo pelos MacTaggert aqui na Inglaterra.

Matthew recuou mais um passo em direção à relativa segurança do elegante camarote de lady Aldriss.

— Cometi um erro terrível e perdi muito mais dinheiro do que teria condições de pagar — argumentou ele, baixando ainda mais a voz. — Mas você sabe que fui enganado... e certamente não fui o único homem a cair na armadilha preparada pelo capitão Vale.

— *Aye*. Sei disso. Também sei que você estava prestes a vender a sua irmã para o tal Vale para evitar a ruína. Só o que o impediu de levar Miranda a se casar com aquele abutre foi o meu irmão. Aden salvou vocês dois, já que você não tinha nenhum outro plano.

O homem mais jovem ficou muito pálido, e sua expressão geralmente alegre evaporou, deixando-o com um semblante melancólico.

— Você está certo. Eu não tinha ideia do que fazer. Sou muito grato por Aden estar aqui em Londres na época e por ter ficado tão cativado por Miranda que acabou salvando a nós dois. Na verdade, seu irmão salvou toda a família Harris, e minha dívida com ele será eterna.

— Aden é um bom rapaz, quando se consegue arrastá-lo para longe das sombras — concordou Coll. — E já que ele ama a sua irmã, e Miranda é uma mulher melhor do que qualquer um de vocês provavelmente merece, ela também o perdoou.

— Sim, Miranda me perdoou. E sou muito grato por isso.

— Não sou a sua irmã.

— Eu... ah. Entendo o que quer dizer. Abandonei qualquer tipo de jogo, sabia? Encerrei minha filiação nos clubes para cavalheiros de que fazia parte, o White's, o Boodle's, me afastei de qualquer mesa de apostas da alta sociedade. Nada mais de clubes nem de jogos. Juro.

— E isso o torna apto a se casar com a *minha* irmãzinha? Devo acreditar que não vai voltar a se meter em nenhum tipo de problema e acabar decidindo que precisa vender Eloise para se recuperar?

— Eu jamais faria uma coisa dessas — declarou Matthew, o tom firme. Atrás deles, soaram aplausos abafados da plateia. O homem mais jovem estava inquieto. — Precisamos voltar. Sua mãe, lady Aldriss, foi bastante incisiva ao dizer que você não deveria se retirar do camarote dela outra vez, expondo-se a mais intrigas.

— Eu sei quem é a minha mãe. Mas, no momento, estou falando com você, que continua fugindo como um rato toda vez que entro em algum cômodo.

— Coll... lorde Glendarril, pode me dizer o que quiser. Tenho certeza de que mereço. Mas estou falando sério quando digo que nunca colocaria a minha amada Eloise em qualquer...

Com um golpe do punho direito, Coll acertou em cheio o nariz do rapaz. Matthew cambaleou para trás, levando as mãos ao rosto. O sangue escorreu por entre os dedos. Antes que o jovem sr. Harris conseguisse recuperar o equilíbrio, Coll se adiantou e agarrou-o pela gravata, puxando-o para a frente.

— Não dou muito valor às palavras — grunhiu, praticamente levantando Matthew do chão. — É fácil implorar perdão e jurar arrependimento. Não quero ouvir mais nada disso. Estarei de olho em você, Matthew Harris. Eloise te ama, e minha mãe garante que você tem bom coração. Só por isso ganhou mais uma chance, *uma*. Na próxima vez que pensar em fazer uma aposta, uma compra ou qualquer mínima coisa pela qual não possa pagar com o que tem no bolso, lembre-se de como está o seu rosto agora. E então pense como as pessoas do seu convívio vão se sentir quando eu o arrastar para a Escócia para servir de alimento aos meus cães de caça. Está me entendendo?

— Sim... sim, estou.

Coll o soltou, e Matthew cambaleou novamente. Para seu crédito, não voltou logo para o camarote e também não reagiu ao soco — o que, sem dúvida, teria sido um erro gigantesco. Embora algumas pessoas já tivessem tentado, poucas conseguiram enfrentar Coll MacTaggert. Achavam que vencê-lo em uma briga seria a forma mais rápida de ser visto como alguém que não deveria ser contrariado.

A questão era que ninguém jamais havia conseguido vencer Coll em uma briga.

— Eu entendi, Coll — disse Matthew, por fim, a voz rouca, o tom anasalado por causa do nariz inchado. O rapaz tirou um lenço do bolso, enxugou o rosto e as mãos e pressionou-o contra o ferimento. — Você nunca terá motivos para me oferecer como alimento aos seus cães. Juro.

Coll assentiu e se virou para ir embora.

— Cuide para que seja assim.

— Mas e a peça? — insistiu Matthew. — Esta é a noite de encerramento de *Do jeito que você gosta*, e você saiu pouco depois das três frases que iniciam o primeiro ato. E... tem os convidados.

Coll voltou a encará-lo e estreitou os olhos.

— Não gostei da peça, e eles não são *meus* convidados. Não vou ser encurralado de novo só porque Francesca achou que eu não deixaria o camarote pela segunda vez. Pode dizer à condessa que ela está errada quanto a isso.

— Eu... transmitirei a ela o que você disse.

Coll deu as costas, mas logo voltou a encarar Matthew.

— E diga a ela que eu estava falando muito sério. Eu mesmo encontrarei uma esposa. Se eu precisar da ajuda dela, pedirei. Agora vá embora antes que me irrite de novo.

Dessa forma, ele viu o quase cunhado — duplamente, se Matthew Harris se casasse com Eloise e Aden com Miranda Harris — passar apressado pelas cortinas pesadas que davam acesso ao camarote. Então, antes que Francesca pudesse sair pisando firme para tentar arrastá-lo para dentro pela orelha, Coll percorreu o corredor em curva na direção do longo lance de escadas nos fundos do teatro. No caminho, ele ponderou que deveria ter percebido que lady Aldriss havia lhe preparado uma armadilha — a mãe concordara em acompanhá-lo a uma noite no teatro rápido demais, e sem nenhuma das suas habituais conversas inteligentes e ardilosas. O irmão dele, Aden, conseguia compreender as tolices e maquinações dela, mas subterfúgios simplesmente irritavam Coll.

No entanto, ficar frustrado não resolvia o problema que tinha em mãos. No momento, lhe restavam vinte e sete dias para encontrar uma esposa, tudo porque, quando ele tinha 11 anos, seus pais haviam assinado um acordo determinando que os três filhos deveriam se casar antes que a filha mais nova, Eloise, se unisse ao homem de sua escolha — e que as noivas deles teriam que ser inglesas, maldição. E Eloise estava noiva havia dois meses.

Bem, ele estava cansado de ouvir a voz da razão, cansado de tentar encontrar algo em comum com moças delicadas, recém-saídas da escola de boas maneiras, quando ele mesmo completaria 30 anos em apenas um mês. Estava farto de se perguntar se uma daquelas flores de estufa que pairavam no salão de baile desmaiaria caso ele a convidasse para dançar. Pior ainda, estava exausto de tentar descobrir qual jovem supostamente apta se mostraria bela e agradável a princípio, mas logo se transformaria em uma megera fria, sem outro objetivo além de angariar um título de nobreza e se empenhar em mandar no gigante tolo com forte sotaque escocês.

Enquanto vagava pelos corredores quase vazios e pelas escadarias do teatro Saint Genesius, Coll pensava em todas as moças que conhecera. Algumas eram muito bonitas, outras, inteligentes, e todas elas, é claro, tinham sido criadas para serem damas inglesas adequadas, capazes de supervisionar uma casa tão adequada quanto elas.

Mas certamente nenhuma dessas moças havia posto os pés nas Terras Altas da Escócia. Nenhuma delas saberia como criar bons filhos escoceses numa terra indomável e acidentada, onde o perigo aguardava nos lagos profundos e tranquilos, nas florestas silenciosas e taciturnas e nas intermináveis colinas rochosas. Deus, como ele sentia falta das Terras Altas... A ideia de que precisava se casar para agradar à mãe o atormentava como as mordidas de um bando de texugos furiosos. Mas... Raios! Era ela quem controlava as finanças.

Francesca tinha manipulado o marido, Angus MacTaggert, o conde Aldriss, e mantivera toda a fortuna Oswell em seu nome e sob seu domínio. E, antes de fugir das Terras Altas, ela fizera lorde Aldriss assinar aquele documento. Por isso Coll tinha apenas vinte e sete dias para encontrar uma noiva, ou lady Aldriss deixaria de custear as despesas de Aldriss Park.

— Com licença, senhor.

Ele se virou e deparou com uma moça baixinha, vestida como uma camponesa do século anterior, passando apressada por ele. Um rapaz corpulento, que estava parado perto de uma porta simples e lisa, assentiu e deu um passo para o lado para deixá-la entrar, então reassumiu sua posição de guarda.

— O que há aí? — perguntou Coll.

— Nada para os espectadores do teatro — respondeu o grandalhão. — Se deseja cumprimentar os artistas, pode esperar no fundo do prédio, perto da porta que leva ao palco, assim que acabar a apresentação.

Coll não queria cumprimentar os artistas — ele tinha assistido a apenas um minuto da peça. O que ele queria, na verdade, era um maldito lugar onde pudesse ficar longe da chuva, para pensar por um momento sem ser atormentado por lady Aldriss ou por qualquer outro dos seus mensageiros.

Coll pegou uma moeda no bolso.

— E se eu quiser dar uma olhada por essa porta?

O homem olhou para a palma de Coll.

— Então é melhor ser mais generoso do que isso. Anteontem à noite, havia onze cavalheiros tentando se aglomerar atrás do palco para ver a sra. Jones, e o administrador do teatro não gosta disso. Portanto, o preço para passar por esta porta agora é de duas libras.

— Senhora Jones? — repetiu Coll, ignorando o resto da tagarelice e a escandalosa quantia de suborno que estava sendo solicitada. — Quem diabo é a sra. Jones a ponto de me custar duas libras só para colocar os olhos nela?

O grandalhão soltou uma risadinha zombeteira e cruzou os braços diante do peito.

— Ou você me considera um tolo, ou não é daqui.

— Não sei se você é um tolo ou não, rapaz, mas, como já deve ter adivinhado, não sou daqui.

— Muito bem. A sra. Persephone Jones é a atriz que partiu o coração de metade dos nobres aqui em Londres. Ela está no palco agora interpretando Rosalinda, portanto, se voltar para o seu assento, poderá checar por si mesmo.

Normalmente, Coll nem sequer consideraria a possibilidade de pagar duas libras para dar uma olhada em uma moça. Mas quando a mãe o arrastara com os dois irmãos mais novos das Terras Altas para Londres, ela deixara claro que era ela quem controlava o capital, que todo o dinheiro que os filhos tinham provinha dela. Isso significava que o dinheiro que *ele* tinha nos bolsos naquela noite era dela, e Coll não tinha escrúpulos em gastá-lo para evitar as garras da mãe.

Ele guardou a moeda que pegara antes, então tirou duas diferentes do bolso e entregou-as ao porteiro.

— Acho que vou dar uma olhada por trás do palco.

— Faça como quiser. Mas fique em silêncio. Se fizer qualquer barulho nos bastidores, vão expulsá-lo.

Coll duvidava que algum homem fosse capaz de expulsá-lo de um lugar onde ele desejasse estar. Os irmãos não se referiam a ele como "a montanha" à toa. Ele passara de um metro e noventa havia um bom tempo e tinha a largura de ombros e a força necessárias para corresponder à altura.

— Serei como um ratinho de igreja, então.

O guarda abriu a porta.

— Seja rápido. Se for pego, direi que nunca o vi antes. Não tenho vontade de brigar, mas também não quero que o sr. Huddle me dispense por tê-lo deixado entrar.

Por um breve momento, Coll lamentou ter conseguido evitar outra briga. Desde que chegara a Londres, tinha se envolvido em uma briga que não fora responsabilidade sua; levara um soco merecido do irmão, Niall; e acertara um único como uma lição da qual seu futuro cunhado jamais se esqueceria. Esses ingleses usavam as palavras como armas e, embora ele tentasse se adaptar, ainda não gostava daquilo. De forma alguma. Um punho era uma arma. Para ele, as palavras eram superestimadas.

Coll passou pela porta e entrou na semiescuridão. Na parte do teatro destinada ao público pagante, o chão era acarpetado, e as paredes, pintadas de um branco imaculado, intercaladas com cortinas vermelho-escuras e painéis com papel de parede que retratavam quadros exóticos do Extremo Oriente. Além da porta, no entanto, o piso era de madeira, simples, as paredes, de tijolos aparentes, e o teto alto poderia perfeitamente ser um covil para aranhas gigantes, tamanha a quantidade de cordas, vigas de madeira e tábuas que se entrecruzavam.

Tudo aquilo pareceu próximo demais dele, tanto que precisou conter o instinto de abaixar a cabeça. Coll respirou fundo e apoiou uma das mãos na parede de tijolos para se recompor. O lugar era escuro e fechado, mas não a ponto de provocar uma vontade imediata de fugir. Ao menos, ainda não. Ficar ali ainda era melhor do que ser encarado por debutantes assustadas demais para conseguirem conversar com ele.

Depois que seus olhos se acostumaram à penumbra, Coll se afastou da porta, indo em direção às cortinas escuras que margeavam o palco e ao eco de vozes além delas. Ao seu redor, uma estranha mistura de atores bem-vestidos e uma equipe de apoio à paisana andava de um lado para o outro — como ratos em um labirinto onde havia árvores pintadas, um cavalo empalhado equipado com sela e rédeas, uma série de tronos e cadeiras mais simples, gigantescas telas retratando um oceano tempestuoso, uma encosta de montanha, o convés de um navio e muito mais que ele não conseguia distinguir.

De certa forma, aquilo o fazia se lembrar de um quarto de criança, com pequenas maravilhas jogadas pelos cantos. As pessoas ali, porém, pareciam sérias e concentradas, com exceção da moça parada sob uma fileira de sacos de areia pendurados, que tinha a atenção voltada para o rapaz que desempenhava o papel de Orlando no palco. *Humm.* Na peça, Orlando não conquistava Celia, mas ali nos bastidores ele parecia estar se saindo bem.

Coll observou a moça por um momento. Ela era bem bonita, o cabelo preto, a cintura fina, mas ele não conseguia entender por que um homem gastaria duas libras para se aproximar mais dela do que se estivesse sentado no camarote de Francesca.

— Com licença, se... Ah, mais um — murmurou um homem baixo e magro, carregando um rolo de tecido azul debaixo do braço e com uma fileira de alfinetes presos na lapela. — Se está aqui pela sra. Jones, mantenha-se fora do caminho. Pode esperar ali.

Ele indicou um pequeno espaço quadrado que tinha uma boa visão do palco, com apenas as cortinas abertas bloqueando a visão do público. Aquilo serviria e, dali, Coll provavelmente seria capaz de ouvir qualquer xingamento que a mãe estivesse lançando sobre ele.

— Aquela é a sra. Jones? — perguntou em um sussurro, indicando a moça de cabelo preto.

— O quê? Não, essa é Mary Benson. — O rapaz olhou por cima do ombro em direção à porta. — Espero que não tenha desembolsado muito dinheiro para vê-la, já que essa daí está quase ocupada demais cobiçando Baywich para se lembrar das próprias falas.

— Muito obrigado — respondeu Coll, mas o homem já havia se afastado, apressado.

Um trio de homens vestidos como nobres passou por ele enquanto saíam do palco.

— Chegue para lá, gigante — ordenou o que se chamava Baywich, a voz cadenciada e imperiosa.

Coll ignorou e eles o contornaram. Meia centena de *sassenachs* já haviam se referido a ele como um gigante nas últimas oito semanas. Sim, era mais alto do que a maioria das pessoas desde seus 16 anos. Aqueles ingleses minúsculos podiam pensar o que quisessem — ele não dava a mínima.

Coll tentou se posicionar melhor para ver as duas moças discutindo no palco, mas logo foi empurrado de novo por quatro homens arrastando uma floresta de vasos de árvores, fora da vista do público. A folhagem parecia um pouco domesticada demais para ser a floresta de Arden, mas serviria bem se a luz estivesse fraca. Uma salva de palmas soou além das cortinas e, segundos depois, uma moça passou apressada por entre as árvores e quase colidiu com ele.

— Romeu, você parece estar na peça errada — brincou ela com um breve sorriso que iluminou seus olhos azuis, antes de correr para uma alcova, acompanhada por duas mulheres com os braços carregados de peças de figurino.

Por um instante, Coll experimentou a sensação de ter sido atingido por uma rajada de vento que o sacudira e o deixara instável. Respirou fundo. Sem dúvida, era pelo modo como havia sido enfiado em um canto apertado, com *sassenachs* enlouquecidos andando ao seu redor. Espaços confinados eram inimigos de Coll desde que ele se entendia por gente. Só podia ser esse o motivo daquela sensação estranha, porque nenhuma mulher pequena como aquela poderia derrubá-lo, menos ainda com uma maldita frase apenas, por mais inteligente que fosse.

Ele se virou para dar outra olhada, mas a moça havia desaparecido no emaranhado de cenário e adereços. Romeu. *Rá*. Ele tinha muito mais em comum com Henrique V do que com o garoto cabeça-oca que se matara por causa de uma mulher. Henrique, pelo menos, sabia como travar uma batalha.

Ainda assim... ela parecia ter dito aquilo como um elogio.

Coll continuou a procurar, até finalmente vê-la mais uma vez de relance acima de um painel à meia-altura, enquanto uma das outras moças a ajudava a despir o vestido e a segunda preparava uma camisa masculina branca para que ela colocasse. Ele só conseguia ver a cabeça da moça, o cabelo castanho liso preso em um coque alto, além de um pouco do pescoço e da parte superior dos ombros, mas tinha quase certeza de que ela estava mais ou menos nua atrás daquele painel de vime trançado.

— Olhe para lá, Romeu — falou a moça com uma risada quando seus olhos encontraram os de Coll. — Sou Rosalinda, não Julieta.

— *Aye?* Bem, não sou nenhum Romeu — retrucou ele, e continuou a olhar.

Meia dúzia de pessoas o mandaram se calar na mesma hora, e Coll ficou quieto. Os mesmos quatro homens voltaram a passar por ele e subiram no palco para gritar suas falas para a cena seguinte. *Do jeito que você gosta* nunca fora uma das peças favoritas de Coll, provavelmente porque ele nunca conseguiu acreditar que qualquer homem — menos ainda um que alegasse estar apaixonado por uma moça — não se daria conta de que estava conversando com ela só porque a dita moça estava vestida como um homem.

De qualquer forma, a mulher à sua frente jamais poderia se passar por homem, não com aquelas feições delicadas e pescoço esguio. Nem mesmo com o cabelo castanho preso e um chapéu vistoso puxado para baixo. Ela inclinou a cabeça, o corpo ligeiramente curvado enquanto uma das outras mulheres surgia com um par de botas masculinas.

— Escocês — falou ela em voz baixa, ainda sorrindo. — *Highlander.* De algum lugar perto de Ullapool. Suponho que isso faria de você um Macbeth, então.

Glendarril Park ficava a apenas duas horas a cavalo de Ullapool. Coll franziu a testa.

— Macbeth era de Inverness.

Ela saiu de trás do painel para vestir um paletó sobre os ombros esbeltos.

— Perto o bastante para Shakespeare — retrucou a moça, e passou por ele.

Inferno. Uma mulher com personalidade, e ainda por cima de calça… Coll flexionou os dedos e teve que se controlar para não estender a mão e detê-la, puxá-la junto a si e tapar aquela boca espertinha com a dele. *Aye*, já não se deitava com uma mulher havia algum tempo, e, *aye*, ela estava linda com aquela calça que envolvia seus quadris e praticamente forçava-o a voltar a atenção para as pernas longas e delgadas. Ao vê-la sair de trás das cortinas e se colocar no meio do palco, Coll parou de respirar. Diante de seus olhos, os passos dela se alongaram e se tornaram mais relaxados, os quadris pararam de balançar e os ombros se ergueram. Quando ela falou como Rosalinda disfarçada de cortesão Ganimedes, sua voz saiu um pouco mais rouca e mais lenta, na melhor representação de um jovem que Coll já vira por uma mulher.

— *Essa* é Persephone Jones — disse o alfaiate que Coll vira passando pouco antes, voltando apressado.

Coll não precisava que ninguém lhe desse aquela informação. Se alguma moça seria capaz de ter onze homens babando atrás dela em uma noite, era aquela. E, por Deus — não, por *ele* —, esperava que ela fosse viúva.

A cena de Persephone terminou, e ela saiu pelo outro lado do palco. Mais atores passaram por ele para interpretar seus papéis, mas sem Persephone aquela passava a ser apenas uma peça que ele já havia lido e visto antes. *Aye*, tinha sido em Inverness e com um exagero de sensibilidade escocesa acrescentada à parvoíce, mas as palavras permaneciam as mesmas.

— Quanto tempo mais essa maldita coisa vai durar? — perguntou uma voz baixa atrás dele.

Coll virou a cabeça. Um rapaz bem-vestido, usando um paletó de um azul forte, estava embaixo de outro conjunto de sacos de areia, checando o relógio de bolso. O porteiro havia ganhado pelo menos quatro libras naquela noite, então. Outra figura emergiu na penumbra na periferia do palco, e Coll se corrigiu mentalmente.

Seis libras, o desgraçado ganancioso.

— Estou lhe dizendo, Brumley — sussurrou o outro. — Eu cheguei primeiro.

— Ficar parado aí não faz de você nada além de outro homem à espera — respondeu o sujeito chamado Brumley. — Aposto cem libras que verei o interior do camarim dela antes de você.

— Aposta feita, então. Mas devo lhe dizer que falei com lorde Halloway e ele disse que a sra. Jones tem preferência por homens de cabelo claro.

Brumley deu uma risadinha zombeteira.

— Não dou a mínima para que cor de cabelo ela prefere. Claremont está fora da cidade e isso a torna disponível. Ela é um brinquedo magnífico e eu gosto de brincar.

— Cavalheiros — sussurrou, irritado, um homem baixo e corpulento que surgiu das profundezas do labirinto dos bastidores —, devo pedir que falem baixo.

— Não se preocupe — assegurou o homem que não era Brumley com um leve sorriso —, o público não está aqui para ouvir a peça. Eles estão aqui para vê-la. E não é difícil imaginar que vá haver *algum* desacordo em relação a que cavalheiro vai passar a noite na companhia dela.

— Que serei eu — afirmou Brumley. — Vá embora, Waldring. Você tem uma esposa em quem lançar suas sementes.

Waldring fez uma careta.

— Só na época de plantio. Prefiro frutas mais delicadas.

Ao que parecia, nenhum dos homens pretendia perguntar à moça com quem *ela* preferia passar a noite, ou o que seu marido teria a dizer sobre aquilo.

— O rapaz pediu para vocês fazerem silêncio — lembrou Coll em sua voz mais baixa, encarando os dois homens.

— Ah, veja só, Waldring, é um dos *highlanders* — comentou Brumley, estreitando os olhos.

— Ninguém lhe explicou, Glendarril, que as peças geralmente são assistidas nos assentos à frente do palco? — interveio o segundo homem, Waldring. — Tenho certeza de que vi lady Aldriss em seu camarote lá fora, mais cedo. Está perdido?

— Cavalheiros — repetiu o homem corpulento, juntando as mãos como se estivesse em oração. — Por favor, fiquem em silêncio ou terão que sair.

No palco, atrás de Coll, a moça estava falando novamente. Ele queria assisti-la, mas não estava disposto a dar as costas àqueles dois palhaços.

— Não estou perdido. Estou exatamente onde quero estar. Agora, aquele homem pediu para que ficassem em silêncio. Acho que deveriam ouvi-lo.

— Você sabe o que eu acho, Brumley? Acho que esse bárbaro está de olho na sra. Jones. O...

— É "lorde bárbaro" para você — interrompeu Coll, seus lábios se curvando em um sorriso sombrio.

Ah, batalha.

O maior dos dois homens, Waldring, enfiou um dedo no nó da gravata para afrouxá-la, um sinal garantido de uma briga iminente.

— Já lhe adianto, senhor, que treino no ringue de Gentleman Jackson — falou ele, flexionando os braços e cerrando os punhos. — O que diz, Brumley? Vamos?

O dândi pulava de um pé para o outro em um semicírculo, arrogante, enquanto Coll observava, achando graça. Quando Waldring se lançou para a frente, Coll esquivou-se com facilidade do golpe e impeliu o próprio punho, acertando o dândi com um soco certeiro no queixo. Waldring caiu no chão de madeira com um arquejo. Coll inclinou a cabeça, então, e voltou a sua atenção para o outro.

— Deseja o mesmo tratamento, *sassenach*? Se for esse o caso, então dê um passo à frente. Caso contrário, tire esse saco de batatas da minha vista.

— Mas… Isso é, eu não vim com o sr. Waldring — balbuciou Brumley.

— Bem, ele não pode ficar aí no chão. Alguém vai tropeçar nele. Então arraste-o para fora daqui e se dê por satisfeito por ter mostrado mais moderação do que ele — sugeriu Coll.

— Eu… Está bem.

Coll se virou para o palco e cruzou os braços. O problema em usar palavras como armas era que as palavras não conseguiam derrubar um homem. Para *isso* eram necessários punhos. Ele teria que usar aquele argumento com os irmãos, que preferiam conversar sempre que tinham oportunidade. Ah, mas claro que seria difícil achar uma oportunidade de falar qualquer coisa com aqueles dois, já que Niall estava tão ocupado em dormir com a esposa, Amy, a ponto de a família praticamente precisar lembrar os dois de se alimentarem, e Aden, a caminho de Canterbury, para conseguir uma licença especial e, assim, poder se casar com a sua Miranda antes que a moça recuperasse o bom senso e mudasse de ideia.

— Isso foi eficiente… e silencioso, senhor. Obrigado.

O homem baixo se colocou ao lado de Coll, os braços cruzados diante do peito largo.

— Me parece que você poderia ter dado conta deles sozinho.

O homem abriu um breve sorriso.

— No meu auge, talvez. Mas não posso sair por aí socando os clientes do teatro. Isso resultaria em uma bilheteria muito fraca e menos patrocínio. Portanto, mais uma vez, obrigado.

Coll deu de ombros.

— Soquei dois homens esta noite e ambos mereceram. Não precisa me agradecer por isso.

— Mesmo assim, estou feliz que esta seja a última noite de Persephone interpretando um papel romântico. Sempre temos mais lobos na porta quando encenamos um romance. Depois desta noite, serão dez dias relativamente livres de lobos antes de estrearmos *Macbeth*. E me arrisco a dizer que a maioria dos homens nem sequer ousaria sonhar em se deitar com lady Macbeth. Não se valorizarem a própria vida.

Aquilo lhe pareceu peculiar. Persephone Jones era uma atriz, não uma assassina de fato. Mas era verdade que Coll acabara de vê-la se transformar em um rapaz com apenas algumas mudanças em sua expressão corporal. Se Persephone conseguisse se transformar em lady Macbeth com a mesma eficiência, ir para a cama com ela pareceria mesmo um pouco perigoso. Mas ele gostava de coisas perigosas. E ela... Bem, Coll podia admitir para si mesmo que aquela fora a primeira vez que achara um rapaz desejável, afinal, sabia o que havia por baixo daquela calça.

— Aqueles homens não eram lobos — falou em voz alta, lembrando-se em cima da hora de sussurrar. — Estão mais para furões, em busca de uma refeição fácil.

— Se eles pensam em Persephone Jones como uma refeição fácil, são furões muito estúpidos. — O homem descruzou os braços e estendeu uma das mãos. — Huddle — apresentou-se em um sussurro. — Charlie Huddle. Administro esta loucura que é o Saint Genesius.

Coll aceitou a mão estendida.

— Glendarril. Coll MacTaggert.

— Ah. Você é *o tal* escocês.

Coll libertou os dedos do aperto firme e ergueu uma sobrancelha.

— Que *tal* escocês seria esse?

— O que foi visto alguns dias atrás, correndo nu pela Grosvenor Square com uma grande espada nas mãos. Visconde Glendarril.

— *Aye*. E se eu tivesse pegado o desgraçado que ameaçou a minha família, acho que você estaria contando uma história diferente sobre mim.

Tinha sido por pouco: mesmo com o capitão Robert Vale a cavalo, Coll quase conseguira arrancar uma orelha do abutre.

— Quem sou eu para julgar. Quando se passa tanto tempo com gente do teatro quanto eu passo, esgrimir nu não parece nada assim tão escandaloso. Ou incomum.

— Ah, você ainda está aqui, Macbeth — disse uma voz na frente dele, em uma cadência suave.

Coll voltou a concentrar sua atenção na moça vestida como um rapaz parada junto às cortinas, enquanto Huddle ia conversar com seu excessivamente exuberante Duque Sênior.

— Também não sou Macbeth, moça.

— Duncan, então? Banquo?

— MacTaggert serve. Ou Coll. Atenderei a qualquer um desses nomes.

Ele não sabia ao certo por que não acrescentara Glendarril, a não ser pelo fato de que os dois porcos no cio cujos traseiros acabara de chutar eram da aristocracia e não tinham se portado muito bem. Coll não era da aristocracia *inglesa*, é claro, mas, naquele momento, apontar a diferença pareceria mesquinho.

— E eu atendo por sra. Jones. — Ela se curvou com um floreio. — Ou Persephone — falou, o sorriso se alargando enquanto voltava a se endireitar. — Agora que nos conhecemos, MacTaggert, o que faremos?

Capítulo 2

"Tende paciência comigo. Meu cérebro embotado esteve ocupando-se de coisas há muito esquecidas."
Macbeth, *Macbeth*, Ato I, Cena III

Coll vislumbrou uma ou duas coisas que eles poderiam estar fazendo juntos — e ambos estariam nus para isso. De onde ele vinha, moças não usavam calça, embora ele mesmo usasse um kilt — que havia sido chamado de escandaloso e bárbaro por mais *sassenachs* do que ele pudesse contar. Levando isso em consideração, não lhe restava qualquer reclamação sobre a aparência dela. Nenhuma.

Com suas pernas longas e cintura estreita, os seios disfarçados sob a camisa muito fina, o colete e o paletó azul um pouco grande demais nos ombros, Persephone Jones parecia uma jovem órfã bem-vestida. Uma jovem muito atraente, de cabelo castanho, grandes olhos azuis e um sorriso que fazia aqueles olhos dançarem, mas, ainda assim, uma órfã.

— Antes de responder, preciso perguntar onde está o sr. Jones — falou Coll, já começando a odiar o homem.

Ela desconversou com um aceno desdenhoso.

— Ah, em algum lugar por aí. Por que a pergunta?

— Porque não caço em terreno que já tem dono.

— Ah, então é um caçador. E está presumindo que posso ser uma presa.

— Acho que eu poderia me sair bem na caçada.

A moça se aproximou dele, a expressão curiosa, e se colocou na ponta dos pés para ficar mais alta. Mesmo assim, o topo da sua cabeça mal chegava ao ombro dele.

— Que tipo de caçador é você, MacTaggert? Daqueles que penduram seu troféu na parede para que todos possam admirar? Ou dos que comem o que caçam?

Meu Deus, aquela mulher iria fazer com que o kilt dele se transformasse em uma tenda muito em breve... Maldição.

— Tenho um apetite saudável — respondeu Coll.

— Persephone — sussurrou uma voz feminina atrás dele. — Cinco minutos.

— Ah, com licença, MacTaggert. Preciso fazer outra troca de roupa e não tenho mais tempo para conversar.

Ao passar pelo sr. Huddle, o homenzinho se inclinou para sussurrar algo em seu ouvido. Depois de escutá-lo, ela lançou outro olhar avaliador para Coll antes de desaparecer na penumbra dos bastidores. Coll teria perguntado que diabo eles haviam cochichado, mas uma parede de pedra passou rolando entre eles, seguida por uma mesa de banquete, um conjunto de cadeiras, um candelabro gigante e um trono.

Quando todos os adereços já estavam no palco e os homens que posicionaram o cenário no lugar voltaram para os bastidores, Charlie Huddle havia desaparecido. Mais importante, a sra. Persephone Jones também não estava mais à vista. Pelo menos ele sabia onde encontrá-la: no palco. Enquanto os rapazes que cuidavam do cenário andavam apressados de um lado para outro, substituindo a floresta por uma fortaleza, Coll caminhou em direção às cortinas principais e afastou-as com os dedos.

O teatro parecia lotado, o que fazia sentido agora, dado o talento da moça e o fato de que aquela era a última noite em que ela representaria Rosalinda. Coll se afastou um pouco para o lado e conseguiu identificar o camarote de lady Aldriss. A própria Francesca estava ali sentada, o rosto impassível, enquanto a irmã dele, Eloise, passava um lenço no nariz do noivo. As duas moças e suas famílias, que estavam ali para emboscá-lo, permaneciam em seus lugares — uma delas chorando e a mãe da outra se lamentando.

Cristo na cruz. Sim, ele precisava encontrar uma esposa antes do casamento de Eloise, dentro de apenas quatro semanas. Mas se uma moça era capaz de chorar por tê-lo perdido depois de só três minutos de conversa, não era ele que ela queria: era o maldito título. E, de qualquer forma, Coll ainda não estava desesperado o bastante para concordar com as sugestões da mãe.

Quando compreendera que não havia como contornar o decreto da condessa, sua primeira ideia fora encontrar uma moça com quem pudesse se casar, dormir com ela e deixá-la para trás em Londres, enquanto voltava para a Escócia e fazia o que quisesse da própria vida. Embora nunca tenha admitido sua mudança de opinião sobre *isso*, o sucesso dos irmãos em encontrar mulheres que amavam — e que retribuíam aquele amor — havia, sim, mudado um pouco a sua forma de pensar. Seria capaz de tolerar uma moça inglesa se houvesse amor envolvido. Se aquilo não acontecesse, sempre poderia recorrer ao seu esquema original. Com certeza qualquer cão sarnento, se ostentasse um título, conseguiria encontrar uma noiva em quatro semanas.

Enquanto isso, havia encontrado uma moça bonita para distraí-lo do seu maldito enigma. E, mesmo que só pudesse ficar olhando para Persephone, dando vazão à imaginação, aquela parecia uma maneira muito mais agradável de passar a noite do que ficar se esquivando daqueles filhotes de ganso que só pensavam em casamento e da gansa imperiosa em seu camarote em posição privilegiada.

— Então foi você que botou Waldring para correr. Obrigado por isso — disse uma voz atrás dele, com um sotaque *sassenach* muito culto. — Ele costuma levar as moças para a cama antes que qualquer um de nós possa dizer até mesmo um olá. Você o deixou fora de combate, pelo menos até o hematoma sarar.

Coll se afastou das cortinas e virou a cabeça. Não era tarefa fácil parecer arrogante quando se precisava manter a voz mais baixa do que o guincho de um rato, mas o homem alto e loiro parado nas sombras de algum modo conseguia.

— E quem é você? — perguntou Coll.

— Claremont. James Pierce, o conde de Claremont, para ser mais preciso.

Coll estreitou um pouco os olhos e observou o paletó cinza, o colete roxo e a calça preta. Poderia apostar que eram roupas caras e feitas sob medida. O homem levara até um buquê de rosas vermelhas. E era com a ausência *dele* que os outros dois estavam entusiasmados.

— Ainda não tinha visto você por aqui — comentou Coll.

Aquilo tinha que significar alguma coisa, já que havia sido arrastado para quase todos os eventos realizados em Londres naquela temporada.

— Estive no sul, cuidando das minhas propriedades. Bem, na verdade, supervisionando a construção de uma nova ala em Claremont Hall. — O rapaz bonito inclinou a cabeça. — Pela forma como está olhando para uma certa senhora atraente, vejo que Waldring não foi o único que tentou ocupar o meu lugar durante minha ausência.

Foi como se uma pedra caísse na boca do estômago de Coll. Uma decepção sem nome por se ver privado de algo que havia cheirado, mas não chegara perto o suficiente para provar.

— Se ela for sua, não há nada a temer. Se você for mais um do bando de pavões *sassenach* se envaidecendo na esperança de que a pavoa olhe na sua direção, então acho que tem uma briga pela frente.

O conde sorriu.

— Pergunte a ela você mesmo.

Como se seguindo a deixa, Persephone Jones emergiu da escuridão, vestindo um novo par de calças e um paletó verde.

— MacTaggert — disse ela, com um sorriso e um aceno de cabeça.

— Aí está você, minha cara — disse Claremont, fazendo uma elegante reverência e estendendo as flores.

— Claremont! — exclamou ela, inclinando-se em uma rápida mesura. — Não o esperava de volta tão rápido. — Persephone pegou as flores, levou-as brevemente ao nariz e entregou-as a uma mulher que a seguia de perto. — Infelizmente, não tenho tempo para conversar.

— É para isso que serve "mais tarde" — respondeu o conde, lançando um olhar muito penetrante a Coll por cima da cabeça dela, que dizia que ele havia provado a sua afirmação.

Um sorriso curvou os lábios de Persephone, mas não alcançou seus olhos. Se aquilo significava alguma coisa ou não, Coll não sabia. Mas como ele tinha uma esposa para encontrar, e a sra. Jones fora uma diversão momentânea e inesperada, apenas deu de ombros.

— Estou aqui para ver a peça — murmurou.

Coll cruzou os braços e se apoiou em uma coluna de aparência robusta enquanto a moça entrava no palco e se tornava um rapaz mais uma vez.

Se Persephone estava comprometida, aquela história acabava ali. Lamentasse ele ou não, a verdade era que não fora até ali procurar por ela. Inferno... Abandonara o camarote de lady Aldriss antes mesmo de Persephone Jones aparecer no palco. Havia sido uma caçada curta — e, mais do que qualquer outra coisa, tinha servido para lembrar Coll de que ele permanecera relutantemente celibatário nas últimas oito semanas, além da semana antes daquelas, enquanto ele, Aden e Niall seguiam para o sul com toda bagagem que podiam empilhar em cima das suas duas carroças.

Naquela viagem, ele estava imbuído de rebeldia, pronto para desafiar Francesca Oswell-MacTaggert junto aos irmãos, declarando à mãe que ela e suas condições para continuar a custear as despesas de Aldriss Park poderiam ir para o inferno, então voltar para as Terras Altas, pisando firme, de cabeça erguida. Mas eles logo se deram conta de que precisavam da fortuna da condessa. Era aquele dinheiro que permitia que os MacTaggert cuidassem de mais camponeses do que qualquer outro chefe de clã conseguiria administrar. Era o dinheiro que vinha da mãe que lhes permitia complementar uma colheita fraca, comprar ovelhas e gado quando o clima de outono resultava em menos filhotes na primavera e, em resumo, evitar que aqueles que dependiam deles morressem de fome.

E a ideia de Coll de uma frente unida contra a mãe — que não tinha se dado ao trabalho de sequer escrever uma carta, menos ainda de visitá-los nos dezessete anos que ficara longe dos três filhos —

havia começado a desmoronar no momento que Niall se apaixonara por Amy. Coll estremeceu. Ele agora gostava bastante da moça, mas, pelo amor de Deus, a intenção da mãe fora empurrar Amelia--Rose Hyacinth Baxter para *ele*, Coll. Felizmente, Amy e Niall acabaram sendo perfeitos um para o outro, e ele tinha sido excluído daquela equação.

Depois que o primeiro caíra, Aden sem dúvida se dera conta do que estava por vir, então, quando se deparara com a irmã de Matthew Harris, reivindicara seu próprio direito ao amor. Coll suspirou. Restava apenas ele. Como era o mais velho, sem dúvida deveria ter sido o primeiro a se casar. Era seu dever liderar o caminho em terreno tão perigoso. Mas, toda vez que pensava em fazer um esforço para cortejar alguma moça, se lembrava de como o pai havia estragado o casamento com a inglesa que desposara. Angus MacTaggert e Francesca Oswell tinham conseguido permanecer sob o mesmo teto durante doze anos, mas nenhum deles fora pacífico. Ao menos nenhum de que Coll tinha lembrança.

Mas aquilo não seria resolvido no momento, porque naquela noite tudo o que ele conseguira fora escapar de mais duas noivas em potencial, além de imaginar por alguns minutos que ele e a sra. Persephone Jones talvez passassem uma noite juntos, suados e nus. Então, naquele instante, poderia voltar para a Casa Oswell e fazer uma lista de moças que poderiam servir, ou poderia ficar onde estava e assistir a uma performance bastante inspirada de *Do jeito que você gosta*.

No fim, a peça venceu e, embora Coll se sentisse um pouco traído pelos irmãos terem encontrado seus amores enquanto ele estava à margem, sem sequer a perspectiva de uma noiva, ele admitiria uma coisa positiva sobre o gosto dos ingleses: estavam todos certos em sua admiração por Persephone Jones.

No fim, todos os atores se reuniram no palco para serem aplaudidos de pé, antes de passarem por Coll em direção aos camarins e à porta dos fundos. Ele esperou onde estava — não fazia sentido aparecer lá fora até que lady Aldriss e suas donzelas chorosas estivessem bem longe.

— Apagaremos as luzes em dez minutos — informou um dos homens atrás do palco —, e não há nada mais escuro do que um teatro.

— Exceto talvez o coração de uma dama — retrucou Coll, disfarçando o tremor que o percorreu diante da ideia de estar naquele espaço apertado na mais completa escuridão, e o rapaz riu.

Estava na hora de voltar para a Casa Oswell, então, onde ele teria que ouvir a mãe esbravejando sobre como estava tentando salvar as propriedades MacTaggert ajudando-o a encontrar uma noiva, e só o que ele poderia responder era o que já vinha dizendo havia oito semanas: encontraria ele mesmo a própria esposa, maldição. Coll abriu caminho em meio às tralhas na direção que o resto dos ocupantes havia seguido.

— ... não acho que isso seja necessário — disse a voz doce de Persephone Jones, saindo de uma porta entreaberta, e Coll diminuiu o passo.

— O que *eu* acho necessário é que você pare de correr em círculos e me dê o que eu quero — retrucou a voz de Claremont. — Você foge como se tivesse alguma virtude para proteger. Preciso lembrá-la de que é atriz? Uma bela atriz, mas isso não basta para fazer com que seja convidada para um evento da alta sociedade. Já lhe comprei presentes, vários presentes *caros*, caso não se lembre. Como agradecimento, você vai me dar o que eu quero. E o que eu quero está entre as suas pernas, Persephone.

— Não. — Houve apenas um leve tremor no final da palavra. — Você me impôs os seus presentes na tentativa de comprar o que está entre as minhas pernas. Pode pegar todos de volta. Estão aqui, nesta caixa. Nunca os quis mesmo. Você...

— Sua vadia desgraçada! Eu...

Houve um barulho de vidro se estilhaçando. Antes de se dar conta do que estava fazendo, Coll abriu a porta e invadiu o cômodo. O espaço era menor do que ele esperava, com paredes nuas, uma mesa e uma cadeira, e um único espelho de corpo inteiro, mas Coll mal reparou nisso enquanto agarrava Claremont pelo colarinho e o puxava para trás, tirando-o de cima da moça, fazendo com que soltasse os ombros dela.

Ele viu de relance os olhos azuis arregalados de Persephone e o gargalo de uma garrafa quebrada em sua mão antes de voltar a atenção para o conde que balbuciava, furioso.

— A moça disse não — grunhiu Coll, jogando o outro homem na parede mais próxima.

Claremont caiu de joelhos e imediatamente se esforçou para ficar de pé.

— Isso não é da sua conta, *highlander*. Saia daqui antes que eu o coloque para fora.

— Bem, enquanto você procura alguém que possa me derrubar, vou me adiantar e colocá-lo pessoalmente para fora daqui.

Coll se moveu rapidamente, passou um braço por baixo do ombro do conde e segurou a cabeça dele com a mesma mão, quase dobrando o rapaz alto ao meio, enquanto Claremont tentava evitar ter um osso quebrado.

— Você não tem ideia de com quem está lidando — esbravejou Claremont, e saiu cambaleando, enquanto Coll o arrastava para os fundos do prédio.

Charlie Huddle e alguns dos atores e ajudantes de palco ainda estavam por ali, perto da porta dos fundos, e, depois de uma bufada surpresa, Huddle abriu a porta e deu um passo para o lado.

Coll empurrou Claremont para fora, em seguida acertou um chute forte, com a sola da bota, nas costas do conde.

— Da próxima vez que uma moça lhe disser não — bradou —, e imagino que isso vá acontecer com frequência, é melhor ouvir.

Dito isso, ele fechou a porta e trancou-a por precaução. Quando se virou de volta, os homens reunidos começaram a bater palmas.

— Nunca gostei daquele lorde Claremont — afirmou Huddle com um sorriso enviesado. — Fico feliz em vê-lo partir. Mas ele pode lhe causar alguns problemas, milorde.

Coll apenas deu de ombros e ajeitou o paletó.

— Não é a primeira vez que isso acontece e não será a última.

— Talvez — disse uma voz feminina, das sombras —, mas agora você vai ter que me levar para casa.

Persephone Jones deu um passo à frente quando as luzes dianteiras do salão começaram a piscar e a apagar, deixando-a em um halo de luz de velas cercado por uma escuridão sombria. A atriz carregava uma pequena valise em uma das mãos e usava um vestido de seda roxo profundo e decotado, além de um xale prateado e um chapéu roxo decorado com pequenas flores brancas inclinado em um ângulo jovial na cabeça. Seu cabelo não era mais castanho, mas sim de um loiro muito claro, os fios longos e esvoaçantes caindo em cachos ao redor do seu rosto, como um anjo que descera do céu para provocar os mortais.

— Acho que posso fazer isso — disse Coll.

Uma moça que se transformava em outra cada vez que ele desviava os olhos — aquilo poderia ser muito excitante ou extremamente frustrante. Mas sem dúvida seria interessante.

—m—

Coll MacTaggert poderia ser confundido com uma montanha, pensou Persephone Jones, se as montanhas fossem feitas de músculos e ossos e tivessem um rosto muito atraente, ainda que severo, suavizado por um profundo sotaque escocês. Ela desviou os olhos e a atenção do imponente *highlander*, puxou um pouco mais o xale sobre os ombros e respirou fundo enquanto Charlie Huddle abria a porta dos fundos do teatro. Persephone solicitara a ajuda daquela montanha. Restava saber se ele era tão eficiente em dispersar multidões quanto em expulsar condes.

Assim que Persephone saiu, homens jovens e velhos se aglomeraram ao seu redor, aplaudindo, elogiando e oferecendo flores, ou implorando por mechas de seu cabelo. Pelo menos a chuva que caíra mais cedo havia parado.

— Se me derem licença, bons cavalheiros — falou ela, como sempre fazia, em uma espécie de apresentação pessoal que acontecia todas as noites, na porta dos fundos do teatro —, tive uma noite muito longa e estou cansada.

— Tu és a donzela mais bela a pisar neste chão — gritou mais alto um jovem com um buquê de rosas vermelhas apontado, como uma arma, para a cabeça de Persephone. — Eu desmaiaria se me desses tua mão.

Aquilo provocou uma rodada de vaias, às quais ela se juntou em pensamento. Persephone interpretava Shakespeare. E não compreendia por que aquilo fazia alguns homens pensarem que deveriam recitar poesia de mau gosto escrita no verso de um recibo de apostas.

— Abram caminho, senhores, por favor.

— "Ela caminha em beleza, como o céu da noite sem nuvens..."

— Esse é Lord Byron. Eu interpreto Shakespeare — interrompeu ela, e alguns dos abutres riram do erro do rapaz estranho.

Os empurrões aumentaram. Quando Persephone estava começando a cogitar usar a bolsa como arma, um espaço se abriu milagrosamente ao seu redor. Ela olhou por cima do ombro, meio que esperando ver um dragão surgir às suas costas. Em vez disso, viu o escocês, de braços estendidos, enquanto afastava os possíveis pretendentes para longe como se fossem bonecos de pano.

— A moça quer que vocês saiam do caminho — declarou ele. — Não a façam pedir de novo.

Ora, ora. Teríamos atos públicos de heroísmo, então. Quando Claremont a acompanhava, o conde gostava de ter todos os parasitas por perto, para se certificar de que todos a viam partindo em sua companhia. Persephone chegou meio passo para o lado e passou a mão livre ao redor de um braço escocês musculoso.

— Obrigada — falou, abrindo um sorriso e torcendo para não estar cometendo um erro terrível.

Ou melhor, *outro* erro terrível. Recusar as atenções daquele homem poderia exigir um batalhão de elefantes, algo a que ela não tinha acesso de forma alguma. Mas tinha amigos e admiradores por perto e também um bom... pressentimento em relação àquele Coll MacTaggert. Ou as coisas poderiam ser tão simples quanto o fato de ela ter gostado de observar a boa forma física dele durante a maior parte da noite, mas a verdade era que, até ali, ele se mostrara útil, *sim*.

Coll assentiu e continuou a abrir caminho entre os espectadores remanescentes do teatro até eles chegarem à esquina, onde a carruagem de Persephone esperava. Ela puxou seu braço, e ele parou.

— Tenho um cocheiro esperando por mim aqui todas as noites — informou ela.

Persephone realmente sugerira que ele a levasse para casa, mas aquilo tinha sido uma brincadeira, um pouco de empolgação carnal provocada por aquele homem indomado que mais parecia uma montanha usando um kilt, somada a uma pequena parcela de gratidão por alguém finalmente livrá-la de Claremont. O conde era mais persistente do que um mosquito.

Mas aquele momento seria o teste. Ele a deixaria ir ou insistiria em acompanhá-la? MacTaggert, como ele se apresentara — apesar de Charlie Huddle ter informado que era na verdade lorde Glendarril —, não tinha de forma alguma a beleza perfeita de James Pierce, o conde de Claremont. Em vez disso, suas sobrancelhas retas, a expressão confiante e aberta de seu rosto, o cabelo escuro rebelde e os olhos verdes divertidos evocavam algo que Claremont nunca havia encarado como rival: um homem. Um homem belo, musculoso e de aparência viril. Um homem louco, ou que simplesmente não se preocupava com o tamanho da influência de lorde Claremont e com os problemas que poderia lhe causar.

— Essa é a sua maneira de me mandar para Hades? — perguntou MacTaggert em seu sotaque carregado, com uma daquelas sobrancelhas erguida.

Persephone se pegou ouvindo a voz dele, estudando a inflexão de suas palavras, e disse a si mesma que era porque estava prestes a começar os ensaios para interpretar lady Macbeth e que aquilo não tinha nada a ver com a forma como o timbre profundo daquele homem parecia reverberar em seus ossos.

— De uma forma bem mais educada do que isso, mas, sim, é. Agradeço ao sen…

Ele abriu a porta e se adiantou para oferecer a mão a ela para ajudá-la a entrar na carruagem.

— Então é melhor ir embora logo, antes que os cães a farejem de novo.

Outra surpresa. Aquela noite a presenteara com várias. Persephone subiu o degrau, mas permaneceu parada na porta, olhando para ele.

— Você não ficou ofendido? Quer dizer, eu insinuei que talvez pudéssemos ter uma… conexão mais pessoal.

MacTaggert deu de ombros.

— Você sabia que havia um ninho de víboras aqui, esperando a sua saída, e me viu cuidar de Claremont. Acho que essa matemática até um *highlander* consegue entender. — Ele sorriu. — Além disso, agora sou um quebra-cabeça para você, e não vai conseguir parar de pensar em mim.

Persephone devolveu o sorriso, sentindo o coração aliviado ao se dar conta de que não teria que fazer mais nenhuma atuação engenhosa naquela noite para se livrar de mais um pretendente.

— Você *é* memorável, MacTaggert.

— Isso eu sou mesmo. — Ele fechou a porta do veículo depois que Persephone entrou e se acomodou, mas era alto o bastante para ainda conseguir olhar pela janela. — Mas não sou um eunuco nem um rapazinho delirante, e você é uma moça que faz o coração de um homem bater mais rápido. Esta noite, acabei sendo um cavalheiro, e não serei visto da mesma forma que você viu Claremont, por isso, lhe desejo boa-noite e bons sonhos. Contudo, não fique surpresa se eu for procurá-la amanhã.

Ora, ora. Um homem que simplesmente declarava o que queria e não tentava comprar o afeto ou o corpo dela. MacTaggert tinha envergadura física para tomar o que quisesse, mas não foi o que fez. Um equilíbrio interessante… e, como Persephone realmente achava aquilo intrigante, seria sensato apenas assentir, desejar boa-noite a ele e partir, grata por ter escapado ilesa duas vezes naquela noite. Condes, viscondes, ingleses ou escoceses — todos significavam problema.

E embora o *problema* diante dela tivesse lhe feito bem, ele se encaixava em pelo menos duas categorias da lista de Persephone de pessoas a evitar. Em primeiro lugar, MacTaggert era um homem e, em segundo, era um homem com um título. Ainda mais preocupante: ela o achava atraente. Se não fosse esse o caso, nunca teria começado a flertar com ele nos bastidores. *Com certeza um problema.*

— Não posso impedi-lo de me procurar — murmurou ela, inclinando-se em direção à janela aberta e tentando ignorar os arrepios de empolgação em seus braços —, mas se vai me encontrar é outra coisa bem diferente.

Ele assentiu e recuou.

— Acho que sei por onde começar. E, talvez, quando eu a encontrar, você me conte a história do sr. Jones.

— Porque você não caça em terreno que já tem dono?

— Porque se esse homem *existe*, e você não sabe onde ele está, então ele é um idiota.

— Acho melhor, então, poupar o pobre sr. Jones do incômodo de ser insultado e informar ao senhor que eu, a pobre infeliz, sou viúva.

Ele sorriu de novo, e a visão daquele sorriso fez o coração de Persephone bater de forma estranha e inesperada. Deus do céu. Ele parecia… Ela nem sabia como descrever. Um anjo de Deus, talvez. Um dos anjos guerreiros musculosos que destroçavam demônios e dragões.

— Meus pêsames, sra. Jones — falou MacTaggert, a voz arrastada.

Antes que ela pudesse fazer algo idiota e admitir que nunca houvera um sr. Jones, a carruagem felizmente partiu e ele sumiu na escuridão. Alguns dos admiradores de Persephone costumavam seguir o veículo por uma ou duas ruas, mas, naquela noite, o caminho permaneceu vazio após a passagem dela. Talvez não estivessem dispostos a se arriscar a irritar o *highlander*, e ela não poderia culpá-los por isso. Sua única surpresa foi todos terem tanto bom senso.

— As duas voltas habituais no parque de Burton? — perguntou o cocheiro.

Persephone se obrigou a voltar ao presente e se inclinou na direção da janela.

— Sim, Gus, obrigada. Precaução nunca é demais.

— Vou me certificar de que chegue em casa em segurança, Persie.

— Não sei o que faria sem você, Gus.

— Teria que caminhar um pouco. Isso é certo.

Persephone riu, abriu a valise e tirou um vestido simples de musselina azul, um chapéu azul combinando e uma escova de cabelo. Então, fechou as cortinas da carruagem, cismando consigo mesma que Claremont não se importara nem um pouco com o fato de ela supostamente ter um marido, ou havia descoberto que qualquer atriz que desejasse o mínimo de respeitabilidade colocava um "sra." na frente do sobrenome, quer tivesse um "sr." esperando por ela em casa ou não.

Ah, a respeitabilidade — aquela coisa fugidia — parecia ainda mais tola quando uma dama percebia a facilidade com que podia ser comprada, e com uma mentira tão singela. Mas ela havia percebido aquilo, e também descobrira a maneira mais simples de impedir que todos aqueles homens arrojados na porta dos fundos do teatro descobrissem onde morava: uma peruca banal. Primeiro, Persephone tirou o chapéu elegante e o guardou na valise, seguido pela peruca de longo cabelo loiro platinado. Foi uma sensação deliciosa sacudir o próprio cabelo cor de mel, muito mais curto, depois de horas com os cachos na altura dos ombros presos firmemente contra o couro cabeludo, e, ao escová-lo, decidiu deixá-lo solto.

O vestido roxo ousado também foi parar dentro da maleta, e ela se enfiou nas vestimentas de musselina, muito mais recatadas, antes de colocar o chapéu na cabeça e amarrá-lo embaixo do queixo. Pronto. Recatada e comportada mais uma vez. Aquela era apenas mais uma fantasia, mas que lhe permitia viver em paz em St. John's Wood, sem um bando de homens perturbando sua vida ou a dos vizinhos.

Depois de arrumada, Persephone abriu as cortinas e se recostou na carruagem sacolejante para olhar pela janela em direção à grande mansão que se erguia solitária na escuridão. Mesmo àquela hora, as janelas da mansão Holme cintilavam, uma visão ainda mais impressionante depois de o seu proprietário, James Burton, ter comprado todas as fazendas de gado vizinhas e demolido as casas e os celeiros, deixando uma área rural arruinada bem perto de onde a maior parte da aristocracia costumava se retirar para descansar. Se os rumores fossem verdadeiros e ele pretendesse construir um parque ali para homenagear o príncipe George, ótimo, mas, enquanto aquilo não acontecia, metade do terreno parecia um campo de guerra abandonado.

Gus havia circulado a Holme duas vezes, o que deu tempo a Persephone para trocar de roupa e a ele a possibilidade de se certificar de que não estavam sendo seguidos. Feito isso, Gus guiou a carruagem pela Charlbert Street até a pequena casa que Persephone alugava no número quatro da Charles Lane.

— Chegamos, Persie, e não há ninguém atrás de nós — anunciou ele.

Ela se levantou e abriu a porta, pegando a valise enquanto descia para a rua de terra.

— Obrigada, Gus. Podemos nos ver às oito e meia da manhã?

— É cedo para você, não? — perguntou o cocheiro, inclinando-se por cima da lateral da carruagem para olhar para ela.

— Sim, mas estamos começando os ensaios.

— Então estarei aqui às oito e meia. Prefiro levar você na carruagem do que transportar todas as empregadas domésticas e ajudantes de cozinha enquanto elas procuram fitas de cabelo e ovos de faisão.

Persephone sorriu.

— Prometo nunca pedir que me leve para encontrar ovos de faisão.

O cocheiro robusto tirou o chapéu.

— Se continuar me pagando tão bem, eu mesmo buscarei esses ovos para você.

Ele estalou a língua para a parelha e partiu com a carruagem, seguindo em direção ao sul, de volta a Londres. Persephone suspirou e caminhou até a singular porta azul de sua casa cinza, acenando para o vizinho, o sr. Beacham, que chegava em casa vindo da sua padaria, e entrou.

— Você deixa aquele cocheiro falar com você com intimidade demais, Persie — disse uma voz feminina na porta da sala de estar.

— Se levarmos em consideração que vários cocheiros não se dignam a transportar uma atriz, Flora, não tenho queixas pela forma como ele se dirige a mim.

Persephone entregou a valise e o chapéu à mulher pequena e curvilínea que emergiu da porta.

Flora Whitney fez uma careta.

— Você poderia contratar o seu próprio cocheiro. E ter a sua própria carruagem.

— Nada disso caberia aqui. E, de qualquer modo, o sr. Praster não gostaria de ter cavalos em seus corredores.

A camareira dela — e ex-costureira de teatro — dispensou o argumento com um aceno.

— O sr. Praster adora você. Não duvido que ele se dispusesse a tolerar cavalos na sala de jantar, se você lhe pedisse permissão.

No que dizia respeito a senhorios, Jacob Praster era bem tolerante. Afinal, não era apenas uma variedade de coches de aluguel que evitavam atrizes e outras pessoas de reputação questionável. Os senhorios, como Persephone descobrira vários anos antes — quando ainda não acrescentava um cônjuge à sua lista de qualificações —, podiam ser ainda mais pretensiosos.

— Estou bastante satisfeita com Gus — falou, já se dirigindo à escada estreita ao longo da parede direita do saguão de entrada. — E com o local onde ele guarda os próprios cavalos, seja lá onde for.

— Foi apenas uma sugestão. É que hoje, por acaso, vi que uma daquelas belas casas em Chesterfield Hill está à venda. Imagine como faria enrubescer todo aquele bando de esnobes de sangue azul ver você morando entre eles!

Talvez até os fizesse enrubescer, mas o mero vislumbre da cena fazia Persephone estremecer.

— Ah, sim. Já posso até me imaginar caminhando por Mayfair enquanto todas aquelas pessoas de bem jogam frutas podres em mim. Não tenho vontade de estar em outro lugar que não este em que estou, Flora. Deixe essa ideia de lado.

A camareira estalou a língua, mas cedeu. As duas tinham aquela conversa pelo menos uma vez por mês, mas Persephone desconfiava de que aquilo tinha mais a ver com Flora e seu sonho de viver em um castelo do que com a localização de sua residência atual. Todos tinham sonhos, afinal, e Persephone não estava disposta a dizer a ninguém para não os perseguir.

— Céus, eu esqueci! Como foi a noite de encerramento? — perguntou a camareira. — Você contou a lorde Claremont que tem dado os buquês dele à igreja em Charing Cross para os funerais dos indigentes?

Aquilo fez Persephone sorrir.

— Não precisei fazer isso — falou, balançando a cabeça quando Gregory Norman, seu criado no momento e antigo assistente de palco no Saint Genesius, saía do quarto dela. — Gregory.

— Senhorita Persie. Coloquei o aquecedor a carvão debaixo dos lençóis. Noite de chuva não é jeito de encerrar uma peça, maldição.

— Se eu tivesse algum problema com chuva, estaria me apresentando no deserto do Saara.

— Gregory, não interrompa — disse Flora. — Persie estava me contando que não despachou Claremont.

— O quê? Achei que estávamos cansados da arrogância dele.

— Estávamos — replicou Persephone. — Enquanto eu tentava mandá-lo embora, e sem sucesso, devo acrescentar, um escocês enorme apareceu e ouviu Claremont tentando me agarrar à força. Quando me dei conta do que estava acontecendo, Sua Senhoria já havia conhecido de perto uma bota escocesa e o chão do meu camarim... embora não necessariamente nessa ordem.

— Não! Ah, você precisa me contar tudo! Quem era o escocês?

— Preciso carregar o meu bacamarte e deixá-lo de novo perto da porta? — perguntou Gregory.

Persephone deu uma risadinha e entrou em seu quarto para deixar o xale no encosto da cadeira que ficava diante da lareira.

— Ainda não. Na verdade, trata-se de um homem muito educado para um bárbaro. Ele está interessado, mas pretende esperar ser convidado. — Ela lançou um olhar por cima do ombro e viu a expressão extasiada da camareira. — O que significa, é claro, que conta com o convite.

— Ah, céus, *todos* esperam que você desmaie aos pés deles, não? — Flora deixou a maleta no assento macio da cadeira e começou a guardar as coisas. — Ainda não conheci um homem que não se achasse bonito e encantador demais para que uma mulher conseguisse resistir a ele.

— A não ser por mim — comentou Gregory, inclinando a cabeça em despedida, e saiu do quarto.

Naquele instante, uma pequena figura preta emergiu de baixo da pilha de travesseiros na grande cama verde e azul e se espreguiçou, então caminhou devagar até a beira do colchão e abaixou a cabeça em um claro convite para que ela o acariciasse.

— E como você está esta noite, Hades? — murmurou Persephone, curvando-se para dar um beijo no topo da cabeça elegante do gato.

— Esse demônio pulou da despensa em cima de mim e quase me matou de susto. — Flora estremeceu de modo exagerado. — Gatos pretos são bruxaria, você sabe.

— É o que vive me dizendo. Seria muito melhor se você aceitasse de uma vez por todas que essa é a casa *dele*, e que Hades está apenas sendo gentil nos permitindo uma visita prolongada.

Ela acariciou o ponto atrás das orelhas do gato e se sentou ao lado dele para tirar os sapatos. *Ah, que delícia.* Persephone mexeu os dedos dos pés alegremente. Quem poderia imaginar que atuar fosse maltratar tanto os pés? Ela com certeza nunca pensara nisso.

— Bem, acho que ele ficaria feliz em ter você como única hóspede. Tenho quase certeza de que esse gato quer me ver morta de medo, e Gregory me disse que Hades continua tentando fazê-lo cair da escada.

Flora enrolou a bainha da saia na mão para retirar a chaleira fumegante de onde estava pendurada na pequena lareira e levou-a até atrás do biombo que isolava o canto mais distante do quarto.

— Preparei o seu banho o mais quente que pude, mas, com o frio que está fazendo esta noite, não vai durar muito.

— Obrigada. Pode ir, Flora. Posso me arrumar sozinha para dormir. Mas, por favor, lembre-se de me acordar cedo... Preciso estar de volta ao Saint Genesius no inclemente horário de nove da manhã.

— Que os santos nos protejam. Farei o meu melhor.

Flora devolveu a chaleira à lareira, colocou a valise vazia no chão, já à espera da troca de roupa do dia seguinte, pegou os sapatos de Persephone para polir e fechou a porta com firmeza depois de sair do quarto.

Persephone despiu o vestido simples e a túnica de baixo, prendeu o cabelo em um coque frouxo e torcido e, tremendo, correu para trás da cortina em direção à banheira fumegante. Ela mergulhou um dedo do pé, viu que a água estava deliciosamente quente, entrou na banheira e afundou o corpo até o queixo. *Glorioso.* Então, fechou os olhos por um momento, apenas ouvindo o silêncio e sentindo o calor penetrar em seus ossos.

Levando em consideração que sua expectativa era ainda estar tentando se desvencilhar de lorde Claremont naquela noite — e se vendo obrigada a fazer aquilo com a delicadeza necessária para que ele não tentasse arruinar a carreira dela —, poder simplesmente imergir na água morna era recompensa suficiente para uma temporada de três semanas de *Do jeito que você gosta*, com o teatro lotado todas as noites. Aquela não era a peça favorita de Persephone, e a coisa toda se tornava um pouco boba no final, mas ela gostara de usar calças e de ouvir os arquejos daquele público com suas perucas empoadas ao surgir pela primeira vez no palco vestida de rapaz. E Rosalinda não era apenas perspicaz, mas também tinha o maior número de falas femininas no repertório de Shakespeare. Persephone sabia daquilo porque havia contado.

Aquelas senhoras de cabelo grisalho cheias de empáfia tinham ficado chocadas com o fato de uma jovem, independentemente de sua origem, usar roupas masculinas em público. Chocadas por Persephone não disfarçar a própria inteligência. Chocadas por ela beijar um homem no palco, à vista de todos.

E, por mais que o choque delas fosse genuíno, Persephone também havia reparado que todas permaneceram em seus assentos até a cortina se fechar pela última vez. E, às vezes, chegavam mesmo a assistir a uma segunda apresentação.

O público mais jovem aplaudia com vigor e enviava cartas endereçadas a Rosalinda e a Persephone, desejando a amizade dela — ou a de Rosalinda — ou o amor dela — ou o de Rosalinda. E Rosalinda não havia recebido a mesma quantidade de correspondência acalorada que Julieta. A quantidade de homens — e algumas mulheres — que se dirigiam a ela apenas como Julieta, que queriam ser seu verdadeiro Romeu ou sua amiga mais próxima, continuava a surpreendê-la mesmo depois de algum tempo.

Lady Macbeth seria uma experiência nova. Persephone imaginou que haveria pessoas na plateia que a odiariam por derrubar Macbeth, por conduzi-lo por um caminho espinhoso, mas com sorte o número de cartas de amor diminuiria. Pelo amor de Deus, nem *ela* mesma sabia se gostaria de conhecer lady Macbeth, muito menos conhecer um homem que desejasse ser alvo do amor ou do desejo daquela mulher terrível.

Era verdade que ela havia provocado o belo homem dizendo que ele era Macbeth, mas somente porque ele era escocês. Sem dúvida, à primeira vista, MacTaggert não parecia o tipo que se deixaria levar pelas ambições ou pelos favores sexuais de uma mulher, como acontecera com o personagem Macbeth, mas também era fato que Persephone não sabia se o homem havia aparecido nos bastidores para conhecê-la — ou para conhecer Rosalinda.

Coll MacTaggert, visconde Glendarril. Persephone costumava ler as colunas sociais do jornal todas as manhãs e já o vira ser mencionado mais de uma vez — algo sobre três belos irmãos escoceses que estavam em Londres para encontrar esposas inglesas. Se aquele fosse o caso, então ele estava perdendo tempo nos bastidores do Saint Genesius. Homens nobres não se casavam com atrizes.

Ela não conseguia entender por que ele ainda não tinha uma noiva depois de oito ou nove semanas em Mayfair. Mesmo sem o atrativo de um título de nobreza, MacTaggert era arrebatador, uma presença grandiosa entre os dândis e os aventureiros. E, se os cochichos que ouvira de costureiras — que ouviram de balconistas de lojas, que ouviram de criadas domésticas — fossem verdadeiros, ele tinha sido visto saindo em disparada da Casa Oswell, nu e empunhando uma grande espada — e as mulheres não viram nada do que reclamar na ocasião.

Persephone riu, mergulhou o rosto na água, então endireitou o corpo. Havia algo sedutor, até mesmo revigorante, em um homem com autoconfiança o bastante para exibir suas partes íntimas ao mundo, especialmente com uma grande espada na mão, para efeito de comparação.

Eram apenas rumores, é claro, e quando qualquer notícia da alta sociedade chegava aos bastidores do teatro, nem sempre era possível confiar na sua veracidade. Ainda assim, Persephone pretendia dar uma segunda olhada nas páginas mais recentes das colunas sociais que ainda havia em casa, agora com Coll MacTaggert em mente. Se ele pretendia caçá-la, ela mesma queria um pouco mais de munição.

Quando a água esfriou e a lua obscurecida pelas nuvens estava alta o bastante para espiá-la pela janela voltada para o leste, Persephone se levantou e se enxugou. Suas noites com frequência iam até o nascer do sol, mas nos dez dias seguintes ela dormiria mais cedo. O teatro não contaria com seus principais atores naquela época, já que Charlie Huddle estava trazendo uma trupe itinerante baseada em York para interpretar *The Rover, or The Banish'd Cavaliers*, de Aphra Behn, enquanto ela e os companheiros ensaiavam a peça escocesa. Embora gostasse do papel da determinada Florinda, de *The Rover*, a peça era obscena, e os admiradores que naquele momento se escondiam nos bastidores e se aglomeravam na porta dos fundos do teatro já se mostravam empolgados demais.

Vestiu a camisola, cobriu a lareira e se enfiou debaixo das cobertas macias e quentes de sua cama, grata por Gregory ter pensado em aquecê-las. Um instante depois, Hades saltou e se enrolou como uma bola preta no travesseiro ao lado da cabeça dela.

MacTaggert dissera que a achava desejável, embora suas palavras tivessem sido um pouco mais diretas do que aquilo. Mas o visconde estava atrás de uma esposa — se os rumores fossem verdade —, por isso, Persephone se perguntava se ele se daria mesmo ao trabalho de caçá-la. Talvez tivesse sido apenas a simples curiosidade ou o tédio que o levara aos bastidores, e um homem em busca de uma esposa não teria tempo de andar atrás dela, de qualquer maneira. Graças a ele, Persephone acabara de se livrar de um "protetor", como se autodenominavam aqueles homens que lhe presenteavam coisas na esperança de que ela os deixasse se enfiarem em sua cama. Não estava ansiosa para lidar com outro homem querendo comprá-la com belas bugigangas.

Mas talvez o *highlander* tentasse cortejá-la com carcaças de veado. Então pelo menos ela teria um pouco de carne de veado em troca de... o que quer que ela escolhesse conceder a ele. Afinal, o homem era agradável aos olhos. E, embora Persephone certamente não fosse uma donzela casadoira, também não estava morta.

Capítulo 3

"Uma grande obra deve ser lavrada antes do meio-dia."
Hécate, *Macbeth*, Ato III, Cena V

Coll abriu a porta do quarto pouco depois das seis da manhã, antes mesmo de o sol nascer. Em casa, começar o dia cedo vinha junto com a responsabilidade de ser o herdeiro do pai, e, a não ser por uma eventual noite na taberna quando era mais jovem e uma noite na cama de uma moça quando ficou mais velho, estava acostumado a começar o dia pelo menos uma hora antes do restante da casa.

Ajustar-se à vida em Londres tinha sido um desafio, já que a família voltava para casa quase ao amanhecer e só se levantava ao meio-dia, mas aquilo dava a Coll a maior parte das manhãs para si.

Entretanto, assim que aquele pensamento lhe ocorreu, uma figura surgiu na escada à sua frente. Ele tinha as manhãs *quase* só para si, corrigiu-se mentalmente.

— Ora, já voltou de Canterbury? — perguntou, recusando-se a se afastar enquanto o irmão mais novo o alcançava no corredor.

Aden deu uma palmadinha no bolso do paletó.

— Sim. Parece que vou me casar no próximo sábado. Faria isso hoje mesmo, mas Miranda convidou a tia e quer esperar até que ela chegue.

Coll observou a gravata frouxa do irmão, o colete nem todo abotoado e o cabelo desgrenhado e comprido demais.

— E como está Miranda esta manhã? — perguntou.

— Quieto, seu idiota — retrucou Aden, baixando a voz. — Preciso de uma ou duas horas de sono antes que as moças MacTaggert comecem a suspirar com o romantismo de tudo isso. — O sorriso malicioso iluminou seus olhos verde-acinzentados. — E ela está bem, obrigado por perguntar.

— Ainda digo que você deveria fugir com ela para a Escócia, como Niall fez com Amy. É mais apropriado se um escocês celebrar o casamento, mesmo que o ministro seja das Terras Baixas e, ainda por cima, ferreiro.

— Lady Aldriss jura que pretende comparecer a esse casamento, e não vou esperar um mês para que ela faça as malas. — Aden inclinou a cabeça. — E você não tem tempo para desperdiçar viajando. Não com menos de quatro semanas para encontrar a sua própria noiva. — Ele pousou uma mão protetora no bolso mais uma vez. — E agora que consegui a minha, você não tem desculpa, Coll. Escolha logo uma moça para que não precisemos mais nos preocupar com Aldriss Park.

— Você só tem uma noiva porque *ela* pediu a sua mão em casamento — retrucou Coll.

O sorriso de Aden teria feito inúmeras mulheres desmaiarem.

—*Aye*, pediu mesmo. E imagino que uma moça poderia fazer isso com você ainda hoje, se permanecesse tempo suficiente em um lugar para que alguém tivesse essa oportunidade.

As notícias sempre se espalhavam com muita rapidez em Londres, provavelmente porque todos viviam muito próximos.

— Então você já soube do teatro ontem à noite, não é?

— Miranda me contou. Ela soube pelo irmão. Que, a propósito, está com o nariz quebrado.

— Ótimo.

De vez em quando, Coll achava difícil acreditar que Miranda e Matthew Harris eram irmãos. Sem dúvida, entre os dois, a moça era quem tinha mais bom senso. E uma boa dose de esperteza, ou jamais teria fisgado o esquivo Aden.

Aden estreitou os olhos.

— Admito que ele merecia uma boa surra, mas tenha em mente que Matthew Harris não é um *highlander*. Se bater nele com muita força, pode acabar quebrando o homem.

Coll deu uma risadinha debochada.

— Acho que o rapaz ouviu bem o que eu tinha a dizer e não vai esquecer. — Ele se debruçou no parapeito da varanda e bateu com o punho no mogno bem polido. — Um de nós tem que manter a cabeça fora dos buquês de flores e cuidar da família. Como você e Niall não conseguem ver nada além das suas duas mulheres, parece que essa tarefa cabe a mim.

— Ou — retrucou Aden, em tom especulativo — você poderia se dar conta de que, embora Londres tenha seus perigos, nenhum de nós é tolo e somos capazes de cuidar de nós mesmos, e então poderia encontrar uma moça para amá-lo.

— Estou procurando, maldição. — Coll fechou a cara. — Uma coisa era encontrar uma moça e deixá-la aqui quando eu voltasse para a Escócia. Mas, agora que todas as mulheres *sassenach* sabem disso, parece que são todas tão mercenárias quanto eu. Estou em minoria.

— Isso é verdade. E se não está disposto nem a olhar para as mulheres que a nossa irmã está colocando na sua frente, se não confia nas que a nossa mãe está escolhendo e não quer que Amy ou Miranda apresentem você a alguma amiga delas, então vai ter que se virar por conta própria, Coll. E os dias de verão estão ficando mais longos.

— Sei disso. Não estou disposto a colocar Aldriss em risco. Vou ao Hyde Park esta manhã para dar uma olhada nas moças.

Aden assentiu e continuou em direção ao quarto dele, que ficava em frente ao de Coll.

— Espero que você encontre uma, *bràthair*. — Ele parou na porta. — Não se mostre tão feroz. Você é um homem decente, quando se dispõe a ser.

— Estou tentando ser um homem decente mesmo sem disposição. Se vir Francesca, diga a ela que estou fazendo o que anunciei e procurando uma esposa por conta própria.

— Não vou dizer nada à nossa mãe. Não pretendo de forma alguma ser o primeiro a vê-la. — Aden abriu um sorrisinho. — Ela é apavorante, Coll, mas acho que não contava com você.

— Ou talvez Francesca tenha se esquecido de que me lembro da época em que ela vivia na Escócia.

Aden inclinou a cabeça.

— Tenha cuidado, Coll. Todos nós mudamos em dezessete anos. Exceto você, é claro. Agora, não vá sair galopando pelo parque, correndo o risco de atropelar uma das moças ou seus cachorrinhos. Elas não se casariam com você depois disso.

— Eu não poderia sobreviver sem seus conselhos, Aden — retrucou Coll, o tom irônico, e desceu a escada.

Ele fez uma pausa no patamar para dar um tapinha na anca de Rory, o cervo empalhado. Em Aldriss Park, Rory se erguia orgulhoso e digno em um canto da biblioteca, com uma armadura de cada lado. Mas, depois de ter sido levado para Londres nas duas carroças que transportavam a maior parte dos pertences dos três irmãos, junto a todos os malditos cacarecos que puderam pensar em levar para irritar a mãe, Rory agora estava com uma saia em volta do traseiro, um chapéu com buracos cortados para encaixar as orelhas, uma gravata ao redor do pescoço, brincos e colares pendurados nas pontas dos chifres e uma sapatilha de dança amarrada ao casco erguido.

— Rapaz, você não parece mais tão íntegro quanto antes — disse Coll ao cervo —, mas pelo visto anda se divertindo mais do que eu.

O café da manhã estava apenas parcialmente servido, já que o restante da família ainda demoraria horas para acordar. Coll pediu que selassem seu cavalo, então se serviu de uma pilha considerável de presunto e de alguns pãezinhos frescos e quentes com manteiga. A refeição, junto de duas xícaras de café forte, fez com que se sentisse fortalecido o bastante para enfrentar uma manhã desfilando a cavalo no Hyde Park.

Ele preferiria ir até o Saint Genesius para ter outra conversa com Persephone Jones, mas, como lhe restavam apenas quatro semanas para salvar Aldriss Park, não podia se arriscar a perder qualquer oportunidade de encontrar uma noiva — já havia adiado o casamento por mais tempo do que deveria, embora, com dois irmãos mais novos aptos, seu próprio dever de garantir um herdeiro não parecesse mais tão premente. Ainda assim, o decreto de lady Aldriss não lhe deixava escolha.

Do lado de fora dos estábulos da Casa Oswell, afastado do restante dos criados, Gavin segurava as rédeas de Nuckelavee em uma das mãos e um punhado de cenouras na outra.

— Esse seu demônio está um pouco agitado hoje, milorde — alertou Gavin, erguendo as cenouras para o cavalo gigantesco comer. — Não quis deixar os rapazes *sassenach* se aproximarem dele, mesmo com um balde de aveia como oferta de paz.

— Por isso trouxemos você para o sul conosco, Gavin — disse Coll ao cavalariço. — É o único homem que nosso rapaz aqui consegue tolerar, além de mim.

Coll se aproximou e passou a mão ao longo do pescoço arqueado do garanhão, recebendo em resposta uma bufada e uma sacudida de cabeça.

Nuckelavee era um gigante frísio preto, descendente de uma longa linhagem de cavalos de guerra. Ele tinha uma elegante franja de pelos pretos em volta dos cascos, crina e cauda longas e onduladas e um porte que mostrava que o animal sabia ter sido criado para transportar cavaleiros de armaduras para a batalha. Afinal, havia recebido o nome de um demônio marinho em forma de cavalo.

Coll montou na sela, então pegou três cenouras da mão do cavalariço e enfiou-as no bolso. Nuckelavee ainda não tinha fugido da cidade sem ele, mas nenhum dos dois gostava muito de Londres. Um suborno não faria mal.

— O senhor quer companhia esta manhã? — perguntou Gavin, retirando-se da frente do animal.

— Não. Se a condessa perguntar por mim, pode dizer a ela que fui ao Hyde Park para avaliar algumas moças.

O cavalariço bufou, duvidando que o patrão pretendesse mesmo fazer o que dizia.

— *Aye.*

— Talvez tenha certa dificuldade para conversar com qualquer jovem dama se estiver montado nesse monstro. — A voz da mãe, em seu tom sofisticado, soou atrás dele.

Inferno. Coll se virou e a viu caminhando em sua direção vindo da porta da frente da Casa Oswell. Se partisse agora, Francesca

Oswell-MacTaggert poderia, com razão, chamá-lo de covarde, mas ele seria poupado do iminente embate verbal.

— Lady Aldriss — cumprimentou ele com um aceno de cabeça.

— Meus amigos vão parar de me convidar para almoçar se continuar a insultar as filhas deles — comentou ela, parando na frente do filho.

Santo Deus, a mulher era pequena, mal alcançaria os ombros dele, mesmo se ficasse na ponta dos pés, o que Coll duvidava que ela fosse fazer. Isso sem dúvida devia ser indigno ou alguma outra tolice.

— Eu pararia de insultar as filhas deles se a condessa parasse de atirá-las em cima de mim — retrucou ele, enquanto dava voltas pelo pátio com o cavalo inquieto. — Tenho um bom par de olhos. Mostre-as para mim a distância e todos seremos mais felizes.

— Quatro semanas, Coll — respondeu a mãe. — Você tem quatro semanas para encontrar uma dama inglesa, cortejá-la, pedir a mão dela em casamento e se casar.

— Espera mesmo que eu me case com uma das flores de estufa da noite passada, mulher? Com Violet Hampstead? Ela é tão pequena e frágil que eu teria medo de quebrá-la se segurasse a sua mão, imagine me deitar em cima dela em uma cama.

O rosto pálido de Francesca enrubesceu.

— Coll. Pelo am...

— Ou a outra, Rebecca Sharpe? Na verdade, dancei com ela em algum baile. Sabia disso? E a criatura passou uns bons vinte minutos conversando sobre o clima. Você sabe de quantas palavras preciso para descrever o clima de Londres? Uma única: brando.

A condessa respirou fundo.

— Então talvez possa me dar alguma indicação de que tipo de mulher desperta o seu interesse, meu filho. Estou só tentando ajud...

— Não ouse dizer que está me *ajudando* — interrompeu Coll, a expressão mal-humorada. — Eu não estaria aqui se a senhora não tivesse feito o nosso pai assinar aquele maldito acordo.

Francesca fechou os olhos por um momento.

— Mesmo assim, meu caro — continuou ela, voltando a abri-los —, há dezessete anos, seu pai e eu assinamos um acordo segundo o qual você e seus irmãos se casariam com mulheres inglesas antes de a sua irmã se casar, ou perderiam todo o apoio financeiro que dou a Aldriss. Seus irmãos encontraram cada um a sua dama. E também o amor, devo acrescentar. Você...

— Em primeiro lugar, a senhora não escreveu "dama" no seu documento.

— Com certeza escrevi.

— Não. Não escreveu. Já li aqueles papéis uma centena de vezes, *màthair*, e diz: "mulheres inglesas". — Enquanto falava, Coll se deu conta de qual seria a forma perfeita de desconcertar aquela mulher desconcertante, ao menos pelo tempo necessário para ele encontrar uma esposa para si. — E, caso queira saber, encontrei uma mulher inglesa para mim.

Francesca estreitou apenas um pouco aqueles olhos de um verde profundo.

— Você encontrou uma *mulher* inglesa em algum momento entre o teatro ontem à noite e o café da manhã de hoje?

— *Aye*, encontrei. E estou indo vê-la agora.

Ele virou Nuckelavee de frente para a rua.

— E essa mulher misteriosa tem nome? — perguntou a condessa, o ceticismo evidente em cada linha do seu corpo.

— Sim. É a sra. Persephone Jones. Ela é viúva. E eu sou seu protetor, até fazer dela minha esposa.

Coll esporeou as costelas do garanhão preto com os calcanhares e saiu para a rua em um trote acelerado. *Rá*. Aden poderia alegar que Coll tinha uma chance muito maior de vencer uma briga física do que uma verbal, mas ele não precisava ser um maldito debatedor para saber que acabara de levar vantagem sobre a mãe. *Que ela ficasse ruminando sobre aquilo por algum tempo.*

Ele levou apenas alguns minutos para chegar ao Hyde Park e passou direto e relutantemente pelo Rotten Row, onde poderia manter o ritmo acelerado de cavalgada, para seguir pelas trilhas mais civilizadas nas entranhas do parque. Nuckelavee puxava com força as rédeas, claramente querendo esticar as pernas, mas Coll o manteve em um trote contido e, se tudo desse certo, inofensivo. Como Aden havia dito, atropelar moças e cachorrinhos não o ajudaria em nada a conseguir uma noiva.

Assim como a sua insistência em continuar a usar um kilt para atravessar a civilizada Mayfair, mas havia algumas coisas em que um homem precisava insistir se quisesse continuar a chamar a si mesmo daquela forma. E o homem que ele era usava um maldito kilt. Se desistisse daquilo, logo tentariam reprimir o seu sotaque.

Uma carruagem se aproximou, e Coll afastou Nuckelavee para o lado.

— Bom dia, senhoritas — falou, inclinando a cabeça, pois havia decidido não usar chapéu.

— Milorde — respondeu a loira alta, inclinando a sombrinha.

Qual era mesmo o nome dela? Petúnia ou alguma outra flor, se não estivesse enganado. Mais da metade das mulheres em Londres parecia ter nomes de flores, portanto aquilo não restringia muito o número.

A mulher menor, sentada ao lado dela, enrubesceu profundamente.

— Lorde Glendarril.

Ele se virou para emparelhar com a carruagem, enquanto o cocheiro seguia pelo caminho.

— Acho que nos encontramos no baile dos Gaines, não é mesmo? — perguntou.

— Sim. E também no baile dos Spenfield — respondeu a moça menor.

Coll sem dúvida se lembrava do baile dos Spenfield. Metade dos homens de Mayfair havia sido convidada, e apenas um punhado de moças, tudo para que a sra. Spenfield pudesse encontrar maridos para as cinco filhas. As sobremesas estavam deliciosas, mas ele se sentira como um touro em uma armadilha durante toda a noite.

— Sim. O baile dos Spenfield. E eu nem ganhei o cavalo que estavam sorteando.

A loira alta deixou escapar um gemido e afundou o rosto entre as mãos.

— Que diabo eu disse?

A mulher menor o ignorou.

— Não se preocupe, Polymnia — disse ela, passando o braço ao redor dos ombros da que chorava. — Você não iria mesmo querer se casar com ele.

Polymnia. Aquele era o nome dela. Polymnia Spenfield. *Maldição*.

— Só estava dizendo que coloquei meu nome na tigela de sorteio do cavalo, e não fui contemplado — falou Coll, carrancudo. — Eu não a insultei.

— O senhor se lembrou do sorteio e não de Polymnia — acusou a outra moça. — Vamos voltar para casa, Robert. Bom dia, lorde Glendarril.

O cocheiro assentiu e manobrou a carruagem em direção aos limites do parque. Coll freou Nuckelavee e ficou olhando o veículo se afastar.

— Você ouviu isso, Nuckelavee? — murmurou, dando uma palmadinha no pescoço do cavalo. — Eu me lembrei do sorteio, mas não da moça, e isso é um insulto.

O grande garanhão preto sacudiu a cabeça, bem a tempo de fazer três damas que passavam soltarem gritinhos agudos e se esquivarem em um emaranhado de musselina e chapéus.

— Peço perdão, moças. Ele não deseja fazer-lhes nenhum mal.

— Ele é um monstro! O senhor não deveria ter permissão para montá-lo no parque, em meio a pessoas civilizadas.

Coll respirou fundo.

— *Aye*. Está certa sobre isso.

Ele guiou o cavalo, então, e rumou para o leste. A mãe queria que se casasse com uma daquelas malditas mulheres, mas ele não conseguia nem trocar duas frases com qualquer uma delas sem precisar controlar a vontade de levantar o kilt e mostrar seu traseiro de *highlander* a elas. Flores de estufa. Era aquilo que o pai de Coll havia dito que seriam, e era evidente que Niall e Aden tinham encontrado as duas únicas damas decentes em toda Londres.

Ele repassou mentalmente a lista de mulheres casadoiras a que havia sido apresentado até ali, na esperança de sentir algum interesse — ou qualquer coisa que não um pavor profundo. Conhecera algumas belas, sim, mas nenhuma com a qual tivesse o desejo de despertar todas as manhãs pelo resto da vida.

Quando chegara a Londres, Coll havia insultado Amelia-Rose em sua primeira noite na cidade. Mesmo que as outras moças não estivessem cientes das circunstâncias, elas sabiam que a mãe havia arranjado para que ele se casasse com a srta. Baxter antes mesmo que o filho tivesse chance de pousar os olhos na moça, e que ele ficara furioso — não com Amy, mas com a mãe e consigo mesmo. Então, Amy se aproximara de Niall, graças a Deus, mas Coll tinha adquirido a reputação de ser... bem, quem ele era em seus piores momentos, supunha.

O que não era nada que não merecesse, mas aquilo dificultava ainda mais encontrar uma noiva do que teria sido em outras circunstâncias. Caso tirasse carinho e afeto da equação, então qualquer uma das moças serviria. Mas, mesmo com o laço corrediço cada vez mais apertado ao redor do seu pescoço, ele ainda não estava pronto para fechar os olhos e apontar para qualquer uma delas. Ainda não.

— É melhor voltarmos — disse a Nuckelavee e, quando ergueu os olhos, se viu diante do teatro Saint Genesius. — Maldição — resmungou e desmontou.

Voltaria ao Hyde Park mais tarde.

~m~

— Smythe! Mande um criado ao meu escritório em cinco minutos!

— Sim, milady. Há algo que eu...

Francesca Oswell-MacTaggert fechou com força a porta do escritório antes que o mordomo pudesse terminar a pergunta. *Uma atriz.* Ah, aquilo *não* iria acontecer. Ela soltou uma variedade dos melhores palavrões que havia aprendido durante o tempo que passara nas Terras Altas da Escócia, sentou-se na cadeira atrás da enorme escrivaninha de mogno do seu falecido pai e puxou uma folha de papel de uma gaveta.

Depois de mergulhar a pena no tinteiro, Francesca encostou a ponta fina no papel... e parou. *Ah, pelo amor de Deus.*

— Smythe!

A porta do escritório se abriu com rapidez suficiente para deixar claro que o mordomo ainda estava parado do outro lado.

— Milady?

— Qual dos meus filhos está em casa?

— Os dois mais novos, milady. O sr. Aden chegou há menos de quinze minutos e o sr. Niall ainda não se levantou.

Qual deles ela queria? Aden estaria mais alerta, mas também era muito menos aberto e cooperativo do que o filho mais novo.

— Traga-me Niall, por favor. E Eloise.

O mordomo fez uma rápida reverência e saiu praticamente correndo pela porta. Ela não podia culpá-lo — por mais estoico e firme que ele tivesse sido ao longo dos doze anos desde que o contratara, as últimas oito semanas tinham sido bastante perturbadoras. Os três filhos de Francesca haviam abalado as estruturas não apenas da Casa Oswell, mas de toda Mayfair. E mesmo com o roubo da carruagem de um marquês, o sequestro do homem, uma fuga para a Escócia, uma briga no Boodle's que fez com que Aden fosse banido de todos os clubes de cavalheiros de Londres e Coll correndo nu pela Grosvenor Square no meio da manhã menos de quatro dias antes, seu filho mais velho acabara de lhe apresentar a situação mais escandalosa de todas.

E pensar que, antes de chegarem em Londres, ela acreditava que as raras cartas que os filhos mandavam para Eloise lhe garantiam informações suficientes para escolher uma mulher que combinasse com Coll. Sim, Amy combinava com Niall, o que provava que ela não estivera tão errada assim, mas se Coll estava pensando em Persephone Jones, então aquilo dizia a Francesca que ela não conhecia de forma alguma o filho. E aquilo a perturbava. *Muito.*

— Mamãe?

Eloise praticamente deslizou para dentro do escritório. Ela ainda estava de camisola, o cabelo escuro preso em um rabo de cavalo longo e frouxo que a fazia parecer ainda mais jovem do que os seus 18 anos.

— Lamento ter acordado você, minha querida — disse Francesca e indicou uma das cadeiras diante da mesa. — Mas temos um desastre em mãos.

— Se *a senhora* vai anunciar um desastre, então estamos perdidos — falou Niall, o segundo mais novo, de 24 anos, com um sotaque arrastado, surgindo na porta.

De peito nu e com os pés descalços, o filho de cabelo cor de mogno não usava qualquer outra peça de roupa a não ser o kilt afivelado na cintura. Pelo menos ele se preocupara em vestir o kilt — o fato de ser recém-casado evidentemente o havia civilizado um pouco.

— E como está Amy esta manhã? — perguntou Francesca, deixando a impaciência de lado por um momento.

Toda aquela empreitada tinha como objetivo torná-la mais próxima dos filhos. Fossem quais fossem os planos de Coll, ela não poderia se dar ao luxo de arruinar o que todos eles estavam se esforçando tanto para recuperar.

— A última vez que a vi, ela ainda tremia sob os lençóis, assustada ao ver Smythe invadindo o quarto enquanto nós dois dormíamos profundamente. Qual é o problema? Coll desapareceu de novo?

— Não, dessa vez seu irmão conseguiu voltar para a Casa Oswell depois de fugir do teatro — respondeu Francesca.

— Isso é alguma coisa, então. Eu lhe disse para não o emboscar com mais uma moça. Pelo menos dessa vez Coll não insultou nenhuma.

Sim, talvez ela tivesse sido confiante demais ao acreditar que o filho mais velho — um visconde, pelo amor de Deus — se esforçaria para evitar provocar ainda mais fofocas fugindo do camarote do teatro pela segunda vez desde sua chegada a Londres.

— O comportamento do seu irmão na noite passada, embora repreensível, não é o problema.

Niall se deixou cair na cadeira ao lado da irmã.

— *Aye?* O que houve, então? O arcebispo não negou uma licença especial de casamento a Aden, não é? Porque ele não aceitaria isso nada bem.

— Silêncio, por favor, Niall.

Pela expressão do filho, Francesca percebeu que aquela linha de investigação irritante não tinha sido totalmente inocente. Eles começaram tentando irritá-la, e como haviam se passado dezessete anos desde que Francesca vira os filhos pela última vez, não podia culpá-los por aquilo. Mas ela estava tentando compensar o tempo perdido. E talvez, com o passar dos dias, os três se dessem conta de que tinha mais naquela história do que apenas o que o pai lhes contara. Mas, por enquanto, ela trabalharia com o que tinha em mãos.

Francesca respirou fundo.

— Coll saiu de casa agora há pouco, depois de anunciar que havia encontrado uma inglesa com quem se casar.

Niall a encarou, espantado.

— Ele disse isso?

Ah, então nem os irmãos dele sabiam. Aquilo significava alguma coisa — e, muito provavelmente, não era nada bom.

— Sim, disse. Isso depois de discutirmos se o meu acordo com Angus determinava que vocês três se casariam com damas inglesas ou com mulheres inglesas.

— Mulheres inglesas — respondeu Niall. — Mas se ele encontrou uma moça, então...

— Ele encontrou uma *atriz* — afirmou Francesca, dizendo a palavra quase com nojo. — E pretende se casar com ela. É claro que também declarou que no momento faz o papel de protetor dessa mulher, ou seja, sem dúvida ao meio-dia todos em Londres já saberão que meu filho mais velho pretende se casar com a mulher que ele está... sustentando.

Eloise levou ambas as mãos à boca.

— Coll não faria isso — disse em um sussurro. — Meu casamento é daqui a quatro semanas, mamãe!

— Sei muito bem disso, minha querida. Por isso estou escrevendo ao seu pai para alertá-lo de que Coll está prestes a jogar a linhagem dele no lixo. O que quer que Angus pense dos *sassenachs* em geral, orgulho nunca lhe faltou. E Persephone Jones não se tornará membro da família MacTaggert.

A filha abaixou as mãos, então voltou a erguê-las.

— Persephone Jones? Ela é... Todos sabem quem ela é. Não podemos nem fingir que Coll não sabia que ela era atriz.

Niall inclinou a cabeça, os olhos verdes quase transparentes, idênticos aos da irmã mais nova.

— Até eu sei quem é Persephone Jones. Ela era Julieta no teatro na noite em que Coll saiu e deixou Amy comigo... e sempre serei grato a ele por isso.

Francesca estava prestes a argumentar que Coll havia provocado uma grande confusão naquela noite no teatro Drury Lane — e que tinha começado outra confusão no Saint Genesius na noite anterior —, mas se conteve. Para Niall, aquela noite de *Romeu e Julieta* fora provavelmente a mais importante dos seus 24 anos de vida, porque conhecera Amelia-Rose Baxter. Pensando melhor, Francesca deveria ter percebido que apresentar Coll a jovens damas elegíveis no teatro era um erro grosseiro — um erro que ela havia repetido na noite anterior, com resultados desastrosos.

— Talvez o meu acordo com o pai de vocês não determinasse que os três se casariam com *damas* inglesas, mas essa era a intenção — disse ela, voltando a conversa para o problema em questão. — Eu queria uma forma de ter novamente os meus filhos na minha vida. Se Coll fizer o que ameaçou e se casar com alguém tão abaixo da sua posição social... não apenas com uma plebeia, mas com uma mulher tão inaceitável... ele será marginalizado pela sociedade. O nome MacTaggert será sussurrado e ridicularizado por trás dos leques. Nenhum de nós será bem-vindo nas casas dos nossos pares.

Niall deu de ombros.

— Eles não são *nossos* pares. São seus. De qualquer forma, não creio que Coll se importe em ser bem recebido na maioria das casas *sassenachs*.

— Eu me importo — afirmou Eloise. — E Amy também. E Miranda. Não são mais só vocês três e as Terras Altas, Niall.

A expressão do MacTaggert mais jovem passou de bem-humorada para preocupada.

— Amy não gosta de que as pessoas olhem de soslaio para ela.

— Seria diferente se ele amasse essa atriz — continuou Eloise —, mas nunca ouvi Coll mencionar o nome dela. E, pela maneira como ele costuma sair do teatro assim que a peça começa, acho que nunca viu Persephone Jones em cena. Ele só está tentando criar problemas.

Se aquilo fosse apenas um rompante, o último grito de desafio de Coll antes de escolher alguém aceitável... Bem, poderia ser administrado. Mas Francesca tinha ouvido várias conversas entre os irmãos e sabia que o plano original de cada um deles era encontrar uma cabeça-oca qualquer, se casar com ela, consumar o casamento, então deixá-la para trás na Inglaterra, enquanto voltavam para a Escócia. Se aquele continuava a ser o plano de Coll, então Francesca supunha que o filho não se importaria com quem se casasse, porque não estaria em Londres para enfrentar qualquer consequência social.

— Espero que você e seus irmãos saibam, Niall — falou ela devagar —, que moverei céus e terra para ver vocês felizes. Ao mesmo tempo, sou filha do nono e último visconde Hornford, um homem muito respeitado, de uma família honrada. Sou uma MacTaggert, e orgulhosa disso, mas também sou uma Oswell. Isso... Não. Isso não pode acontecer. — Ela voltou a erguer a pena. — E é por isso que estou escrevendo para o seu pai para informá-lo das intenções de Coll.

Eloise ofegou.

— A *senhora* está escrevendo para o papai?

— Preciso fazer isso. Ele é livre para desfrutar de suas brigas, e bebidas, e... seja lá a que farra esteja se dedicando. Angus pode optar por continuar fingindo que está em seu leito de morte devido ao choque do seu noivado, Eloise. Mas, não importa quanto finja, isto não vai agradá-lo nem um pouco.

A expressão de Niall se transformou em uma carranca.

— Não, não vai. A situação poderia até terminar em socos. Mas se acha que isso vai afastar o nosso pai das Terras Altas, *màthair*, sugiro que espere sentada.

— No que diz respeito a Angus MacTaggert, parei de esperar qualquer coisa há muito tempo, meu caro. Tenho mais esperança de que você e Aden sejam capazes de ponderar com Coll do que em qualquer possibilidade de o seu pai fazer alguma coisa minimamente razoável e responsável. Mas como mãe, como uma Oswell e como uma MacTaggert, preciso fazer tudo o que puder. E isso inclui escrever uma carta para Angus.

— Ponderação e Coll não são amigos íntimos quando ele está irritado — comentou Niall.

Francesca não admitia com frequência que não sabia o que fazer. Na verdade, aquela talvez fosse a primeira vez em dezessete anos que fazia aquilo. Se Coll estivesse falando sério sobre aquela mulher, ela precisaria de mais reforços do que os formidáveis irmãos MacTaggert — os dois restantes, pelo menos — poderiam fornecer. Mesmo que os reforços consistissem em Angus MacTaggert, lorde Glendarril. Marido dela.

Capítulo 4

"Tais coisas bem-vindas e malquistas ao mesmo tempo...
São difíceis de reconciliar."
                    Macduff, *Macbeth*, Ato IV, Cena III

— MAS QUANDO O PEÇA Escocesa fizer seu grande solilóquio sobre a *chama breve*, ele deveria...

— É a peça que é chamada de "peça escocesa" — observou Persephone, erguendo os olhos dos papéis com o texto e várias anotações. — Não o personagem, meu caro.

Gordon Humphreys fez uma careta para ela enquanto o resto do elenco reunido ria por trás das próprias páginas de texto.

— Diga o que quiser, mas, da última vez que apresentei a peça escocesa, três atores contraíram febre, e a nossa Lady Peça Escocesa quebrou o braço quando uma carruagem quase a atropelou.

— O personagem Macbeth diz o próprio nome na peça *Macbeth*, Gordon — argumentou Charlie Huddle. — Você não pode subir no palco e dizer "Eu sou o Peça Escocesa".

— Pelo menos estou tentando evitar a má sorte — retrucou o Macbeth deles. — Ouvi você ontem à noite, Huddle, dizendo àquele *highlander* gigantesco que estávamos prestes a começar os ensaios para a peça escocesa, só que você não a chamou assim. Contar a um escocês provavelmente vai significar ainda mais perigo para nós que ousamos fingir ser escoceses.

Ao que parecia, todos repararam no *highlander*. A própria Persephone mal havia parado de pensar nele por tempo suficiente para cair no sono. Ela se esforçou para conter um sorriso e chegou mais para a frente na cadeira.

— Como Charlie chamou a peça, Gordon?

— Chamou-a pelo nome, Persie. Você não vai conseguir me enganar.

Ela levantou as páginas do texto novamente.

— Ainda é muito cedo. Me dê algum tempo.

— Se Gordon não vai dizer "Macbeth", será um prazer assumir esse papel — anunciou Thomas Baywich, chegando aos bastidores. — Embora eu ainda ache que a minha ideia de ambientar a peça nas ilhas do Pacífico nos renderia os elogios que vem buscando esta temporada, Charlie.

— Não vou interpretar lady Macbeth com os seios nus, como está querendo, Baywich — retrucou Persephone.

— A peça se refere à própria ambientação na Escócia inúmeras vezes. Não podemos ignorar isso para ver os seios da Persie — concordou Gordon. — Por mais espetaculares que eles devam ser. E *eu* vou interpretar o personagem-título. Você é um ótimo e robusto Duncan, Baywich, e será um prazer apunhalá-lo todas as noites.

— Fora de cena — rebateu Thomas Baywich. — Macbeth apunhala Duncan fora de cena. — Ele ocupou o lugar ao lado de Persephone e folheou a própria cópia da peça. — Clive, vamos negociar. Você interpreta Duncan, o rei, e eu interpreto Macduff. Macduff enfrenta Macbeth em um duelo com espadas em cena.

Persephone olhou para o homem alto e ruivo sentado à sua direita. Pelo que ela ouvira dele, Clive Montrose só havia se juntado à companhia deles naquela manhã, atraído ao Saint Genesius por uma quantia bastante generosa e uma promessa do papel principal na produção que seria encenada depois da peça escocesa.

Levando-se em consideração que ele costumava se apresentar no teatro Covent Garden e que fizera aquilo ao longo dos últimos cinco ou seis anos, ela só podia supor que ou ele fora convidado a sair do antigo teatro, ou Charlie Huddle *realmente* lhe oferecera uma grande quantia de dinheiro para levá-lo para o Saint Genesius. A primeira possibilidade fazia mais sentido, já que as trupes de atuação vicejavam com sangue novo — aquilo os ajudava a evitar cair na armadilha de interpretar sempre do mesmo jeito, independentemente da peça.

Quaisquer que fossem os motivos que houvessem levado Clive Montrose para o Saint Genesius, Persephone ainda não tinha conseguido entender bem aquele homem. Se quisesse, Montrose poderia ter disputado o papel principal na peça escocesa, mas optou pelo mais heroico Macduff, apesar de esse personagem ter muito menos falas, e pelo médico, que aparecia ainda menos.

Tão interessante quanto suas escolhas era o fato de ele e ela nunca terem atuado juntos em uma mesma peça. Algumas semanas antes, Persephone tinha ido ao teatro Drury Lane para interpretar Julieta enquanto o Saint Genesius apresentava *A Mad World, My Masters*, e ela também interpretara Julieta no ano anterior, em Covent Garden. Em seus cinco anos atuando em Londres, ela contracenara com quase todos os outros atores da cidade em um momento ou outro. Clive Montrose tinha sido a exceção — até aquele instante.

— Estou satisfeito com Macduff — afirmou Montrose de modo arrastado. — É muito bom interpretar Macbeth, mas achei revigorante representar um personagem que ainda está vivo no final de uma peça.

— De qualquer forma, tudo isso já está resolvido — afirmou Charlie Huddle. — Eu decido qual papel cada um desempenha. *Esse* foi o nosso acordo, para impedir que vocês, loucos, brigassem por causa disso. Podemos começar?

— De qualquer forma, não sei por que vocês estão brigando — interveio Jenny Rogers. — Todos os cavalheiros virão ao teatro para ver Persie. Um galo poderia interpretar Macbeth e viriam mesmo assim.

— Fala a Bruxa Número Um — retrucou Gordon Humphreys.

— E também lady Macduff, seu velho molenga.

— Quero que saiba que não sou nada molenga, milady. Ainda me ergo orgulhoso como um mastro de bandeira.

Persephone já descobrira que aquela era a questão com os atores: cada um queria ser o centro das atenções, portanto, cada comentário seria seguido por outro mais inteligente ou mais engraçado até que a situação se tornasse absurda e ridícula. E ela adorava aquilo.

Charlie Huddle não devia gostar tanto, mas pelo menos estava acostumado, por isso se recostou na cadeira e pegou sua xícara de chá já frio, até as risadas cessarem de novo.

— Cena de abertura — disse ele, assim que tudo se acalmou. — Vamos precisar de muitos relâmpagos e trovões para ela, Harry.

O assistente de palco assentiu e fez anotações nas margens da própria cópia da peça.

— Vou resgatar as chapas de metal pesado e as lanternas de mineiro.

— Entram três bruxas — continuou Charlie Huddle, e Jenny, Rose e Sally se levantaram para dizer suas falas.

Naquele momento, uma grande sombra se deslocou em um canto do salão de ensaio. Por alguns segundos, Persephone imaginou que a maldição da peça escocesa havia de fato ganhado vida, porque a figura que se formava ao se aproximar da luz usava um kilt e parecia ter muito mais de um metro e oitenta. Logo em seguida, um rosto emergiu das sombras e o coração dela falhou por um instante. Talvez Coll MacTaggert não fosse Macbeth, mas ele poderia ser algum deus pagão das antigas Terras Altas, iluminado por uma luz amarela e esculpido com tamanha perfeição por alguma mão desconhecida. *Problema*, dizia o coração disparado dela. *Problema*.

— Meu Deus — arquejou Gordon. — Nós invocamos o próprio Peça Escocesa.

— Foi você que chutou o traseiro de Claremont ontem à noite, não foi? — perguntou um deles.

— *Aye* — respondeu Coll.

Seus olhos encontraram o rosto de Persephone e permaneceram fixos nela.

Problema, gritou a mente dela, como se seu coração não tivesse soado o alarme alto o bastante.

— Bom dia, MacTaggert. Você nos pegou ensaiando.

— Não vim assistir a um ensaio — respondeu ele com aquele sotaque profundo e ressonante. — Vim ver você, moça.

— Ah, alguém traga os meus sais — sussurrou Jenny. — Vou desmaiar em cima dele.

— Uma pergunta, meu bom homem — interveio Gordon —, quanto você cobraria para me ajudar com um autêntico sotaque escocês? Isso poderia ser exatamente o que impressionaria os críticos com o meu Peça Escocesa.

— Com o seu o quê?

— Ele se recusa a dizer o nome da peça ou do personagem — explicou Persephone.

— Você é miolo mole, então?

Thomas Baywich deu uma risadinha.

— Isso está em debate.

— É verdade que os escoceses comem os bebês dos seus clãs rivais?

Lawrence Valense entrou na conversa com o falso sotaque escocês que assumira desde o momento que todos chegaram naquela manhã.

— Seus selvagens, deixem MacTaggert em paz — intrometeu-se Persephone, antes que uma briga estourasse.

O *highlander* destruiria toda a trupe dela sem sequer suar a camisa, imaginou, e então nenhum deles teria condições de aparecer no palco por semanas.

— Acho que consigo me defender sozinho — falou o visconde, sem saber que ela estava ciente de que ele era um visconde. — Não estou aqui para dar aulas aos *sassenachs* sobre como falar como um *highlander* e nunca comi nenhuma criancinha, mas, se voltar bastante no tempo, sou do sangue de Banquo. Qual de vocês interpreta o rapaz?

— Esse seria eu — disse Lawrence Valense por trás da barba espessa que ele havia afirmado ter deixado crescer especialmente para o papel.

Persephone achava que a barba era pura preguiça, já que Valense sempre ia atrás de qualquer papel de homem barbudo que estivesse disponível.

— Ah — retorquiu MacTaggert, surpreso. — Você se parece mais com o Papai Noel do que com o pai dos reis.

Uma risada alta escapou dos lábios de Persephone antes que ela conseguisse contê-la. O rosto de Valense — a parte visível acima da barba — ficou vermelho como um tomate, enquanto o restante da trupe se juntava às gargalhadas.

— Quero que saiba, senhor, que, de acordo com a minha pesquisa, Banquo usava barba.

— *Aye*, uma barba discreta, dizem. Você não vai encontrar nenhum guerreiro com uma barba tão cheia assim. Tornaria fácil para o seu oponente agarrar a sua cabeça e cortá-la. Cortar a cabeça, quero dizer, não a barba.

— Essa explicação já me basta — acrescentou Charlie. — Valense, apenas uma barba curta. Ninguém se importa com seu queixo pequeno além de você.

— Não é...

— Talvez eu pudesse mostrar o teatro a MacTaggert — sugeriu Persephone, levantando-se. — E quem sabe eu consiga convencê-lo a nos dar algumas dicas sobre um bom sotaque escocês.

— Sim, faça isso, Persie. De qualquer forma, você não tem nenhuma fala até a cena cinco — disse Charlie Huddle. — Eu lhe devo uma por se livrar de Claremont, *highlander*, mas, por favor, seja breve. Você está atrapalhando o ensaio.

— Ah, deixe-o ficar — protestou Jenny, encolhendo os ombros para deixar cair ainda mais a manga do vestido de estilo boêmio. — Eu poderia convencê-lo a nos ensinar seu sotaque.

Persephone pousou a mão no braço do gigante.

— Venha, MacTaggert, antes que as três bruxas comecem a arrancar as suas roupas.

Ele assentiu em meio às risadas de todos e seguiu-a em direção à frente do palco. Persephone adorava o dia em que começavam os preparativos para uma nova peça, com a chegada de mais trabalhadores e novos atores, o cheiro de serragem e tinta, os sons de martelo e serra, os ajustes dos figurinos e os trechos de diálogo que entreouvia enquanto os atores ensaiavam seus personagens pela primeira vez.

— Não era minha intenção me intrometer — bradou o gigante atrás dela. — Queria trocar uma ou duas palavrinhas com você e ir embora, mas fui arregimentado pelos carpinteiros que tentavam manter uma floresta de pé, e você ainda não tinha chegado.

Persephone o encarou assim que eles se afastaram o suficiente para conversar sem serem ouvidos.

— Você estava ajudando a montar uma floresta?

— *Aye*. O Bosque de Birnam, eu acho. Ajudei a colocar a floresta em cima de rodinhas para que não precisassem carregá-la para toda parte.

Rodinhas por baixo da floresta. Uma ideia brilhante, na verdade — e que talvez evitasse que os ajudantes de palco ficassem tropeçando uns nos outros durante o que deveria ser uma cena emocionante.

— As rodas foram ideia sua, então?

— *Aye*. Aquele conjunto de árvores ontem à noite quase me matou nos bastidores, então pensei em...

— Você é muito charmoso.

— Não sou, não. — Ele balançou o emaranhado de cabelo rebelde. Parecia selvagem. Indomável. Aquilo era bastante atraente. E excitante. — Meu irmão mais novo, Niall, é o charmoso da família. Eu sou o MacTaggert que geralmente fala o que pensa. Por exemplo, deveria estar no Hyde Park esta manhã, mas a minha montaria me trouxe até aqui. Acho que não tenho do que reclamar. Você tem?

Ele era só mais um, então? Outro homem poderoso disposto a lhe fazer um favor ou a lhe comprar uma bugiganga qualquer, esperando algo em troca? E estava apenas negociando o preço dela naquele momento? Se o homem à sua frente fosse apenas Coll MacTaggert, Persephone saberia melhor em que terreno estava pisando. Mas o título que ele tinha complicava tudo.

— Esse é o seu papel, então? — perguntou ela, o tom um pouco brusco.

MacTaggert inclinou a cabeça e uma mecha daquele cabelo rebelde cor de âmbar caiu sobre um dos seus olhos verdes.

— Como assim?

— O papel que você interpreta — esclareceu Persephone. — Do rapaz afável das Terras Altas, um pouco tolo, esbarrando nas coisas por aí pelo que parece ser mera sorte e ainda assim chegando aonde pretende estar, no momento em que deseja, sem se vangloriar disso, deixando todos à vontade porque lhe convém fazê-lo, embora deixando no ar que poderia ser muito mais temível, se quisesse.

Os lindos olhos cor de esmeralda se estreitaram ligeiramente.

— Fiz alguma coisa que a ofendeu, sra. Jones?

— Você mentiu para mim. Não é apenas Coll MacTaggert. Visconde Glendarril, certo?

Ele suspirou.

— Sou Glendarril, mas optei por não divulgar essa informação. Não preciso desse título pendurado no meu pescoço para fazer uma moça me notar. Portanto, não menti. Só deixei o adorno de fora. — O visconde a estudou por um breve momento. — E de que cor é o seu cabelo, *sra.* Persephone Jones? Acho que não sou o único desempenhando um papel.

Nossa, aquele disparo tinha passado muito perto do coração dela. Mas MacTaggert só estava revidando porque havia sido atacado primeiro, lembrou a si mesma.

— Eu valorizo a minha privacidade — disse num tom de voz mais alto, dando de ombros. — Não gosto de ser perseguida enquanto realizo minhas tarefas diárias. E prefiro viver em um lugar onde corro menos risco de ser abordada enquanto eu podo as minhas roseiras.

— Eu poderia evitar que fosse perseguida por aí.

Ele se recostou na parede e cruzou os braços diante do peito.

Em reação àquela postura tranquila mas atenta de predador, Persephone teve a sensação de que uma descarga elétrica descia lentamente pelo seu couro cabeludo, por sua espinha, chegando ao meio das suas coxas.

— E quem impedirá *você* de me perseguir? — Ela conseguiu se forçar a perguntar em um tom tranquilo.

— Você quer que eu vá embora, então? É só dizer, moça. Não tenho intenção de forçar as minhas atenções a uma mulher relutante.

Ah, não, ela não queria que ele fosse embora.

— Então suponho que haja uma diferença entre você e alguns outros cavalheiros nobres que conheço. Mas ouvi dizer que está aqui em Londres para encontrar uma esposa, milorde. Tem certeza de que deseja perder o seu tempo andando atrás de mim?

Mesmo que ela se sentisse tentada. Mesmo que estar nos braços dele pudesse fazê-la se sentir... segura. E muito excitada.

MacTaggert abriu um breve sorriso.

— Para ser honesto, é a minha mãe, lady Aldriss, que deseja que eu me case. Ela e o meu pai assinaram um acordo antes de ela abandonar as Terras Altas. Se os meus irmãos e eu não nos casarmos antes da minha irmã, haverá consequências com as quais não podemos arcar. E Eloise vai se casar em menos de quatro semanas.

— Então por que diabo está aqui perdendo tempo conversando comigo?

— Eu lhe disse que estava no Hyde Park. Mas acabei ofendendo uma moça sem querer e me afastei para esperar que um grupo diferente de moças aparecesse. Então, acabei aqui. Voltarei para lá porque tenho o dever de fazê-lo. Esta manhã, no entanto, estou aqui.

— Entendo as suas objeções em ser forçado a se casar, mas responsabilidades são responsabilidades.

— Isso é verdade. Minha mãe jogou duas moças em cima de mim ontem à noite. Foi assim que acabei nos bastidores, onde conheci você. Ela não vai parar de se intrometer, por isso, antes de sair de casa esta manhã, disse a ela que pretendia me casar com *você*. Isso deve deixá-la um pouco desnorteada e me dará tempo para que eu mesmo encontre uma mulher para mim.

Foi como se o chão se abrisse, deixando à vista uma escuridão enorme, infinita abaixo dela. Ela esticou a mão e se agarrou à coisa mais firme ao seu alcance: o braço do visconde.

— Ei, moça — murmurou MacTaggert, enquanto passava o outro braço ao redor dela e a guiava até um dos seis tronos espalhados pelos bastidores.

Persephone se sentou pesadamente e abaixou a cabeça até sua visão voltar a clarear.

— Cavalheiros não se casam com atrizes — afirmou, sem conseguir conter o tremor no final da frase. — Lady Aldriss deve ter ficado atormentada.

— Ela parecia ter engolido um inseto depois que falei. Preciso me casar, sei disso. Mas enquanto a condessa estiver preocupada com você e comigo, e fazendo tudo o que pode para jogar um balde de água fria nos meus planos, terei um mínimo de tempo para encontrar a minha própria esposa. Mas ainda não estou casado, sra. Jones. E você também não.

Enquanto Persephone o escutava, sentiu o sangue começar a retornar aos dedos das mãos e dos pés e a aquecer outras áreas mais privadas. MacTaggert só estava criando uma distração quando disse à mãe que pretendia se casar com ela. Na verdade, não estava falando sério. Graças a Deus. Em primeiro lugar, aquilo significava que o homem não era um louco e, em segundo lugar, que não lhe traria os problemas e as perturbações que Persephone tentava ao máximo evitar. Viver à margem da respeitabilidade não era uma coisa fácil, mesmo nas melhores circunstâncias. Agir como a noiva de um visconde que em algum momento se tornaria conde, ou mesmo ter aqueles rumores pairando sobre ela, teria sido... terrível.

— E aqui estava eu, debatendo se era Rosalinda, Julieta ou Beatriz que você esperava encontrar nos bastidores, e qual delas desejava. Em vez disso, você só precisava do meu nome para chocar a sua mãe. E para se divertir um pouco no quarto, é claro.

— Mais do que um pouco, espero. Caso não saiba, ontem à noite foi a primeira vez que a vi atuando. Não estou buscando nenhuma dessas outras moças. Mas admito que ver você andando por aí com aquela calça chamou a minha atenção.

Persephone conteve um sorriso.

— Se foi Ganimedes que achou atraente, milorde, talvez esteja procurando algo que não posso oferecer.

Glendarril franziu o cenho, assumindo uma expressão carrancuda.

— Não foi Ganimedes, mulher. Meu Deus!

— Mesmo assim, você...

— Claremont afirmou ser seu protetor. Ontem achei que isso significava que ele mantinha os outros rapazes longe de você e a acompanhava para fora do teatro em segurança. Desde então, ouvi essa mesma palavra ser usada algumas vezes e estou deduzindo que não significa o que pensei. Ou que significa mais do que eu imaginava.

Ela sentiu o rosto quente.

— Ele se autodenominava meu protetor, sim. Isso não quer dizer que alguma vez tenha visto o interior do meu quarto. Mas essa costuma ser a... suposição que acompanha a palavra. Certamente era o que Claremont queria, quer eu concordasse ou não.

— Ele estava discordando de você sobre a parte que envolvia o quarto quando o coloquei no lugar dele. — Olhos mais aguçados do que Persephone esperava ver examinaram o rosto dela por um longo momento. — Eu serei seu protetor. Deus sabe que precisa de um, se tem homens arquejando atrás de você o tempo todo, como vi ontem à noite. Quanto ao resto, já lhe disse o que eu quero. Responda como quiser. Preciso de você para assustar a minha mãe. E escolhi você porque despertou o meu interesse.

Persephone sustentou o olhar dele. O visconde não era o único que tivera o interesse despertado.

— Você é um enigma, milorde. Se for uma dama como Rosalinda que deseja, ficará desapontado. Agora sou lady Macbeth.

O visconde balançou a cabeça.

— Você é ambas e nenhuma das duas. Não sou tão estúpido quanto pensa que finjo ser. — Glendarril olhou por cima do trono para os atores reunidos ensaiando, que não podiam ouvi-los. — Agora me diga onde mora e não vou mais incomodá-la aqui.

— Não.

Ele ergueu uma sobrancelha.

— Você também é um enigma, Persephone Jones. — Ele se inclinou sobre ela, com uma das mãos em cada braço do trono. — Pelo menos me diga a verdade sobre o sr. Jones.

Glendarril era o primeiro homem que lhe fazia aquela pergunta. Mas Persephone achava que não se importava com o que aquilo significava. Ela não precisava do dinheiro de ninguém e, embora lhe agradasse a ideia de ter alguém mantendo todos os outros homens a distância, era *capaz* de se defender sozinha. Aquilo estava se tornando uma questão de o que ela queria, e *decidir o que queria* se tornava mais complicado a cada momento. A última coisa de que precisava na vida era de algum tipo de complicação. Elas nunca a levavam a um lugar agradável.

— Tenho uma profissão escandalosa, lorde Glendarril — falou por fim. — Ser esposa, ou viúva, de alguém me dá um ar de respeitabilidade. Isso não impede que as mulheres decentes me virem as costas numa modista, mas garante que elas venham ao teatro para ver as minhas peças. Também me permite encontrar lugares respeitáveis para morar. Não, não existe nenhum sr. Jones. No entanto, ele me atende muito bem à revelia.

— Você não precisa se defender por ter inventado um marido, Persephone Jones. Eu mesmo inventaria uma esposa, se isso satisfizesse os advogados.

Ela poderia mergulhar naqueles exuberantes olhos verdes. Persephone se obrigou a sair do devaneio. Ainda carregava consigo mais do que um pouco da jovem Rosalinda apaixonada que acabara de interpretar.

— Um dos seus irmãos se casou recentemente, não é mesmo?

— *Aye*. Niall. E meu outro irmão, Aden, vai se casar daqui a uma semana, no sábado. — Ele assumiu uma expressão irritada muito atraente. — De qualquer modo, malditas sejam todas as mulheres *sassenach* e seus modos dissimulados.

Coll MacTaggert se sentou no trono ao lado do dela. O trono do rei João, lembrou-se Persephone.

— Eu havia pensado em lhe pedir que fosse ao casamento de Aden comigo, para manter a minha *màthair* desorientada por mais algum tempo, mas, como você quase caiu no chão quando mencionei a possibilidade de nos casarmos agora há pouco, isso talvez seja uma má ideia.

Apesar daquelas palavras, ele continuou a fitá-la. Persephone se perguntou se o homem ao seu lado compreendia a enormidade do que havia lhe dito. Ela conhecia lady Aldriss apenas pela reputação e gostava bastante da ideia de chocar a aristocracia, mas o fato de a condessa ter mantido um camarote no Saint Genesius pelos últimos seis anos, ao menos, fazia com que ela abominasse a ideia de ofender a mulher. Lady Aldriss tinha uma voz poderosa em meio à alta sociedade.

— Sim, acho que seria uma má ideia — concordou Persephone.

— Estou começando a achar que você não gosta de mim. — O gigante voltou a se levantar e estendeu a mão para ajudá-la com uma gentileza surpreendente. — Deixe-me levá-la para almoçar, pelo menos.

Persephone suspirou internamente. Não pelo excesso de autoconfiança de que a maioria dos homens sofria, pela crença de que eram irresistíveis a toda e qualquer mulher, mas sim pela ideia de sair e se sentar para almoçar com um homem muito bonito e interessante só porque ele havia convidado — não exigido. Porque ele não começara aquela conversa esperando que ela obedecesse, em troca da boa ação que lhe fizera.

— Eu não...

Glendarril levantou uma das mãos.

— Espere. Vamos tentar uma coisa antes, então você me responde.

Depois que Persephone assentiu, curiosa, ele fez uma careta e inclinou a cabeça mais uma vez, sempre encarando-a. Então, antes que ela pudesse perguntar o que ele achava que poderia convencê-la, o visconde deu um longo passo à frente, abaixou a cabeça e a beijou.

Os lábios de Glendarril encontraram os de Persephone, cálidos e seguros de si, enquanto ele colocava as mãos em cada lado do rosto dela e erguia seu queixo. Insinuações, promessas e coisas não ditas, mas profundamente sentidas, a abalaram de uma só vez, fazendo seu coração disparar, levando seus pulmões a clamar por ar e seus olhos a se fechar, enquanto ela tentava absorver tudo.

Devagar, ele afastou os lábios dos dela.

— Vai aceitar o meu convite para o almoço, Persephone Jones?

Deus do céu. Conseguir verbalizar uma resposta exigia muito mais esforço do que deveria, provavelmente porque a resposta que ela precisava dar não era a que queria dar.

— Você beija bem — conseguiu dizer Persephone, piscando algumas vezes e tentando recuperar o juízo. — Ou "Beijas tão bem", como diria Julieta.

— E *você*, o que diz, então?

— Eu digo que não. Não preciso de um protetor, e você precisa encontrar uma noiva. Portanto, agradeço, mas você me trará mais problema do que preciso na minha vida, lorde Glendarril.

Ele endireitou o corpo.

— Acredito que você também me traria mais problema do que preciso, moça. Se mudar de ideia, talvez eu esteja disposto a descobrir uma forma de superar isso.

Com um breve sorriso que não alcançou seus olhos, Glendarril deu as costas e foi embora.

Persephone suspirou. Um pouco de diversão... como se fosse possível. Coll MacTaggert era o tipo de homem que virava a cabeça de uma mulher. Era uma pena que ela não quisesse ter a cabeça virada. Ou melhor, ela queria, mas não desejava — não *precisava* — dos problemas que viriam com ele.

— Persie, Huddle está lendo as suas falas — bradou Gordon Humphreys do seu canto no fundo do teatro. — Pelo amor de Deus, venha nos salvar!

Ela se levantou do seu trono emprestado. Sim, Coll MacTaggert era uma distração de que não precisava.

Quando Persephone deu um passo à frente, quatro sacos de areia caíram sobre o trono que ela acabara de desocupar, reduzindo-o a lascas de madeira. Algo resvalou em seu rosto quando se virou, e ela tocou o ponto atingido. Seu dedo ficou manchado de sangue. *Deus do céu.*

Uma algazarra irrompeu ao redor, questionamentos sobre o barulho e sobre a segurança dela por parte dos que estavam próximos o bastante para ver.

— Persie! Está ferida? — gritou Charlie Huddle quando chegou ao lado dela. — Meu Deus!

— É a peça escocesa — disse Gordon, a pele pálida ao avistar o trono destruído. — Eu me sentei naquele trono! — Ele quase desabou contra uma viga convenientemente próxima.

— Harry! — chamou Charlie, virando-se para procurar o principal assistente de palco. — Pelo amor de Deus, não pendure sacos de areia enquanto os atores andam por aí! Se perdermos Persephone, podemos muito bem fechar as nossas portas.

— Até onde eu sei, não havia ninguém lá em cima, nos passadiços — respondeu o homem musculoso, com as mangas da camisa arregaçadas, e se agachou para levantar a ponta da corda. — Está empoeirada e desgastada, mas me parece um corte limpo.

— Tolice — disse Charlie. — Você sacudiu as fundações desse teatro a manhã toda com aquelas marteladas.

Beth Frost, filha de Flora e atual chefe da equipe de costureiras do teatro, enxugou de leve o rosto de Persephone, sobressaltando-a.

— Parece que você foi atingida por uma farpa — falou Beth, examinando a pele mais de perto. — Acho que a Charlotte pode cobrir com um pouco de pó e ninguém vai perceber.

— Estou bem — disse Persephone para todos ao redor. — Não é a primeira vez que quase sou golpeada por um saco de areia.

— Suponho que ninguém tenha visto Claremont desde ontem à noite, não é mesmo? — murmurou Charlie baixinho, e se inclinou para também examinar o rosto de Persephone.

Ela sentiu as mãos subitamente frias.

— Ele não faria uma coisa dessas. Foi um acidente.

— Hum. Espero que sim. De qualquer forma, talvez seja melhor manter aquele escocês por perto por alguns dias.

O escocês que ela acabara de mandar embora. O mesmo que tinha quatro semanas para encontrar uma noiva e que irritara a mãe apenas por mencionar o nome *dela*. O que colocara Claremont em seu lugar, provavelmente deixando o conde furioso o bastante para… tentar matá-la? Não, aquilo não fazia sentido. Ainda assim, Coll se oferecera para ser seu protetor sem nenhuma expectativa de que Persephone lhe garantisse qualquer tipo de recompensa.

— Volto em um instante — avisou Persephone.

Ela deu meia-volta, levantou um pouco as saias e saiu correndo em direção à porta dos fundos do teatro.

— Agora Persie enlouqueceu — lamentou Lawrence Valense. — E hoje é apenas o primeiro dia de ensaios. Estamos fadados ao fracasso.

Ela mal ouviu o colega, já saindo do prédio e piscando por causa da luz forte do sol. Alguém assoviou para ela, mas Persephone ignorou ao avistar o *highlander* a meia rua de distância, montado em um grande cavalo preto que parecia um demônio.

— MacTaggert! — chamou, correndo atrás dele e ignorando os olhares e comentários dos transeuntes ao redor.

Ele freou o cavalo e virou a fera, desmontando quando ela o alcançou.

— Esqueci alguma coisa? — perguntou ele, a voz retumbante.

— Vamos terminar os trabalhos à uma hora hoje — falou Persephone, um pouco sem fôlego. — Eu o encontrarei na saída dos fundos, então.

— Achei que você não precisasse dos problemas que trago comig... Que diabo aconteceu com você, moça? — Ele estendeu a mão sem pedir licença e passou os dedos gentilmente no rosto machucado dela.

— Um acidente. Tenho uma proposta de negócios para discutir com você, se quiser mesmo me levar para almoçar. Talvez pudéssemos ajudar um ao outro.

Os olhos verdes dele se ergueram para encontrar os dela.

— Não eram negócios que eu tinha em mente com você, Persephone Jones, mas, como eu disse, você me deixou interessado. Eu a encontrarei aqui à uma hora.

Persephone sentiu alívio — e algo mais que não conseguiu decifrar — percorrer a sua espinha.

— Obrigada, milorde.

O sorriso contagiante voltou a curvar aquela boca muito eficiente, fazendo Persephone se lembrar do quanto gostou de beijá-lo.

— Eu lhe disse para me chamar de Coll.

— Coll, então.

— Assim é melhor. Agora vá ser lady Macbeth, e verei se consigo encontrar um faetonte, uma caleche ou uma daquelas outras carruagens sofisticadas de que vocês, moças, gostam.

Dito aquilo, Coll montou novamente em seu grande garanhão e saiu trotando. Persephone apoiou o corpo na lateral de uma carroça parada ali para descarregar madeira para o Saint Genesius. Se ela estivesse apenas se apavorando sem motivo, e Claremont não tivesse qualquer intenção de feri-la, então aquele seria um acordo unilateral. Por outro lado, MacTaggert — Coll — fora útil para manter afastados os outros admiradores.

Problema, problema. Borbulhante e fervente.

Capítulo 5

"Assim é
Que desejo com os senhores entabular negociações para
que me prestem assistência,
Para que se esconda esse negócio dos olhos do público,
Por várias e ponderosas razões."
  Macbeth, *Macbeth*, Ato III, Cena I

— Não, o senhor não pode conduzir a carruagem sozinho, milorde — grunhiu Gavin, enquanto se abaixava para prender o arnês ao redor da barriga do baio da esquerda, no par que lady Aldriss havia comprado apenas por serem bonitos.

— Mas eu mesmo posso guiar o faetonte. — Coll conduziu o segundo baio até o lugar dele e o manteve firme enquanto o cavalariço terminava de atrelar os dois animais.

— *Aye*, mas então não vai poder descer e caminhar para lugar algum, porque não haverá um cavalariço para segurar a parelha para o senhor.

— Foi por isso que Eloise e Matthew partiram mais cedo no faetonte dele, sem nenhuma criada como acompanhante? Porque ele não pode tirar as mãos das rédeas?

— Acho que essa é a ideia.

— E eu acho que quem pensou isso não sabe conduzir uma carruagem.

Gavin soltou uma risada e se endireitou para dar uma palmadinha no lombo do baio mais próximo.

— Ouvi dizer que foi o senhor quem presenteou o belo rapaz com aquele roxo ao redor dos olhos. Muito bem, milorde. Eu estava começando a achar que teria que fazer isso eu mesmo e então Sua Majestade, a condessa, me demitiria.

— Ela não contratou você, Gavin, então não pode demiti-lo. Mas se chegar o dia em que eu não puder defender a honra da minha própria irmã, então acho que não servirei para mais nada.

Coll olhou carrancudo para o faetonte. Era um veículo estranho... inútil, mas que todos conduziam de um lado para o outro para que os transeuntes pudessem ver bem os ocupantes. Um veículo tipicamente *sassenach* para os modos bobos dos *sassenachs*.

— Você pode guiá-lo, então?

— *Aye*. Mas não me peça para vestir aquela libré chique dos Oswell.

— Se você vai sair — disse a voz de Aden de trás deles —, é melhor ir agora. A *màthair* está vindo para proibi-lo de usar qualquer carruagem com o brasão Oswell se pretende levar uma atriz a bordo com você.

— *Tapadh leat* — respondeu Coll, agradecendo ao irmão mais novo.

É claro que Aden já sabia que Coll havia declarado sua intenção de cortejar a sra. Persephone Jones — sem dúvida, todos na casa já sabiam, e de qualquer modo Aden estava sempre atento a um novo rumor. Enquanto Coll limpava o feno do paletó muito elegante e do kilt não tão adequado, lançou outro olhar ao irmão perspicaz e se viu sendo observado.

— O que foi?

— O que foi o quê? — retrucou Aden, recostando-se na parede externa do estábulo. — Você conhece o preço de não se casar. Seja lá o que esteja fazendo, acho que tem bom senso o bastante para usar o pânico de lady Aldriss a seu favor. E devo dizer que conquistou o meu respeito: passamos oito semanas tentando fazê-la recuar, e você conseguiu isso em uma só conversa.

Coll sorriu, entrou no veículo aberto e fechou a porta baixa e inútil após se acomodar.

— Eu não poderia imaginar que ela toleraria melhor um veado empalhado no patamar da escada de casa do que a ideia de eu cortejar uma atriz.

— *Aye*, mas o veado está *dentro* da casa, onde nenhuma alma pode vê-lo sem que ela dê permissão para entrar. A atriz estará em uma caleche no Hyde Park com o brasão Oswell na porta. — Aden se endireitou e pousou ambas as mãos na borda da porta do veículo. — Você é um homem franco, Coll. Mas uma atriz não é uma criatura franca. Ela encarna mentiras para ganhar a vida. Não deixe de levar isso em conta.

— Não tenho 12 anos, Aden. Mas sei que venho errando desde que cheguei a Londres. Não deveria ter levado tanto tempo para descobrir como usar isso a meu favor.

O irmão assentiu, bateu a porta e se afastou.

— Admito que estou ansioso pelo caos. Vá com tudo, *bràthair*.

Gavin praticamente pulou no banco do cocheiro.

— Sua Majestade está vindo, de fato, e está trazendo três daqueles lacaios *sassenach* com ela. Acho que vamos ter uma briga.

Por mais tentador que fosse esmagar o nariz dos criados tediosos dos Oswell-MacTaggert e deixar claro para a mãe que tentar cerceá-lo era uma missão tola, uma briga não permitiria que Coll estivesse no Saint Genesius à uma da tarde para descobrir o que Persephone Jones queria dizer com "uma proposta de negócios".

— Vá. Agora.

— *Aye* — disse o cavalariço, e assentiu para o rapaz do estábulo, que soltou a parelha e recuou. Com um movimento hábil das rédeas, Gavin fez os cavalos saírem trotando rapidamente.

Coll se virou para olhar, a tempo de ver a expressão zangada da mãe quando a carruagem chegou à Grosvenor Square. Aquela era uma mulher furiosa, que não estava acostumada a ver seus desejos, e muito menos suas *ordens*, ignorados.

Ele conseguia ter alguma simpatia pela condessa — afinal, Francesca tinha ajudado Niall e Aden quando os irmãos haviam precisado da sua influência em Londres. Agora, um estava casado e o outro prestes a se casar, e, embora não tivesse escolhido as malditas noivas para os filhos, lady Aldriss os ajudara a abrir os caminhos em direção ao matrimônio.

Por outro lado, ela havia pegado Eloise, então com 1 ano de idade, e fugido das Terras Altas com a menina quando ele tinha apenas 12 anos. Coll lhe escrevera várias cartas implorando para que ela voltasse, e Francesca nunca se dera ao trabalho de responder. Pelo menos ele havia aprendido aquela lição — os punhos eram muito mais eficazes para transmitir uma ideia do que qualquer linguagem floreada.

A mãe não iria mandar ninguém atrás dele naquele momento, porque não cairia bem. *Rá*. Por ele, os *sassenachs* podiam torcer o nariz quanto quisessem. Iria levar uma moça bonita para almoçar. Depois, talvez passeasse com o faetonte para cima e para baixo no Hyde Park como os outros dândis, para ver que moça casadoira chamaria a sua atenção.

Ou, se Persephone estivesse disposta a algo mais pessoal, ele voltaria ao Hyde Park no dia seguinte. Porque embora não se importasse com um pouco de distração — e até ansiasse por isso, no que dizia respeito à atriz —, Coll sabia que ainda tinha o dever de encontrar uma esposa.

Ele se inclinou para a frente, para checar se a tampa da cesta de piquenique que havia pedido à sra. Gordon permanecia bem presa. Agora que estavam se movendo, Coll podia admitir que gostava um pouco mais do faetonte. Qualquer coisa aberta, de onde se conseguisse ver o céu, tinha a sua aprovação — o diabo sabia que carruagens fechadas, na melhor das hipóteses, lhe davam arrepios.

Coll esticou os braços ao longo do alto do banco traseiro e relaxou o corpo. Bastaria um dia como um homem sem responsabilidades para entediá-lo, mas ser conduzido sob o sol com o vento no rosto, sabendo que estava prestes a conhecer melhor uma moça interessante, tinha seus atrativos. Como benefício adicional, o fato de ser conduzido tornava mais fácil para ele observar os transeuntes, enquanto Gavin os levava pelo coração de Mayfair. Várias moças tentaram chamar a atenção dele, e Coll fez uma anotação mental para tentar se lembrar de cada uma delas. Àquela altura, todas já tinham começado a rodopiar em sua cabeça em um borrão de saias, leques e chapéus, mas tinha que haver uma — *mais* uma, já que Niall encontrara Amy, e Aden conquistara Miranda — mulher aceitável em Londres.

Ele já sabia o nome da maioria das moças disponíveis e havia descoberto ao menos com quais delas não queria se relacionar em nenhuma circunstância: as que fingiam ser cabeças-ocas na esperança de que ele fizesse o que planejara — casar com uma delas, consumar o casamento e então deixá-la para trás com o título de lady Glendarril, enquanto ele voltava sozinho para a Escócia. Quer ele ainda almejasse aquilo ou não, se a questão era casar sem amor, pelo menos desejava ter a garantia de que a esposa seria uma boa matrona para Aldriss Park.

Se tudo se resumisse à lógica e não ao sentimento, então cortejar Persephone Jones em paralelo para um ou dois encontros ardentes e conversas espirituosas poderia ser a coisa mais divertida que ele faria enquanto permanecesse em Londres.

O que quer que fosse que havia nela — se a mudança na cor do cabelo, o raciocínio rápido ou mesmo o horror declarado à ideia de se casar com alguém de posição superior —, algo despertara o seu interesse. *Aye*, talvez a tivesse surpreendido com aquele beijo, mas *ele* o sentira no fundo do peito, onde o beijo o sacudira como pedras em um balde de metal e o deixara... não desconfortável, mas com os sentidos mais aguçados. Como um primeiro aroma de chuva em um dia ensolarado.

— Devo esperar aqui, então? — perguntou Gavin por cima do ombro enquanto parava o faetonte num dos lados da rua estreita.

— *Aye*. Se ouvirem outro *highlander* lá, podem acabar sequestrando você para forçá-lo a ensinar o nosso sotaque a eles.

O cavalariço franziu o cenho.

— Que sotaque?

— Deixe isso para lá, Gavin. Estarei de volta em um instante.

Embora pudesse ter passado por cima da porta baixa do veículo, Coll a escancarou e desembarcou como um cavalheiro. Um dos carpinteiros com quem havia trabalhado mais cedo naquele dia o viu e tirou o chapéu, o que significava que agora todos dentro do teatro já sabiam que ele era um visconde.

De modo geral, Coll não costumava se importar de forma alguma com o que pensavam a seu respeito, mas os ingleses eram tão preocupados com o lugar e o grupo correto a que pertenciam que fingir ser um plebeu parecera... quase libertador. Afinal, era visconde desde o dia em que nascera. Não sabia como era viver sem o título pendurado no pescoço. E, embora outros olhassem para ele com inveja, o título tinha sido ao mesmo tempo uma responsabilidade e uma ferramenta para Coll — lhe dera a incumbência de cuidar de camponeses, aldeões, pastores e agricultores, e os meios e o poder para fazer aquilo.

Ele encontrou Persephone dentro do teatro, passando o texto da peça com Charlie Huddle. Ela estava com a cabeça baixa, e a curva delicada do seu pescoço parecia implorar por um beijo. Coll cerrou as mãos. Nenhum *highlander* digno de ser chamado assim beijaria uma moça sem permissão, inferno.

Então, Persephone levantou a cabeça e encontrou o olhar dele, e Coll perdeu o ar. Sim, ela era uma mulher pela qual valia a pena se distrair, mesmo faltando apenas quatro semanas para salvar o custeio das despesas de Aldriss Park. Se o vestido de musselina amarela que ela usava fosse um pouco menos decotado, se as mangas não fossem tão curtas ou as laterais da saia não se franzissem para mostrar vislumbres dos tornozelos, Persephone poderia até ter passado por uma moça adequada. Mas então ele não estaria olhando para os tornozelos dela, ou admirando o volume dos seus seios, nem imaginando seus dedos roçando a pele nua dos ombros sedosos.

Nove semanas sem compartilhar a cama com uma moça. Aquele era o tempo em que ele estava celibatário, e não estava gostando nada daquilo. Aden havia tratado Mayfair como seu próprio aparador de café da manhã até conhecer Miranda Harris, mas Coll não agira da mesma forma. Não, desde o primeiro dia em Londres, ele havia bradado que toda mulher seria capaz de lhe preparar uma armadilha, e passara dois meses fazendo tudo o que podia para evitar ser pego.

Mas então, na noite anterior, esbarrou com Persephone Jones, que *não* queria se casar com ele. Coll sorriu.

— Espero que não se importe, mas trouxe um piquenique para nós. Está um belo dia e não estou com vontade de comer dentro de nenhum lugar fechado.

Ela assentiu e entregou os papéis ao administrador do teatro.

— Há anos não faço um piquenique. Depois da melancolia de lady Macbeth, o sol será bem-vindo.

— Ótimo, então. Hyde Park?

Persephone hesitou, antes de passar os dedos ao redor do braço dele. Foi uma hesitação muito sutil, mas o hábito de prestar atenção nos mínimos detalhes já salvara a vida dele.

— Está preocupada em ser perseguida por todos os homens que a virem? — perguntou Coll. — Não vou permitir que a incomodem.

— Se você estiver ocupado em arremessar homens para longe por todo o parque, não teremos como conversar sobre negócios — retrucou ela, brindando-o com um sorriso provocador que não chegou aos olhos. — A área que está sendo projetada para o Regent's Park é adorável. E muito mais próxima.

Então ser interrompida não era o que a afligia. Bem, ele havia deixado uma confusão em casa por causa daquele almoço, portanto poderia muito bem aproveitar — onde quer que ela quisesse comer.

— Basta dizer ao meu cocheiro para onde ir, então — concordou Coll.

Quando saíram do teatro, um punhado de homens que estivera vagando pela entrada dos fundos deixou de lado o caos da construção do cenário e se dirigiu a eles. *Ótimo*. Ele talvez não fosse capaz de compreender aquela moça, mas poderia muito bem afastar aqueles cães farejadores.

Coll levou Persephone até o faetonte e se virou para encarar o grupo de homens.

— Deem uma olhada nesse punho — declarou em um grunhido, cerrando a mão direita e levantando-a. — Se algum de vocês quiser conhecê-lo mais de perto, fique à vontade para se aproximar.

— Eu só queria dizer à sra. Jones quanto a admiro — afirmou o maior deles, embora nenhum dos homens tenha dado nem mais um passo sequer.

— Acabou de fazer isso. Vá embora.

— Veja bem, você não pode...

— Podemos ir embora, Coll? — disse a voz de Persephone de trás dele.

Ele não precisou que ela falasse duas vezes. Sem esperar para ver até que ponto os espectadores ficariam indignados e se algum deles gostaria de desafiá-lo, Coll subiu no veículo e se acomodou ao lado dela.

— *Aye*. Vamos, Gavin. Para onde ela lhe disser.

— *Aye*, milorde.

— Para o norte, então para leste, por favor.

Eles seguiram em um trote rápido. A velocidade era provavelmente contrária às regras cavalheirescas de passeios pelas ruas, porém o mais preocupante era a constatação de que Persephone realmente não podia ir a qualquer lugar sem ser perseguida.

— É assim o tempo todo para você, não é? — perguntou Coll, se virando para encará-la.

— É pior quando interpreto uma heroína romântica — explicou ela, olhando por cima do ombro antes de se recostar no assento azul macio. — Mas o interesse deles significa que comprarão lugares no teatro, e é isso que nos mantém empregados. — Os olhos azul-claros encontraram os dele. — Gostaria de discutir os nossos negócios agora, para que você possa decidir se deseja ser visto almoçando comigo ou não.

— Sou todo ouvidos, Persephone Jones.

Ela pigarreou e cruzou as mãos de maneira formal no colo.

— Alguns sacos de areia quase me esmagaram essa manhã.

Aquilo prendeu a atenção de Coll, e não da maneira que ele esperava. A rocha em seu estômago estremeceu, como se ele quase tivesse perdido algo vital, mesmo sem saber que corria aquele risco.

— É por isso que o seu rosto está arranhado, não é? Você não teve outros ferimentos, teve? — perguntou, e estendeu a mão para acariciar o machucado.

— Não. Foi por pouco, mas só fui atingida por uma farpa quando um dos tronos foi destruído.

Coll respirou fundo. Estava acostumado a intervir no momento em que sentia haver algum problema. Ser informado depois do fato ocorrido o deixou frustrado.

— Você acha que não foi um acidente?

— Não sei. Pode ter sido... Já quase fui atingida por sacos de areia antes. Todos nós já tivemos que nos esquivar de coisas que despencaram enquanto ensaiávamos ou já estávamos no palco.

— Você sabe que se os sacos tivessem batido na sua cabeça, não teriam apenas derrubado você, moça.

Persephone cerrou os lábios.

— Sim. Vi isso acontecer uma vez, há alguns anos. O pobre homem quebrou o pescoço. Mas os sacos de areia não me atingiram, nem a ninguém, e como eu disse esse *é* um risco da minha profissão.

— E deveria ter sido prevenido antes que pudesse acontecer.

Ela assentiu.

— Sim, deveria. O pobre Harry Drew ficou horrorizado. Imagino que nesse momento ele esteja verificando todas as cordas e os nós do teatro inteiro.

Coll olhou para ela. Quer Persephone pretendesse fazer pouco caso do acidente ou não, o que acontecera sem dúvida permanecera na mente dela e sem dúvida chamara a atenção dos trabalhadores do teatro.

— Você acha que pode ter sido Claremont.

Persephone o encarou, impressionada.

— Não tenho ideia se foi ele ou não. — Um sorriso curvou seus lábios. — Achei que teria que me esforçar mais para que você chegasse a essa suposição.

— Ah, então você acha que sou um idiota estúpido porque não sou inglês? Quer que eu mate o homem, não é?

— De jeito nenhum! Céus. Achei que eu mesma talvez estivesse tirando conclusões precipitadas. O fato de você logo ter inferido o mesmo me tranquiliza bastante. Mas não quero que mate ninguém, pelo amor de Deus.

Aquilo pareceu menos ofensivo.

— Você tem jeito com palavras bonitas, moça.

O sorriso dela esmaeceu.

— Palavras bonitas são minha ocupação, milorde.

Persephone não gostou que ele tivesse chamado atenção para o seu vocabulário incomum. Coll fez uma anotação mental daquilo, então assentiu e se recostou no assento.

— Aposto que *está* preocupada que Claremont possa criar problemas, por isso agora a ideia de me ter como protetor lhe parece um pouco melhor. Estou certo sobre isso?

— Sim, está.

Ele queria aquilo — a ideia de ter uma desculpa para ficar perto de Persephone e visitar regularmente seu quarto o atraía. Se aquela fosse uma visita voluntária a Londres, ele já teria concordado.

— Tenho uma esposa para encontrar, você sabe. Ma...

— E se eu o orientasse sobre como ser um cavalheiro adequado? — interrompeu ela. — Um pretendente capaz de determinar se uma mulher está interessada apenas no título ou no homem que o detém?

Aquela era a oferta dela? Coll achava que já havia decifrado as mulheres havia muito tempo. A única dificuldade ali era escolher uma com quem passar a vida toda. Mas se, por acaso, Persephone estivesse procurando uma desculpa para tê-lo por perto, ele seria um idiota se não aceitasse.

— Estou ouvindo.

— Desculpe, milorde, mas para onde devemos ir agora? — perguntou Gavin do banco do cocheiro. — Se eu continuar seguindo para o norte e para o leste, vamos acabar caindo no mar.

— Vire na Marylebone Road e siga para leste — disse a moça, antes que ele pudesse perguntar onde estavam erguendo o Regent's Park. — Você verá o espaço do parque à sua esquerda. Então, continue até encontrar um local para um piquenique.

— Devo fazer isso, *milorde*? — perguntou o cavalariço, nem um pouco satisfeito por estar recebendo ordens de uma mulher *sassenach*.

— *Aye*. Como ela diz.

— Como ela diz — resmungou Gavin baixinho, mas fez a curva conforme as instruções.

A não ser por um punhado de criadas domésticas e cozinheiras, Aldriss Park tinha sido uma casa sem moças por dezessete anos. Uma moça com autoridade era algo a que nenhum deles estava acostumado. No entanto, aquilo iria mudar quando a estadia deles em Londres terminasse. Amy e Miranda eram mulheres, e Eloise também iria visitá-los, porque Coll não iria permitir que mais dezessete anos se passassem sem ver a irmã. Quanto à sua própria moça, bem, quer ele gostasse dela ou não, ela seria lady Aldriss um dia, com seus próprios deveres a cumprir.

— Sua proposta, então — falou Coll em voz alta —, é que eu a acompanhe e cuide para que sacos de areia não se atrevam a cair em sua presença, e em troca você vai me ajudar a conversar com uma moça sem fazer com que ela desmaie, fuja ou torça o nariz como se eu tivesse pulgas ou algo assim.

— E também o ajudarei a descobrir que moça o quer por quem você é, e qual delas só quer ser viscondessa.

Algo lhe ocorreu e ele franziu o cenho.

— Não sou um rapazinho virgem, sabia? Já estive com muitas moças. E não tive reclamação da parte delas.

A pele macia do rosto dela enrubesceu.

— Se fosse um rapazinho virgem, milorde, estaríamos tendo uma conversa bem diferente.

— Coll.

— Coll — repetiu ela. — Já interpretei uma dama mais vezes do que posso contar e vi grosseirões tolos se tornarem verdadeiros cavalheiros durante uma peça de duas horas, antes de voltarem a ser eles mesmos. Posso ajudá-lo a conquistar a moça que deseja. E se por acaso os sacos de areia *tiverem sido* um acidente e não um presente de despedida de Claremont, suponho que terá levado vantagem no acordo. — Persephone se virou no assento para encará-lo. — *Se* tivermos um acordo. Temos?

— Eu mantenho os rapazes longe, e você me mostra como atrair moças adequadas. *Aye.* Concordo com isso. Santo André sabe que não tive muita sorte agindo por conta própria, e de jeito nenhum vou permitir que a minha própria mãe escolha uma esposa para mim.

Coll estendeu a mão. Quando Persephone também estendeu a dela, ele segurou-a, evitando perguntar sobre... os aspectos mais pessoais daquele acordo. Já tinha regras suficientes determinadas para a sua vida. Daquilo, cuidaria sozinho. E essa moça *acabaria* nua em seus braços, porque ele vinha imaginando aquilo desde o primeiro instante em que a vira.

— Havia fazendas aqui? — perguntou Coll.

— Sim, de gado e de produção de feno, principalmente. E algumas pequenas casas e lojas. James Burton comprou todas.

— Aquela casa grande ali é dele? — Ele indicou a Holme com um gesto.

— Sim.

— O homem gosta de chamar atenção.

Persephone riu.

— Não tenho como questionar isso. Mas acho que o parque será lindo. Dizem que John Nash está supervisionando o projeto.

— Milorde, já arrumei o almoço de vocês — avisou Gavin, com um pãozinho parcialmente comido em uma das mãos, enquanto se aproximava para checar os cavalos.

— E também provou um bocado dele, pelo que vejo.

— O pãozinho caiu da cesta, eu juro.

Algumas pessoas caminhavam e outras cavalgavam pelos terraços e trilhas inacabados, a maioria delas a caminho dos seus locais de trabalho, ou voltando de lá. Assim que o parque estivesse concluído, sem dúvida começariam os desfiles dos bem-vestidos e Persephone teria que encontrar outro lugar para cavalgar e caminhar, mas, por enquanto, gostava bastante daquele caos agitado e inacabado que encontrava ali. Ela se sentou no cobertor, as pernas dobradas para o lado, enquanto ajustava as saias do vestido de musselina amarela ao redor do corpo. Santo Deus, não conseguia se lembrar da última vez que havia feito um piquenique. Mesmo que estivesse em condições de ser cortejada, aos 28 anos sem dúvida já era uma solteirona. Aquilo, somado à sua profissão e posição social, limitava a quase zero suas oportunidades de comer ao ar livre.

— Gosto daqui — declarou Coll, sentando-se em frente a ela e dobrando os joelhos, e ajustando o kilt para que continuasse a cobri-lo com decência, com uma facilidade inconsciente que fez Persephone perceber, antes de mais nada, que ele usava um kilt com frequência e, em segundo lugar, que já *havia* estado em piqueniques antes. — Não é tão lotado quanto o Hyde Park, e pode-se andar por aí sem se preocupar em a atropelar o cachorrinho de alguém.

Ela sorriu.

— Você não é como nenhum outro visconde que já conheci.

— Vou aceitar isso como um elogio. — Os profundos olhos verdes de Coll dançavam quando ele lhe estendeu uma tigela de morangos. — Meu pai me avisou que todas as moças de Mayfair eram flores de estufa, pequeninas, delicadas e com tendência a desmaios, e que um homem tinha que tomar muito cuidado com elas ou murchariam.

— Um comentário preciso, na verdade — observou Persephone, tentando não gemer de prazer enquanto mordia o morango doce e açucarado. As damas não eram as únicas coisas que viviam em estufas ali em Londres.

Quando ela ergueu a cabeça, viu o olhar de Coll fixo em sua boca, o que a fez exagerar na mordida — só porque era bom ser admirada de maneira tão voraz. Persephone já havia sido cortejada e até saía para jantar com um homem de vez em quando, mas geralmente estabelecia regras com antecedência para evitar qualquer aborrecimento mais tarde. Daquela vez, poderia até dizer a si mesma que o que existia entre eles era apenas um acordo de negócios, uma troca de conhecimentos específicos para benefício mútuo, mas ambos sabiam que era mais do que aquilo.

Na noite anterior, ao sair do palco e vê-lo nos bastidores, Persephone sentira faltar o ar. Mais do que um personagem de outra peça teatral, Coll parecia saído de outro mundo, de um lugar onde os deuses andavam pela terra e flertavam com atrizes que haviam passado tanto tempo interpretando heroínas românticas que às vezes não conseguiam lembrar quem eram fora do teatro. A chegada dele havia sido... emocionante. E, embora Persephone não pretendesse inventar uma desculpa para mantê-lo por perto, não hesitaria em usar um possível acidente para conseguir aquilo.

Fisicamente, Coll MacTaggert era um leão, um predador de juba cheia que não tolerava rivais e nunca havia sido derrotado em batalha. Ao mesmo tempo, era certo que ele ao menos lera a peça escocesa e parecia familiarizado com *Do jeito que você gosta*. Ele logo deduzira os motivos de Persephone para abordá-lo e parecia concordar com a lógica por trás daquilo. Além de tudo, já havia declarado que a desejava e deixara aquilo bem claro sem antes sobrecarregá-la com comidas e presentes e sem fazer com que ela se sentisse obrigada a atendê-lo.

Musculoso, inteligente e perspicaz. Um trio formidável de qualidades nas melhores circunstâncias. O conde de Claremont tinha chegado cheio de encanto e presentes, o que fora interessante, porque Persephone sabia muito bem que, caso escolhesse um protetor, os lobos poderiam até não parar de circular ao seu redor, mas pelo menos parariam de morder seus calcanhares. A maior parte das conversas entre os dois envolvia a riqueza e o poder dele e a beleza dela, e Persephone tolerava aquilo porque era fácil. Afinal, ela ganhava a vida mentindo.

Mas Coll MacTaggert era muito mais direto do que o conde, e Persephone estaria disposta a apostar que a inteligência do escocês também era mais aguçada, mesmo que lhe faltasse muito do refinamento de Claremont. Ela gostava de saber que aquele acordo era realmente mútuo — imaginava que ele poderia se dispor a seguir os conselhos que lhe daria, já que não o faria com lady Aldriss. E se Claremont pretendia criar problemas, aquele homem parecia mais do que páreo para ele.

A única desvantagem, se é que se poderia chamar assim, era que Persephone achava Coll atraente. Muito atraente. Se eles passassem algum tempo na companhia um do outro, ora, aquilo poderia ser tolerável. Mais do que tolerável. Com sorte, depois que se entregassem àquele... interesse que compartilhavam um pelo outro, aquilo passaria, porque Coll precisava encontrar uma esposa, e ela era a coisa mais distante de uma mulher casadoira que se poderia imaginar.

— De onde você é? — perguntou Coll, com a boca cheia de sanduíche.

Persephone se obrigou a voltar ao presente.

— De Derbyshire. Quanto menos falarmos da minha infância, melhor. E você é de perto de Ullapool, pelo seu sotaque.

— A cerca de duas horas de lá. Achei que todos nós, escoceses, soássemos da mesma forma para vocês, ingleses.

— Só para os que não prestam atenção — brincou ela, então pegou o copo de vinho Madeira e tomou um gole. — Por que não fingimos que sou uma jovem casadoira que você acabou de ver caminhando pelo Hyde Park e com quem gostaria de conversar?

Ele fechou a cara, unindo suas sobrancelhas.

— Prefiro conversar com você como você mesma.

Alguém já dissera aquilo para ela antes? Persephone duvidava disso.

— Estou tentando provar que não estou tirando vantagem dos seus… desejos carnais. *Posso* lhe ser útil. Não seria uma perda de tempo.

— Não disse que seria perda de tempo. Conversar com você é muito mais interessante do que tentar pensar em novas maneiras de descrever o clima.

— Mesmo assim. Aqui estou eu, digamos, apenas parada à sombra por um instante. O que você faz?

Por um momento, Persephone achou que ele poderia hesitar. Afinal, Coll parecia um homem muito orgulhoso, e a maioria dos homens hesitava em mostrar suas fraquezas. Mas então ele abaixou os ombros e respirou fundo.

— Socar coisas é mais fácil.

— Sim, mas você não pode abrir caminho para o amor aos socos.

— Não sou obrigado a me apaixonar em quatro semanas. Sou obrigado a me casar em quatro semanas.

Persephone o encarou.

— Você não deseja amar a sua esposa?

— Acho que meus irmãos se apaixonaram pelas moças deles na primeira vez que as viram. Nenhum deles estava esperando por isso. Não acho que se possa sair por aí com a ideia fixa de encontrar o amor. Não tenho ideia de como eu poderia fazer isso. Só o que posso fazer é procurar uma mulher que eu seja capaz de tolerar e respeitar. — Ele deu de ombros. — Alguém capaz de ser uma boa lady Glendarril, e uma lady Aldriss que não fugiria das Terras Altas, e também sinceramente interessada em cuidar dos camponeses, dos pescadores e de suas famílias.

Aqueles últimos comentários teriam relação com a mãe dele? Persephone não falou nada, mas guardou o que ele dissera para pensar melhor a respeito mais tarde. Pelo que ela sabia, lady Aldriss não tinha posto os pés nas Terras Altas desde que as trocara por Londres.

— Bem, então quer encontrar uma jovem dama que tenha compaixão e inteligência e que compartilhe alguns dos seus interesses. Vamos lá, o que você gosta de fazer, Coll MacTaggert? Além de socar as pessoas.

Aquilo fez com que ele a brindasse com um rápido sorriso.

— Não procuro briga. Simplesmente parece acontecer. Mas gosto de estar ao ar livre. Gosto de andar. Gosto de ajudar os rapazes a construir chalés, a consertar telhados com goteiras e a encontrar gado perdido.

E ela gostava de ouvir o ritmo da voz dele, a cadência cantarolada, o sotaque intenso e a profunda sinceridade em seu tom. Persephone conteve um suspiro.

— Colocando em termos mais simples, então, você gosta de ajudar as pessoas. Talvez pudesse se identificar com alguma dama que se dedique a trabalhos beneficentes. Alguém que leia para os idosos ou leve comida para os pobres.

— *Aye*, isso é algo que eu não tinha considerado — falou Coll depois de um instante. Ele baixou os olhos para o sanduíche, terminou com ele e escolheu outro. De repente, seus olhos verde-escuros voltaram a encontrar os dela. — A propósito, notei que você desviou a conversa de si mesma. Voltarei ao assunto quando estiver se sentindo menos nervosa.

Persephone sentiu a respiração presa na garganta.

— Não sou um tesouro misterioso, não importa o que queira de mim. Sou uma moça comum de Derbyshire, que gosta de fingir ser outra pessoa e de ser paga por isso.

— Como eu disse, sei ser paciente — respondeu Coll, sustentando o olhar dela por mais uma dezena de batidas fortes do coração de Persephone, antes de voltar a desviar os olhos. — Não sabia se você preferia maçãs ou laranjas, então tenho ambas aqui, a menos que Gavin já tenha acabado com elas.

— Adoraria uma maçã. E você pode ser paciente como uma pedra e vai continuar a ouvir a mesma história. É a única que tenho para contar.

A expressão de Coll não mudou, mas ele enfiou a mão na cesta e pegou uma maçã vermelha e brilhante, que colocou na mão dela.

— Poderia apostar que uma moça comum que sabe ler e escrever, que é capaz de dizer onde um rapaz cresceu apenas ouvindo o sotaque dele e que usa a personalidade emprestada de outras pessoas com talento o suficiente para se tornar uma celebridade em Londres não é comum de forma alguma — falou calmamente o escocês, voltando a abaixar a mão.

Persephone forçou um sorriso, certificando-se de franzir os cantos dos olhos, para que parecesse genuíno.

— Obrigada por dizer isso. Agora pare de me distrair e mostre como tentaria me envolver em uma conversa. Estamos no Hyde Park, estou parada à sombra. Comece.

— Você é mesmo irredutível. — Coll sacudiu os braços e colocou um sorriso largo no belo rosto. — Bom dia, moça. — Coll se inclinou para a frente e perguntou baixinho: — É de manhã?

— Sim, é de manhã.

— Muito bem, então. — Ele endireitou o corpo, o amplo sorriso mais uma vez no rosto. — Bom dia, moça. Por mais quente que esteja hoje... bem, como você disse que estava parada na sombra, então deduzo que esteja fazendo calor... é o tipo de dia mais adequado para cavalgar do que para caminhar, não acha?

Persephone abaixou a cabeça para olhar para ele por sob os cílios.

— Mas estou a pé, senhor, e satisfeita em continuar assim.

O sorriso dele ficou apenas ligeiramente mais tenso.

— Também estou a pé. Posso caminhar ao seu lado?

— O senhor é muito atrevido. A minha dama de companhia me acompanhará até em casa. Bom dia.

— Que diabo eu fiz de errado, pelo amor de Deus? — bradou Coll.

— Antes de mais nada, você não se apresentou — respondeu Persephone em um tom tranquilo, tentando ao máximo não sorrir diante da óbvia exasperação dele. — Além disso, me pediu... pediu a ela... para decidir de forma muito imediata se queria ser vista na sua companhia ou não. Poderia perguntar se vou comparecer ao... acredito que o baile dos Runescroft será ainda nesta semana, não é?

Coll inclinou a cabeça.

— Então não posso conversar com a moça até que ela tenha a chance de decidir se quer dançar comigo no próximo baile?

— Exatamente. E ela vai querer ir para casa e consultar a mãe ou a acompanhante, descobrir mais sobre a sua reputação, a sua situação financeira, para só então decidir se lhe concederá uma quadrilha, uma contradança ou uma valsa. Se a moça lhe conceder uma valsa, então pode ter certeza de que ela está inclinada a ser cortejada por você. Uma contradança significaria que está sendo educada, mas não está interessada. Uma quadrilha ou um cotilhão, imagino, poderia ser uma coisa ou outra.

— E quanto a um *reel* escocês?

— Como você é um *highlander*, se essa moça lhe conceder um *reel* escocês, então ela é uma caçadora de fortunas e você deveria alegar um problema no joelho e correr para bem longe.

Coll deu uma risadinha debochada.

— Muito ousado, então?

— Sem dúvida.

— Vamos tentar de novo. Mas quero estar de pé, não segurando um maldito sanduíche.

Ele se levantou em um movimento rápido e gracioso e estendeu a mão para ela.

— Ah, um ensaio geral, então — murmurou Persephone, com relutância fingida, e permitiu que ele a ajudasse a se levantar.

— *Aye*. Sou um homem alto, com ombros largos, e isso impacta a forma como abordo uma moça e como ela me vê.

Aquilo fazia sentido.

— Prefere mulheres altas ou baixas?

— Acho que do seu tamanho está ótimo.

— Ah, é mesmo? — disse Persephone, torcendo para que o calor que corria sob a sua pele não aparecesse em seu rosto na forma de um rubor profundo.

Coll fora um perigo desde que o vira pela primeira vez, e aquilo provavelmente não mudaria. Precisava usar a cabeça, não... outras partes do corpo, no que dizia respeito a ele, porque o homem também poderia lhe ser muito útil.

— *Aye*. Agora você fica aí, na sombra, e vou abordá-la.

Persephone endireitou o chapéu e tirou um leque de sua bolsa. Uma jovem retraída, mimada e recém-saída da escola de boas maneiras, concluiu. Sim, aquela jovem em particular sem dúvida seria o maior desafio para ele.

— Gavin, você precisa vir para cá, para ser a minha dama de companhia — falou ela ao cavalariço.

— Não vou fazer isso — respondeu o *highlander* alto, cruzando os braços sobre o peito largo.

— Gavin. Seja a acompanhante — instruiu Coll. — É para o bem de Aldriss Park.

O cavalariço resmungou baixinho e pareceu estar conversando consigo mesmo. Então, com os ombros curvados em uma atitude de derrota absoluta, pisou firme até se colocar ao lado dela.

— Não sei como ser uma dama de companhia — resmungou ele.

— Basta proteger a minha reputação e estar atento às regras de etiqueta e decoro toleráveis de forma geral — sugeriu Persephone.

Gavin estreitou um dos olhos.

— Lembre-se apenas, milorde — falou o cavalariço para Coll em alto e bom som —, que foi o senhor que ordenou que eu fizesse isso.

— Cale-se. Você é uma acompanhante.

Coll se afastou e ficou andando de um lado para outro na clareira por um momento, como se estivesse ensaiando um texto em silêncio, então se abaixou, pegou uma margarida branca solitária na relva e caminhou na direção de Persephone.

Céus, o homem era magnífico, o cabelo ondulando ao vento, o kilt roçando a relva alta, e o paletó e a gravata elegantes apenas acentuavam a impressão indomável que passava.

Persephone afastou aqueles pensamentos para que conseguisse ser útil em vez de se jogar em cima dele, e virou ligeiramente o corpo.

— Estou pensando em talvez usar o meu vestido de cetim azul no baile dos Runescroft, Mary. Ainda tenho aquelas fitas de cabelo prateadas?

O cavalariço se virou para ela.

— Ah, senhorita, acho que seu cabelo ficaria magnífico com pérolas entrelaçadas nos fios — falou o rapaz com uma voz estridente, forçando um sotaque londrino terrível e quase incompreensível. Mas ao menos ele estava tentando.

— Sim, pérolas talvez sejam a escolha certa. Muito bem, Mary.

Gavin segurou as pontas do kilt em uma reverência.

— Vivo para servi-la, senhorita.

Uma grande sombra pairou acima dela, parecendo ainda mais profunda sob as árvores frondosas. Persephone olhou para cima e ergueu o leque para que cobrisse todo o seu rosto, a não ser pelos olhos.

— Meu Deus.

— Bom dia, moça — falou Coll em sua voz retumbante. — Sou Glendarril. Vi essa flor, achei bela, mas agora acho que não é nada comparada à senhorita. Me diga o seu nome, por favor.

Ah, aquilo foi bom.

— Charlotte — decidiu Persephone. — Senhorita Charlotte Rumpole.

— Já basta, grandalhão — declarou Gavin, colocando-se entre os dois. — Senhorita Charlotte, sua mãe a espera.

— Pretende ir ao baile dos Runescroft nesta semana, srta. Charlotte? — insistiu Coll, lançando um olhar furioso para o cavalariço. — Acho que gostaria que me reservasse uma dança, se for esse o caso.

Ela fez uma reverência.

— Talvez eu vá, milorde.

— Ótimo. Então, guarde uma valsa ou uma quadrilha para mim.

Persephone agitou o leque para ele.

— Ah, eu não poderia prometer uma coisa dessas, milorde.

— Bem, não quero uma contradança. Toda aquela pulação. Todos acabam parecendo galinhas fugindo de raposas.

— Não tenho como saber que danças serão oferecidas, milorde. Na semana passada, lady Albert teve apenas uma quadrilha e seis contradanças. No fim, estavam todos tão exaustos que duas damas adormeceram em suas cadeiras. — Ela ergueu os olhos para o céu. — Está um dia lindo, mas preciso ir. Bom dia, milorde.

— Eu ainda gostaria de dançar com você, moça.

Persephone lhe deu as costas e pousou a mão no braço de Gavin.

— Acho que estou vendo a minha mãe ali. Com licença.

E jurou ter conseguido ouvir um rosnado baixo atrás de si.

— E agora? — perguntou Coll, irritado, e continuou a praguejar baixinho.

— Você tentou me forçar a aceitar as suas atenções.

— Não gosto de contradança. Sempre disse isso. Pode perguntar a qualquer um.

Persephone o encarou mais uma vez.

— Só porque você não gosta de alguma coisa não significa que aquilo não seja um recurso necessário para outra pessoa. Se está disposto a aceitar uma valsa, também precisa estar pronto para uma contradança.

— Se tivesse me dito que só me concederia uma contradança, então eu já poderia estar a caminho de tentar encontrar outra moça.

Ela conseguia entender o problema. Coll era um homem direto e, portanto, não gostava dos típicos joguinhos de um cortejo.

— Você precisa ser paciente. Precisa dar a uma mulher mais do que apenas algumas palavras para que ela decida todo o seu futuro. — Persephone sorriu ao ver a expressão irritada dele. — A parte da margarida foi muito boa. Você deveria usar isso. — Ela bateu palmas, então, para animá-lo. — Vamos fazer mais uma vez?

Coll cerrou os lábios.

— *Aye*. Mais uma vez.

Daquela vez, quando colheu a margarida, ele arrancou-a do chão, com raiz e tudo.

— Bom dia, moça — falou, estendendo a flor para ela. — Sou Glendarril. Você é uma flor mais bela do que esse ramalhete. Aceita dançar comigo no baile dos Runescroft?

— Lamento, mas não irei ao baile, milorde — falou Persephone em um tom tímido, afastando-se da flor que deixava cair terra por todo lado.

Coll franziu o cenho.

— Então em que baile eu poderia dançar com a senhorita?

— O meu pai não permite danças, infelizmente. Mas tocarei harpa em um recital de música na quinta-feira. O senhor gostaria de assistir?

— Se eu for ao seu recital, não poderei comparecer ao baile dos Runescroft.

— Mas se o senhor for ao baile dos Runescroft, não poderei aceitar a sua corte. Eu...

Coll deu um passo à frente, levantou-a pela cintura e jogou-a por cima do ombro. O leque de Persephone voou da sua mão quando ela agarrou o braço dele para não cair.

— Acho que você virá comigo agora.

— Coll! Me solte!

— Não. Vou levá-la à igreja agora mesmo e me casar com você — declarou ele.

O cavalariço pegou o leque e bateu com ele no peito de Coll.

— Coloque a srta. Charlotte no chão, seu demônio! — gritou em uma voz aguda.

— Se me bater de novo, Gavin, você e eu vamos ter uma briga.

O cavalariço abaixou o leque.

— *Aye*, milorde.

Por um momento assustador, Persephone não teve certeza se ele estava brincando ou não. Afinal, Coll *havia* ameaçado se casar com ela para irritar a mãe.

— É assim que se faz a corte a uma moça nas Terras Altas? — perguntou, levantando a cabeça e torcendo para que Flora tivesse prendido muito bem a peruca loira, de modo que o fato de ficar de cabeça para baixo não a tirasse do lugar.

— *Aye*. Tenho quatro semanas, Persephone. Se eu tiver que esperar que cada moça converse com a mãe antes que ela me conceda uma contradança quatro dias depois, vou perder o apoio financeiro para Aldriss Park. E não posso permitir que isso aconteça. Estou ficando sem tempo para ser paciente.

— Então encontraremos alguma coisa que *realmente* funcione para você.

Ao ouvir aquilo, Coll retirou-a de cima de seu ombro, até os dois ficarem cara a cara.

— Você é muito boa no papel de uma moça casadoira, Persephone.

— Bem, mas não sou uma moça casadoira.

Ela segurou o rosto dele e o beijou.

Persephone pôde sentir a surpresa de Coll, seguida por algo mais ardente e inebriante. Um som baixo se ergueu do peito dela, que abriu a boca para receber a língua provocante dele. *Santo Deus*. Se ele conduzisse todas as conversas com uma moça com um beijo como aquele, àquela altura já teria cinquenta noivas batendo na sua porta. E lá estava ela, basicamente flutuando.

Mas eles precisavam voltar a pôr os pés no chão — naquele instante —, porque ela não podia se dar ao luxo de ter fantasias. Nem naquele momento, nem nunca.

Capítulo 6

"Por que querem me ver trajado em roupas emprestadas?"
Macbeth, *Macbeth*, Ato I, Cena III

Um leque acertou o ombro de Coll. Ele ignorou, envolvido demais em beijar Persephone Jones e nas consequências que o abraço estava tendo na parte inferior do seu corpo para prestar alguma atenção. Outro tapa, mais forte daquela vez, na parte de trás da cabeça.

Coll levantou a cabeça e viu Gavin já preparando outro golpe.

— Já basta, selvagem — resmungou Coll.

— Se alguma das moças com quem pretende se casar o visse aqui, agora — murmurou o cavalariço —, acho que não o veriam com bons olhos.

Embora estivesse quase vazio, a verdade era que eles estavam no meio de um parque onde qualquer pessoa podia passar. Coll então pousou Persephone no chão com relutância antes de recuar um passo.

— Você está me fazendo achar que eu preferiria um casamento com uma moça imprópria a um com uma adequada — brincou ele.

Persephone pigarreou e alisou a saia antes de voltar a se sentar, enquanto Gavin se retirava para a segurança da carruagem.

— Seja como for, você me disse que precisa de uma dama.

Estritamente falando, a *mãe* exigira que ele se casasse com uma mulher adequada, mas Coll sabia muito bem quais seriam as repercussões se decidisse se casar com alguém que não transitava pelos mesmos círculos privilegiados dos Oswell e MacTaggert. Afinal, estava procurando uma moça que o ajudasse a liderar uma parte do clã Ross.

— *Aye*. Mas, como eu disse, não posso esperar uma semana enquanto cada moça decide se mereço que ela me conceda uma dança ou não.

— É arriscado colocar todos os ovos na mesma cesta. — Persephone pegou a taça de vinho com delicadeza e bebeu tudo. — Você pode tentar várias estratégias ao mesmo tempo.

Ele serviu mais vinho a ela, deixando de lado a própria taça. Mesmo que ainda bebesse, não seria Madeira. Mas a sra. Gordon, a cozinheira, havia lhe dito que as mulheres gostavam da bebida, por isso Coll cedera à sabedoria dela — que estava certa.

— Devo perguntar às moças se desejam dançar comigo em um próximo baile e o que mais, então?

— Você disse que gosta de andar a cavalo. Faça um passeio no Hyde Park pela manhã, quando vai poder encontrar mulheres que também gostam de cavalgar. Pergunte sobre as montarias delas, sobre as melhores trilhas para tal fim, se gostam de caçar, esse tipo de coisa. Você poderia insinuar que vai estar no Hyde Park às oito horas da manhã seguinte, caso queiram aproveitar sua companhia.

— Então… convidar uma moça para cavalgar é mais seguro do que sugerir uma dança? Isso não faz nenhum sentido.

— Uma dama a cavalo pode escapar. Ou nem mesmo aparecer.

Persephone podia até tê-lo acusado de representar um papel, de se comportar como um escudeiro do campo, simplório e cabeça-dura, para deixar as pessoas à vontade, mas ainda assim a moça se deixara levar por aquela narrativa. E aquela era a abordagem com que Coll se sentia mais confortável, mesmo que estivesse, sim, desempenhando um papel. Fora a raiva que atrapalhara a lógica quando ele chegara a Londres e, portanto, se fosse preciso ter um pouco mais de paciência do que ele gostaria para conseguir recuperar a sua reputação, teria que tolerar aquilo.

Além disso, acabara de aprender mais algumas coisas sobre a intrigante Persephone Jones. Ela evitava o Hyde Park e todos os lugares frequentados por mulheres supostamente decentes, o que não era tão estranho, ele supunha, mas parecia quase uma... especialista naquilo. Persephone sabia a que horas do dia a aristocracia cavalgava, que danças significavam que nível de interesse matrimonial e, atriz ou não, havia interpretado a moça inglesa mais perfeita e delicada que ele poderia ter imaginado.

É claro, a mulher *era* atriz. E ótima atriz, de acordo com toda a cidade. E talvez sentisse curiosidade sobre os nobres de sangue azul de Mayfair e lesse as páginas das colunas sociais, além de ouvir rumores e histórias. Talvez Persephone sentisse inveja daquelas pessoas, embora Coll não tivesse percebido qualquer traço daquilo, mesmo quando ela fingira ser uma por alguns minutos.

— Você já esteve em um baile da alta sociedade? — perguntou Coll. — Sem dúvida já foi convidada.

— Sem dúvida fui convidada — repetiu ela, escolhendo outro morango. — Sou uma curiosidade. Mas não, nunca estive em um baile da alta sociedade. Minha posição depende de as mulheres gostarem tanto quanto os cavalheiros das minhas interpretações. Não desejo irritar, ameaçar ou aborrecer nenhum dos gêneros.

— Mas você acabou de me beijar bem aqui, no meio de um parque.

— Não, beijei você bem aqui, no meio do nada. Assim como estou fazendo um piquenique com você no meio do nada. As chances de alguém me arruinar ao nos ver agora são quase nulas. — Ela sorriu para ele. — Não quero decepcioná-lo, mas você não é meu primeiro protetor.

— Em relação a isso. Você resistiu a permitir que Claremont entrasse em seu quarto, digamos assim.

— Ah. — Daquela vez, ela bebeu metade do vinho. — Eu não gostava de Claremont. Ele era bonito, até, e serviu para manter o resto dos aristocratas interessados longe de mim, mas era condescendente, daquela forma muito educada que a elite costuma ter.

— Ele beijou você?

Persephone ergueu um pouco o queixo.

— Sim.

— Você o beijou?

— Está se referindo ao modo como acabei de beijar você? Não. Não há necessidade de ficar com ciúmes.

E lá ia ela de novo, desviando a conversa para ele, sem dúvida achando que ele se sentiria impelido a protestar que não estava com ciúmes, então ela poderia direcionar o assunto para onde quisesse.

— Você vai me dizer onde mora? Estaria mais segura se eu a encontrasse lá e a levasse ao teatro pela manhã.

— Irei por conta própria até o Saint Genesius. Se puder me acompanhar de volta passando pela Pall Mall, isso deixaria claro aos aristocratas que não estou disponível.

E lá se ia a teoria dele de que ela estava evitando a aristocracia. Aquilo estava se tornando mais complicado e ainda mais interessante.

— Mas não pelo Hyde Park?

— Os clubes de cavalheiros, ou pelo menos grande parte deles, ficam ao longo da Pall Mall. É uma rua. Tenho permissão de passar por uma rua a caminho de outro lugar. Hyde Park é um destino em si.

— Um minuto atrás, você estava preocupada com a *minha* reputação — retrucou Coll, olhando para a taça, e começando a se perguntar se uma única dose de bebida seria assim tão horrível. — Me explique por que uma moça ficaria ofendida ao nos ver compartilhando uma refeição, ou nos beijando, mas não andando juntos em uma carruagem.

— Tudo depende da diferença entre rumor e prova, milorde. O...

— Coll.

Ela fez uma careta divertida.

— Coll. Se alguém nos vir juntos em uma carruagem, na rua, posso ser sua amante, você pode ser meu protetor, pode estar me beijando, pode estar me levando para um piquenique. Mas também pode estar só me acompanhando ao teatro.

— Então, se uma moça perguntar o que estou fazendo com você na minha carruagem, posso afirmar que a história mais inocente é a pura verdade.

— Sim.

— E não será mentira, porque eu *estaria* acompanhando você ao teatro.

— Está vendo, não é tão difícil — disse Persephone, com um sorriso que o fez querer beijá-la de novo.

O que ele via — ou estava começando a ver — era que Persephone Jones tinha uma mente muito perspicaz. Não era de se admirar que ela não gostasse de Claremont, apesar da bela fachada e da polidez superficial do homem — Persephone vira além daquela fachada desde o momento em que o conde se apresentara. E aguentara as investidas de James Pierce até ele se tornar insistente demais com seu pênis, porque o achava útil, como acabara de admitir, para manter o resto da horda de homens babões à distância. *Hum*.

— O que eu vejo — falou Coll — é que você parece colocar um homem à prova até que ele queira cobrar o que acha que lhe é devido. Nesse momento, você encontra algum grandalhão tonto usando kilt para intervir e resgatá-la. Então, começa a dançar em círculos ao redor do novo sujeito até que tudo volte a se repetir.

Persephone pousou o copo em cima da manta de piquenique.

— Fui útil para você hoje? — perguntou, encontrando os olhos dele.

Lindos olhos, pensou Coll, *azuis como o céu do meio-dia*, então afastou aquela pieguice da mente. Se quisesse continuar à altura dela, teria que deixar de lado seu impulso natural de "enfrentar todos os problemas com os punhos" e passar a usar a cabeça.

— Você me disse o que significam as danças, coisa que eu não sabia. E me fez perceber que não posso andar pelo Hyde Park como um urso procurando uma fêmea se quiser encontrar algo diferente de uma fêmea. Então, sim, você foi útil. E também me disse para não ser eu mesmo.

— Isso não é... não foi isso que eu quis dizer. Seja uma versão mais paciente e civilizada de si mesmo. Ainda será você, só que mais polido.

Não era o que ele achava. Tentar agir como inglês era como usar o paletó de outro homem, que, claro, ficaria muito pequeno e apertado. A relutância ficou evidente em seu rosto, porque o sorriso de Persephone se suavizou.

— Você é um homem agradável. Só precisa ser um pouco mais moderado.

Aquilo fazia com que tudo parecesse um pouco mais palatável, mesmo que Coll duvidasse de que precisava apenas de paciência.

— E quanto a você? Você mesma disse que os sacos de areia provavelmente foram um acidente. Talvez tenha feito uma parceria comigo sem motivo algum.

— Isso não é verdade. Você foi, ou será, útil para mim quando me levar de volta passando pela Pall Mall. Uma troca justa, eu diria.

— Ainda assim, não sei onde você mora, ou se tem alguma intenção de ir comigo aonde seus beijos insinuam.

— Você é um homem desconcertante.

— *Eu* sou um livro aberto — retrucou Coll. — *Você* é que não me deixa nem ler o título do livro que você é. Para uma simples moça do teatro, você não parece ser o tipo de livro com uma capa comum de couro. Na verdade, acho que se protege com uma capa de aço. Esse tipo de coisa desperta o interesse de um homem. Desperta o *meu* interesse.

Pronto. Que Persephone pensasse naquilo por um instante. Porque ela também estava certa sobre ele. *Aye*, ele gostava de se comunicar com os punhos. Mas também sabia ler latim.

Persephone cruzou as mãos no colo, ajustou a postura e deixou o silêncio entre eles se estender por meio minuto. Coll esperou, experimentando o paletó apertado da paciência que ela havia sugerido.

— Charles Lane, número quatro, em St. John's Wood, a terceira casa azul depois da Charlbert Street — disse ela, por fim. — Mas se for até a minha casa, é melhor estar preparado para encantar Flora, Gregory e Hades. Se eles não o aceitarem, nem adianta esperar que eu o aceite. Pronto. Desafio proposto.

— Hades? — repetiu Coll, erguendo uma sobrancelha.

— Sim. Na mitologia, Hades e Perséfone eram bem próximos, sabia?

Sim, ele sabia. O mais intrigante era que ele a havia pressionado e ela cedera.

— Então você gosta mesmo de mim.

Persephone sustentou seu olhar.

— Sim, gosto. Não encontro muitos livros abertos na minha vida.

— E eu não a amedronto nem um pouco, não é?

Afinal, já fora chamado de intimidante e ameaçador, e as mocinhas tremiam quando ele as convidava para dançar. Algumas chegavam a ficar com as pernas bambas. Mas, assim que o vira pela primeira vez, Persephone sorrira e o chamara de Romeu — e deixara clara como água a atração que sentira por ele.

— Não o conheço bem, Coll — respondeu Persephone, parecendo escolher as palavras com cuidado —, mas, não, você não me assusta.

— O que eu quero de você não tem absolutamente nada a ver com nenhum acordo.

E não era apenas ao acordo entre eles a que Coll se referia. *Aye*, ele precisava se casar. Mas ali, naquele momento, não estava pensando em uma noiva ou em Aldriss Park. Não, ele estava pensando na curva elegante do pescoço dela, no balanço dos seus quadris e em como beijá-la não chegava nem perto de tudo o que queria fazer com ela.

— Perigo — murmurou Persephone, baixinho.

— Como?

— Nada. — Ela mudou de posição e começou a guardar os talheres e os pratos de volta na cesta de piquenique. — Gavin. Por favor, venha pegar isso.

— Já vamos embora? — perguntou o cavalariço, enfiando os restos de um sanduíche na boca e se levantando do assento confortável na parte de trás do faetonte.

— Você vai — disse ela com tranquilidade.

— Eu...

— Você ouviu a moça, Gavin — reiterou Coll, levantando-se e pegando a cesta para colocá-la nos braços do cavalariço enquanto uma corrente elétrica parecia descer por sua espinha. — Leve isso de volta para a Casa Oswell e depois volte aqui para nos buscar.

— Mas eu... — Gavin olhou de um para o outro. — Ah. Acho que vou levar perto de trinta minutos para isso.

— Você vai levar quase uma hora.

— *Aye*.

O rapaz continuou a resmungar e lançou alguns olhares furtivos para Persephone — que havia se recostado no tronco do carvalho mais próximo — enquanto guardava a cesta de piquenique na carruagem e subia no assento do cocheiro. Então, ainda resmungando, ele manobrou a parelha de volta para a rua e desapareceu atrás dos arbustos.

Coll voltou-se para Persephone.

— Aqui é calmo, mas não é isolado o bastante para me deixar tranquilo.

Ela se abaixou para pegar a manta, dobrou-a e colocou embaixo do braço.

— Por aqui.

Coll afastou da mente a ideia de que Persephone conhecia um lugar privado porque já o havia utilizado antes e acertou o passo com o dela, tirando a manta de suas mãos. Queria segurar a mão dela, tocá-la. Persephone era um livro que ele desejava muito ler. Mas ele era *de fato* um homem grande e lhe faria bem aprender a ser mais paciente, gostasse ou não da ideia.

Mas, se estar dentro dela fosse o destino a que aquele caminho levaria, conseguiria se conter.

Persephone passou por baixo de um emaranhado de galhos baixos, então desceu até um riacho que cortava uma parte do terreno. Uma velha carroça de feno sem uma das rodas havia tombado na água a meio caminho da outra margem, e ela seguiu para a parte traseira quebrada, que estava encravada na encosta.

— Como você descobriu isso? — perguntou Coll, mantendo a voz baixa e reparando na urze selvagem que crescia ao redor das rodas traseiras da carroça.

Ora, se aquilo não era um sinal de aprovação, ele não sabia o que era.

— Uma vez segui um coelho até aqui. É um bom lugar para pensar — respondeu Persephone. Ela subiu na carroça e estendeu a mão para pegar a manta. — E ainda não vi mais ninguém por aqui.

— Precisariam estar seguindo coelhos para chegar aqui — concordou ele, notando as árvores inclinadas e os arbustos selvagens que haviam crescido nas duas margens e deixado a carroça encoberta de todos os ângulos, a não ser por aquele que Persephone havia descoberto. Era o refúgio particular dela.

— Não tinha me ocorrido usá-lo para isso, mas nunca vou conseguir me concentrar no ensaio dessa tarde se não colocar as mãos em você.

Passou pela cabeça de Coll a possibilidade de ela estar atuando, fazendo o papel de uma jovem devassa dominada pelo desejo por seu protetor, mas quando ele subiu na carroça já não se importava mais com isso. Persephone era como uma coceira desesperadora e, se ele não a coçasse, nunca seria capaz de encontrar uma esposa. Inferno, não seria capaz nem de se manter de pé.

Persephone se ajoelhou e pegou a mão de Coll, para puxá-lo para a sua frente, então passou os braços em volta dos ombros dele e se inclinou para beijá-lo. Deus, os lábios da mulher eram macios e quentes, e as únicas histórias que contavam eram de desejo mútuo.

Tomando cuidado com as velhas tábuas de madeira abaixo da manta, Coll segurou Persephone pelos ombros e puxou-a mais para perto de si. Quando ele passou a mão pelo cabelo dela, já pronto para remover os grampos que o prendiam em seu elegante emaranhado, ela interrompeu o beijo.

— Não desarrume o meu cabelo. Tenho um ensaio essa tarde e já vou chegar atrasada.

— Então não vou desarrumar o seu cabelo — respondeu Coll, deslizando um dedo por baixo do ombro do vestido de musselina amarelo e puxando-o pelo braço. — Não posso dizer o mesmo sobre o resto.

— Hummm — murmurou ela. — Poupe as minhas roupas, mas desarrume todo o resto, Coll MacTaggert.

Poupar as malditas roupas... quando o que ele queria fazer era arrancá-las do corpo de Persephone. Se tivesse um estojo de costura no bolso, poderia até ter se sentido tentado, mesmo com o alerta dela. Mas então Persephone levou a mão às costas para desabotoar o próprio vestido e, quando tirou os braços pelas mangas, Coll puxou o tecido até a cintura, revelando um par de seios cheios e empinados que pareciam caber perfeitamente em suas mãos. Ele não perdeu tempo em testar aquela teoria.

No mesmo instante, Persephone passou uma das mãos por baixo do kilt que ele usava, envolvendo o membro rígido com os dedos e acariciando toda a sua extensão com o polegar.

— Nossa... — sussurrou ela, a voz ligeiramente trêmula.

Coll riu, também um pouco ofegante.

— Também sei como usá-lo.

— Não duvido disso. — Persephone gemeu quando ele abaixou a cabeça, capturou um mamilo entre os lábios e começou a acariciá-lo com a língua. — A sua boca... também... é bastante habilidosa.

Ora, ninguém nunca havia dito aquilo para ele antes, mas Persephone provavelmente era a primeira pessoa com quem ele não se preocupava em fingir ser um gigante estúpido, talvez por ela não ter se deixado enganar pelo personagem assim que o conhecera. *Aye*, os irmãos de Coll sabiam que ele era capaz de se defender, mas nunca tivera motivos para fingir na frente deles. Mesmo assim, em público, eles o chamavam de touro e de gigante, só porque achavam divertido. Coll também achava. Normalmente.

Ele afastou uma das mãos do corpo de Persephone, mantendo a boca ainda em seus seios, abriu o kilt e despiu-o. O paletó e a gravata o seguiram, antes de ele levar a mão ao redor das costas dela e a deitar.

— É uma perdição, juro... — murmurou Coll, enquanto abaixava o corpo sobre o dela para voltar a tomar seus lábios.

— "Não jures simplesmente" — sussurrou ela, erguendo os olhos para ele. — "Ou, se preferires, jura por ti mesmo, o deus da minha idolatria, e eu te acreditarei."

Coll franziu o cenho.

— Você não precisa ser Julieta para me agradar, Persephone. Não quero um personagem imaginário. Quero você. Carne e osso, e essa pele muito, muito macia.

Ela estremeceu de leve nos braços dele, os arrepios evidentes em sua pele nua.

— Você não é um tolo qualquer procurando por sua Julieta. Não sei o que fazer com você.

— Digo o mesmo, moça. Mas acho que não vou me apressar para decifrá-la.

Ele desceu sobre o corpo dela e voltou a tomar um dos seios entre os lábios, enquanto as mãos se dedicavam a puxar o vestido pelos quadris, pelos joelhos, até deixá-lo na manta ao lado deles.

Santo Deus, aquela mulher era gloriosa. Alta, mas esbelta; de quadris estreitos e seios fartos; uma moça concebida para fazer amor. O pau duro dele pulsou. Coll endireitou o corpo, puxou a camisa pela cabeça e deixou sobre o vestido dela. Teria que permanecer com as botas calçadas, porque não perderia tempo tirando-as. Não quando alguém poderia acabar encontrando a velha carroça a qualquer momento. Não quando aquilo poderia impedi-lo de tomá-la.

Persephone espalmou as mãos no peito dele, os dedos traçando as linhas dos músculos ali.

— Você está em forma — comentou ela, baixando ainda mais os olhos.

— Não fico sentado o dia inteiro com criados me alimentando.

— Não, imagino que não mesmo. Me beije de novo. Gosto da sua boca.

Coll sorriu.

— Se é assim, há outras coisas que a minha boca pode fazer.

Ele ficou de joelhos, segurou as pernas dela, acariciando-as das coxas até os joelhos, e pousou-as de cada lado dos ombros. Então inclinou-se e saboreou-a.

Persephone estava úmida para recebê-lo. Aquilo não era teatro. A ideia — e o gemido que ela deu em resposta — quase o fizeram perder o controle. Coll precisou recorrer à pura força de vontade para se conter. Ele afastou a carne dela com os dedos, lambeu-a de novo, então deixou o dedo indicador deslizar lentamente para dentro do corpo feminino, enquanto continuava a excitá-la.

— Santo... Deus — sussurrou ela, agarrando o cabelo rebelde dele.

Um turbilhão gaélico surgiu na mente de Coll, mas ele não começaria a jorrar poesia só porque não se deitava com uma mulher havia semanas. Persephone teria bons motivos para considerá-lo um idiota se fizesse aquilo. Coll passou então a beijar a parte interna das coxas dela, descendo por uma perna e subindo pela outra até chegar novamente ao ponto inicial.

— Pare de me provocar — murmurou Persephone, puxando o cabelo dele.

Coll se acomodou sobre o corpo dela, acariciando-a com a boca e com as mãos. Ele beliscou com delicadeza os mamilos da moça, fazendo-a gemer, e, quando fez aquilo no ritmo dos movimentos do dedo que mantinha dentro dela, Persephone se contorceu e arregalou os olhos.

— Como queira — murmurou ele.

— Estou… começando a achar que você… é um homem muito perverso. — Ela conseguiu dizer.

Quando Coll voltou a buscar seus lábios, Persephone estava ofegante, e ele brindou-a com um beijo ardente. Pouco depois, ela se contorcia embaixo do corpo dele, emitindo sons baixinhos que o levaram à loucura.

Quando ela passou as pernas ao redor dos quadris dele, Coll cedeu ao desejo que o atingira quase desde o primeiro momento em que a vira. Ele a penetrou aos poucos, sentindo-a quente, apertada e úmida, até estar totalmente dentro dela. Em uma parte no fundo de sua mente, que ainda guardava algum pensamento lógico, Coll notou que Persephone não era virgem, mas ele não esperava que fosse. Aquele ardor entre os dois não teria sido possível se ela fosse uma debutante enrubescida.

Persephone jogou a cabeça para trás, suspirando, e ele passou a língua em seu pescoço. Ele recuou e voltou a penetrá-la, gemendo. Estivera certo sobre o tamanho de Persephone — ela se encaixava perfeitamente a ele e, enquanto continuava a arremeter, os sons de êxtase e excitação que ela deixava escapar também eram para ele.

E então Persephone cravou os dedos nos ombros de Coll, arqueou as costas e, de repente, ele a sentiu pulsando ao redor do seu pau, incitando-o a ir mais fundo, mais rápido, mais forte. Foi como se um raio o atingisse, fazendo com que cada centímetro do seu corpo se sentisse vivo e consciente da mulher ávida em seus braços. Ele queria prolongar o momento, mas daquela vez seu corpo se recusou a ouvi-lo.

Com um grunhido, ele gozou, segurando-a com força. Mais gaélico surgiu em sua mente, palavras mais antigas, que haviam saído de moda um ou dois séculos antes. Coll manteve o olhar fixo no dela, naqueles olhos azuis que o encaravam.

Por fim, exausto, ele passou um braço ao redor de Persephone, virando-os para que ficassem frente a frente na manta. Uma mecha de cabelo loiro-mel apareceu por baixo da massa loiro-acinzentada, e Coll estendeu a mão e colocou-a de volta no lugar.

Ao vê-lo fazer aquilo, Persephone franziu o cenho e se sentou para arrumar a peruca.

— Não faça isso.

— Eu não me importo com a cor do seu cabelo, Persephone. Você disse para eu não o desarrumar, então ajeitei para você.

— Sim, obrigada. Como eu disse, é… mais fácil andar pelas lojas e pelas ruas se ninguém souber exatamente qual é a minha aparência. — A expressão em seu rosto se tornou mais suave, ela se deitou de lado e tirou uma mecha de cabelo do rosto dele. — Pronto. Também não queremos que você pareça desalinhado.

— Moça, estou desalinhado desde que cheguei a Londres. Pode perguntar a qualquer um.

— Bem, terei que fazer você parecer um cavalheiro, então. Para o seu próprio bem. Nenhuma dama que deseje conquistar um título quer que seu lorde se pareça com nada além de um cavaleiro de armadura brilhante.

— As únicas moças que andam atrás de mim são as que estão de olho em um título. — Ele estremeceu. — "Ah, milorde, o senhor é tão grande e forte, e eu sou tão pequenina e indefesa" — imitou Coll em seu tom mais agudo.

Persephone riu.

— Essa atuação foi terrível, mas acho que entendo o que quer dizer. E você vem desempenhando o seu papel muito bem.

— Está se referindo ao gigante idiota? Fiz esse papel uma vez e os rumores fizeram o resto do trabalho. Não me importo com as opiniões de todos esses *sassenachs* delicados.

— Sim, mas você pode usar esses mesmos rumores para mostrar a todos que não é quem eles pensam.

— Não sou? — Coll colocou o cotovelo sob a cabeça. — Eu ajudo a tosquiar ovelhas, resgato vacas perdidas dos brejos, uso os punhos para discutir e já me disseram que tenho um pouco de sotaque. E um temperamento difícil.

— Você também percebeu que eu estava citando Julieta agora há pouco e parece ter um bom conhecimento da peça escocesa.

— *Aye*, sei ler e escrever, se é isso que está insinuando.

— Pare de ser tão autodepreciativo. Existem pessoas, mulheres, por aí que vão valorizar a sua inteligência. E as que pensam que podem influenciá-lo com um sorriso vão acabar se frustrando.

— Você faz com que a situação pareça promissora. — Ele a fitou por um instante. — É uma pena que ache que não combinaríamos.

— Não *acho*. Eu *sei* que não combinaríamos. — Persephone deslizou a palma da mão pelo quadril de Coll e esticou o braço para afastar a camisa dele e recuperar o próprio vestido. — Tenho outro ensaio essa tarde, ao qual chegarei atrasada, depois teremos que sair antes das quatro horas, quando chegam os itinerantes.

Coll se sentou ao lado dela para vestir a camisa. Fosse qual fosse a poesia que tivesse vagado pela alma dele, Persephone não parecia mais estar lendo o mesmo livro.

— Itinerantes?

— Charlie nunca deixa o teatro fechar. Ele se preocupa com a possibilidade de perdermos todos os nossos negócios para Covent Garden e Drury Lane. Assim, quando estamos entre uma peça e outra, ele deixa outras trupes se apresentarem. Dessa vez, será um grupo itinerante de York que estará aqui durante os próximos nove dias, enquanto preparamos a peça escocesa.

— Então você tem a noite livre? — Enquanto falava, ele mantinha o cenho franzido pensando em Londres e em seus absurdos, em todas as obrigações que a cidade impunha a todos. — Não responda. Essa noite tenho um jantar na casa de lorde e lady Crenshaw.

— Ótimo. Você pode treinar não jogar nenhuma jovem dama por cima do ombro caso ela não aceite dançar uma valsa com você —

retrucou Persephone, sorrindo de uma forma que iluminou seus olhos azuis novamente. — Tente também não violar nenhuma delas, por mais que a jovem eventualmente deseje que você faça isso, porque então será obrigado a se casar com ela. *Eu* passarei a noite fazendo anotações sobre lady Peça Escocesa.

Aquilo o fez sorrir também.

— Você é muito prática em relação a tudo isso.

Persephone deu de ombros, encontrou os sapatos e desceu da carroça para calçá-los.

— Eu achei... acho você muito atraente. Queria você. E acredito que já tenha me dito algo semelhante.

Coll afivelou o kilt e checou se a sua *sgian-dubh*, a faca de um único gume que levava enfiada na bota, permanecia no lugar, então saltou para o chão, ao lado dela.

— *Aye.* Também não sou avesso à ideia de fazer isso de novo. — A verdade era que ele já a queria de novo... várias vezes.

— Bem, como eu disse, tenho...

— Sim. Ensaio para a peça escocesa. Já que você é lady Peça Escocesa. — Coll balançou a cabeça, determinado a não pressionar por algo mais depois que ambos já tinham deixado claro que não havia mais nada a fazer. Ele precisava de uma esposa, e uma atriz não poderia ser esposa de um visconde. — Aquele sujeito, o seu Macbeth que não diz Macbeth, é um lunático, você sabe.

— Gordon? Sim, ele é. E também é um ótimo ator, e por isso toleramos as suas tolices. Se ficar por perto por tempo o bastante, vai acabar descobrindo que infelizmente cada um de nós no Saint Genesius é mais do que um pouco lunático.

— E o que acha que toda Mayfair pensa de mim, sra. Persephone Jones?

Ela estreitou minimamente um dos olhos azuis.

— Meus amigos me chamam de Persie. Não somos exatamente amigos, e sim parceiros em um acordo, mas vou permitir que me chame dessa forma assim mesmo.

Parceiros que faziam sexo, mas ele entendia o que Persephone estava tentando fazer. Colocá-lo a uma certa distância para que ela pudesse pensar. Fato era que ele mesmo sentia essa necessidade.

— Persie? Não. Você é mais fora do comum do que isso. Persephone combina melhor.

Estar perto de Persephone Jones era um pouco como se estivesse ouvindo uma bela peça de Mozart, e então a orquestra parasse pouco antes da última nota. Coll passara uma tarde agradável, rira e se divertira ao acompanhar a conversa dela. Ele apreciara o fato de a moça não ter tentado simplificar o próprio discurso como se ele fosse um idiota limitado, e gostara da intimidade que tinham compartilhado, mas, enquanto Persephone descia da carruagem atrás dele nos fundos do Saint Genesius, Coll se pegou querendo mais.

— Obrigada por me acompanhar — disse ela com um sorriso, e ficou na ponta dos pés para beijá-lo nos lábios quando eles entraram. — Preciso estar aqui amanhã às nove horas. Devo me organizar sozinha para isso, já que você estará no parque a essa hora pedindo danças a jovens damas?

— Não. Estarei na sua casa às oito e meia. Acho que posso conversar com algumas moças antes disso.

— Muito bem. Obrigada, Coll, por uma tarde adorável e muito satisfatória. — Com um movimento das saias, Persephone se dirigiu para a sala mais distante, onde todos estavam ensaiando mais cedo.

Coll observou-a se afastar, então foi procurar Charlie Huddle. Ele encontrou o robusto administrador do teatro em uma sala pequena como um caixão, ocupada apenas por uma minúscula escrivaninha, uma cadeira e um armário que parecia estar cheio de papéis. Ninguém de qualquer tamanho conseguiria trabalhar em um espaço tão diminuto, e, com um movimento inquieto de ombros, Coll parou na porta.

— Huddle.

Charlie ergueu os olhos.

— Ah, lorde Glendarril. Espero que saiba que Baywich e Humphreys estavam brincando. Não posso me dar ao luxo de contratá-lo como instrutor de dialeto.

— Quem é responsável por verificar se os sacos de areia estão presos com segurança, para que coisas pesadas não acabem matando alguém abaixo? — perguntou Coll, ignorando a primeira parte da conversa.

— Ah. Isso. Nosso chefe dos assistentes de palco é Harry Drew. Após o incidente dessa manhã, eu o vi percorrer todos os passadiços e verificar os cordames. Harry estava fora de si de tão indignado, afinal, além de ser nosso principal motivo de sucesso, Persie é muito querida por aqui. Ninguém quer vê-la ferida.

— Você acha que poderia ter sido obra de Claremont?

O administrador deu de ombros.

— Suponho que seja possível, mas ele não era muito estimado aqui. Se alguém o tivesse visto, todos nós saberíamos.

Aquilo não eliminava a possibilidade de o conde ter pagado alguém para cortar uma corda, mas como aquela teoria também tornava suspeitos todos que andavam nos bastidores, Coll guardou a ideia para si. Talvez tivesse sido um acidente. Mas a ideia de que poderia não ter sido havia abalado Persephone o bastante para que ela o procurasse e sugerisse um acordo comercial, o que por si só era o bastante para fazê-lo querer dar uma olhada em todos os cordames. Mesmo que ficassem em meio às vigas escuras e mesmo que os espaços fossem pequenos e apertados.

— Você não se importa se eu der uma olhada, não é?

— De jeito nenhum. Só não derrube mais nada enquanto eles estão se preparando para a apresentação desta noite. Já tenho Gordon Humphreys se recusando a dizer "Macbeth". Não preciso de mais azar antes de estrearmos.

Coll se afastou do escritório e ergueu os olhos. Os ajudantes de palco haviam terminado a preparação dos objetos de cena e agora se dedicavam à montagem do palco para a apresentação de *The Rover* à noite, e as vigas estavam cheias de homens que mais pareciam aranhas, gritando e jogando cordas para cima e para baixo, enquanto prendiam pedaços do cenário e checavam as cortinas. Ele franziu o cenho. Se alguma coisa tivesse sido feita de propósito, naquele instante ele não encontraria mais nenhum sinal daquilo.

De certa forma, era um alívio não ter que ir até lá em cima, mas aquilo não significava que ele não ficaria de olho. Ou que não faria algumas perguntas. Faria a sua parte naquele acordo comercial, se era daquela forma que Persephone escolhera chamá-lo.

— Deixe-me adivinhar — comentou uma das atrizes, que interpretava uma bruxa, contornando a extremidade de uma cortina e seguindo em direção a ele. — Persie lhe contou sobre os sacos de areia, e agora está fazendo você interpretar o príncipe em um cavalo branco, procurando dragões para matar.

— Acha que ela não tem motivos para se preocupar? — retrucou Coll.

A mulher alta encolheu os ombros no vestido decotado.

— Claremont não foi o primeiro *beau* de Persephone. É verdade que, até onde sei, nenhum dos outros foi nocauteado, mas homens como você não escolhem mulheres como nós como esposas. Sabemos que não somos permanentes, e vocês também sabem.

Aquilo fazia sentido. Persephone dissera que Claremont não fora o seu primeiro protetor. E a parte dela no acordo que tinham no momento era ajudá-lo a conseguir uma esposa.

— Então você acha que ela está usando o que aconteceu como desculpa para me manter por perto?

— Com certeza eu faria isso, se fosse ela. Quero dizer, você é lindo, milorde. — Ela fez uma reverência elaborada que exibiu boa parte dos seus seios. — Jenny Rogers, ao seu dispor.

— Glendarril — respondeu Coll, inclinando a cabeça.

— Se quiser saber a verdade sobre Persie Jones, basta me perguntar — continuou a mulher em um ronronar sensual. — Ela tem gavetas cheias de bugigangas caras e protagoniza todas as peças que encenamos. Não estou dizendo que é mercenária, mas daria uma ótima marionetista. — Jenny imitou o movimento das cordas de marionetes com os dedos.

Coll gostava da ideia de Persephone saber cuidar de si mesma tanto quanto de estar inventando um perigo como desculpa para mantê-lo por perto. Gostava de estar próximo a ela, apesar de parecer... desonesto procurar uma esposa enquanto andava atrás de uma mulher completamente diferente.

— Ela disse que mora com alguém chamado Hades. Quem seria?

— O gato de Persie. Ele odeia todo mundo, especialmente os homens. Ela achou que estava sendo inteligente, suponho, batizando-o de Hades, já que na mitologia grega Perséfone era esposa de Hades. É uma mulher espirituosa, sabe...

Um gato. *Hum.*

— E Flora e Gregory?

Jenny fez um gesto de desdém com uma das mãos.

— Ah, eles. Flora Whitney era a costureira-chefe daqui. Ela é a mãe de Beth Frost. Beth é um milagre com agulha e linha. E Gregory Norman já foi assistente de palco aqui, até que uma parede caiu sobre ele durante a nossa montagem de *Henrique V* e quebrou seu ombro. Persie é tão gentil que contratou os dois para trabalharem para ela. E para guardarem seus segredos, aposto.

— Bem. Obrigado por isso. Você me deu algo em que pensar.

Jenny se inclinou para a frente e pousou a mão na manga dele.

— Ela está usando uma peruca neste momento, sabe. Sempre usa uma. Acho que talvez seja careca. — A mulher se aproximou ainda mais, passou os braços ao redor dos ombros de Coll e ergueu o corpo junto ao dele. — Posso ser um consolo excepcional, milorde.

Em outra época, Coll teria se sentido tentado. Não que ele gostasse de uma moça, ou de qualquer pessoa, que falasse de forma tão ácida dos companheiros, mas com seu cabelo castanho e corpo avantajado, Jenny era uma mulher que qualquer homem gostaria de possuir.

Mas aquela tarde havia alterado as ideias dele. E seu principal pensamento naquele instante era como se livrar de Jenny sem voltá-la contra ele ou, mais importante, contra Persephone.

— Eu...

— Jenny — chamou Persephone em um tom suave mais adiante —, Beth precisa fazer uma prova do traje de criada.

— Ah, que chateação — murmurou a atriz, endireitando o corpo e abaixando os braços. — Estou sempre por aqui, milorde.

Ela ergueu o queixo enquanto passou por Persephone e entrou nas profundezas do teatro. Em resposta, Persephone apenas ergueu uma sobrancelha.

— Essa moça parece ter certa inveja de você — comentou Coll.

— Ela fez o teste para o papel de lady Macbeth — explicou Persephone, aproximando-se. — Assim como eu. Charlie e os investidores acharam que ela pareceu... Como eles colocaram mesmo? "Histericamente desesperada", acho que foi isso. Disseram que Jenny acabaria assustando e afastando o público.

— Ela conseguiu me assustar.

Coll se viu observando Persephone. Ela estivera com ele, e ainda assim parecia tão composta quanto qualquer mulher poderia estar, soltando frases espirituosas e pronta para ensaiar para ser uma assassina. Moças. Bem quando ele achava que havia decifrado uma delas, ela voltava a surpreendê-lo.

— Se está preocupado comigo — falou Persephone, e parou na frente dele —, consegui que o meu cocheiro habitual me leve para casa antes de escurecer. Ficarei lá até que você vá me buscar pela manhã.

— Claremont sabe onde você mora?

Persephone balançou a cabeça, negando.

— Ouso dizer que St. John's Wood é modesto demais para que ele já tenha desejado pisar lá. — Ela segurou o rosto dele. — Você tem um jantar para comparecer e uma esposa para encontrar, Coll. Nos vemos pela manhã.

— Quando devo conquistar os moradores da sua casa, ou não voltar a aparecer na sua porta.

— Não foi isso que eu disse, mas parece uma definição bem precisa. — Ela sorriu. — E lembre-se, não tente emboscar uma dama para conseguir uma noiva. Ficamos gratas quando nos deixam uma rota de fuga elegante.

Assim como a que ele parecia estar deixando para ela.

— *Aye*. Nada de jogar ninguém por cima do meu ombro.

— Isso mesmo. *Eu* até posso ter gostado um pouco, mas outra jovem dama talvez desmaiasse diante de tamanha proeza física.

Outra dama talvez, mas ela não.

— Manterei isso em mente — disse Coll em voz alta. — E amanhã eu gostaria que você fizesse uma lista de todos os seus antigos protetores ou seja lá como for que os chame. Se algo mais acontecer, gostaria de saber por onde começar a procurar.

Coll passou as mãos ao redor da cintura esbelta dela. A mera ideia de alguém desejar fazer algum mal a Persephone já bastava para que uma fúria profunda colocasse o sangue dele em ebulição — mesmo sabendo que a mulher à sua frente o estava usando e a atração que sentia por ela para seus próprios fins. Mas então talvez ele a estivesse usando também. Coll se inclinou e capturou os lábios macios em um beijo quente e profundo.

— Pers... ah. — Gordon Humphreys parou, enrubescendo ao dobrar no corredor. — Vamos começar o segundo ato, Persie — completou.

Coll levantou a cabeça e soltou-a.

— Eu a verei pela manhã, moça — murmurou, reparando que os olhos dela estavam fixos em sua boca.

Aquilo era bom — afinal, ele nunca havia recebido qualquer reclamação sobre seus beijos, ou sobre qualquer outra coisa que tivesse feito com uma moça em particular.

Persephone pigarreou.

— Sim. É claro. Obrigada, Coll. — Ela piscou algumas vezes e se virou para encarar Humphreys. — Vamos começar o segundo ato de quê, Gordon?

O Macbeth do Saint Genesius ficou carrancudo.

— Da peça escocesa, é claro. Eu já lhe disse, não serei enganado.

— Ainda não.

Ela deu o braço ao ator e voltou para a sala de ensaio com ele.

Coll ficou olhando enquanto Persephone se afastava e passou a mão pelos lábios. Fosse lá o que estivesse acontecendo entre eles, ele estava gostando, mesmo que o deixasse frustrado. Afinal, era um caçador. E o maior desafio de um caçador era uma presa que sabia que ele estava se aproximando.

Capítulo 7

"Tens medo
de ser em teus atos e coragem
o mesmo que és em teu desejo?"
                Lady Macbeth, *Macbeth*, Ato I, Cena VII

— Por que diabo você decidiria se casar com a sra. Persephone Jones? — sussurrou uma voz feminina familiar e contrariada no ouvido de Coll.

Ele se virou e viu Eloise se jogar no sofá ao seu lado. O que quer que Coll estivesse prestes a dizer à srta. Eliza Green, que estava sentada do seu outro lado, deixou sua mente, enquanto as palavras da irmã evocavam olhos azul-celeste e uma risada musical, como anjos cantando.

— Por que você decidiu se casar com Matthew Harris e por que não mudou de ideia depois do… incidente na semana passada? — retrucou Coll, mal se lembrando de que eles não deveriam discutir nenhum detalhe daquele desastre em público, mesmo nas vozes sussurradas e conspiratórias que estavam usando no momento.

— Porque ele é um bom homem que foi enganado. E se você está realmente comprometido com aquela mulher, eu poderia dizer o mesmo a seu respeito. — Ela se inclinou ao redor do irmão e deu um tapinha no braço de Eliza. — Pode nos dar licença por um minutinho? — perguntou em um tom de voz normal, se levantando e tentando colocar Coll de pé.

Ela poderia muito bem estar tentando erguer uma carruagem puxada por quatro cavalos, mas como só o que Coll havia conseguido de Eliza Green até ali tinha sido uma frase sobre o clima e um sorrisinho afetado quando perguntara se ela gostava de dançar, ele preferiu ceder à irmã e se levantou.

— Persephone agiu errado de alguma forma com você, então? Ela matou seu gatinho ou coisa parecida?

— Não. É claro que não. Tenho certeza de que ela é uma… mulher adorável. Mas Persephone Jones é atriz, Coll, e não é… Ela é uma plebeia. Trabalha para viver. E trabalha no palco. Ela se *expõe* no palco, muitas vezes com pouca roupa, na frente de estranhos. Por dinheiro. A…

— Se a sua mãe não tivesse mais dinheiro do que Midas — interrompeu Coll, não porque Eloise estivesse dizendo alguma mentira, mas porque Persephone Jones era capaz de manter uma conversa mais interessante do que qualquer outra moça que ele já conhecera —, e se você não tivesse nascido uma dama, como viveria?

— Isso não é justo. Não estou criticando a situação de ninguém e reconheço como sou afortunada. Ela só… Você é um *visconde*. Quem quer que venha a escolher como esposa, um dia será a próxima lady Aldriss. Nossos ancestrais ingleses e escoceses, nossa linhagem… isso não significa nada para você?

Coll estreitou os olhos.

— Acho que a sua preocupação não é com o que nossos ancestrais empoeirados têm a dizer. Está preocupada porque recebe convites para todas as festas, em todas as casas de Mayfair, mas, se eu me casar com uma plebeia que trabalha para viver, você não será tão bem-vinda em todos os lugares.

Eloise grunhiu baixinho e puxou o irmão por uma das portas da Casa Beasley, residência londrina de lorde e lady Crenshaw. Assim que saíram da vista dos cerca de vinte convidados presentes no suposto jantar íntimo, ela cerrou o punho e bateu no ombro dele.

— As pessoas aqui têm ótima memória, muito orgulho e nada a fazer a não ser julgar os outros — sussurrou, o tom severo. — Então, sim, eu me preocupo que as suas atitudes possam ter reflexos na minha vida, porque é o que acontecerá. Passei a vida aprendendo a navegar por esses salões e corredores, assim como você passou a sua aprendendo a se responsabilizar pelas terras e pelo povo nas Terras Altas. Por que o seu modo de viver é mais importante do que o meu?

Ela estremeceu e sacudiu os dedos que golpearam o ombro do irmão.

Coll encarou-a por um instante.

— Sempre que esqueço que você tem tanto sangue MacTaggert correndo nas veias quanto eu, você diz algo assim e me lembra disso, *piuthar*.

A raiva de Eloise se dissipou.

— Desculpe. Eu não tinha a intenção de...

— Não. — Coll ergueu uma das mãos. — Continue assim, Eloise. — Ele pegou-a pelo braço e seguiu com ela pelo corredor, entrando por uma porta que dava para o que parecia ser um escritório. Depois de fechar a porta, Coll soltou a irmã. — Vou lhe contar uma coisa. Mas deve ficar entre nós, e só estou contando porque faltam menos de quatro semanas para você se casar e já lhe criamos problemas suficientes desde que chegamos.

— Mas adorei tê-los aqui. Por favor, não pense que quero que vocês vão embora. — Uma lágrima escorreu pelo rosto dela. — Vocês são meus irmãos e passamos tempo demais separados. Eu não...

— Espere. Não pensei nada disso. Mas você tem que admitir que alteramos um pouco as coisas.

— Sim, é verdade. — Ela secou o rosto. — Mas eu não havia me importado com isso até agora.

— Muito bem, aqui entre nós, e apenas entre nós, não vou me casar com Persephone Jones. Só disse isso para desorientar um pouco a nossa *màthair* e assim fazer com que ela parasse de jogar moças em cima de mim. *Eu* encontrarei a minha própria noiva.

O alívio no rosto de Eloise foi quase cômico — ou teria sido, se não fosse ele o responsável por deixá-la tão perturbada.

— Ah, Coll. Obrigada. — Ela suspirou e se deixou cair em uma cadeira. — Eu me pergunto o que a sra. Jones diria se soubesse que você estava dizendo à sua família que se casaria com ela. Deus do céu.

— Ela ficou horrorizada e me disse que eu estava louco.

Eloise o encarou, perplexa.

— Você contou a ela? Mas a sra. Jones é famosa!

Inferno, ele fizera mais do que falar com ela. O gosto da boca de Persephone ainda permanecia na dele, mas Coll afastou a lembrança antes que algo embaraçoso acontecesse. Em uma sala com a irmã, entre todas as pessoas.

— Sim, nós conversamos. Fiz um piquenique com ela hoje.

— A mamãe disse que você era o novo protetor dela. — Ela inclinou a cabeça. — Eu sei o que isso significa, mas você sabe? Ou está literalmente apenas... protegendo-a?

— Sei o que significa — respondeu ele, friamente. Até mesmo a irmã caçula o considerava um idiota. — O resto não é da sua conta.

Eloise enrubesceu.

— Ah, é claro que não. Eu só... eu adoraria conhecê-la, se pudermos fazer isso em algum lugar onde ninguém possa fofocar a respeito. — Eloise levou a mão à boca. — E em nenhum lugar onde a mamãe descubra. Ela teria um ataque apoplético.

Coll sorriu.

— Ela ficou mesmo furiosa, não é? Percebi que mal falou comigo esta noite. E Gavin jurou que ela correu atrás do nosso faetonte por quase um quilômetro hoje cedo.

— Ela está... — Eloise se conteve. — Você a deixou bastante desorientada. Santo Deus. Não a vejo tão agitada desde a manhã do dia em que vocês três chegaram aqui.

Francesca Oswell-MacTaggert ficara agitada com a chegada deles? Ora, aquilo era interessante. Coll já começava a achar que a mãe era esculpida em pedra, até o momento em que ele mencionara as palavras casamento e Persephone na mesma frase.

— Um pouco de agitação em troca da possibilidade de eu encontrar uma moça de quem possa gostar. É só o que estou pedindo, Eloise.

Ela assentiu, se levantou e passou os braços ao redor do tronco do irmão.

— Muito bem. De qualquer forma, algo bom pode sair disso. — A jovem recuou um passo, ainda enrubescida, e se virou para a porta. — Estou me referindo ao fato de você mesmo encontrar a sua noiva.

O resto de nós conseguiu se casar por amor... ou está prestes a fazer isso. Você merece ter a mesma oportunidade.

— Obrigado por isso.

— Sabe, a minha amiga Li...

— Não. Não quero lady Aldriss no meio disso nem você. A essa altura você já empurrou a maior parte das suas amigas para cima de mim, e seja quem for em quem esteja pensando agora, acho que não seria alguém com quem eu gostaria de me casar.

Eloise deixou escapar um suspiro e deu o braço ao irmão.

— Não tenho como discutir com isso. É que estou ficando sem amigas para lhe apresentar, e você está ficando sem tempo. Quero que encontre alguém que possa *amar*, Coll. Sei que vai acabar se casando, porque é o que precisa fazer.

E aquele era o maldito problema. Ele não *precisava* se casar. Não tendo nos irmãos dois herdeiros adequados, ainda mais quando ambos já estavam tão bem encaminhados para providenciarem seus próprios herdeiros. Na verdade, estava se vendo *obrigado* a obedecer a um mero pedaço de papel, escrito e assinado quando ele tinha 12 anos, porque a mãe não queria morar na Escócia mas queria manter o controle sobre os filhos.

Coll deu um tapinha na mão da irmã.

— "À brecha novamente", então — disse ele, conduzindo-a de volta à sala de estar.

Pensou consigo mesmo que, depois de uma manhã ouvindo a peça escocesa, acabara de citar a obra shakespeariana errada, mas ninguém mais se importaria. De acordo com Persephone Jones, ele era Macbeth e só podia torcer para que sua busca não terminasse em uma tragédia semelhante à do personagem.

Coll encontrou todos divididos em grupos de dois e três, conversando sobre o clima, a moda e tudo o mais que os *sassenachs* adoravam debater sempre que estavam reunidos. Por um momento, ele apenas os observou, todos parecendo satisfeitos com o mundo e com o lugar que ocupavam nele.

Até mesmo Persephone parecia estar feliz onde estava, mas também abordava o seu trabalho — e a própria vida — com uma paixão que ele admirava e partilhava antes que as circunstâncias o obrigassem a seguir ao sul da Muralha de Adriano.

— Com licença, lorde Glendarril? — Coll se virou e viu a jovem com quem estava conversando antes, Eliza Green, atrás dele.

A moça tinha as mãos cruzadas na cintura e, com seu vestido de chiffon rosa com mangas de renda branca, parecia um anjo da virtude de cabelos pretos.

— *Aye?*

— O senhor comentou que gostava de andar a cavalo. Gostaria saber se poderia estar no Hyde Park amanhã às nove da manhã. Minha égua, Pepper, e eu estamos lá quase todas as manhãs. Ela é um pouco arredia, mas isso a torna mais divertida de conduzir.

Aquela era uma daquelas coisas que ele deveria fazer — era exatamente uma das coisas a respeito das quais Persephone o havia aconselhado — e agora a srta. Green acabara de entrar na clareira para mordiscar a grama doce que ele havia plantado. Uma bela moça, e que gostava de cavalgar. E lá estava ele, olhando para ela e pensando em outra — e não apenas porque havia dado a sua palavra de que estaria na casa da outra moça pela manhã para acompanhá-la ao teatro.

— Tenho uma obrigação a cumprir amanhã de manhã — respondeu Coll. — Mas obrigado pelo convite.

— Ah. Claro.

A jovem cruzou as mãos nas costas agora, fez uma reverência desajeitada e oscilante e se afastou apressada.

— Que diabo há de errado com você? — perguntou Niall, irritado, junto ao ombro do irmão. — Aquela moça tomou a iniciativa de se aproximar e falar com você. Sobre um cavalo. Você deveria estar de joelhos, pedindo-a em casamento.

Coll se virou, e mudou a resposta que já estava na ponta de sua língua quando se lembrou de que havia dito a todos, menos a Eloise, que já tinha uma noiva em mente.

— Como eu disse à *màthair*, já tenho uma moça com quem vou me casar — retrucou.

— Então por que conversou com todas as jovens solteiras que estão aqui esta noite?

— Por hábito.

O irmão mais novo estreitou os olhos.

— O que está fazendo, gigante? Se você não se casar, tudo o que Aden e eu fizemos terá sido em vão.

— Tudo o que vocês fizeram? — repetiu Coll, fechando o semblante. — Vocês encontraram moças que amam e se casaram com elas. Ou melhor, você se casou, e Aden fará o mesmo daqui a uma semana. A que sacrifício está se referindo?

— Você sabe o que quero dizer. Todos nós viemos para cá para honrar o acordo que os nossos pais fizeram. Você não est...

— Só um maldito minuto, pulga — interrompeu Coll, usando seu antigo apelido para Niall, apesar do fato de o jovem de 24 anos já passar um pouco de um metro e oitenta. — Viemos aqui para jogar esse acordo na cara de lady Aldriss e marchar de volta para a Escócia. Então, você ficou com a moça que ela havia escolhido para mim. — Quando Niall abriu a boca para retrucar, Coll levantou a mão. — *Aye.* Eu sei que abandonei Amy. Eu estava lá. O que quero dizer é que a única coisa que você e Aden sacrificaram foi noites sozinhos. Então pare de me atormentar. Vou me casar antes de Eloise. — Ele colocou um leve sorriso no rosto. — Vocês e suas esposas adequadas talvez não gostem de quem eu escolhi, mas vou me casar.

— Coll, não...

— *Chega.*

Niall cedeu diante do tom do irmão mais velho, como Coll sabia que faria. Sim, ele sabia citar Shakespeare e tinha uma educação melhor do que a maior parte das pessoas imaginava, mas seus irmãos sabiam melhor do que ninguém que pressioná-lo poderia muito bem significar uma briga, e ele não costumava perder.

Eles estavam certos, é claro, porque ele ainda *não* havia encontrado uma noiva. Mesmo assim, tinha dado a sua palavra de que acompanharia Persephone ao teatro pela manhã. E poderia admitir para si mesmo que estaria no Saint Genesius na manhã seguinte, quer tivesse feito um acordo com ela ou não.

— Você deu seu endereço a ele? — Flora tirou do guarda-roupa um vestido de musselina verde com mangas até os cotovelos e ergueu-o.

— Sim. Não, esse não. Vamos tentar o azul e branco.

— Aquele com rosinhas vermelhas?

— Sim, esse.

Enquanto falava, Persephone tirou a camisola e deixou-a amassada em cima da colcha que cobria a cama. Havia perdido a hora, o que não era incomum — trabalhar no teatro significava que seus dias muitas vezes terminavam ao amanhecer e só começavam bem depois do meio-dia, mas na verdade tinha ido para a cama antes da meia-noite na véspera.

Não, o problema não era o horário... era o homem. Um *highlander* muito sedutor e perspicaz, para ser mais precisa. Persephone se espreguiçou e ergueu os braços para o alto. De fato, um escocês muito, muito sedutor.

— Que diabo... Como você conseguiu esse hematoma no traseiro, Persie? Outro saco de areia caiu?

Maldição.

— Não. Eu estava... no mar com um pescador escocês.

Flora arregalou os olhos.

— Você deixou aquele lorde Glendarril descer abaixo do convés? Persie, você mal o conhece!

— Não preciso de sermão, Flora! Tenho 28 anos, ganho meu próprio sustento e alugo a minha própria casa. O...

— Eu sei de tudo isso, pelo amor de Deus. Só estou espantada. Você se livrou de Claremont porque ele queria... descer abaixo do convés, e agora, depois de um dia de convivência, já cedeu ao escocês?

— Eu não cedi. A ideia foi minha. — Persephone pegou uma camisa de baixo no guarda-roupa e vestiu. — Ele é um bom pescador. Muito bom, na verdade. — Ela abraçou o próprio corpo e sorriu. — Delicioso.

Flora se abanou com a saia do vestido azul e branco e riu.

— Ah, meu Deus. Não vou alertá-la para que seja cautelosa, porque sei que sempre é. Direi *apenas* que não deveria entregar seu coração a um homem a quem prometeu ajudar a encontrar uma esposa.

— Não se preocupe comigo, minha cara — respondeu Persephone, virando-se e levantando os braços mais uma vez para que Flora pudesse ajudá-la com o vestido de musselina. — Jogo esse jogo há mais de sete anos. — Ela deu uma risadinha. — Eu disse a ele que não terá permissão para entrar em casa se não conseguir conquistar você, Gregory *e* Hades.

— Rá. *Eu* não consegui conquistar Hades e o conheço há seis anos.

— Exatamente.

Como se seguindo a deixa, o gato preto saiu de baixo da cama para se espreguiçar, cravando as garras no caro tapete persa que cobria o piso de madeira polida. Ele balançou o rabo para o alto e sibilou na direção de Flora, antes de se esfregar por entre os tornozelos de Persephone e caminhar até a porta entreaberta do quarto.

— Pedi para Gregory conversar com a criada de lady Greaves quando ele a encontrasse no mercado essa manhã — continuou Flora, enquanto fechava o trio de botões que subia pelas costas de Persephone antes de amarrar a fita azul na cintura alta do vestido. — Milly diz que ninguém viu Claremont em nenhum evento social nos últimos dias.

— Espero que ele tenha ido para casa — comentou Persephone, o tom determinado, e se sentou diante da penteadeira para escovar o cabelo que chegava à altura dos ombros. Seu cabelo era a sua única vaidade, supunha… com a quantidade de perucas que usava, teria sido muito mais fácil mantê-lo curto. Mas ela não conseguia. — Ele tem as reformas para resolver por lá, e nada tem a fazer aqui comigo. O que me diz daquela peruca ruiva escandalosa essa manhã?

— Meu Deus, você *está* se sentindo ousada.

Flora estalou a língua, pegando a peruca ruiva de fios brilhantes, e Persephone começou a prendê-la no próprio cabelo. Ela não diria que se sentia ousada, mas *desperta*. Cheia de energia. Pronta para insistir em sua interpretação do medo desesperado de lady Macbeth de ser comum, e não na insistência de Charlie de que a mulher não passava de uma bruxa ambiciosa.

E aquele sentimento era apenas o resultado de ela ter encontrado o caminho para a personagem. Não tinha nada a ver com o *highlander* que lhe causara arrepios de desejo na véspera e que a fizera se lembrar de que ser tocada podia ser, de fato, muito prazeroso.

— Gregory pagou quatro centavos por ovos e pão essa manhã e fez algo com eles que me deixou com água na boca mais cedo, vou lhe dizer — comentou Flora, e se ajoelhou para ajudar Persephone a calçar os lindos sapatos azuis.

— Deveria ter falado isso antes. Estou faminta.

— Eu teria dito, mas estava ocupada demais ouvindo sobre a sua pescaria. Agora vá, terminarei de arrumar tudo por aqui.

Persephone examinou seu reflexo no espelho da penteadeira. Cabelo ruivo curto e cacheado, olhos azuis, nariz arrebitado, boca ligeiramente larga que tornava mais fácil para ela fingir emoções no palco, algumas linhas de expressão ao redor dos olhos que logo fariam com que a ideia de interpretar um personagem tão jovem como Julieta Capuleto parecesse absurda. Por ora, ela ainda conseguia fazer aquilo e parecia bem mais jovem do que seus 28 anos.

No entanto, logo estaria interpretando mães, bruxas e avós, criadas ou amas — o que quer que Charlie achasse adequado colocar diante dela. Persephone suspirou e ficou de pé. Com sorte, até lá ela teria economizado dinheiro o bastante para poder se aposentar e comprar uma pequena casa em Dover ou em algum outro lugar, onde passaria o resto dos seus dias fazendo jardinagem.

Os homens — um marido, no caso — não entravam nos planos, é claro, porque ela não se casaria. Nem com um lorde, nem com um padeiro, um açougueiro ou um fabricante de castiçais. Entregaria seu corpo quando e onde escolhesse e manteria sua independência para si mesma. Deus sabia que já pagara um preço bem alto para isso.

Persephone desceu a escada, deixando-se guiar pelo cheiro de torradas e ovos. Certas brincadeiras sensuais aqui e ali não eram o mais sensato a se fazer, ainda mais com alguém tão atraente como Coll MacTaggert, mas… santo Deus, tinha sido muito bom! E ela pretendia desfrutar de novo daquele prazer, se a oportunidade surgisse.

Uma mulher mais inteligente talvez não tivesse dado o endereço a MacTaggert, mas ele estava certo quando argumentara que não conseguiria cumprir com a sua parte no acordo entre os dois se não soubesse nem onde encontrá-la. Além disso, uma parte de Persephone gostava da ideia de um cavalheiro bater na sua porta. Mesmo que ele jamais conseguisse passar do saguão de entrada, porque, ainda que de alguma forma conseguisse conquistar Gregory e Flora, Hades como sempre faria o papel da consciência com garras dela e o expulsaria.

No meio do café da manhã, Persephone ouviu a aldrava bater na porta da frente. Ela sentiu um súbito nervosismo, deixou cair o garfo e teve que se esforçar para não disparar para o corredor. Talvez tivesse passado tempo demais celibatária.

— Presumo que deva ser lorde Glendarril — disse em voz alta para Gregory. — Se houver mesmo um escocês grande à porta, por favor, faça-o entrar, mas mantenha-o no vestíbulo. E eu lhe dou permissão para ficar irritado com ele, se quiser. Conquistar você é uma das tarefas que confiei ao homem.

— A maior parte das pessoas me irrita, srta. Persie. É algo que acontece sempre — respondeu ele com um leve sorriso, e bateu os calcanhares antes de sair da sala de jantar.

Enquanto ficava atenta a qualquer elevação de tom de voz, Persephone terminou com calma o café da manhã e a xícara de chá que costumava tomar. Não importava o que ocupasse a sua mente, a verdade era que tinha um longo dia de ensaios pela frente, e aquilo precisava ser o primeiro item em sua lista de prioridades. A sua única prioridade, na verdade. Lorde Glendarril — Coll — era uma distração. Uma distração agradável, mas apenas isso.

A porta da sala de jantar foi aberta.

— Você precisa vir ver isso — disse Flora em uma voz sussurrada, gesticulando para que Persephone a seguisse. — Mal posso acreditar nos meus próprios olhos.

— Hades não matou lorde Glendarril, não é? — perguntou Persephone.

Ela deixou o guardanapo de lado e se levantou, resistindo à vontade de alisar o vestido. Afinal, já tivera amantes antes e, embora não tivesse o hábito de convidar nenhum deles para ir à sua casa, Coll MacTaggert oferecera um benefício além dos seus encantos masculinos. O que ela não fizera até ali fora perder a cabeça por nenhum deles.

Flora chegou ao vestíbulo antes dela e deu um passo para o lado. Persephone se adiantou um pouco mais, então estacou. *Que diabo estava acontecendo?*

Hades estava entre os pés do *highlander*, enrodilhando-se ao redor das botas hessianas bem engraxadas, como um número oito preto e ronronante. Era... impressionante. Além disso, Gregory conversava com o visconde como se os dois fossem amigos havia anos, e segurava o que parecia ser um martelo de muito boa qualidade, além de ter uma caixa de madeira com ainda mais ferramentas aos seus pés.

Ao ver a caixa, ela se virou para Flora. A atual camareira e ex- -costureira segurava uma cesta embaixo de um dos braços, e, quando Persephone se inclinou para olhar dentro da cesta, viu lindas peças de seda roxa, algumas rendas com bordas prateadas, tesouras de prata, linha — tudo o que uma ex-costureira de teatro valorizaria e apreciaria mais do que qualquer coisa.

— Suborno, então? — perguntou ela, e ergueu o olhar para encontrar Coll fitando-a, com um sorriso tranquilo no rosto anguloso.

O coração de Persephone deu uma rápida cambalhota, o que ela atribuiu a ter comido depressa demais e logo decidiu não pensar mais a respeito — ao menos por ora.

Os olhos verde-escuros de Coll dançavam.

— Você está ruiva hoje. Gosto disso. Seus vizinhos não perguntam por que sai de casa como uma moça diferente a cada dia?

— Encorajei-os a acreditarem que sou dona de uma loja de perucas — respondeu ela. — Não mude de assunto. Você subornou meus funcionários.

Aquela maldita boca deliciosa se curvou em um sorriso.

— Você me disse para tentar conquistá-los. Não falou nada sobre eu não poder trazer presentes.

Persephone deixou de lado as perguntas sobre como ele havia conseguido descobrir o que Gregory e Flora poderiam achar interessante. Sem dúvida Coll havia perguntado a alguém no Saint Genesius, e o pessoal do teatro adorava contar histórias. Seu interesse mais imediato era em relação ao gato, famoso por sua hostilidade, que naquele momento estava sentado na bota esquerda de Coll, esfregando o focinho nela.

— O que você fez com o meu gato, então?

— Com Hades? Ah, o diabo e eu somos velhos amigos. Certamente você já ouviu isso a meu respeito.

— Na verdade, Hades não é de puxar assunto.

Ela sorriu, perplexa e bastante lisonjeada. O que quer que Coll tivesse feito, era óbvio que ele se esforçara para conquistar seus criados e o gato, e aquele era o único requisito para permitir que ele entrasse em casa. Ninguém poderia negar que o escocês tivera sucesso.

Persephone também não poderia negar que boa parte dela estava bastante satisfeita por ele ter passado no teste. Ter Coll MacTaggert por perto por mais algum tempo poderia ser bastante... revigorante, apesar da confusão que parecia cercar o homem e seus irmãos.

— Bem — disse Coll —, acho melhor irmos, Persephone, a menos que você consiga pensar em alguma outra coisa que queira fazer.

Ela sentiu uma súbita umidade entre as coxas. Quando estava com uma peça em cartaz, seus dias geralmente eram livres. Conhecer Coll em um desses períodos teria sido bastante providencial. Mas, naquele momento, tinha compromissos pela manhã.

— Sim, precisamos ir embora. Flora, meu xale, por favor.

— Hum? Ah, sim, claro. — Flora deixou a cesta de lado, pegou o xale azul e colocou-o sobre os ombros de Persephone. — Diga à minha Beth que tenho um belo assado em mente para sexta-feira.

— Vou lembrar a ela.

Gregory abriu a porta da frente, mas, com Hades ainda sentado na bota de Coll, parecia que nenhum deles sairia de casa. Persephone bufou e se agachou para pegar o gato preto nos braços e colocá-lo nos de Gregory.

— Voltaremos mais tarde, Hades — falou, coçando entre as orelhas do gato.

Hades ignorou-a, os olhos fixos em Coll, o peito roncando com um ronronar incomum. Persephone franziu o cenho, deu o braço ao *highlander* e saiu com ele em direção à carruagem que o aguardava.

No instante em que a porta da frente se fechou, ela teve certeza de ter ouvido um grito masculino abafado — sem dúvida, fosse qual fosse o feitiço de Coll, o efeito já havia desaparecido e Hades voltara a si.

O visconde a ajudou a subir no veículo e sentou-se ao lado dela no banco da frente, enquanto Gavin estalava a língua para a parelha de baios, colocando-os em movimento.

— Está uma linda manhã, moça. Tem certeza de que deseja passá-la naquele teatro sombrio dizendo as falas de uma história sombria?

Persephone encarou-o.

— O que fez com meu gato?

Coll levou a mão ao peito e ergueu uma sobrancelha.

— Seu gato é um ótimo animal. Acho que nos entendemos.

— A-hã. — Persephone se curvou e passou um dedo pela lateral da bota dele.

— Você disse que eu precisava passar por eles — continuou Coll. — Não disse co...

— Eu sei. Eu não disse como deveria ou não fazer isso. — Ela levou o dedo ao nariz e cheirou. — Coll MacTaggert, por que a sua bota está cheirando a peixe?

— Acho que é porque esfreguei um peixe nela.

Persephone começou a rir. De todas as coisas engenhosas e inesperadas do mundo, aquele *highlander* conseguira em um dia o que alguns amigos dela não tinham conseguido em seis anos.

— Muito bem. Eu lhe concedo a vitória.

— Terei permissão para entrar na sua casa, então?

— Pode jantar comigo na sexta-feira, se desejar. Flora vai receber a filha, Beth, o genro e os bebês, e sem dúvida Gregory também convidará o irmão para se juntar a nós.

— Estarei lá.

— Ótimo. — Ela encontrou os olhos verdes dele e precisou se controlar antes que passasse os braços ao redor dos ombros do escocês e beijá-lo na frente de toda Londres. Afinal, o homem estava procurando uma esposa. — Você tentou falar com alguém no Hyde Park essa manhã?

— Não. Irei essa tarde.

— Não vai encontrar ninguém andando a cavalo por lá depois do meio-dia — argumentou Persephone. — Haverá apenas damas em carruagens, tentando ser vistas pelo maior número possível de pessoas como elas.

Coll estremeceu com exagero e cruzou os braços diante do peito.

— Talvez eu devesse apenas tapar os olhos com uma venda e apontar para uma delas.

Persephone sorriu diante do óbvio desprazer dele.

— Isso talvez até lhe renda uma esposa, mas as chances de ela ser alguém de quem possa vir a gostar, ou a quem possa chegar a amar, infelizmente seriam muito pequenas.

— Tem certeza de que você não é uma princesa ou algo assim? Isso serviria para agradar a minha família, e para mim você serviria do jeito que é.

A risada que ela forçou pareceu bastante convincente, ou assim esperava.

— Já interpretei uma ou duas princesas e estou ensaiando para interpretar a rainha da Escócia. Receio que não vá chegar mais perto do que isso.

Coll assentiu e afundou mais o corpo no assento.

— Seus vizinhos pensam mesmo que você é uma comerciante?

— Bem, eu não menti sobre a minha profissão, mas já sugeri algumas vezes que é por isso que mudo de aparência com tanta frequência.

— E nenhum deles a reconheceu? A minha irmã diz que todos sabem quem você é. Até ela quer conhecer você, se conseguir fazer isso sem que a mãe descubra.

— A mãe dela também é sua mãe, não é?

— *Aye.* — Coll franziu o cenho. — Maldita mulher enxerida. Se ela queria nos deixar para trás, deveria ter feito isso. Que tipo de mãe deixa os filhos, então faz um acordo determinando que eles terão que fazer o que ela deseja dezessete anos depois?

— Foi isso que aconteceu? Ela abandonou vocês?

Ele ajeitou o corpo no assento, parecendo desconfortável.

— Já faz muito tempo, mas *aye*. Ela e meu pai estavam fartos um do outro, eu acho, e, quando deu à luz uma menina, Francesca decidiu que não poderia criar a pequenina em um lugar tão bárbaro como a Escócia.

— E ela deixou vocês, os três filhos, para trás? Não consigo me imaginar fazendo isso.

Abandonar os próprios filhos... Persephone conseguia entender alguém odiar a vida que levava a ponto de precisar fugir dela, mas deixar os próprios filhos? Lady Aldriss devia estar desesperada ou era uma pessoa totalmente sem coração.

Coll deixou escapar um som de desdém.

— Está feito. Agora tenho que me responsabilizar pelas consequências de algo em que não tive como opinar para começo de conversa. Mas farei o que deve ser feito, porque não desejo ver Aldriss Park e aqueles que dependem dos MacTaggert condenados à pobreza. Mas ainda tenho vontade de me casar com você, só para ver a expressão no rosto de Francesca.

— Não sei bem como me sinto com a ideia você me usar como uma pilhéria.

Na verdade, ela sabia como se sentia: não gostava nem um pouco. Como ela se sentia em relação a Coll, no entanto... Aquilo estava se tornando cada vez mais complicado. Ele havia esfregado um peixe nas próprias botas para cair nas boas graças do gato dela, pelo amor de Deus. Quem fazia uma coisa daquelas? Mais ninguém que Persephone pudesse imaginar. Não *depois* de já terem estado juntos.

— Não pretendo caçoar de você, Persephone. É ela que precisa aprender uma lição. — Ele voltou a se virar no assento, encarando-a de maneira mais direta, e estendeu a mão para segurar a dela. — Você me dá permissão para usar seu nome em vão na tentativa de irritar a minha mãe?

Os dedos de Coll eram quentes, grandes e calejados, sem dúvida por ficar lançando ovelhas de um lado para o outro. Homens bem-nascidos não tinham calos nas mãos ou em qualquer outro lugar. Era possível que ele não soubesse como ser um cavalheiro adequado, mas parecia mais provável que não se importasse com o que os outros aristocratas faziam ou deixavam de fazer.

Quanto a usar o nome dela em uma suposta ligação com ele, a verdade era que o nome Persephone Jones já fora ligado a outros homens poderosos, e aquilo só servira para levar mais público ao Saint Genesius.

— Meu nome não tem objeção a ser usado em vão ou de qualquer outra forma. — Ela fechou os dedos em torno dos dele. — Mas, por favor, não estrague as suas próprias chances de encontrar alguém para amar porque está ocupado demais andando comigo por aí e irritando a sua família.

— Ora, moça, temos um acordo. Você me mostra como ser um cavalheiro e evitarei que sacos de areia caiam em cima de você.

— Além de manter os cães de caça afastados.

Afinal, Persephone não queria que Coll achasse que ela havia inventado um perigo potencial para mantê-lo por perto, quer tivesse feito aquilo involuntariamente ou não. Mas Claremont desistira com muito mais facilidade do que Persephone esperava, e aquilo a incomodava um pouco.

— Isso faz de mim um lobo?

— Mais um leão, eu acho.

Daquela vez, o sorriso dele a fez pensar em piqueniques e carroças abandonadas — não que a ideia de estar com ele novamente tivesse saído da cabeça de Persephone por mais de um minuto desde o almoço da véspera. Se ela tivesse em mente a ideia de se casar naquele momento, todos os pedidos de casamento improvisados de Coll teriam feito seu coração esvoaçar como uma borboleta na brisa forte. Mas, do jeito que eram as coisas, Persephone se perguntava se todas as outras solteiras de Londres eram loucas. Ela não sabia como explicar por que uma dúzia de mulheres não se apaixonara por Coll na primeira noite em que o vira.

— Você poderia considerar a possibilidade de acompanhar a sua irmã ao parque — sugeriu ela, em voz alta. — As amigas dela então teriam uma desculpa para se aproximar, e você...

— Não — interrompeu-a Coll. — Eloise tem apenas 18 anos. Não quero uma menina onze anos mais nova do que eu como esposa. Não conseguiria amar uma moça que não tivesse uma boa discussão comigo de vez em quando.

— Nem tudo se resume a briga, sabe?

— É o que você diz, mulher. Peço licença para discordar.

Eles pararam nos fundos do Saint Genesius, e Coll destrancou a porta baixa, desceu e estendeu a mão para ela. Persephone conteve um suspiro. Havia esperado que ele fosse mais um protetor que quisesse que ela fingisse ser Julieta ou a megera Kate que precisava ser domada, ou qualquer uma das outras dezenas de mulheres que já interpretara. Aquele homem parecia gostar *dela*, e Persephone achava aquilo ao mesmo tempo inquietante e excitante.

— Então, por favor, me acompanhe até lá dentro, milorde, e depois vá procurar uma noiva.

— A que horas você termina aqui?

— O Parlamento tem uma longa sessão hoje, então não haverá apresentação essa noite. Acho que terminaremos por volta das oito da noite. Voltarei sozinha para casa. Tenho certeza de que você já tem planos para mais tarde.

— Estarei aqui às oito horas. Não se aventure a sair do teatro. Eu entrarei e pegarei você.

— Coll, parece que estou me beneficiando desse acordo muito mais do que você. Isso não...

— Espere por mim aqui, Gavin — interrompeu ele e ofereceu mais uma vez o braço musculoso a Persephone. — Vou demorar apenas alguns minutos.

— *Aye*, milorde.

Quando ela passou a mão ao redor do braço dele, Coll puxou-a para mais perto.

— Se ainda não percebeu, Persephone Jones, sou um homem de palavra. E honro meus acordos. Então, se não me quer por perto, é melhor mentir para mim bem o bastante para que eu acredite que não me quer ou que não precisa mais de mim.

Em algum momento, talvez mais cedo do que gostaria, ela faria aquilo, pensou Persephone. Diria que estava cansada dele e que queria alguém que tivesse modos mais elegantes ou que chamasse menos atenção com a sua mera existência. E, porque era boa no que fazia, Coll acreditaria nela. Mas não seria naquele dia.

Capítulo 8

"Os dedões de meus pés estão formigando.
Algo de muito ruim está nos alcançando.
Pois que se abra a porta,
Seja lá a que alma torta."
Segunda bruxa, *Macbeth*, Ato IV, Cena I

Quando Coll e Persephone entraram, os assistentes de palco — que saíam pela porta rolando uma boa parte do Bosque de Birnam para ser pintada — cumprimentaram os dois com um coro de "Persies" e "milordes". Coll cumprimentou-os de volta com um aceno de cabeça e manteve a porta aberta para que o enigma em forma de mulher que caminhava ao seu lado passasse.

Ele já havia conhecido mulheres que falavam o que pensavam, moças que não toleravam tolices. Até ali, Coll achava que todas as moças daquele tipo viviam nas Terras Altas da Escócia, mas com certeza estava errado. A moça ao seu lado, Persephone Jones, fazia o que queria.

Aye, ela conhecia as regras, e até seguia algumas delas, mas também se deitava com um homem só porque lhe dava vontade, andava em carruagens abertas em companhia masculina e sem acompanhante e encorajava os homens a se dirigirem a ela pelo primeiro nome.

Se Persephone se recusava a ser vista com ele no Hyde Park, era porque não queria que as damas se afastassem do teatro em protesto, e não porque temia que aquelas mesmas damas a censurassem.

Ela conquistara o próprio caminho no mundo e tinha sucesso o bastante para conseguir alugar uma casa e pagar dois criados, mesmo que não os chamasse assim. Uma mulher extraordinária. A independência de Persephone e o desafio que ela representava atraíam Coll, mesmo que de vez em quando ele tivesse a sensação de que parte daquilo era uma resposta deliberada a... alguma coisa.

Um gato laranja desceu de um caixote de madeira para lamber as botas de Coll que, depois de soltar um grunhido divertido, se agachou para afastar o animal. Esfregar peixe nas botas tinha sido uma das suas melhores ideias, na opinião dele.

De repente, um movimento chamou sua atenção, e ele se levantou ao ver um balde de metal balançando na direção dos dois, com força e velocidade. *Cristo.*

Coll girou o corpo, agarrou Persephone pela cintura e caiu com ela no chão. O balde oscilou acima deles antes de bater em um pilar com um estalo retumbante, arrancando farpas da madeira pesada. Quando ricocheteou de novo na direção deles, Coll ficou de pé, pegou uma escada e ergueu-a na frente do recipiente de metal, usando o peso do próprio corpo para mantê-la firme. O balde bateu com violência na escada, quebrou dois degraus e ficou girando lenta e aleatoriamente.

Coll segurou-o, tirou a faca da bota e cortou a corda. O balde bateu no chão e tombou, fazendo cair um punhado de tijolos.

Com a faca ainda na mão, ele olhou para cima. Três assistentes de palco estavam no cordame, nenhum deles perto de onde o balde começara a balançar.

Aos poucos, Coll se deu conta do caos e da gritaria que irromperam ao seu redor. Quando voltou a se virar, viu Charlie Huddle ajudando Persephone a se levantar. Metade do elenco e a maior parte dos assistentes de palco estavam reunidos em torno deles, todos pálidos, abalados e falando ao mesmo tempo.

Coll enfiou a faca de volta na bota e afastou as pessoas até chegar a Persephone. E só conseguiu voltar a respirar quando segurou o braço dela.

— Está ferida? — perguntou, virando-a para encará-lo. — Machuquei você?

— Não — respondeu ela na mesma hora, os movimentos bruscos, assustadiços, em vez dos gestos graciosos habituais. — Estou bem. Você... isso... minha nossa...

— Foi a segunda vez que alguma coisa saiu da escuridão desse teatro para atingir você. — Coll tinha o maxilar cerrado, e seu coração disparou quando ele pensou no que quase havia acontecido. — Uma vez pode ser um acidente. Duas é alguém tentando matá-la.

— Isso não é possível — falou Huddle, passando um lenço na testa. — Já vi atores tentando tirar outros de cena na competição por um papel, mas isso resultou apenas em hematomas ou um braço quebrado.

Coll se virou, recuperou os tijolos, pegou o balde e deixou-o cair aos pés do diretor de palco. O baque retumbante fez o homem mais baixo pular.

— Isso pesa mais de vinte quilos — falou. Ele ouviu o arquejo de Persephone diante daquela declaração e se esforçou para manter a atenção em Huddle. — Não provocaria apenas um braço quebrado, e sim um crânio partido.

Os danos poderiam ter sido ainda piores — um pescoço quebrado ou até mesmo uma decapitação — e, pela expressão do diretor de palco, ao menos ele parecia ter noção daquilo.

À direita de Coll, Jenny Rogers desmaiou nos braços de Banquo — Lawrence Valense. Havia pessoas demais por perto, maldição, e poderia ter sido qualquer uma delas. Muito provavelmente não as moças — nenhuma delas parecia capaz de transportar um balde tão pesado até o passadiço do teatro. No entanto, restavam duas dúzias de homens, sem contar os outros trabalhadores que entravam e saíam o dia todo.

— Coll, uma palavrinha, por favor — disse Persephone, e passou as mãos ao redor do braço dele. — No meu camarim, talvez?

— *Aye*. — Ele se manteve meio passo à frente dela e abriu a porta do camarim antes de deixá-la entrar. A última coisa de que

Persephone precisava era ter que encarar alguma outra coisa pesada balançando nas vigas. — Pode entrar, moça.

Ela o seguiu para dentro do cômodo pequeno, dominado pelo espelho de corpo inteiro, mas também, Coll só percebeu naquele momento, por uma enorme variedade de figurinos, perucas, chapéus e livros. Ele fechou a porta, meio que esperando que Persephone se jogasse em seus braços. Em vez disso, ela foi até o espelho e ficou parada ali por um bom minuto, encarando o próprio reflexo.

— Onde fica a casa de Claremont na cidade? — perguntou Coll. — Estou pensando em fazer uma visita a ele.

— É a Casa Pierce, na Farm Street — respondeu Persephone, ainda imóvel. — Não sei o número. Você acha que foi ele?

— Ele não fez isso sozinho, mas pode ter contratado alguém para assassinar você.

Ela cerrou o punho, mas logo voltou a abrir os dedos.

— Espero que tenha sido ele — murmurou ela, lançando um último olhar para o próprio reflexo antes de se virar e se sentar diante da penteadeira.

— Você acha que poderia ser outra pessoa? — Coll ergueu uma sobrancelha. Para uma moça tão bonita e bem-humorada, Persephone parecia ter muito mais inimigos do que ele suspeitava.

— Não. Não, é claro que não. Prefiro apenas uma resposta definitiva a qualquer dúvida... não gosto de perguntas sem resposta. E não gosto de coisas pesadas balançando na direção da minha cabeça no escuro.

— Também não gosto nada disso.

Ela levantou os olhos para ele.

— Você salvou a minha vida. Não me dei conta do que estava acontecendo até você me jogar no chão. Eu deveria estar morta a essa altura.

Aquele pensamento também atingiu Coll como um golpe, doloroso e profundo. O que quer que Persephone Jones representasse em sua vida naquele momento, estava claro que a integridade física da moça era muito importante para ele. Coll não gostava da ideia de alguém inocente ser ferido, mas aquilo parecia mais... pessoal. Mais vital.

— Você não se feriu. Concentre-se nisso, Persephone.

Ela assentiu.

— Sim, você está certo. Não vou conseguir atuar se estiver tremendo de medo.

— Vou deixar Gavin aqui enquanto eu estiver fora — decidiu Coll. — Você não deve ficar fora da vista dele nem por um instante, entendeu?

Ele achou que Persephone iria protestar, mas ela concordou.

— E se for Claremont? O que vai fazer?

— Resolverei o problema — declarou ele, o tom categórico.

— Coll, ele é um conde.

— E eu sou um MacTaggert. — Ele foi até a porta e abriu-a. — Huddle! Fique aqui nessa porta até o meu homem chegar para tomar o seu lugar.

— Eu... sim, é claro. Obrigado, milorde. — O administrador do teatro correu até a porta do camarim, com um martelo na mão. — Essa loucura tem que parar. Persie, se perdermos você, nós...

— Vocês não vão perder Persephone — interrompeu Coll. — E você vai se certificar de que ela permaneça em segurança.

Coll queria continuar ali. Queria ser ele a cuidar de Persephone. Mas não tinha como estar em dois lugares ao mesmo tempo, maldição. Ele se virou, tentando afastar a sensação de que já estava em águas muito mais profundas do que havia se dado conta, e saiu em direção à porta dos fundos do teatro. Gavin e a carruagem esperavam do outro lado do beco, o cavalariço parado na frente dos dois baios, alimentando-os com guloseimas que tirava dos bolsos.

— Pronto para ir ao Hyde Park, senhor? — perguntou o rapaz, depois de dar uma última cenoura aos animais. — Tenho um bom pressentimento de que vai conseguir encontrar a sua noiva hoje.

— Alguém acabou de tentar matar Persephone — declarou Coll. — Quero você lá dentro sem tirar os olhos dela até eu voltar.

— O quê? — Gavin encarou o patrão, sem entender. — A moça?

— *Aye*, a moça. Vou resolver a situação.

Coll ocupou o lugar do cocheiro na carruagem e soltou as rédeas.

— Pelo amor de Santo André, chame um de seus irmãos antes — gritou o cavalariço, enquanto via o patrão sair com a parelha para a rua em trote rápido.

Coll ignorou o conselho. Era capaz de travar as próprias batalhas. Além disso, seus irmãos sem dúvida estariam ocupados com qualquer que fosse a tolice que acompanhava o fato de estarem enamorados por suas moças. Sendo o mais velho, era *ele* que cuidava dos dois. Não era dever de Niall e Aden cuidar dele.

Ao mesmo tempo, Coll sabia melhor do que ninguém que estava em Londres — em Mayfair —, e não nas Terras Altas. Um rapaz não poderia resolver um desentendimento ali da mesma forma que faria na Escócia. E a verdade era que não tinha certeza absoluta de que Claremont era o culpado por aqueles dois supostos acidentes.

Coll praguejou e entrou na Bond Street. A casa do conde ficava a apenas duas ou três ruas ao sul da Casa Oswell, e a proximidade parecia... significativa. Ele conhecia o bastante dos seus chamados "pares" para entender que, embora um bom punhado deles tivesse princípios e pelo menos alguma preocupação com as pessoas menos afortunadas, havia um número ainda maior que não se importava com nada além de riqueza, poder e conforto.

Se ele tivesse sido criado em Londres, entre a nobreza, em vez de em um lugar onde saía todos os dias para se juntar aos que dependiam da proteção dos MacTaggert, trabalhando lado a lado com homens que estavam tentando ganhar o suficiente para colocar comida nas suas despensas, talvez tivesse uma percepção diferente.

Mas Coll crescera nas Terras Altas. Ele nascera apenas oito anos após a revogação do Ato de Proscrição, antes do qual o Parlamento Britânico considerava kilts, gaitas de foles e armas de fogo ilegais nas Terras Altas. Sim, havia nascido em uma casa privilegiada, mas crescera ao lado de pescadores, agricultores e cortadores de turfa. Tudo aquilo fazia com que sentisse certo desprezo pelos lordes *sassenachs*, que só se aventuravam até as suas casas de campo para dar festas ou supervisionar reformas caras nas salas de visita.

— Farthing, sele Nuckelavee para mim — pediu Coll, quando parou a carruagem diante do estábulo da Casa Oswell.

O chefe dos cavalariços da mãe reuniu sua equipe, mas fez uma careta para Coll.

— Gavin não seria mais adequado para...

— Gavin não está aqui. Qual dos meus irmãos está lá dentro?

— Ambos, milorde. Devo...

— Sele Loki também, então — decidiu Coll, se referindo ao puro--sangue castanho de Aden.

O irmão MacTaggert do meio poderia convencer uma abelha a se desfazer de seu mel, e a astúcia parecia uma combinação melhor para enfrentar Claremont do que o famoso charme de Niall.

— Eu preferiria não lidar com Nu...

— Nuckelavee! — bradou Coll, e o garanhão relinchou de dentro da baia onde estava. — Comporte-se, maldição! — Quando ouviu outro relincho em resposta, ele assentiu para o cavalariço. — Ele vai obedecer.

— Obrigado, milorde.

Coll não costumava dar esse tipo de ordem ao cavalo, mas aquela era a frase que ele e Gavin tinham usado quando o treinaram, a frase a que Nuckelavee obedeceria acima de qualquer outra. Sem esperar para ver se o cavalariço da mãe havia se convencido, Coll caminhou até a casa e entrou pela cozinha, pegando uma maçã da mesa ao passar. A visão da mãe e de Eloise no corredor à porta da biblioteca o fez franzir o cenho. Estava acontecendo alguma coisa, mas o que quer que fosse, ele não tinha tempo para aquilo.

— Onde está Aden? — perguntou Coll.

— Aí dentro — respondeu Eloise, apontando para a porta fechada.

— Obrigado.

— Não se atreva... — começou a dizer Francesca, mas àquela altura Coll já havia girado a maçaneta e entrado.

Aden estava sentado em uma cadeira ao lado de Miranda Harris, segurando a sua mão, e, sentado, diante deles, Coll viu um homem grande e de aparência animada, usando trajes de sacerdote, com uma Bíblia aberta no colo. *Que diabo...* Coll estacou quando o irmão se virou para encará-lo.

— O que houve? — perguntou Aden.

— Preciso da sua ajuda — murmurou Coll, praguejando baixinho.

Por Deus, em vez de alertá-lo para não a aborrecer, a mãe poderia ter considerado começar a conversa com "Aden e Miranda estão sendo aconselhados por um sacerdote antes do casamento, portanto, não entre".

Aden desviou os olhos para Miranda, que tinha o rosto iluminado por um sorriso divertido.

— Vá — murmurou ela. — Eu lido com isso.

— O casamento é um compromisso para a vida toda — lembrou o sacerdote, o rosto redondo agora ruborizado. — Não é algo com que *se lide*.

Miranda estendeu a mão e segurou a do padre.

— Como uma mulher nascida na Inglaterra e prestes a se aventurar nas Terras Altas da Escócia — falou ela, o tom suave —, estava me perguntando se o senhor teria algum conselho específico para me dar. — Miranda olhou para Aden por cima do ombro, instando-o sutilmente a sair. — Algum conselho que talvez não pudesse me dar na presença do meu noivo um tanto incivilizado.

Aquilo pareceu acalmar a irritação do homem, mas Coll não teve tempo de imaginar que conselho um *sassenach* que nunca tinha estado na Escócia poderia dar para uma moça prestes a se casar com um MacTaggert. Nenhum conselho sacerdotal ajudara Francesca Oswell-MacTaggert.

— Eu lhe devo uma, Coll — disse Aden baixinho, deixando a porta entreaberta quando eles passaram por Eloise e Francesca e seguiram em direção à cozinha. — Estava prestes a fingir uma apoplexia para escapar.

— Que diabo ele estava tentando lhe dizer?

— Estava me dando conselhos sobre como ser um marido. A propósito, o homem não é casado. — Aden balançou a cabeça e parou logo depois de passar pela porta da cozinha. — Mas como a minha Miranda está aqui e você parece estar me levando para outro lugar, vou perguntar de novo o que está acontecendo.

— Ontem, alguns sacos de areia quase caíram em cima de Persephone. Considerei um acidente. Essa manhã, um balde cheio de tijolos voou das vigas e quase quebrou o pescoço dela. Já não acho que nenhum dos dois episódios tenha sido um acidente.

A expressão até então divertida de Aden na mesma hora se tornou mais atenta.

— Ouvi dizer que lorde Claremont vinha acompanhando a sra. Jones e que você o nocauteou na outra noite. Está achando que foi ele?

— Sim. Ele é o único suspeito em que consigo pensar nesse momento.

— Tem certeza de que esses acidentes a tinham como alvo?

Coll não havia considerado aquilo e agora se sentia duplamente grato a Gavin por sugerir que envolvesse os irmãos.

— Quer tivessem ou não, vou sugerir que Claremont dê um fim a eles antes que ela se machuque. Achei que talvez fosse bom você vir comigo, para o caso de eu perder a paciência.

— *Aye*. Posso fazer isso. Vou sugerir que *você* não o mate antes de ter certeza de que ele é quem está causando problemas.

— Está vendo? Já está sendo útil ter você por perto.

Os dois cavalos esperavam quando ele e Aden chegaram ao estábulo, e Farthing parecia ao mesmo tempo perplexo e aliviado enquanto segurava a rédea de Nuckelavee, que permanecia imóvel.

— O senhor vai precisar de escolta? — perguntou o cavalariço.

— Não. Nós damos conta.

Com Aden e Loki, o cavalo de pernas longas ao lado, Coll manteve Nuckelavee em um trote malcontido para o sul e o leste em direção à Farm Street. Se Aden tinha qualquer outra opinião sobre a culpa ou inocência de Claremont, guardou para si mesmo, mas Coll não estava interessado em ouvi-lo, de qualquer forma.

— Tenho uma pergunta — falou Aden, rompendo o silêncio, e Coll retirou o elogio silencioso com que saudava o jeito reservado característico do irmão.

— Qual?

— Pretende mesmo se casar com Persephone Jones ou está usando o nome dela para atordoar Francesca enquanto encontra você mesmo uma esposa?

É claro que Aden havia descoberto a artimanha — o irmão Mac-Taggert do meio tinha um talento incrível para ver além das palavras de um homem e entender seu real significado.

— Faz diferença uma coisa ou outra? — argumentou Coll.

— Acho que sim. E acho que sabe por que isso é importante.

— A sua Miranda está nervosa com a ideia de alguém da família se casar com uma atriz ou algo assim? Está preocupado que ela mude de ideia sobre se casar com você?

— A minha Miranda não se importaria se você se casasse com um urso de circo, Coll. *Eu* estou preocupado com a possibilidade de estar tão empenhado em conseguir algum tipo de vingança contra a nossa *màthair* a ponto de sacrificar o orgulho MacTaggert por isso. A moça com quem você se casar um dia será a condessa Aldriss, e vai ser responsável pelas arrendatárias, pelas esposas dos pescadores e pelas filhas de fazendeiros quando ninguém mais puder fazê-lo, vai ter que ficar ao lado delas quando as colheitas forem ruins e quando as charnecas inundarem. Persephone Jones é essa pessoa?

Coll cerrou o maxilar.

— Se você já sabe a resposta, então não me perturbe fazendo a pergunta.

Aden endireitou o corpo na sela.

— Então por que diabo estamos prestes a ameaçar um conde quando tem outras coisas mais prementes a fazer?

— Porque a moça não tem mais ninguém que possa ameaçar um conde — irritou-se Coll. — Porque eu não gosto quando um homem não consegue deixar o próprio orgulho de lado pelo tempo necessário para admitir que talvez seja um tolo e que deveria ser grato porque só levou um soco, e decide que faz mais sentido tentar assassinar uma moça por não gostar dele.

— Agora faz sentido para mim — comentou Aden em um tom brando. — Mas você poderia ter dito apenas "cavalheirismo", em vez de usar todas as palavras que conhece.

— Cale a boca, Aden.

Os irmãos amarraram os cavalos em frente à casa branca e reluzente de Claremont, e Coll subiu os degraus e bateu na porta com a aldrava de latão com cabeça de javali. Um mordomo esquelético usando uma libré vermelha e preta abriu e encarou os dois com os olhos fundos de um cadáver.

— Sim?

— O visconde Glendarril está aqui para conversar com lorde Claremont — disse Aden. — O conde estaria em casa?

O olho esquerdo do mordomo tremulou.

— Vou perguntar — falou. — Esperem aqui.

Dito isso, o homem fechou a porta na cara deles.

— Você não deveria ter sido tão educado — murmurou Coll, flexionando os dedos.

— Se você tivesse encostado no homem, ele poderia muito bem ter se reduzido a pó. Seja paciente, gigante. É mais do que apenas você, Niall e eu que está representando agora.

Aquela era a maldita verdade. Havia Francesca, lady Aldriss, por exemplo, embora perturbá-la de alguma forma fizesse parte do plano desde o início. Mas as coisas que ele fazia também se refletiam em Eloise, Amy, Miranda e em suas famílias. Ao que parecia, a parte MacTaggert do clã Ross mais que dobrara de tamanho nas últimas oito semanas. E quadruplicara em civilidade, o que era uma pena.

A porta voltou a ser aberta. O próprio lorde Claremont estava parado ali, loiro e belo, a não ser por um arranhão na têmpora esquerda, sem dúvida o resultado de ter sido jogado contra a parede do camarim de Persephone.

— Glendarril — falou o conde, o tom tranquilo. — Se está aqui para me desafiar para um duelo, eu recuso.

— Talvez eu não lhe dê essa opção — retrucou Coll.

— Com licença — disse Aden, dando meio passo à frente e se colocando entre Coll e Claremont —, mas meu irmão tem uma pergunta a lhe fazer e esperávamos que pudesse responder. Podemos entrar? A menos que prefira que ele brade a pergunta na rua, é claro.

Claremont olhou de um para o outro, então voltou para o saguão de entrada.

— Por aqui, senhores.

— Está vendo? — sussurrou Aden, indicando com um gesto que Coll fosse na frente. — Bons modos. São quase como mágica aqui em Londres.

— Diz o homem que fez com que um capitão da Marinha quase borrasse a calça há uma semana — murmurou Coll, seguindo o conde até o que ele presumiu ser a sala de estar da casa.

— Muito bem — disse Claremont, caminhando até um armário de bebidas. — Preciso voltar para a Câmara dos Lordes, para nossa sessão da tarde, mas tenho alguns minutos. Devo lhes oferecer uma bebida, não é mesmo?

Deveria ter lembrado que o Parlamento estava em sessão hoje, pensou Coll. Persephone também havia mencionado aquilo — embora ele não imaginasse que o próprio Claremont havia lançado o balde.

— Não para mim. Eu quero saber...

— Não, obrigado — voltou a interromper Aden. — Gostaríamos apenas de saber onde você estava hoje cedo e ontem de manhã.

O conde encheu um copo com uísque — o que Coll deduziu pelo aroma — e tomou um gole.

— Acho que não fomos apresentados — falou, se dirigindo a Aden. — Se está aqui para ser o escudeiro dele, precisa saber que não tenho intenção de enfrentar ninguém, menos ainda dois de vocês.

— Não estou aqui para proteger Coll — falou Aden, enfatizando o nome do irmão.

— Ah. Entendo. Nesse caso, seja bem-vindo.

Enquanto Claremont e Aden trocavam farpas, Coll observava o conde. Suave, sofisticado e eloquente, toda a polidez da alta sociedade só o tornava escorregadio. Mesmo assim, ele não se comportava como alguém que tentava cometer um assassinato — ou ao menos planejava um, como Coll imaginava. Mas a verdade era que conhecera mais mentirosos persuasivos ali em Londres do que em todos os seus 29 anos nas Terras Altas.

— Se vocês dois já terminaram de dançar — afirmou ele —, quero saber por que tentou matar Persephone Jones, Claremont. E por que acha que eu deveria permitir que continue a respirar depois de tentar ferir a moça.

— Ouvi dizer que você ocupou o espaço depois que me retirei. — Claremont levantou o copo em um brinde. — Que tenha mais sucesso do que eu ao visitar o jardim de delícias dela.

— Que magnânimo da sua parte. Responda a minha pergunta.

— Você não chegou exatamente a fazer uma, mas entendi o que quis dizer. Não tenho tentado assassinar ninguém. Nem pedi a ninguém para fazer isso, já que presumo que ninguém tenha me visto perto dela nos últimos três dias.

— Prove.

O conde inclinou a cabeça.

— Não tenho como fazer isso. — Ele terminou a bebida e deixou o copo de lado. — Dei algumas bugigangas lindas e caras àquela mulher. Admito que ela nunca pediu nada, mas achei que estava comprando mais do que os seus sorrisos. Ela, e você, provaram que eu estava errado. Fiz um péssimo investimento. Esse é o risco que corremos com qualquer mulher que não se autodenomina explicitamente uma prostituta.

— Cuidado, Claremont — alertou Coll, procurando qualquer sinal de mentira e não encontrando nenhum, maldito fosse.

— É claro. Quanto a você, Glendarril, considero seu comportamento pouco cavalheiresco, mas como não desejo ser partido ao meio por uma *claymore*, não tenho intenção de tomar qualquer atitude em relação a você ou a Persephone. Se isso não for suficiente, fale com os meus criados e pergunte se enviei alguma mensagem misteriosa nos últimos dias. Pergunte se fiz algum comentário irritado sobre a sra. Jones... ou sequer mencionei a dama de qualquer forma, na verdade.

Coll manteve o olhar no conde.

— Aden, você é melhor do que eu em desmascarar mentirosos. O que diz sobre esse daí?

— Na minha opinião, *bràthair*, o Claremont aqui tem mais a perder se parecer magoado por ter sido rejeitado por uma atriz do que poderia ganhar matando-a. Não acho que seja ele o homem que você está procurando.

Era a mesma conclusão a que Coll havia chegado, e, por mais que desejasse criticar o homem por encostar a mão em Persephone, fazia sentido. Não ficaria bem para um conde ser visto se comportando como um idiota por causa de uma atriz, e a aparência das coisas era tudo na cena de Mayfair.

— Então, acho que terminei aqui.

— Ah, ótimo — comentou Claremont. — Boa sorte na tarefa de comprar seu ingresso para passar por baixo das saias dela, Glendarril, mas não se desfaça de nada que valorize, porque nunca mais vai reaver. E pode acabar sendo chutado pela porta dos fundos quando a sra. Jones encontrar alguém mais tolo do que você para ser seu protetor, caso sugira que ela lhe deve algo que não está disposta a ceder.

Ora, aquilo já era demais. Coll se virou, os punhos cerrados, mas logo viu Aden se colocar entre os dois.

— Você está atrás de uma esposa — sussurrou o irmão. — Não piore ainda mais a sua reputação com as moças fazendo um rapaz tão belo sangrar.

Aquilo fez Coll bufar, dar as costas a Claremont com relutância e sair da Casa Pierce.

— Ele merece ter o bico achatado — resmungou, enquanto soltava as rédeas de Nuckelavee e voltava a montar.

— *Aye.* Se você começar a socar todos os homens que merecem, não terá tempo para mais nada. — Aden emparelhou Loki com o cavalo do irmão. — Ainda está convencido de que alguém quer prejudicar a moça?

— Sim. Aquele balde… se eu não estivesse lá, ele a teria matado. E não vou permitir que isso aconteça.

Aden franziu o cenho.

— Coll, não me bata, mas tenho outra pergunta.

— Pergunte, então.

— Você tem certeza de que Claremont está errado sobre ela? Que essa moça não vai tomar o seu tempo, então enganá-lo, e isso quando você tem outro assunto importante de que precisa cuidar no momento? Tem certeza de que não está bancando… um cão farejador, sendo guiado pelo seu pau?

— Não sou virgem, Aden. E já me deitei com a moça. Então não, ela não está me guiando a lugar nenhum.

Ele viu o irmão assimilar aquela informação e somá-la a outros fatos que já tinha em mãos.

— Se não é o seu pau que está guiando você, então, pelo amor de Deus, pergunte-se o que é. Porque, se for o seu maldito coração, você tem uma outra categoria de problema completamente diferente.

O coração? De onde tinha vindo aquilo? Ele estava apenas passando o tempo, deixando a mãe desnorteada, enquanto procurava uma noiva adequada. Aquela história não tinha nada a ver com Persephone Jones, além do fato de que o nome dela era o que mais irritaria lady Aldriss.

Aye, gostava de conversar com a moça, e gostava da forma como ela via o mundo — em uma combinação de cores fortes e furos no lindo tecido, e que tudo aquilo, paleta de cores e dor, lhe interessava. E gostava do jeito que o corpo de Persephone se encaixava ao dele. Mas seu coração não estava envolvido. Ele não estava e não poderia estar apaixonado por uma moça que conhecia havia apenas três dias. Ainda mais no momento em que buscava uma noiva, uma mulher que pudesse ser sua companheira e uma líder para todos que eram responsabilidade dos MacTaggert.

— Não seja idiota, Aden — falou Coll em voz alta. — Não preciso mais de você. Volte para a Casa Oswell e vá continuar a babar pela sua futura esposa.

— Faço isso de bom grado — respondeu o irmão, nem um pouco ofendido. — Fique de olho em Francesca... tem alguma coisa acontecendo, mas ainda não consegui descobrir o que é.

— Se ela estiver pretendendo me emboscar com outra moça, não vou ficar nada feliz com isso. — Coll girou o garanhão preto em direção ao leste e ao norte, a caminho do Saint Genesius. — Mas agradeço o aviso.

— Fique atento, Coll. Se alguém estiver atrás dessa moça, não vai gostar de ter você no caminho. E você é um alvo grande.

— *Aye*, mas esse alvo tem dentes.

E garras, e pavio curto. E uma moça que precisava de proteção por uma questão de honra. *Aye*, aquela era a resposta. Honra.

Capítulo 9

"Estrelas, escondam o seu brilho;
Não permitam que a luz veja meus profundos
e escuros desejos."

Macbeth, *Macbeth*, Ato I, Cena IV

Persephone torceu as mãos, o olhar desfocado.

— "… dispus as adagas deles em prontidão" — disse ela em um tom baixo e pensativo —, "ele não podia deixar de vê-las. Não lembrasse tanto meu pai enquanto dormia, teria eu mesma cometido o ato."

— Meu Deus, Persie — comentou Thomas Baywich de uma cadeira próxima. — Você acabou de me provocar arrepios.

— Esse é o objetivo, não é mesmo? — interveio Charlie Huddle, batendo com o texto no joelho. — As pessoas que se arrepiam voltam para ver a peça uma segunda vez.

— Acho que eu deveria parecer mais impaciente — comentou Persie, relendo o texto. — Mais na linha de "por que ele está demorando tanto?" do que de estar vivendo um pesadelo acordada.

— Vamos tentar assim — concordou Charlie. — Gordon, pode me dar a deixa, por favor?

— Não sei como vocês conseguem se concentrar em uma peça sobre assassinato quando qualquer um de nós poderia estar ao lado de

Persie na próxima vez que alguma coisa cair do cordame — retrucou o ator que interpretava Macbeth. — E é provável que essa pessoa seja eu, já que divido a maior parte das cenas com ela.

Aquilo provocou a terceira discussão em vinte minutos. Persephone se recostou na cadeira de madeira. Aquelas pessoas eram a sua família — ela conhecia alguns deles desde que pisara pela primeira vez em um palco de Londres. Não podia culpá-los por quererem manter distância, mas, ao mesmo tempo, uma conversa um pouco mais solidária teria sido bem-vinda.

Uma brisa quente pareceu roçar a sua pele, arrepiando os pelos de seus braços. Ela olhou por cima do ombro para Gavin, o cavalariço escocês que estava encostado na parede mais próxima desde que Coll o nomeara para vigiá-la, mas não foi Gavin que viu.

Em seu lugar estava o próprio Coll, com os braços cruzados diante do peito e o olhar fixo no cordame escuro no topo do teatro.

Persephone examinou-o mais uma vez. Muito mais que um metro e oitenta de altura, o corpo de músculos firmes, ombros largos e fortes o bastante para envergonhar Hércules e um rosto de uma perfeição esculpida e cinzelada… Apenas quando Coll sorria seu semblante se suavizava o bastante para indicar o homem de bom coração que vivia ali dentro, mas, mesmo quando estava sério, ele ainda parecia… delicioso.

E o mais inebriante era que ele a fazia se sentir segura — e aquilo levando em conta que Coll a chamara de um livro fechado que ele não conseguia ler. A forma como ele se pusera em ação… — salvando-a dos tijolos e do balde e depois nem sequer hesitando antes de ir atrás de Claremont — Persephone não conseguia pensar em mais ninguém que teria feito nada semelhante por ela, ou mesmo que fosse capaz de algo semelhante mesmo se desejasse intervir.

— Persie — chamou Charlie, fazendo-a voltar à realidade.

— Sim?

— As suas falas, meu bem.

— Ela está ocupada demais devorando o escocês com os olhos — murmurou Jenny, com um suspiro. — E eu também.

— Com licença um minuto — pediu Persephone. — Preciso saber o que ele conseguiu descobrir.

— Com certeza, vá — encorajou Gordon. — Antes de continuarmos, preciso saber se estamos livres do perigo. A peça escocesa já é uma ameaça grande o bastante sem que tudo isso aconteça.

Quando Charlie liberou-a com um aceno, Persephone se levantou e foi até as sombras, onde estava o *highlander*. Os olhos dele encontraram os dela, e Persephone voltou a sentir os arrepios. Era tentadora a ideia de simplesmente caminhar para os braços de Coll e deixar que a envolvessem, mas aquilo nunca aconteceria. Ele era alguém que estava em sua vida para ajudá-la a passar o tempo e para evitar que baldes de tijolos a atingissem — e apenas por mais três semanas e meia, no máximo, depois das quais Coll se casaria e ela estaria envolvida nas apresentações noturnas de lady Macbeth.

— Moça — murmurou Coll quando Persephone parou diante dele.

— Fico feliz em ver você ileso. — Persephone cerrou os dedos para não o tocar. — Claremont?

— Não foi ele.

— Maldição. — Pelo súbito aperto que sentiu no peito, Persephone se deu conta de que havia depositado mais fé do que imaginara na ideia de que o conde tentara revidar o constrangimento que sofrera. — Você tem certeza? É claro que tem. — Ela se apoiou na parede ao lado dele.

— *Aye*. Claremont não tem motivos para arriscar a reputação dele por você. Sem ofensa.

Persephone suspirou.

— Não me ofendi. Entendo o que quer dizer e faz sentido. Mas você falou com Claremont? Como ele reagiu?

— Falei com ele. Você comentou que ele não foi seu primeiro protetor, e não acho que tenha sido a primeira atriz do homem. Ele disse que tentou lhe dar coisas bonitas, mas fez um mau investimento. Aqui entre nós, não acho que Claremont seja o tipo de homem capaz de sentir raiva a ponto de matar alguém.

Aquilo correspondia muito à avaliação do caráter de Claremont que a própria Persephone fizera. Ainda assim… ela queria que o culpado fosse James Pierce. Queria que aquilo fosse algo que ela e Coll pudessem ver concluído. Se não fosse Claremont, então teria que ser capaz de provar, ao menos para si mesma, que aqueles dois eventos potencialmente fatais tinham sido mesmo apenas acidentes. E aquilo era um esforço até para a imaginação *dela*.

— Eu queria que fosse ele — disse Coll, ecoando os pensamentos de Persephone. — Queria poder entrar aqui e dizer que resolvi tudo para você.

Ela virou a cabeça e encontrou os olhos dele. Quando saíra correndo atrás de Coll, no outro dia, sua ideia era que ele poderia ser útil. Só mais tarde lhe ocorrera que Coll sabia exatamente o que ela estava fazendo e, mesmo assim, concordara. Na verdade, fora mais do que aquilo... ele não apenas concordara. Coll *queria*... ajudá-la.

Era óbvio que ela havia tido mais sorte do que merecia. Sua expectativa era apenas encontrar um aliado competente, e acabara se deparando com um homem honrado.

— Se não tomar cuidado, Coll — falou Persephone —, vou começar a gostar de você.

O breve sorriso que curvou os lábios do *highlander* a deixou com vontade de beijá-lo.

— Você já virou minha cabeça, moça. Mas agora tenho que perguntar quem mais não desejaria tê-la por perto. Tem alguma ideia?

Persephone deu de ombros. Sim, ela podia pensar em uma ou duas possibilidades, mas nada que fizesse sentido no momento.

— Estou ensaiando a peça escocesa. Talvez Gordon tenha razão e ela seja amaldiçoada.

— E talvez Gordon não goste que debochem dele e queira provar que a peça está amaldiçoada matando lady Macbeth — sugeriu Coll.

— Gordon desmaia quando tem uma hemorragia nasal — retrucou Persephone. — Só me diga que pode ter sido um acidente. Dois acidentes.

Coll permaneceu em silêncio por mais tempo do que ela gostaria.

— Poderiam ter sido acidentes — admitiu ele finalmente. — Mas não acho que tenha sido esse o caso. Portanto, se quer a minha ajuda, precisa me dar uma direção a seguir. Quem poderia querer prejudicá-la, Persephone?

Ela balançou a cabeça e endireitou o corpo ao mesmo tempo. Aquilo estava começando a se aproximar demais de um território desconfortável. Ninguém pisava ali, incluindo ela.

— Não consigo pensar em ninguém. Sou uma atriz. A menos que seja um dos meus críticos, ou rivais, ou um admirador lunático, não faço ideia. Se me pressionar por uma resposta, direi que ambos os incidentes foram apenas acidentes. Agora, se me dá licença, tenho um ensaio para terminar. E você tem que comparecer ao baile dos Runescroft.

Assim que disse aquilo, Persephone se arrependeu, mas Coll apenas se empertigou e estendeu a mão para pegar a dela.

— Se pensar em algo que possa ajudar, mande me avisar. Gavin vai ficar aqui. Ele ou eu a levaremos para casa.

— Volto a repetir que isso não é necessário…

— Você usa as palavras como alguém que está acostumada a ser atendida e obedecida — murmurou ele, ainda segurando a mão dela, ainda mantendo-a ali ao seu lado. — Não sei quem você é, Persephone Jones, mas não acho que seja quem diz ser. Se é isso que a está colocando em risco, então sugiro que decida se pode confiar em mim ou não.

Dito isso, Coll soltou-a e se dirigiu aos fundos do teatro. Persephone sentiu um arrepio gelado descer por sua espinha.

— Você não me deve nada, Coll. Vá encontrar uma esposa.

Ele fez uma pausa no meio do caminho.

— Não me trate assim justamente no momento em que decidi que gosto de passar tempo com você. Se está com medo, é porque deveria estar. Mas não sou eu quem vai lhe fazer mal.

Persephone ficou olhando até ele desaparecer atrás do conjunto crescente do Bosque de Birnam, tentando afastar a sensação de que acabara de afugentar seu único aliado. Com os amigos que tinha ali no teatro, não precisava de aliados. O balde e os sacos de areia tinham sido apenas acidentes, talvez provocados pela peça escocesa, como ela sugerira. Coll tinha sido divertido e excitante, mas, como ela havia previsto, o homem também significava problema. E não precisava de mais problemas. De nenhum tipo.

Lampejos de pensamentos que Persephone mantinha no fundo da mente continuaram a pressioná-la, tentando avançar, mas ela os empurrou de volta para o lugar que designara a eles com a mesma determinação. Simplesmente estivera no lugar errado na hora errada.

Acidentes podiam acontecer em um teatro grande e movimentado, ainda mais com os trabalhadores montando e desmontando cenários. Pensar em qualquer outra possibilidade era tolo e inútil, e roubava o tempo de que ela precisava para decorar suas falas.

Mas o restante da tarde foi um desastre. Cada vez que ela precisava esperar que outra pessoa apresentasse suas falas, as palavras de Coll ecoavam em sua mente, dizendo que ele sabia que ela não era quem afirmava ser. Se o *highlander* chegara àquela conclusão depois de conhecê-la havia apenas três dias, mais alguém conseguira o mesmo? Afinal, ela conhecia pelo menos metade do elenco e dos bastidores havia mais de seis anos.

O que tinha acontecido? Que erro cometera? E quem queria lhe fazer mal?

— ... terminamos por hoje — estava dizendo Charlie, enquanto Persephone se forçava a voltar ao presente. — Espero que todos, especialmente você, Persie, passem a noite repassando suas falas e depois tenham uma boa noite de sono. Começaremos de novo amanhã.

Ela franziu o cenho e estendeu a mão para checar o relógio de bolso de George.

— São só cinco e meia.

— E você perdeu todas as suas deixas essa tarde — observou Charlie. — Não a culpo por isso, afinal, também estou me sentindo disperso e não me vi no caminho de um balde cheio de tijolos. Vá para casa, tome um copo de uísque e amanhã fingiremos que o dia de hoje nunca aconteceu. Precisamos de você para essa peça, Persie. Você sabe que é a razão pela qual o Saint Genesius lota todas as noites.

Ela forçou um sorriso.

— Se acredita nisso, me dê o papel principal em *Hamlet*.

Charlie riu.

— Sou um admirador fervoroso do seu trabalho, mas não sou louco. Vá para casa, Persie. O *highlander* vai acompanhá-la?

— Aquele ali vai — respondeu Persephone, apontando para Gavin, que estava fitando as três bruxas de olhos arregalados.

Quando ela se aproximou e deu uma palmadinha no ombro dele, o cavalariço se sobressaltou.

— Por Santo André e por todos os anjos — murmurou o rapaz. — Não sei como a senhora consegue ficar em um lugar tão escuro o dia todo e não ver demônios em cada sombra.

Naquela tarde, a própria Persephone se perguntara o mesmo algumas vezes.

— Estou indo embora. Costumo usar os serviços de um cocheiro, mas achei que você deveria saber.

— Devo acompanhá-la, srta. Persie. *Laird* Glendarril vai espetar a minha cabeça em uma lança se eu não fizer isso.

Ela sorriu e passou a mão ao redor do braço dele.

— Na verdade, eu esperava que dissesse isso. Seja por acidente ou não, a verdade é que coisas pesadas voando em direção à minha cabeça me deixam um pouco nervosa.

Gavin manteve o braço firme e estufou o peito enquanto caminhavam.

— Será uma honra acompanhá-la até sua casa em segurança.

A presença dele, embora bem-vinda, complicaria a habitual mudança de guarda-roupa de Persephone. Talvez apenas a peruca bastasse naquele dia — ela já estava vestida de forma bastante conservadora, e o vestido de musselina azul não chocaria os vizinhos. Depois de pegar a valise e uma peruca preta com um coque bem matronal, ela saiu.

Entre os vendedores e as prostitutas vestidas de forma ousada, havia bem menos rapazes aguardando a saída de Persephone do que o habitual. Talvez a notícia de que o protetor atual dela era um *highlander* muito grande, que gostava de usar os punhos, tivesse se espalhado. Por mais que a curiosidade de Coll a irritasse, sentia-se grata pelo espaço que ele criara ao redor dela. Nunca fora agradável ter as pessoas correndo em sua direção, mas, naquele exato momento, ela não conseguia pensar em muitas coisas que a enchessem mais de pavor.

Um dos assistentes de palco já teria sinalizado para que Gus — que costumava passar os fins de tarde cochilando dentro da sua carruagem parada na esquina — se aproximasse. Ela o avistou logo depois da pilha de madeira que havia sido entregue naquele dia.

— É ele? — perguntou Gavin, olhando com desconfiança para o cocheiro e para a carruagem.

— Sim. Você vai se sentar ao lado dele ou entrar comigo na carruagem?

O rosto do cavalariço ficou vermelho como uma beterraba.

— Eu não poderia entrar, srta. Persephone. Não seria nada apropriado!

Hum. Ela tinha se esquecido desse detalhe. Maldito decoro — já se livrara do seu controle havia tanto tempo que as regras nem lhe ocorriam.

— Sim, é claro. Obrigada por zelar pela minha honra, Gavin.

Ele não sabia como lidar com aquele tipo de agradecimento, por isso se limitou a assentir meio sem jeito, enquanto a ajudava a subir no veículo. Persephone se acomodou no assento e abriu a valise.

— Só uma volta ao redor da Holme dessa vez, Gus — falou. — E esse é Gavin. Ele vai me acompanhar até em casa.

— Para o seu bem, então, vou permitir que ele suba, srta. Persie.

O cocheiro estalou a língua para o cavalo e eles partiram. Talvez devesse ter pedido que dessem três voltas ao redor da Holme, em vez de uma, pensou Persephone — se alguém estivesse atrás dela, não seria bom que a seguissem até em casa. Ela fechou os olhos por um instante.

Em seis anos, já havia testemunhado dezenas de acidentes no teatro, dois deles fatais. Coisas estranhas aconteciam. Se os sacos de areia e o balde tivessem sido eventos separados por duas semanas em vez de dois dias, ela não hesitaria em chamá-los de acidentes na mesma hora. Agora, com a eliminação de Claremont como suspeito, teria que se acalmar e admitir que haviam sido apenas dois eventos aleatórios próximos, e apenas aquela proximidade no tempo os fazia parecer suspeitos. Tinham sido acidentes.

Persephone tirou a peruca vermelha e colocou a preta simples na cabeça, prendendo as pontas para mantê-la firme. Pronto. Talvez usar peruca fosse uma tolice, mas lhe dava a sensação de estar fazendo alguma coisa para manter a privacidade intacta. E como até ali ninguém jamais a seguira do teatro até em casa, o estratagema parecia estar funcionando.

A carruagem se inclinou para o lado. Persephone arquejou e estendeu a mão para evitar bater na lateral oposta.

— Gus! O que está…

— Segure firme, srta. Persie! — gritou o cocheiro, a voz tensa. — Maldita carroça…

Eles oscilaram de novo, com mais força agora. Persephone não conseguiu evitar deslizar pelo banco. A carruagem pendeu para o lado, voltou a se apoiar nas quatro rodas, então se inclinou para o lado esquerdo. De repente, tudo estava rolando e a valise acertou-a em um lado dos quadris quando ela caiu primeiro junto à porta do lado direito do veículo, então no teto.

De cabeça para baixo. A carruagem estava de cabeça para baixo. Persephone se debateu para manter o corpo ereto. Era desorientador ver os assentos acima da sua cabeça e as janelas quebradas ao redor. Ela abaixou as mãos para se equilibrar e acabou encostando-as na água. Santo Deus, seu traseiro estava todo molhado. Persephone sentiu os pés se enroscando nas saias enquanto tentava se levantar, mas acabou caindo de joelhos. A porta mais próxima se abriu, se soltando de uma das dobradiças.

— Me dê a mão, moça — falou Gavin, estendendo a mão para ela.

Havia sangue em um dos lados do rosto do cavalariço, mas ela se segurou a ele com força enquanto era puxada para fora da carruagem.

Eles haviam caído em uma vala, percebeu Persephone enquanto se esforçava para se equilibrar nos próprios pés. Na frente da carruagem, ela viu um dos cavalos deitado em um emaranhado de rédeas e arreios, relinchando, enquanto o outro estava a poucos metros de distância, com a cabeça baixa e sangue escorrendo de uma perna.

— Onde está Gus? — perguntou Persephone em um arquejo, apoiando o corpo contra a lateral da carruagem.

— Cuidando do cavalo — disse o cavalariço. — A senhora fica aqui. Não se mova, moça. Vou ajudá-lo.

Depois que Persephone assentiu, Gavin correu de volta até onde o animal estava caído, tirou uma faca da bota e cortou o arreio. Gus fez o mesmo do outro lado e, um instante depois, o cavalo se levantou.

Persephone subiu a margem curta e íngreme da vala, cambaleando, com o vestido rasgado de um lado e a bainha se enrolando por baixo do sapato.

— Eles estão bem? — perguntou ela. — Vocês dois estão bem?

— Sim — respondeu Gavin, enquanto pegava a rédea do primeiro cavalo e o conduzia alguns metros de um lado para outro, examinando o modo como ele caminhava. — Apenas alguns arranhões e uma cabeça machucada. Vai precisar colocar uma compressa na perna traseira desse aqui.

— Aquele maldito cocheiro de carroça — murmurou Gus, saindo da vala com o outro cavalo. — Desculpe o linguajar, Persie. Ele nos viu, com certeza, e ainda assim virou à direita na nossa direção.

O coração de Persephone disparou.

— Foi de propósito, então?

— Se eu conseguisse pensar em uma razão pela qual um homem iria querer assassinar qualquer um de nós, eu diria que sim — respondeu o cocheiro. — A tarde está quente e o homem estava usando uma capa com capuz e tudo. Ele queria nos tirar da maldita estrada, isso é certo. Desculpe mais uma vez o meu linguajar.

Persephone e Gavin trocaram um olhar e ela conseguiu ler com clareza os pensamentos do cavalariço. Não tinha sido um acidente. E aquilo significava que nada nos últimos dias havia sido um acidente. Alguém estava tentando matá-la. E não só quase tiveram sucesso, como também não se importaram em correr o risco de assassinar dois cavalos, um cocheiro e um cavalariço.

— Gus, eu sinto muito — falou Persephone, com lágrimas nos olhos.

— Pelo quê? — respondeu o cocheiro. — Aquele idiota da carroça é que me deve uma nova carruagem, maldição.

— Isso não teria acontecido com você se não fosse meu cocheiro — explicou Persephone. — Pagarei por qualquer reparo que seja necessário, ou por uma nova carruagem, se não for possível consertar essa.

— É muita gentileza da sua parte, Persie — falou Gus, tirando uma das mãos do arreio do cavalo para dar uma palmadinha carinhosa no ombro de Persephone. — Mas não posso pedir que faça isso.

— Bobagem — retrucou ela, secando os olhos. — Faça o que for preciso e mande a conta para mim. Está claro?

Talvez aquilo fosse um detalhe no esquema geral das coisas, mas ajudar Gus era algo que ela queria fazer, e algo pelo que podia pagar. E, de qualquer forma, uma parte de Persephone — nada pequena e bastante incômoda — sabia que o dano era culpa dela.

Em algum lugar, de alguma forma, ela havia cometido um erro.

— Você está bem o bastante para cuidar da sua parelha, rapaz? — perguntou Gavin, lançando outro olhar cuidadoso à égua cinzenta de Gus.

— Estou mais zangado do que qualquer outra coisa. Sim, Mary, Jane e eu estamos bem.

O cavalariço assentiu.

— Ótimo. Vou acompanhar a moça até em casa.

Quando Gus concordou, Gavin escorregou encosta abaixo, enfiou o braço dentro da carruagem e pegou a valise dela. Então, ignorando a aglomeração de curiosos, voltou para o lado de Persephone e lhe ofereceu o braço.

— Vamos nos afastar um pouco daqui e chamarei um coche de aluguel para nos levar. Aqui há pessoas demais para eu ficar de olho nesse momento.

Persephone estava pensando a mesma coisa. Qualquer uma daquelas pessoas poderia ser o condutor da carroça, ou quem quer que o tivesse contratado para tirar a carruagem de Gus da estrada. Ela estremeceu de dor por causa do joelho torcido e do quadril machucado, mas fez o possível para não mancar, e se dirigiu para a Albany Street com Gavin.

Cada veículo que passava atrás deles a fazia estremecer de novo. E se a carroça tivesse dado a volta e agora retornasse para acabar com ela? E se alguém na rua tivesse uma faca ou uma pistola e estivesse apenas esperando que ela virasse as costas?

— Eu gostaria que *laird* Glendarril estivesse aqui — murmurou Gavin enquanto caminhavam. — Ele teria pulado na carroça e arrancado aquele maldito vilão do assento. Enquanto eu não fiz nada além de me pendurar na carruagem e tentar não cair na rua.

Persephone podia imaginar Coll fazendo o que Gavin dissera — pulando de um veículo para o outro, com o kilt esvoaçando, então usando uma das mãos para fazer com que os cavalos da carroça parassem e erguendo o cocheiro no alto com a outra. A imagem a fez sorrir, apesar dos arranhões e hematomas.

— O que a senhora está achando tão divertido? — perguntou o cavalariço, franzindo o cenho.

— Me desculpe. Coll, lorde Glendarril, costuma saltar em socorro das pessoas, enquanto atira vilões para o alto?

— Ah, sim. Com muito mais frequência do que a senhora imaginaria que um homem precisasse fazer tal coisa. Certa vez, ele entrou em um pântano para resgatar um cordeirinho e acabou encontrando o gêmeo do bichinho e a mãe quase afogados na lama e puxou todos para fora.

— E quanto ao boato de que ele saiu correndo nu pela Grosvenor Square, carregando apenas uma espada?

Gavin semicerrou um dos olhos.

— Bem, a senhora entende, isso é parte de uma longa história sobre a qual não tenho permissão para falar. Direi apenas que *laird* Glendarril estava atrás de um vilão que quase atirou no irmão dele, o sr. Aden, e que esse vilão, nesse momento, talvez tenha um furo no traseiro na forma de uma *claymore*.

— Jura? Você não está inventando essa história?

— Eu? Não. Aden encarou o homem de cima a baixo, então o soltou, mas Glendarril achou que ele precisava de uma verdadeira lição para se lembrar dos MacTaggert. Aposto que, toda vez que se senta, o desgraçado se arrepende de ter se colocado contra nós.

Persephone não conhecia nenhum dos outros MacTaggert, mas, se fossem tão impressionantes quanto Coll, provavelmente eram formidáveis, de fato. Histórias sobre a beleza e sobre os modos bárbaros dos três sem dúvida haviam chegado aos bastidores do Saint Genesius.

— Essa história que você não deve contar é para proteger a reputação dos MacTaggert?

— Não. É para proteger uma moça que se tornará uma MacTaggert até o final da semana. E isso é tudo que direi sobre o assunto.

Persephone sabia que Aden MacTaggert se casaria com a srta. Miranda Harris no sábado, porque a página da coluna social do jornal estava cheia de opiniões sobre se um casamento tão importante deveria ter autorização para acontecer com tão pouco tempo de aviso, o que ela interpretou como uma expressão do aborrecimento de alguns membros da alta sociedade por não terem sido convidados para a festa que se seguiria. O irmão mais novo, Niall, havia fugido para se casar com a mulher que agora era sua esposa, Amelia-Rose Baxter, em Gretna Green. Bem, a declaração oficial da família era que tinha sido tudo planejado. Os rumores diziam o contrário.

Persephone não tinha ideia de por que aquilo importava. Como dissera a Coll, homens nobres não se casavam com atrizes. E ela não pretendia se casar com ninguém, de qualquer modo. Mas, por algum motivo, saber da história parecia... reconfortante. Claramente as mulheres que tinham confiado nos MacTaggert foram amparadas e protegidas. E, naquele exato momento, aquilo parecia muito tentador.

Quando Gavin assoviou para que um coche de aluguel que estava passando parasse, o som a assustou. Como ela poderia continuar daquele jeito? Pelo amor de Deus, estaria no palco em uma semana, diante de centenas de pessoas — sabendo que qualquer uma delas poderia estar desejando a sua morte em segredo. Por anos, Persephone havia preferido deixar que seus papéis a definissem, e se permitira ser vista como Julieta, Cleópatra, Catarina ou Rosalinda, em vez de deixar que vissem... ela mesma. Céus, vivia uma vida tranquila, em uma rua tranquila, com vizinhos que pensavam que ela era dona de uma loja de perucas!

Na verdade, aquilo reduzia muito a sua lista de inimigos em potencial. E a resposta que lhe ocorrera mais de uma vez a enregelava por dentro, deixando-a trêmula com um pavor que não conseguia nem expressar em palavras. Se suas suspeitas estivessem corretas, ela precisaria de ajuda. Mas aquilo significaria confiar em alguém — confiar em Coll, porque não conseguia pensar em mais ninguém a quem pudesse recorrer. E como disse a ele mais cedo para cuidar da própria vida, Persephone não sabia se a ajuda viria, mesmo que ela tivesse coragem de pedir.

Gavin a acompanhou até a porta da frente e não se moveu até Gregory abri-la.

— Você é o homem aqui, certo? — perguntou o cavalariço.

Gregory ergueu uma sobrancelha fina.

— Suponho que sim. Você é um dos *highlanders*.

— Isso eu sou mesmo. Acompanhe a sra. Persie até lá dentro, tranque a porta assim que ela entrar e certifique-se de que todas as outras portas e janelas da casa estão trancadas. E você não deve abri-las até que *laird* Glendarril chegue. Ouviu?

O criado franziu o cenho.

— Ouvi, senhor, mas nessa casa não temos o hábito de seguir as ordens de outras pessoas.

Persephone passou por ele e entrou no saguão de entrada.

— Faça o que ele diz, Gregory. Por favor.

— M-mas… é claro.

Somente quando Gavin se foi e ela ouviu a porta da frente sendo trancada foi que Persephone soltou o ar. Então, desabou no chão do saguão de entrada.

—⟁—

Coll fitou a mulher pequenina que segurava seus dedos. Uma brisa forte a levaria pelos ares, mas o pai dela era sobrinho de um duque, e aquilo a tornava aceitável como esposa de um visconde. Eles chegaram ao fim da fila de dançarinos e ele se curvou na direção da jovem, soltando seus dedos enquanto fazia uma reverência. Então, um de cada lado, os dois seguiram pelas filas duplas de dançarinos e se encontraram no outro extremo.

— Ouvi dizer que todo clã tem um lema — falou a moça, o tom animado. — Qual seria o seu?

— *Spem Successus Alit*. O sucesso alimenta a esperança.

— Latim, certo? É lindo. O clã MacTaggert parece muito civilizado.

— Não existe nenhum clã MacTaggert. Fazemos parte do clã Ross. Esse é o lema dos Ross.

— Ah. Então o senhor não tem um? Um lema?

— Temos um brasão de família. Um dragão em cima de um leão. E as palavras *"Dèan sabaid airson fuireach"*. Isso não é latim. É gaélico escocês.

A jovem o encarou, curiosa.

— E o que… significa? — perguntou ela, o tom mais contido.

Fantástico. Ele estava assustando a moça.

— Lute para viver — traduziu. — Alguns na família dizem que é mais apropriado que seja "Lute para permanecer", mas não se pode permanecer em lugar nenhum se não estivermos vivos, por isso prefiro a primeira versão.

A moça, Elizabeth Munroe, finalizou a elegante série de passos de dança ao lado dele antes de voltarem a saltar. Pelo amor de Deus, como odiava contradanças. Elas pareciam durar uma eternidade, e ele não era um homem que gostava de pular e se exibir como um coelho.

Quando chegaram ao início da fila mais uma vez, Coll conteve um suspiro. Tinha conseguido encontrar uma parceira para cada maldita dança daquela noite, porque, de acordo com Persephone, era assim que um homem poderia julgar se uma mulher o considerava elegível ou não. A contradança daquele momento em tese significaria que ele nunca entraria em uma igreja com a srta. Munroe, mas lady Runescroft parecia adorá-las e agendara um número grande demais de danças para que alguém conseguisse evitar todas. E pelo menos aquela moça estava conversando com ele, o que era mais do que se poderia dizer das duas anteriores.

Depois do que pareceu uma hora, a dança terminou. Sem fôlego, Coll acompanhou a srta. Munroe até onde estava a mãe da jovem, fez uma reverência e foi procurar uma janela aberta. A maior parte das salas laterais ao redor do salão de baile estava lotada de convidados, mas ele encontrou algum espaço livre e uma janela destrancada na biblioteca, onde pôde respirar fundo, as mãos no parapeito, enquanto olhava para o jardim iluminado por tochas.

Atrás dele, um jovem casal sentado em um sofá murmurava baixinho um para o outro, com a acompanhante pairando por perto, mas Coll não prestou mais atenção neles depois de notá-los. Estava se dando conta de que aquela bobagem de festas e bailes era a principal razão pela qual detestava Londres. A menos que um homem fosse membro da Câmara dos Lordes — o que, como detentor de um título honorário, ele não era —, os dias deveriam ser passados em clubes ou cavalgando pelos parques, na esperança de ser visto. As noites eram para eventos festivos intermináveis ou mais clubes, e para beber, jogar e se relacionar com prostitutas.

Coll não bebia — com exceção de sua primeira noite ali em Londres, não consumia nenhuma bebida alcoólica desde o seu vigésimo terceiro aniversário. Como Niall costumava dizer, a combinação de Coll e bebida não levava a nenhum resultado agradável. Aquilo fazia com que restassem apenas as prostitutas, os jogos de azar ou a dança, e, embora não tivesse nenhuma objeção a passar as noites na cama de uma moça, preferia deixar o jogo para Aden e a dança para Niall.

É claro que, naquele momento, quando pensava em sexo, a imagem de Persephone Jones voltava aos seus pensamentos — não que ela estivesse longe deles desde o primeiro momento em que a vira. Coll achara que era Claremont quem estava atrás dela, que o visconde ficara zangado por ela tê-lo trocado por outra pessoa. Mas aquilo se baseava na suposição de que Claremont se importara com Persephone em algum momento. Só que ela havia sido apenas um troféu para o conde, alguém para ser ostentado como prova da virilidade dele ou algo parecido.

Claremont não se importava o bastante com ela para gastar energia e dinheiro para feri-la ou matá-la. E como Persephone não tinha mais nada a oferecer a ele em termos de possíveis suspeitos, Coll se vira obrigado a concluir que aqueles dois contratempos tinham sido apenas acidentes. Aquilo não parecia certo, e ele também não havia conseguido parar de pensar que Persephone não era quem dizia ser, mas o fato era que não tinha o tempo nem as informações de que precisava para descobrir tudo.

Quanto à mulher em si, ela o intrigava e o irritava na mesma medida. Subterfúgios, mentiras, complicações — Coll se empenhava em evitar tudo aquilo. Ele preferia respostas diretas, honestidade e problemas que pudesse resolver com os punhos. Persephone não era nada daquilo. No entanto, ele gostava do tempo que passava na companhia dela e gostava muito do entusiasmo de Persephone durante o sexo. Também gostava de conversar com ela e de nunca conseguir prever o que ela diria a seguir. Uma mulher inteligente e obstinada era a última pessoa que ele imaginaria achar tão... cativante. Mas Persephone era cativante.

E para o inferno com tudo, ele gostava dela. Muito. Uma moça com quem ele podia conversar e agir com seu bom humor natural, sem precisar se preocupar que sua reputação de durão acabasse prejudicada ou que viesse a fazer papel de tolo. A verdade era que podia se imaginar casado com Persephone, e não conseguiria evocar aquilo nem em seus sonhos mais loucos com qualquer outra moça que havia conhecido até ali, em Londres ou na Escócia.

— Para um homem comprometido, você está dançando bastante essa noite — disse a voz da mãe, em seu tom refinado, de algum lugar atrás dele.

Coll não se mexeu. O casal que sussurrava no sofá havia sumido — Francesca provavelmente apontara o dedo para eles, fazendo com que fugissem.

— Estou em um grande baile. Imagino que dançar é o que se espera que eu faça.

— É verdade. No entanto, por acaso sei que não gosta de contradanças e, ainda assim, lá estava você com a srta. Elizabeth Munroe. Uma jovem muito cobiçada e de notável beleza.

— O que a senhora quer, *màthair*? Ordenou que eu me casasse com uma moça. Encontrei uma moça para casar. O único problema que vejo é o seu orgulho.

Francesca se aproximou com passos suaves e calculados.

— A questão não é apenas o *meu* orgulho, Coll. Não deixe que o *seu* orgulho e a *sua* teimosia o induzam ao erro. Não deixe que a raiva se sente de mim o leve a uma vida que você não será capaz de tolerar.

Ao ouvir aquilo, Coll se virou para encará-la.

— Está falando por experiência própria, então? Lembro que a senhora e o meu pai costumavam ter discussões espetaculares. Suponho que, se Persephone e eu não nos dermos bem, eu poderia simplesmente fazer o que a senhora fez e ir embora. Fingir que não tenho outros três filhos além da que levo comigo. Poderia até assinar um acordo com ela quando me for, dizendo que não importa quanto tempo eu ignore os filhos que deixei para trás, eles terão que fazer o que eu digo quando crescerem.

— Ah, já basta disso — murmurou Francesca, as mãos cerradas diante dos quadris, os olhos fixos no chão. Ela deixou escapar um suspiro audível, e então voltou a erguer os olhos. — Seu pai é um homem impossível. Pedi a ele para passarmos seis meses nas Terras Altas e seis meses aqui. Ele se recusou. Pedi três meses aqui e nove meses nas Terras Altas. Ele se recusou. Pedi um professor de inglês para vocês três, para que fossem capazes de viver nos dois mundos. Ele se recusou.

Ela parou ao lado do filho, ereta e tensa, a voz mais vigorosa do que ele tinha ouvido desde que chegaram à sua porta.

— Então a senhora foi embora — completou Coll por ela. — Não duvido que tenha seus motivos. Só não entendo por que eles eram mais importantes para a senhora do que nós. Nem sequer escreveu.

— Eu *escrevi* — retrucou Francesca. — Carta após carta, após carta. Nenhum de vocês jamais me respondeu, mas continuei escrevendo. Por anos. Só depois que Eloise atingiu idade suficiente para escrever uma carta é que tivemos alguma resposta. Nada que eu escrevi jamais foi respondido. Então, sim, eu fui embora. Mas eu não abandonei vocês. Vocês me abandonaram.

Coll franziu o cenho.

— Diga o que quiser, lady Aldriss. Não recebi uma única carta sua. Escrevi algumas *para a senhora* e não tive resposta. Achei que tinha simplesmente nos abandonado para sempre. E eu tinha apenas 12 anos, caso não se lembre.

— Eu me lembro de tudo... de todos os aniversários que perdi. Vocês são meus filhos. Meus meninos. Eu jamais... Maldito seja aquele homem. Achei que ele estava escondendo as minhas cartas de vocês, mas nunca imaginei que iria esconder também as cartas que escreviam para mim. — Uma lágrima escorreu pelo rosto dela, pálido como marfim. — Você escreveu para mim — sussurrou a condessa.

— Sim, quando eu era criança. Quando poderia desejar tê-la por perto. Mas farei 30 anos no mês que vem. E aí está a senhora, depois de dezessete anos longe, exigindo que eu me case com alguma moça inglesa, para que possa contar aos seus amigos esnobes que tem três filhos civilizados, e assim possa ter mais chances de nos ver aqui na Inglaterra novamente. Não espere que eu sorria e coopere, mulher.

— Ah, pelo amor de Deus, Coll. Estou tentando fazer as...

— Com licença — soou a voz de Niall da porta.

Coll olhou para cima e viu não apenas Niall, mas Gavin, parado ali e parecendo extremamente desconfortável. A preocupação o atingiu na mesma hora.

— Que diabo está fazendo aqui? Deveria permanecer no Saint Genesius e cuidar de Persephone.

— Sim, senhor. — O cavalariço lançou um olhar inquieto para Francesca. — Com licença, milady.

— Gavin! — insistiu Coll.

— A moça saiu mais cedo e pegou o coche habitual. Subi na carruagem com o cocheiro que ela contratou, um rapaz simpático chamado Gus. Então uma carroça nos tirou da estrada e derrubou a carruagem em uma vala. O...

— *O quê?* — disse Coll com a voz rouca, já caminhando em direção ao cavalariço e à porta atrás dele. — Ela está ferida?

— Não. Apenas alguns arranhões e hematomas. — Gavin deu meio passo para trás. — Não foi um acidente, sabe. O cocheiro da carroça usava um capuz para que não pudéssemos ver seu rosto. E ele bateu em nós três vezes, então partiu sem parar.

— E você a deixou? — Coll mal conseguia pronunciar as palavras. Seu coração batia descompassado... seu palpite em relação a terem sido apenas acidentes estava errado, e Persephone poderia ter sido morta.

— Eu a deixei em casa e disse para aquele rapaz magro proteger a casa. Falei para ele não abrir a porta até o senhor chegar. E tive que vir buscá-lo, milorde, ou não a teria deix...

— Como chegou aqui? — interrompeu-o Coll, já indo em direção à porta e arrastando o cavalariço com ele.

— Parei na Casa Oswell para pegar um cavalo. E trouxe Nuckelavee comigo. Os rapazes bem-vestidos lá na frente estão segurando o seu cavalo para o senhor, eu espero.

— Ótimo. — Coll passou por um criado que o encarou com uma expressão de surpresa, abriu a porta da frente e desceu rapidamente os três degraus. Nuckelavee relinchou quando o viu, se libertou do cavalariço claramente apavorado e avançou até o pé da escada. — Venha comigo, Gavin. Posso precisar de mais ajuda.

— *Aye.*

Coll montou no cavalo preto e o manteve sob controle pelo tempo necessário para que Gavin também montasse no castrado que levara.

— Você agiu bem, Gavin. Sou grato.

O cavalariço assentiu, solene.

— A primeira pergunta da moça quando a tirei da carruagem foi se o cocheiro e eu estávamos feridos. E ela se ofereceu para comprar uma nova carruagem para o rapaz ou para pagar o conserto do veículo. Ela é uma *bean-ghaisgeil.*

Aye, Persephone era uma mulher corajosa. E ele tinha sido um idiota ao deixar a segurança dela nas mãos de outra pessoa, mesmo que fosse um homem em quem confiava tanto quanto Gavin Corbat. Assim que eles saíram do meio da aglomeração de carruagens que aguardavam os convidados do baile, ele cutucou as costelas de Nuckelavee com os calcanhares. O enorme cavalo de guerra resfolegou e acelerou em um galope suave e sem esforço.

Alguém tentara matar a moça. E daquela vez, quase havia conseguido.

Se Coll precisava de mais algum sinal para lhe dizer o que realmente sentia por ela, a fúria cega e o medo que ferviam seu sangue deixavam aquilo bastante claro. Persephone Jones era a moça que ele queria. Para o inferno com todo o decoro e a tradição que diziam que ele não poderia tê-la. E maldito fosse qualquer um que tentasse impedi-lo.

Capítulo 10

"Aquilo que sabe o coração falso, a cara falsa deve esconder."

Macbeth, *Macbeth*, Ato I, Cena VII

Persephone andou da cama até a porta e voltou. As pesadas cortinas lilases do seu quarto estavam fechadas, mas ela se manteve afastada delas, de qualquer maneira. Não fazia sentido desafiar o destino se alguém estivesse à espreita lá fora, com um rifle na mão, esperando por uma silhueta como a dela. *Bom Deus, realmente chegara àquele ponto?*

Ela voltou para a porta e ficou de frente para a cama. Sua valise estava ali, aberta, esperando para ser arrumada. Era aquilo que ela deveria estar fazendo. Alguns vestidos, algumas perucas, alguns sapatos, um xale e todo o dinheiro que tinha em mãos. Tudo o mais de que precisasse poderia mandar buscar quando encontrasse um lugar seguro, ou poderia comprar tudo de novo. Sim, aquela seria a atitude mais sensata.

Ainda assim, ela hesitava. Gregory a acompanharia se ela pedisse — ele tinha apenas o irmão como família. Flora, por outro lado, não sairia de Londres, não com a filha Beth ainda empregada no Saint Genesius e os netos morando em Charing Cross. E o teatro... eles poderiam colocar Jenny para interpretar lady Macbeth, mas Charlie já tinha folhetos impressos e anúncios pagos. Persephone tinha um contrato para a próxima temporada, e quebrá-lo iria partir seu coração.

Mesmo com tudo aquilo, não era aquele o motivo para a sua valise ainda estar vazia. A culpa era de um *highlander* gigantesco, de profundos olhos verdes, uma risada sincera e um rosto pelo qual até Michelangelo choraria de inveja. Pelo amor de Deus, ela só conhecia Coll MacTaggert havia alguns dias. Depositar qualquer esperança ou sonho nele era o cúmulo da tolice. Pensar em confiar nele... Só podia ser desespero.

Persephone ouviu três batidas na porta da frente, tão fortes que sacudiram as janelas do andar de cima. Ela se sobressaltou e levou a mão ao peito, sentindo o coração disparar na mesma hora. Tinha que ser Coll. Mas se não fosse...

Depois de respirar fundo, Persephone correu até a mesa de cabeceira, abriu a gaveta de baixo e tirou o volume discreto, embrulhado em um pano, que guardava ali: uma pequena pistola de pederneira, mais adequada para ser escondida no casaco de um homem como proteção contra assaltantes de estrada do que para deter um assassino, mas ainda assim ela desembrulhou a pistola Queen Anne, engatilhou-a e apontou-a para a porta.

A tranca foi sacudida, seguida rapidamente por uma batida forte.

— Persephone — chamou Coll em seu sotaque baixo. — Sou eu, moça.

— Ah, graças a Deus.

Ela abaixou a pistola e correu para destrancar a porta.

Coll estava ali, usando um belo paletó preto, uma gravata muito elegante, calça azul enfiada em botas hessianas e um colete preto bordado com cardos roxos. Persephone mal teve tempo de se dar conta de como era estranho vê-lo sem o kilt, e logo passou os braços ao redor do peito sólido e enfiou o rosto no ombro dele.

— Obrigada por ter vindo — sussurrou, tentando impedir que as lágrimas repentinas enchessem seus olhos.

— É claro que eu vim — respondeu Coll, tirando a pistola da mão dela e guardando-a no bolso. — Gavin disse que a sua carruagem virou. Você se feriu?

Ela balançou a cabeça, as mãos apertando com mais força o paletó dele.

— Só alguns hematomas e arranhões.

— Já comeu?

Persephone ergueu a cabeça para encará-lo.

— Se eu comi?

— Não sei quanto a você, moça, mas passei a noite toda dançando e pulando. Eu poderia comer um novilho inteiro.

Ela arquejou e se afastou dele.

— O baile dos Runescroft! Esqueci que era hoje à noite. Ah, você não deveria ter saído por minha causa. — Ajudá-lo a encontrar uma esposa naquele baile era praticamente toda a parte que cabia a ela no acordo entre os dois. E agora ele havia abandonado o evento no meio para vê-la. — Coll, você precisa voltar.

Ele balançou a cabeça.

— Não farei nada disso. Flora, não é? Consiga alguma coisa para comermos, sim?

— Não recebo ordens suas — chiou Flora, irritada, parada no corredor atrás dele.

— Por favor, Flora — apoiou Persephone. — Todos deveríamos comer alguma coisa. Você e Gregory também.

— Muito bem, srta. Persie. Mas não deveria ficar aí sozinha com um homem. Eu poderia...

Coll bufou baixinho, deu um passo à frente e fechou a porta, abafando a reclamação da criada.

— Mantenha essa moça por perto. Ela cuida de você — murmurou ele, inclinando-se para beijar Persephone.

Ela retribuiu o beijo, segurando-o pelas lapelas do paletó preto. Suas preocupações e seus medos se dissiparam quando Coll passou os braços ao seu redor e puxou-a contra seu corpo. Ninguém seria tão tolo a ponto de tentar lhe fazer mal enquanto Coll MacTaggert estivesse ao seu lado.

Mas aquilo levava a mais problemas. Em primeiro lugar, ele não poderia estar ao lado dela o tempo todo. Em segundo lugar, Coll tinha as próprias preocupações com que lidar sem ainda precisar arcar com as dela. Persephone franziu o cenho. Queria confiar nele. Mas fazer aquilo só significaria mais sofrimento no momento em que ele se fosse.

Quando ela ergueu as mãos para empurrar o peito dele, Coll a soltou e ela atravessou o quarto até a cama novamente.

— Obrigada por ter vindo — falou, recorrendo aos seus anos de experiência como atriz para manter a voz baixa e serena. — Mas, como pode ver, saí quase ilesa.

O olhar de Coll foi dela para a valise na cama e de volta para ela.

— Vai a algum lugar, Persephone?

— Estou considerando a possibilidade — admitiu ela, embora não estivesse disposta a confessar que estivera prestes a partir para a França. — Pensei em passar alguns dias no campo, enquanto resolvo algumas coisas na minha cabeça.

— E acha que daqui a alguns dias estará segura? Que quem quer que esteja tentando prejudicá-la vai esquecê-la e se dedicar a tentar matar outra pessoa no seu lugar?

É claro que ele não acreditaria que ela pretendia tirar férias. Persephone respirou fundo.

— Muito bem, talvez eu não volte. Evidentemente, os meus críticos têm voz e já não sou a queridinha de Londres. A Cornualha tem uma trupe de atuação muito respeitada. A...

— Você sabe quem está atrás de você, não é? — interrompeu Coll, diminuindo a distância entre eles. — Por que me deixou ameaçar Claremont se sabia que não era ele?

— Achei que *fosse* ele — retrucou Persephone.

Ou pelo menos, ela *torcera* para que fosse ele. A alternativa... Um arrepio percorreu a sua espinha. A alternativa agora parecia ser a explicação mais provável. Persephone não queria considerar aquela possibilidade — não queria nem pensar naquilo. Mas a verdade continuava a pressioná-la; o que ela queria ou não queria não importava. O que importava era se ela pretendia fugir ou ficar na cidade. E, se ficasse, precisaria de ajuda, mas aquilo significava confiar em outra pessoa — confiar em Coll MacTaggert. O homem que acabara de dançar com um grupo de noivas em potencial.

173

Persephone prendeu a respiração.

— Você deveria ir embora — se obrigou a falar. — Como eu disse, não estou ferida e você tem outras preocupações.

Coll cerrou o maxilar. Em voz baixa, murmurou algo que soou como "teimosa", então se virou e sentou-se na cadeira de leitura perto da pequena lareira.

— Não gosto de espaços pequenos — falou ele abruptamente, a própria imagem de um perfeito cavalheiro em tudo, a não ser pelo tamanho, pelo sotaque e pelo cabelo rebelde.

— Eu... o que isso tem a ver com o que está acontecendo?

— Quando eu era muito pequeno, meu irmão Aden e eu estávamos brincando de esconde-esconde. Eu me escondi em um guarda-roupa e a porta se trancou. Fiquei ali dentro, no escuro, pelo que pareceram dias, antes de alguém me encontrar. Desde então, não me dou bem com lugares pequenos. — Ele soltou o ar. — Também não bebo. Porque acabo dizendo o que não devo, quebro coisas e bato nas pessoas. — Coll deu de ombros. — Faço a mesma coisa quando estou sóbrio, mas pelo menos sei o que estou fazendo e me lembro de tudo depois.

— É admirável ver um homem que admite suas falhas — comentou Persephone lentamente —, mas me perdoe se não entendi o seu argumento.

Se Coll era um daqueles homens cujos próprios dilemas deveriam ser mais importantes do que o que qualquer outra pessoa estava enfrentando, então acabara de responder a várias perguntas não formuladas dela. Aquilo significaria que *não* poderia confiar nada a ele.

— *Aye.* Não estou me expressando bem. O que quero dizer, moça, é que posso evitar espaços pequenos e posso evitar beber. Como você pretende evitar alguém que está tentando matá-la? Se cometer um erro... Enfim, você não pode. Então, pelo amor de Deus, me deixe ajudá-la.

— Por quê? — perguntou Persephone, irritada. — Por que diabo quer gastar seu tempo *me* ajudando? Já desperdiçou semanas aqui em Londres, complicando as coisas de modo intencional, e agora tem menos de um mês para encontrar uma noiva. E você precisa encontrar uma esposa, caso contrário perderá o apoio financeiro para a manutenção do patrimônio da sua família. Então me dê uma única razão pela qual arriscaria tudo isso por uma atriz. E é melhor que seja um motivo muito bom, porque acredite, já ouvi todos eles. Duas vezes.

Coll encarou-a por um longo momento.

— Com quantas moças você acha que eu conversei desde que cheguei aqui? — perguntou ele.

— Dezenas, eu imagino.

— *Aye*. Centenas, talvez. Algumas delas são ousadas, prontas para levantar a saia se isso significar que ganharão um título. Outras ficam ofendidas por eu ser escocês. Outras tantas sentem medo de mim, embora um número ainda maior delas finja isso porque acham divertido fingir que o brutamonte grandalhão das Terras Altas pode esmagá-las ou algo assim. — Ele balançou a cabeça, sacudindo o cabelo rebelde. — Gosto de discutir com os punhos, mas tenho um pouco de inteligência. O bastante para saber que nenhuma delas me serviria de esposa. Mas então conheci você, Persephone.

Ela sentiu o rosto muito quente.

— Ah, não, você não quer dizer isso — retrucou Persephone, estendendo a palma da mão na direção dele. Deus do céu. Ele não tinha ideia. Nenhuma. — Talvez tenha se apaixonado por Rosalinda, ou por Julieta, ou talvez goste da ideia da minha fama. Mas você não está...

— Não estou pedindo você em casamento, mulher — interrompeu Coll, franzindo o cenho. — Estou dizendo que gosto de você. Que gosto de passar meu tempo com você, e que não me doeria em nada tê-la na minha vida. E que, quer você e minha própria mãe concordem ou não com o fato de que não posso me casar com você, talvez eu esteja disposto a pressionar lady Aldriss ao máximo para que ela me libere desse acordo, assim eu não teria que encontrar outra pessoa.

Aquilo não era... nada do que ela esperava.

— Você abriria mão do casamento para passar seu tempo com uma atriz?

— *Aye*. Acho que sim.

— E os filhos? Os herdeiros?

— Tenho dois irmãos e uma irmã. Qualquer um deles, ou seus filhos, serviria para ser o próximo lorde Aldriss depois de mim.

— E quanto a Aldriss Park? É muito longe daqui, e é aqui que está o Saint Genesius.

— Você não apresenta peças no período em que a aristocracia não está na cidade, não é mesmo? Então não precisa ficar em Londres o ano inteiro. Mas essa é uma conversa diferente, que podemos ter depois que eu souber que não há mais ninguém perseguindo-a.

— Não sou responsabilidade sua, maldição. — Ela bateu com as mãos uma na outra. — Isso é porque nós... ficamos juntos? Porque você estava celibatário desde que chegou aqui e finalmente encontrou uma mulher com quem se deitar? — Persephone se adiantou e deu uma palmadinha na cama. — Então venha, Coll. Vamos ficar juntos de novo, então você pode sair para encontrar a sua noiva.

— Não encontrei nenhuma mulher com quem desejasse estar, até conhecer você. Admito isso. E ainda não conheci outra moça aqui que me confronte e discuta comigo. Preciso de uma boa discussão de vez em quando, ou tenho tendência de passar por cima das pessoas.

Persephone levou as mãos aos ouvidos.

— Não vou mais ouvir isso. Pare de dizer coisas gentis.

— Vou parar, se me disser o que realmente está acontecendo aqui. Porque reparei em algumas coisas a seu respeito, moça. Para começar, você é culta. Muito. Ainda mais do que eu, eu acho. E sabe o que é adequado para uma dama, mesmo que opte por não seguir as regras. Sabe como administrar uma casa e como administrar criados. É mais gentil com eles do que a maior parte das pessoas de sangue azul seria, mas também tem consciência disso. — Ele estreitou um pouco os olhos, examinando-a com uma expressão avaliadora. — Na verdade, vou mais longe a ponto de dizer que você é uma dama. Uma verdadeira dama.

Persephone abriu a boca e voltou a fechá-la, enquanto sentia as paredes se fechando ao seu redor, o que a deixou tonta. Ela rapidamente forçou uma risada.

— Ou pode ser que eu seja uma *atriz*, seu tonto. E uma boa atriz. Boa o bastante para fazer você achar que sou algo além do que realmente sou.

— Eu sou um tonto, então? — perguntou Coll baixinho, levantando-
-se com uma graça surpreendente. — E você está me enganando,
não é?

— Foi isso que eu disse. Como acha que consigo fazer os homens
pagarem pelas belas coisas que desejo ter? Dizendo o que eles querem
ouvir. Decifrei você no momento em que o vi pela primeira vez.

A porta se abriu e Gregory entrou com uma bandeja de sanduíches.
Sem nunca desviar os olhos dos de Persephone, Coll deu um passo
para o lado, tirou a bandeja das mãos do criado, empurrou-o delica-
damente para trás e voltou a fechar a porta. Trancando-a daquela vez.

— É mesmo? — continuou, então, como se os dois nunca tivessem
sido interrompidos.

— Essa é a sua estratégia? Perguntar se eu disse o que acabei de
dizer e se fiz o que claramente fiz?

Bom Deus, o homem era teimoso. Se ela tivesse falado daquele
jeito com Claremont ou com qualquer um de seus três supostos protetores anteriores, eles já teriam ido embora aos prantos. Ou um deles
a teria agredido fisicamente, embora Persephone não tivesse a menor
preocupação de que Coll fizesse uma coisa daquela. Ele era muito
mais cavalheiro do que qualquer outra pessoa que ela já conhecera
e que carregava um título. Coll pegou um sanduíche e estendeu a
bandeja de prata para ela.

— Não — respondeu ele, dando uma grande mordida. — Minha
estratégia é esperar até que você pare de gritar comigo, então perguntar de novo o que posso fazer para ajudá-la. Estou aqui e estou à
disposição. Você só precisa confiar um pouco em mim.

— Bem, essa é uma estratégia burra.

Com um murmúrio de irritação, ela pegou um sanduíche e se
jogou na cama para comer.

— Assim como achar que pode fazer uma mala e fugir.

— Rá. Funcionou antes.

— Até agora, eu acho. — Coll terminou um sanduíche e pegou
outro. — Você fugiu, então. De quê, Persephone? O que a afastaria
de uma vida para começar outra?

A vontade de contar estava na ponta da língua dela. Os nomes não significariam nada para um homem que nunca tinha posto os pés em Londres até aquela temporada social. Ter alguém que soubesse, alguém que talvez pudesse realmente ajudá-la... mas a verdade era que ela tinha se saído bem por conta própria nos últimos oito anos. Até aquele momento, pelo menos.

Persephone respirou fundo.

— Foi um homem, se você quer saber. Alguém com quem eu não queria me casar.

Depois de deixar de lado a bandeja, Coll se sentou na cama ao lado dela, com o terceiro sanduíche na mão.

— Se já houve uma história com a qual eu poderia me solidarizar, é essa.

— Sem dúvida. Ele era muito mais velho do que eu, mas bem relacionado. E também era... cruel. Não diretamente, mas todas as suas pequenas sugestões em relação ao meu comportamento me deram uma ideia muito clara de que a vida de casada com ele seria muito pior do que o noivado. — Persephone estremeceu. — "Minha cara, você certamente sabe preparar uma xícara de chá tão bem quanto a minha primeira esposa. Tente novamente" — imitou. — Ou "Você sabe que prefiro que não use verde", ou ainda: "Esse som que você faz quando está comendo, isso deveria ser atraente de alguma forma?".

— Parece um homem que eu gostaria de conhecer — comentou Coll, o tom sombrio.

— Não, você não gostaria. Como a minha família não quis me ouvir, mesmo depois de eu implorar para que não me obrigassem a casar com ele, e de contar que ele só queria a fortuna da família e havia me dito aquilo sem rodeios, eu... fui embora.

— É ele que está tentando lhe fazer mal, então?

Ela balançou a cabeça.

— Eu duvido. Esse homem se casou com outra herdeira seis meses depois. Alguém ainda mais jovem do que eu.

Os dedos da mão livre de Coll se fecharam ao redor dos dela — não com força, mas com a firmeza necessária para fazê-la se sentir segura. Protegida. E desejada.

— Mas você não voltou para casa depois disso. Por quê?

— Porque eu não estava disposta a dar à minha família outra chance de me leiloar — respondeu Persephone, com a raiva e o nojo que sentia de tudo aquilo ainda sufocando-a um pouco. — E porque encontrei algo que eu gostava de fazer, e que jamais poderia fazer sendo... sendo quem eu era.

Coll terminou o terceiro sanduíche e estendeu a mão para afastar o cabelo do rosto dela.

— Você abriu sozinha o seu caminho no mundo e agora é uma celebridade em Londres. Isso é admirável.

Persephone nunca imaginara ser descrita daquela forma.

— Obrigada por dizer isso — respondeu, inclinando-se na mão dele.

A presença calorosa de Coll era inebriante. E não só porque ele a fazia se sentir segura.

Nunca tinha sido por causa daquilo, se deu conta.

— Você vai me dizer o seu nome verdadeiro, moça? — perguntou Coll em um sussurro.

Persephone se virou na cama para encará-lo e segurou o rosto anguloso dele entre as mãos.

— Não quero mais conversar.

Ela se inclinou e beijou-o, sentindo a reação imediata da boca de Coll contra a dela, o calor dele contra seu peito, a força dos braços que a envolveram.

— Se você está tentando me distrair, está fazendo um ótimo trabalho — murmurou Coll contra a boca de Persephone, mordiscando seu lábio inferior.

— Shhh — sibilou ela e voltou a beijá-lo.

Se aquilo era apenas uma distração, era para ela, não para ele. Pensar na confusão que tinha sido a sua vida — todas as coisas que quase lhe foram impostas porque a sua família buscava mais poder e influência — a deixava triste e com raiva. Assim como a ideia de que um deles a tivesse encontrado e decidido que a maneira mais conveniente de ter certeza de que ela não herdaria nada seria matá-la. De certa forma, aquilo nem a surpreendia.

Hades surgiu de baixo da cama para começar a fuçar a bandeja de sanduíches que fora deixada de lado, enquanto Coll desamarrava a gravata e a jogava no chão.

— Não me importo com o nome que você usa, moça — falou ele, soltando a fita sob os seios dela, então tirando o próprio paletó e o colete. — Se Julieta, Persephone, Mabel ou Sally. É da mulher por trás do faz de conta que eu gosto, e é essa a mulher que eu quero.

Aquela talvez fosse a coisa mais gentil que qualquer homem já dissera a ela. E Persephone acreditou, porque ele já havia dito aquilo antes, quando não sabia que ela era nada além de uma atriz qualquer. Persephone puxou a camisa dele para fora da calça para correr a palma das mãos pelo peito firme e musculoso. Se realmente tivesse que acabar fugindo para a Espanha ou para a Prússia, queria ao menos passar uma noite nos braços de Coll, uma noite sentindo-se querida e desejada por quem ela realmente era, uma noite sentindo-se segura e protegida de tudo o que estava além da sua porta e tentando matá-la.

Coll segurou o vestido dela entre as mãos grandes e puxou-o pela cabeça. A combinação foi a próxima, e então os lábios dele estavam em seus seios e ela não conseguia respirar. Persephone gemeu e enroscou os dedos no cabelo dele enquanto ele mordiscava e lambia. Não, ele não era o primeiro, mas na época em que perdera a virgindade ela achara que aquilo era simplesmente inevitável, assim, tinha escolhido o homem menos ofensivo de seu círculo para livrá-la logo do empecilho.

Lorde Albert Pruitz, seu primeiro "protetor", tinha a imaginação e a inteligência de uma batata, mas era belo e gentil, felizmente. Depois de tudo terminado, ela havia chegado à conclusão de que sexo não era o que Shakespeare e a maioria das outras pessoas faziam parecer, e os dois cavalheiros com quem se relacionara desde então não tinham feito nada para mudar a sua opinião — até ela jogar a cautela ao vento no parque com lorde Glendarril, no outro dia, e se dar conta de que lorde Albert não apenas não era o amante experiente que afirmava ser, mas que ela também poderia chegar ao clímax.

— Maldita calça — resmungou Coll, levantando-se para tirar as botas e desabotoar a peça de roupa inconveniente.

— Não é tão ruim assim — comentou Persephone, afastando as mãos dele para terminar de abrir o trio de botões. Feito aquilo, ela enfiou a mão ali dentro para envolver o membro rígido de Coll. — Gosto de pensar em calças como o momento de abrir um presente na época do Natal.

— Bem, esse presente sem dúvida está feliz em ver você — brincou ele, segurando o rosto dela virado para cima e beijando-a com uma intensidade que a deixou ofegante.

Persephone levou as mãos ao cós da calça dele e puxou-a para baixo, passando pelos quadris e pelos joelhos, até Coll tirá-la de vez e se juntar a ela na cama. Bocas unidas, línguas entrelaçadas. Ele se deitou por cima dela na cama.

— Você tem uma pele tão macia — murmurou ele, passando de leve os dedos pelo colo dela, pelo abdômen e ao redor dos quadris para segurar o seu traseiro.

Sua boca seguiu a trilha, mas continuou mais para baixo. Quando ele separou suas pernas e se abaixou para saboreá-la, ela agarrou os lençóis e gemeu.

Ao lançar a cabeça para trás, as costas arqueadas, Persephone se deu conta de que ainda usava a estúpida e pretensiosa peruca preta. Tentando manter os dedos firmes enquanto ele a lambia e excitava, ela soltou a peruca e jogou-a de lado. Agora, os dois estavam realmente nus, e ela estava o mais perto de ser quem era de verdade quanto poderia estar. E aquilo — ele — parecia glorioso.

Quando Coll deslizou um de seus longos dedos para dentro dela, curvando-o em sua carne enquanto a mão livre acariciava um seio, Persephone gozou em um espasmo de prazer, ofegante e trêmulo de admiração. Mesmo que não houvesse mais nada entre eles, nada mais que a atraísse, Coll MacTaggert ocuparia o lugar mais terno em seu coração.

Enquanto os músculos dela relaxavam, Coll subiu lentamente por seu corpo, um homem desfrutando de férias sensuais e eróticas, investigando seus lugares mais sensíveis. Persephone sorriu... não conseguiu se conter.

— Acho que esse é o sorriso de uma mulher satisfeita — comentou ele, também com um sorriso no rosto de tirar o fôlego.

Outra coisa em que lorde Albert Pruitz falhara: mostrar que o sexo podia ser... divertido. Um deleite.

— Estou mesmo — falou Persephone com um suspiro, esticando os braços de cada lado do corpo. — E ainda assim... não estou.

— Ótimo. Porque ainda não terminei.

— Sim, eu percebi isso. Chegue mais perto, Coll.

Ele passou as pernas de Persephone ao redor dos próprios quadris, as mãos apoiadas de cada lado dos ombros dela, e arremeteu para a frente, penetrando-a. A sensação de calor e preenchimento, combinada com o peso dele em seus quadris, provocou arrepios quentes, que desceram pela espinha de Persephone e chegaram até o ponto onde o corpo deles estava unido.

— Como está agora, moça?

— Ah, muito... Sim, muito melhor.

Ele arremeteu mais uma vez, mantendo-se fundo dentro dela.

— Gosto do seu cabelo — murmurou Coll, sustentando o próprio peso em apenas um dos braços e puxando um grampo com a mão livre. Ele recuou devagar e voltou a penetrá-la, soltando mais o cabelo de Persephone até conseguir passar os dedos através dos fios cor de mel. — *Aye*, assim está muito melhor.

— Coll — arquejou Persephone, estremecendo com arrepios de prazer.

Com o cabelo como uma juba selvagem, ela deslizou as mãos pelos ombros dele e puxou-o mais para perto. Coll encontrou seus lábios em um beijo profundo e moveu o quadril novamente, agora em um ritmo forte e rápido, enterrando-se nela uma e outra vez, parando apenas para beijá-la intensamente ou para sugar seus seios. Os músculos do abdômen e das coxas de Persephone se contraíram, fazendo com que ela se apertasse mais ao redor do seu membro. Os gemidos baixos e ofegantes que escapavam de seu peito no ritmo das estocadas dele não se pareciam com o tipo de som que ela normalmente faria, mas Persephone acreditava que não teria conseguido contê-los, mesmo que tivesse tentado. A sensação era... magnífica.

De repente, ela gozou mais uma vez.

Com um grunhido rouco, Coll se juntou a ela, derramando-se dentro de Persephone, os olhos fixos nos dela, ambos respirando com dificuldade, o suor tornando a pele dos dois escorregadia. Ela o viu atingir o clímax, viu a satisfação carnal estampada em seu rosto. Aquele homem. Persephone ainda não sabia bem o que fazer com ele, quais eram suas motivações. Dever, sim, e honra — mesmo antes de descobrir que ela não era quem afirmava ser, Coll havia prometido protegê-la. Salvara a vida dela pelo menos uma vez, abandonara um grande baile e sua melhor chance de encontrar uma esposa para ter certeza de que ela não estava ferida. Não, ela não sabia muito bem como classificá-lo, mas de uma coisa já tinha certeza: confiava nele.

Persephone passou os dedos pelo cabelo cor de mogno, suado e desarrumado de Coll e puxou seu rosto para outro beijo lento e sensual.

— Temperance Hartwood — murmurou, as palavras soando familiares, mas ainda assim estranhas em seus lábios. — Esse é o meu nome. Lady Temperance Hartwood.

Capítulo 11

"Para onde poderia eu fugir?
Não fiz mal algum. Mas agora ocorre-me
Que estou neste mundo terreno, onde fazer o mal
É muitas vezes louvável e fazer o bem algumas vezes
Foi considerado ato perpetrado por louco perigoso. Mas então, ai de mim,
Por que lançar mão dessa defesa feminina —
Alegar que não fiz mal algum?"
Lady Macduff, *Macbeth*, Ato IV, Cena II

Coll olhou para os lindos olhos azuis de Temperance Hartwood, seus corpos ainda entrelaçados, o coração dele ainda batendo forte e a mente ainda muito longe do pensamento lógico.

— Prazer em conhecê-la, milady.

Temperance Hartwood. Ele ouvira aquele nome em algum lugar, e recentemente. Onde diabo fora? Depois de semanas conversando com moças que só sabiam falar sobre o clima, a moda e os mexericos mais inocentes, ele tinha tantas informações martelando em seu cérebro que mal conseguia lembrar o próprio nome.

Com uma risada curta que soou amarga no final, ela cobriu os olhos com uma das mãos.

— Não deveria ter contado a você. Durante anos consegui guardar isso só para mim, então você me encara com esses... com esses seus olhos, e começo a tagarelar como um bebê.

— Acontece que esses meus olhos gostam de olhar para você — respondeu Coll, saindo de cima dela para deitar-se de costas ao seu lado. A moça precisava de espaço para pensar. Como um homem que apreciava espaços abertos, ele compreendia aquilo. — E não sou tolo. Eu lhe disse que você poderia confiar em mim.

— Sim, eu sei disso, mas fiz tudo sozinha até agora. Na verdade, me sinto bastante orgulhosa disso.

Com o nome dela ainda girando na mente, Coll se lembrou de onde o escutara antes.

— Minha irmã mencionou você outro dia — falou, tentando juntar as peças do que tinha sido uma conversa um tanto tola e fútil, uma reclamação sobre o tratamento duro que ele havia dispensado à fuça de Matthew Harris. — Você é uma herdeira. Há uma aposta no livro do clube White's especulando se havia falecido, ou se fugira para a América, ou se estaria em algum lugar do interior, casada com um açougueiro e mãe de meia dúzia de filhos rechonchudos.

— Eu ouvi isso — comentou ela, a expressão um pouco mais relaxada. — É bastante lisonjeiro que ninguém tenha chegado perto de adivinhar o que realmente fiz da minha vida.

— *Aye*, mas acho que alguém acabou descobrindo. — Coll apoiou um braço atrás da cabeça e estendeu a outra mão para puxá-la para o seu peito. — Tem certeza de que não é o homem de quem fugiu? Talvez ele a tenha visto no teatro e a reconhecido. Alguns homens preferem matar a serem considerados tolos.

Persephone — Temperance — pousou o rosto no peito dele, na altura do coração, os dedos acariciando a pele com delicadeza.

— Ainda estou tentando decidir se prefiro fugir ou descobrir quem poderia estar tentando me matar — murmurou ela.

— Quantas pessoas querem vê-la morta, moça?

Ela bufou e levantou a cabeça para olhar para ele.

— Isso na verdade não tem nada de engraçado, mas ao mesmo tempo é tão horrível que prefiro rir a chorar.

— Sou a favor de ficar deitado aqui com você a noite toda e lhe dar todo o conforto que puder — respondeu Coll, enrolando uma mecha de cabelo cor de mel de comprimento médio em volta do dedo —, mas você sabe que sou um guerreiro. Me dê nomes, indique alguém com quem eu possa lutar.

O que ele não disse foi que não permitiria que ela saísse de Londres. Queria a moça ali, com ele. Não apenas para protegê-la, embora aquilo fosse uma excelente desculpa. Coll não estava pronto para se separar dela. Aquela conexão entre os dois parecia mais forte do que o ferro, mas ao mesmo tempo tão delicada quanto as asas de uma borboleta. Não, ela não iria a lugar nenhum. Não até... Bem, não iria.

O que ele começara a deduzir daquela conversa, além de confirmar o que já sabia — que ela era uma mulher corajosa, inteligente e independente —, era que, embora a mãe pudesse ter alguma razão em não querer ele se casasse com uma plebeia, pelo menos pelo bem da irmã e agora também das cunhadas dele, Temperance Hartwood não era uma plebeia. Ela tinha até "lady" na frente do nome, ora essa.

— Não fiz nada de errado, não é mesmo? — murmurou ela, meio para si mesma. — Meus pais diriam que sim, e suponho que tenha me esquivado da minha obrigação de aperfeiçoar a linhagem familiar me casando com um nobre com um título imponente, mas passei oito anos fora, seis deles aqui em uma pequena parte de Londres, vivendo a minha vida.

— Você se protegeu — afirmou Coll, quer a pergunta dela fosse retórica ou não. — E se saiu bem. Se desapontar o pai ou a mãe fosse motivo para assassinato, haveria muito menos filhos no mundo, eu acho. Portanto, certa ou errada, você não merece que alguém a persiga com a intenção de lhe fazer mal.

— É claro que você diria isso... você tem bom senso, Coll. E aprova qualquer um que saiba se cuidar sozinho.

— Não só tenho bom senso, moça, como gosto muito de pessoas independentes e autossuficientes.

Extrair informações dela aos poucos provavelmente lhe causaria uma apoplexia antes que ele conseguisse alguma coisa, mas usar os punhos não se aplicava a tal circunstância. Precisava ser alguém em quem aquela mulher pudesse confiar, precisava provar a ela que seus segredos estavam seguros com ele.

Mas também era verdade que havia alguém atrás dela. E ele não tinha todo o tempo do mundo para ser paciente — não que já tivesse sido muito inclinado a ter paciência.

— Não quero você envolvido nessa situação. Eu só... Eu gostaria que pudéssemos voltar à noite em que nos conhecemos e deixar as coisas como estavam. — Temperance beijou o mamilo dele, o que quase o desconcentrou de vez.

— Eu já sabia o que queria na primeira vez que coloquei os olhos em você. E pretendo ajudá-la, Temperance. Se teme que isso a deixe em dívida comigo, não se preocupe. Eu gosto de você e não quero que se machuque. Não são muitas as pessoas de que gosto de verdade, e não estou disposto a perder nenhuma delas. Então me diga quem acredita que possa estar atrás de você.

— Coll, o...

— Não — interrompeu ele. — Me diga.

Ela continuou deitada onde estava — com o rosto no peito dele, um braço pousado em seu ombro e o outro ao lado do corpo — por tanto tempo que Coll começou a achar que havia encontrado alguém mais teimoso do que ele. Mas, finalmente, Temperance soltou um suspiro e falou.

— Não tenho certeza. Não tenho nenhuma razão para achar que meus pais iriam querer que eu fosse ferida... até onde eu sei, eles nem sequer me deserdaram. — Temperance deu uma risadinha sem humor. — Me renegar arruinaria qualquer valor que eu tivesse para a família, e eles investiram bastante na minha educação. Sou quase um prodígio no piano, sabia?

— Acredito nisso — disse ele, admirando o fato de ela conseguir brincar mesmo com todo aquele peso sobre os ombros. — Mas quem são eles? Caso não se lembre, não sou da Inglaterra.

— Fico surpresa por você não ter lido sobre o meu desaparecimento, mesmo estando na Escócia. Meus pais são Michael e Georgiana Hartwood, marquês e marquesa de Bayton. Bayton Hall fica no meio de Cumbria.

— Cumbria. É onde fica o Lake District, certo? Uma região erma. — Ele franziu o cenho. — Erma para a Inglaterra, quero dizer.

— Exatamente. Bayton Hall tem vista para o lago Windermere. É um lugar lindo. Ou era, da última vez que eu vi.

— Seu pai é um marquês e isso ainda não é o bastante para eles? Com quem queriam que você se casasse, com o próprio príncipe George?

— Se os dois achassem que conseguiriam fazer isso, tenho certeza de que tentariam. Prinny sem dúvida estava ao menos na lista deles. Mas o homem que encontraram para mim foi Martin Vance, duque de Dunhurst.

Coll apoiou a cabeça em um braço para olhar para ela.

— Um homem alto e careca, a não ser por dois tufos de cabelo branco acima das orelhas? Que parece um espantalho ambulante sem pele suficiente puxada sobre o crânio?

Coll sentiu Temperance estremecer contra o seu corpo.

— Sim, ele mesmo. Presumo que tenham se conhecido?

— Não me lembro de termos sido apresentados, mas já o vi com as duas netas.

— Uma neta. Maria Vance-Hayden. Ela foi apresentada à sociedade esse ano. A outra é a esposa dele, Penelope Vance, duquesa de Dunhurst. Essa foi apresentada à sociedade dois anos depois de mim.

Dunhurst devia ter pelo menos 70 anos. A ideia daquele homem severo e desagradável se casando com a moça vibrante e ousada que estava em seus braços naquele momento — e de que seus pais tivessem aprovado aquela união — fez Coll se sentir angustiado e nauseado. Já fora bastante ruim quando a mãe de Amelia-Rose Baxter e Francesca conspiraram para que ela ficasse noiva dele antes mesmo de os dois se conhecerem, mas pelo menos Coll e Amelia--Rose tinham nascido na mesma década.

— Pelo que me lembro — falou ele, resgatando lembranças que não haviam tido muita utilidade ao longo dos anos —, a minha mãe manteve o nome de solteira quando se casou com o meu pai porque era a família dela que tinha dinheiro. Meu pai não usava Oswell de jeito nenhum e começava a atirar coisas nas paredes se Francesca alguma vez se referisse aos filhos dele como Oswell-MacTaggert, mas deixá-la manter o nome de solteira fazia parte do acordo para que o casamento se realizasse.

Temperance assentiu.

— Sim. Maria Vance-Hayden tem uma mãe rica, que se casou com o horrível filho de Dunhurst, Donald, por causa do título *dele*. Por isso Dunhurst me queria... Os Hartwood, meus pais, são muito abastados.

Era uma grande quantidade de nomes envolvidos, mas a maioria daquelas pessoas não teria motivos para querer que qualquer mal acontecesse a Temperance Hartwood. Talvez pudessem desejar que algum escândalo e ruína se abatessem sobre ela, mas não um pescoço quebrado.

— Então, vou me apresentar a Dunhurst — falou Coll —, e veremos que tipo de homem ele é.

— Além do tipo cruel e frio — comentou Temperance. — Na minha experiência, a vingança exige esforço e paciência. Ele não era bom em nenhuma das duas coisas.

— Você chegou a ficar noiva, ou estava apenas prometida a ele?

— Fugi uma semana antes do casamento — replicou ela, a expressão fechada. — Não deveria ter esperado tanto tempo, mas ainda tinha esperança... Não sei, de que algo acontecesse para impedir o matrimônio.

— Então, se ele fosse ao Saint Genesius e a visse no palco, poderia achar que seria melhor matá-la do que permitir que seu segredo fosse descoberto. Uma moça que se tornou atriz para evitar se casar com ele... isso seria muito embaraçoso.

— Eu estava de calça e usando uma peruca preta. Além disso, Dunhurst passava o tempo todo que estava na minha companhia com os olhos fixos no meu decote. Duvido que saiba a cor dos meus olhos.

— São azuis, moça — disse Coll, e voltou a abaixar a cabeça sobre o braço dobrado. — Azuis como o *loch* an Daimh ao meio-dia sob um céu sem nuvens.

Silêncio.

— Para um homem que afirma preferir falar com os punhos — comentou Temperance baixinho —, você tem jeito com as palavras.

— Você deveria me ver arremessando um tronco de árvore.

Coll sentiu o corpo dela tremer com uma risada silenciosa e sorriu. No pouco tempo em que a conhecia, havia dito mais palavras para ela do que para todas as outras mulheres de Londres juntas. Temperance testava a sua inteligência, mas não a sua paciência, porque era mais difícil acompanhá-la do que a uma raposa em terreno pantanoso.

— Seus pais estiveram em Londres desde que você começou a trabalhar no Saint Genesius?

— Tenho certeza de que sim. No entanto, nenhum dos dois jamais gostou de teatro. Há menos pessoas para impressionar com a sua riqueza quando se está no escuro. — Ela hesitou. — Eu nunca os vi, se é que eles algum dia apareceram por lá.

— Eles estão em Londres agora?

As costas dela ficaram tensas sob a palma da mão dele.

— Você não vai visitar os meus pais, Coll MacTaggert.

— Não disse que iria. Perguntei se estavam aqui. Você parece bastante ciente da movimentação da alta sociedade, por isso imagino que saiba. Mas posso descobrir com facilidade. A minha *màthair* mantém uma lista.

— Não — retrucou ela, dando um tapa no peito dele. — Ninguém mais pode saber sobre mim.

— Não vou contar nada a ela — protestou Coll, e sentiu o corpo de Temperance se mover contra o dele, despertando seu desejo mais uma vez.

— Você não é um homem sutil, lorde Glendarril.

— Você ficaria surpresa, moça. Geralmente não tenho motivos para ser sutil. — Coll tirou o braço que estava atrás da cabeça e puxou a mulher para cima dele. — Por exemplo, está percebendo alguma coisa em relação a mim agora?

O sorriso que curvou os lábios dela quase fez o coração dele parar.

— Bem, agora que você mencionou isso — murmurou Temperance, apoiando-se nas mãos e nos joelhos e deslizando para baixo no corpo dele.

Talvez ela quisesse distraí-lo para que ele parasse de fazer perguntas. Afinal, a moça havia passado mais de sete anos guardando seus segredos para si mesma. Quando a boca de Temperance envolveu seu pau, Coll decidiu que as perguntas poderiam esperar até o dia seguinte. Afinal, tinha uma moça para satisfazer e um futuro a considerar. Um futuro que a incluía, quer ela tivesse se dado conta ou não.

—⁓—

Coll acordou pela manhã com um gato preto sentado em seu peito, encarando-o.

— Eu sei quem você é, Hades — murmurou Coll, encarando de volta o pequeno animal. — E *você* sabe que não vou a lugar nenhum. Acho que seria melhor nos aliarmos se quisermos salvar a nossa moça.

O gato ergueu uma pata, flexionou-a para mostrar as garras, então pousou-a novamente.

— Boa escolha — comentou Coll, ignorando a leve pressão daquelas garras. A verdade era que o gato poderia ter causado muito mais danos se quisesse. — Estou feliz por termos nos entendido.

Hades apenas fungou, se levantou e desceu da cama. Coll observou-o deslizar pelo quarto e desaparecer sob o guarda-roupa de carvalho. Então, virou-se e encontrou Pers... Temperance observando-o da penteadeira, usando um roupão de seda rosa e amarela amarrado na cintura.

— Impressionante — comentou ela com um sorriso —, ainda mais levando em consideração que você não está cheirando a peixe.

Coll se sentou na cama e esticou os braços acima da cabeça.

— Hades comeu todos os sanduíches? Estou prestes a morrer de fome.

— Já pedi a Flora que nos preparasse alguma coisa para o café da manhã. — Ela inclinou a cabeça, os olhos ainda fixos nele. — Eu esperava... bem, uma reação mais forte quando você descobrisse a minha identidade. Afinal, é escandaloso que a única filha de um marquês se torne uma atriz.

A principal reação de Coll tinha sido perceber que já havia dormido com ela sem saber quem ela era, e não que agora tivesse passado a noite na companhia da filha de um marquês, ambos nus. Aquilo geralmente significava casamento em um futuro próximo, mesmo nas Terras Altas. Toda a situação era um pouco mais complicada do que ele planejara, mas também se tornara muito mais interessante do que esperava.

Mas, se havia uma coisa que Coll sabia, era que não adiantaria muito argumentar que ele havia arruinado a reputação de uma dama e agora tinha a obrigação de se casar com ela. Temperance preferia fugir a ser forçada a um casamento que não desejava, e ele não estava disposto a tentar forçá-la a nada naquele momento.

— Você é uma ótima atriz. Suponho que seria diferente se não tivesse talento para o que faz. — Coll saiu da cama macia, procurando pelo kilt, antes de lembrar que estava usando uma calça *sassenach*. — Caso não tenha percebido, Temperance, não me escandalizo com facilidade. Estou mais preocupado com o fato de não termos conseguido uma lista decente de quem pode estar tentando fazer mal a você.

— Eu não quero ir embora, sabe? — falou ela, apontando para a valise que eles haviam derrubado no chão na noite anterior. — Gosto da minha vida aqui. Gosto dos... amigos que fiz aqui. Se eu pudesse fazer uma lista precisa de suspeitos, certamente o faria. — Ela tirou o roupão, postando-se nua e gloriosa na luz difusa que entrava pelas frestas das cortinas, então passou os braços ao redor do próprio corpo. — Não vi ninguém que conheço da minha vida de antes. E a ideia de que alguém possa ter me visto sem que eu percebesse é perturbadora, para dizer o mínimo.

Coll contornou a beira da cama e abraçou-a.

— Não tenho a intenção de ampliar a nossa área de busca, mas poderia ser alguém que a admirou no palco? Algum lunático que não aceita que Rosalinda tenha se unido a Orlando ou algo assim?

— Ah, meu Deus, eu não tinha pensado nisso. Sim, suponho que poderia ser isso. Às vezes recebo cartas *muito* interessantes.

— Cartas? Eu gostaria de vê-las, se não se importa. Qualquer coisa que tenha recebido durante a última quinzena, a menos que se lembre de algo desagradável que quase tenha acontecido com você antes disso.

— Elas estão lá embaixo. Mas, Coll, embora eu esteja aliviada por ter vindo me ver ontem à noite, você tem outras obrigações. Não quero que perca a sua herança porque não me escondi bem o bastante.

Coll olhou para o rosto erguido de Temperance e pensou que devia um pedido de desculpas a Niall e Aden por ter zombado dos dois quando afirmaram que "souberam" que haviam encontrado suas moças e não conseguiram explicar aquilo de outra maneira.

— Não se preocupe com essa história — falou ele com um sorrisinho no rosto. — Já tenho alguém em mente.

— Ótimo. — Temperance se afastou dele, desvencilhando-se do seu abraço, e foi pegar a peruca preta conservadora. — Espero que as minhas sugestões tenham ajudado.

— *Aye*, ajudaram. Mas ainda não cumpri a minha parte do acordo. Sou seu protetor e pretendo protegê-la. Se tiver algum papel disponível, preciso mandar Gavin levar um bilhete à Casa Oswell, para alguns rapazes me ajudarem a vigiar aqui.

— Gavin está aqui?

— *Aye*. Deixei-o lá fora ontem à noite, vigiando a casa. — Coll se abaixou para pegar um grampo e colocá-lo na mesa ao lado dela. — E não se preocupe com ele. Já disseram àquele rapaz para fazer coisa muito pior.

— Ainda assim, deveríamos chamá-lo para tomar o café da manhã. Mas não vou ficar aqui o dia todo, escondida debaixo da cama. Tenho ensaios.

— Temperance, você...

— Não estou tentando bancar a tola — interrompeu ela. — Eu lhe disse que quero ficar na cidade. Tenho uma obrigação para com Charlie e com o Saint Genesius. No mínimo, preciso dizer a Charlie que posso estar colocando o restante da trupe em perigo e dar a oportunidade a ele de encontrar outra pessoa para interpretar lady Macbeth.

Aquilo fazia sentido. Se ela parasse de aparecer no Saint Genesius, quem quisesse prejudicá-la teria mais dificuldade em localizá-la. Mantê-la segura era muito mais importante do que a sua participação em uma peça.

— É melhor você ficar aqui. Depois de colocar alguns homens de guarda, irei eu mesmo falar com Huddle.

Ela balançou a cabeça, parando para passar um lindo vestido de musselina verde e marrom pelos ombros.

— Devo muito a Charlie. Eu mesma falarei com ele.

— Temp...

— Persephone, pelo amor de Deus — interrompeu ela. — Temperance Hartwood existiu muito tempo atrás, e faz parte de uma vida que não desejo.

— Mas gosto de saber quem você é acima de tudo.

— Sou a mesma mulher que era antes de você saber que eu tinha outro nome, Coll. Não quero que se esqueça e acabe me chamando... desse outro nome na frente das pessoas.

Ela não tinha nenhuma objeção em ser vista com ele, então. Aquele, claro, não era o objetivo da sua argumentação, mas parecia significativo.

— Não vou esquecer.

Coll deu um passo à frente e fechou os quatro botões que subiam pelas costas dela, então, passou a mão ao redor dos seus ombros, virou-a e a beijou.

Temperance ergueu os braços para segurar os ombros dele, enquanto correspondia ao abraço, colando-se ao peito dele.

— O que lhe contei não muda nada, você sabe — sussurrou ela contra a boca dele.

— Muda tudo — retrucou Coll.

Mudava toda a arquitetura do mundo dele, mas apenas até onde ela permitisse. Qualquer decisão final caberia a ela. Depois do que Temperance havia passado, ele não aceitaria que fosse de outra maneira. Felizmente, ele podia ser muito mais persuasivo do que as pessoas costumavam imaginar.

— Mas faça como quiser — continuou ele, para evitar outra rodada de discussões. — Papel. Eu preciso de papel.

Coll vestiu a camisa e seguiu-a para fora do quarto. Assim que eles desceram a escada íngreme e estreita até a pequena sala de jantar, ele escreveu um bilhete para Aden, convocando os empregados escoceses que haviam trazido para o sul com eles. O restante do pessoal da Casa Oswell provavelmente era confiável, mas deviam lealdade a Francesca, não a ele.

Flora, a criada, não era uma grande cozinheira como era a sra. Gordon da Casa Oswell, mas, com uma casa pequena como aquela, ele tinha que admirar a habilidade da mulher. Ela fizera o vestido que Temperance estava usando e vários outros que ele já vira a moça vestir. E, embora o pão e o presunto com molho não fossem nada sofisticados, pareciam mais com um verdadeiro café da manhã das Terras Altas do que qualquer coisa que ele tivesse comido desde que saíra de casa.

— Há alguma coisa que eu precise saber, srta. Persie? — perguntou Gregory, empilhando os pratos para levar para a cozinha. — A conversa daquele Gavin ontem à noite sobre trancar a porta e encontrar uma arma me manteve acordado até o amanhecer, sentado na sala da frente com meu mosquete sobre os joelhos.

Flora apareceu na porta da sala de jantar logo após ouvir o comentário.

— E eu quase joguei uma panela em cima do leiteiro quando ele bateu na porta dos fundos. Senhorita Persie, sei que há algo errado. Por favor, deixe-nos ajudar.

— Não é nada — respondeu Temperance, tomando um gole do chá que Coll sabia que havia esfriado havia muito tempo. — Um probleminha com um antigo pretendente. — Ela lançou um olhar para Coll. — Não é mesmo?

Inferno... ele não gostava de mentir. Mas até certo ponto ela estava certa, já que, pelo que sabiam, tratava-se *mesmo* de algo relacionado à sua vida anterior — embora também pudesse muito bem se tratar de algum louco que desaprovava a sua atuação como Julieta Capuleto.

— Achamos que sim, *aye*. Espero conseguir resolver isso hoje.

— Ótimo — disse Flora, abanando o rosto com um pano. — Não sinto os nervos tão abalados desde que aquele banqueiro tentou seguir você até em casa por três noites seguidas depois que você interpretou Ofélia.

Temperance fez uma careta quando Coll a olhou de relance.

— O homem ficou mesmo muito furioso, infelizmente, e estava convencido de que *eu* deveria ser colocada no hospício de Bedlam para meu próprio bem.

— Bem, isso não é de maneira alguma preocupante — murmurou Coll, com ironia, movendo mentalmente espectadores extasiados alguns degraus acima em sua escala de suspeitos.

— Esse tipo de coisa não acontece com frequência. São homens apaixonados pela personagem que estou interpretando e querendo viver um romance comigo.

Coll gostou ainda menos daquilo. Quantos homens já haviam tentado cortejá-la, comprá-la ou seduzi-la desde que ela começara a atuar? E quantos deles tiveram sucesso, mesmo que apenas por uma noite ou duas? Ele estava sendo um idiota por se recusar a se incluir naquele número? Só porque, por acaso, a vira pela primeira vez nos bastidores?

Nunca agira como um tolo em relação às mulheres. *Aye*, havia dormido com muitas, mas nunca entregara o próprio coração o bastante para sentir qualquer arrependimento quando se separaram. Sempre houvera obrigações mais importantes — com o clã Ross, com os MacTaggert e com Aldriss Park. Mas, naquele momento, a mera ideia de Temperance nos braços de outro homem bastava para fazê-lo cerrar o maxilar e para que seus músculos rugissem, ansiando por uma briga. O que tudo aquilo significava, Coll não sabia... ou melhor, ele achava que sabia, mas dada a reação da moça à ideia de finais felizes, pretendia guardar para si mesmo. Por ora.

— Preciso que me faça uma lista — falou Coll, o tom calmo, quando os dois criados dela voltaram à cozinha. — Toda a sua família, todos com quem você... de quem você ficou próxima, qualquer pessoa com quem tenha discutido.

— Isso é bastante informação sobre a minha vida pessoal, senhor — afirmou ela, um pouco ruborizada. — Não tenho certeza se desejo que saiba de tudo isso.

— Eu sei, Persephone — retrucou Coll, usando o nome falso de propósito, para lembrá-la de que ele era confiável. — Você fez tudo sozinha até agora. Mas a possibilidade de eu conseguir encontrar seja lá quem for é maior, já que qualquer investigação que eu faça na sociedade, por mais desajeitada que seja, causará menos agitação do que se você tentasse.

— Não gosto disso, Coll. Esse comentário sobre você fazer qualquer coisa desajeitada, quero dizer. Tenho a sensação de que, se realmente quisesse, já poderia ter meia centena de mulheres prontas para se casar com você.

— *Aye?* — Ele deu uma risadinha debochada. — Por que não fiz isso, então? Estou mesmo precisando encontrar uma noiva.

— Porque, além de muito teimoso, não faz *nada* que lhe é ordenado.

Aquilo parecia bastante preciso, na verdade.

— Admito que não sou homem de seguir outras pessoas. Também admito que, até cerca de uma semana atrás, não esperava encontrar ninguém com quem gostaria de passar a vida. Mas então Aden concordou em se casar com Miranda, e as minhas chances de conseguir que esse acordo mudasse passaram de razoáveis para péssimas.

— "Concordou em se casar?" — repetiu ela, franzindo a testa. — Foi um casamento arranjado, então?

— Não. *Ela* pediu Aden em casamento. — Coll sorriu. — Aden não se considera muito honrado, mas estava decidido a agir da forma que achava mais correta com ela, assim não conseguia ver uma forma de pedi-la em casamento. Miranda resolveu o problema para ele.

Temperance brincou um pouco com o garfo.

— Você parece feliz por ele.

Coll suspirou.

— *Aye.* Estou. E por Niall. Só que não eram esses os meus planos, e agora quem está empacado sou eu. — Ele pigarreou e bebeu o resto do chá morno. — Mas isso não tem importância agora. Fiz um acordo com você e preciso desses nomes para cumprir a minha parte.

— Só estou concordando porque não quero sair de Londres e teria que fazer isso se agisse sozinha. — Ela afastou a cadeira da mesa e se levantou em um movimento elegante. — Tenho duas horas antes de estar no Saint Genesius. Se precisar de mim, vai me encontrar na sala de estar fazendo a lista que me pediu.

— Mantenha as cortinas fechadas.

— Ah, sim. Não queremos ninguém atirando em mim, não é?

Ela saiu da sala de jantar com um sorriso que parecia forçado.

Coll se recostou na cadeira. Temperance morava em uma casa modesta, mas empregava dois criados, tinha roupas bonitas e perucas em abundância e, ao que parecia, não lhe faltavam comida nem dinheiro. E ela havia conquistado tudo aquilo sozinha. Ele pretendia perguntar a ela por que uma moça decente, que tivera acesso a uma boa educação, decidira abrir seu caminho no mundo como atriz, mas imaginava que aquilo tinha a ver com o desejo dela de desaparecer — de se tornar outra pessoa, o que ela fazia no palco e fora dele.

E Temperance era boa naquilo. Uma celebridade em Londres, famosa e bem-sucedida o bastante para que a irmã mais nova dele ficasse quase zonza de empolgação diante da mera ideia de conhecê-la, e Eloise já fora apresentada ao príncipe George e à rainha Caroline.

Durante toda a manhã, Coll quebrara a cabeça, tentando lembrar se conhecia lorde e lady Bayton. Ele achava que não, já que não haviam jogado uma filha casadoira em cima dele, mas não podia deixar de se perguntar como teria reagido a uma apresentação adequada a lady Temperance Hartwood. Aos 28 anos, ela teria sido considerada uma solteirona e seus pais sem dúvida estariam desesperados para encontrar um marido e um título para a filha — e Coll provavelmente teria corrido na direção oposta.

Mas, se por acaso houvesse tido a oportunidade de trocar uma ou duas palavras com ela antes de fugir, preferia pensar que a mulher teria chamado a sua atenção — despertado o seu interesse. O som da voz dela, sua escolha de palavras… Seria por causa do seu treinamento no palco ou era algo natural em Temperance que a tornava uma atriz tão competente? Fosse o que fosse, ele achava aquilo fascinante.

Ele *a* achava fascinante. E apenas o fato de não querer deixá-la naquela manhã o impedia de bater em todas as portas de Londres até descobrir quem estava tentando tirá-la dele. Embora já tivessem se passado dezessete anos desde a última vez que havia sido abandonado, aquilo não era algo que desejasse voltar a experimentar. Ao menos com a mãe, a esperança de que ela pudesse retornar, de que pudesse voltar a vê-la, persistira por algum tempo. Mas, se perdesse Temperance por conta dos planos de assassinato de alguém, não seria algo temporário.

Coll praguejou, subiu as escadas e vestiu o colete e o paletó, sem se dar ao trabalho de abotoar nenhum deles. A gravata foi guardada em um dos bolsos, então ele desceu para esperar a chegada de ajuda e para fazer um plano para salvar a sua moça, embora não soubesse quem poderia estar atrás dela.

Capítulo 12

"Estica as cordas do alaúde da tua coragem,
E não falharemos."
 Lady Macbeth, *Macbeth*, Ato I, Cena VII

— Você não deveria ter deixado que ele partisse a cavalo sozinho, Niall.

Ao ouvir o som da voz severa de Aden, Francesca Oswell-MacTaggert segurou seu jornal matinal com mais firmeza e manteve o olhar fixo no que quer que fosse que alguém havia escrito. Ela não demorara muito a perceber que teria uma chance muito maior de descobrir o que estava acontecendo se conseguisse ouvir trechos de conversas dos filhos, em vez de fazer perguntas diretas.

Os três não estavam acostumados a ser questionados ou a explicar suas ações. O pai deles permitira que corressem soltos desde o momento em que ela deixara Aldriss Park. E, embora em circunstâncias mais calmas Francesca até pudesse admitir que os três haviam se tornado jovens confiantes, competentes e talentosos, não tinha havido muita tranquilidade desde a chegada deles a Londres.

— Mandei Gavin acompanhá-lo — protestou o filho mais novo dela.

— E Gavin pularia de um telhado por ele, se Coll pedisse. Você deveria ter se juntado a eles. Você se lembra do que aconteceu da última vez que Coll saiu sozinho.

— *Aye*, eu me lembro. Encontrei uma esposa.

— E Coll passou um dia bêbado em uma arena de luta enquanto eu andava por Londres procurando por ele. Por Santo André, Niall. Ao menos me diga que sabe para onde ele foi. Vou me casar em quatro dias. Não posso ficar andando atrás de Coll pelas Midlands.

— Eu me lembro disso. E, não, ele não parou pelo tempo necessário para me dizer para onde estava indo. Acho que Gavin sabe, mas isso não nos ajuda.

— Maldição. Vou dar mais uma hora a ele para voltar. Caso contrário, acho que começaremos a procurar por Saint Genesius. Se a moça estiver lá, Coll também estará.

As vozes se tonaram inaudíveis conforme os dois entravam na cozinha e saíam para o estábulo. Francesca se recostou no assento e abaixou o jornal. Após o pânico inicial, havia percebido que o filho mais velho estava mentindo sobre fazer planos para se casar com a sra. Persephone Jones. Aquilo era próximo demais do oposto das expectativas dela para que fosse uma coincidência. Se alguém lhe pedisse o nome da última pessoa em Londres que desejaria como esposa para um de seus filhos, o nome menos respeitável que ela conhecia era o da atriz.

É claro que havia prostitutas de rua, pedintes e meliantes, mas ele escolhera um nome que todo londrino conhecia. Fazia sentido que Coll tivesse feito aquilo com o propósito expresso de atingi-la — afinal, fora ela quem exigira que ele se casasse.

Mas Francesca estava com os olhos fixos no rosto do filho mais velho na noite da véspera, quando Niall e o cavalariço interromperam sua tentativa de argumentar com ele. E ela vira como Coll ficara pálido quando Gavin lhe contara sobre o capotamento da carruagem. Sim, os MacTaggert cuidavam dos seus, e, se ele tivesse envolvido a atriz em algo perigoso, sentiria alguma responsabilidade pela segurança dela. Mas, mesmo que Coll tivesse feito algum tipo de acordo com a sra. Jones para induzi-la a concordar com a tolice do casamento, Francesca não achava que a reação dele teria sido tão extrema.

Os irmãos esperavam encontrá-los juntos. Aquilo significava que ou Coll mentira para eles sobre as suas intenções e os enganara, ou nada daquilo era mentira. Francesca levou a mão ao peito. Seu filho mais velho, visconde Glendarril, envolvido com uma atriz. Mas não apenas por um capricho.

Ele gostava dela. E aquilo mudava várias coisas.

Francesca pegou novamente o jornal e abriu a página da coluna social. Naquele momento, o Saint Genesius recebia uma trupe itinerante para uma daquelas peças obscenas que os atores adoravam representar. Em poucos dias, porém, os renomados artistas do teatro Saint Genesius estariam apresentando... Ah, ali estava. *Macbeth*. Com a sra. Persephone Jones fazendo o papel de lady Macbeth.

Hum. Francesca sempre gostara da peça escocesa.

— Smythe — disse ela, virando a cabeça na direção do mordomo.

— Sim, milady?

— Estarei em meus aposentos. Assim que lorde Glendarril retornar, prepare a minha carruagem e me informe. Discretamente.

Ele assentiu.

— Cuidarei disso, minha senhora. Mais problemas?

— Imagino que sim. — Ela pegou a xícara de chá, mas antes que pudesse levá-la aos lábios, ouviu um burburinho de vozes vindo da direção da cozinha. — Vá — disse Francesca, e Smythe saiu da sala. Outro criado tomou seu lugar.

Vários passos apressados ecoaram pelo corredor por um momento. Ela teve vontade de se levantar e exigir ser informada sobre o que estava causando o caos sob seu teto. Mas por mais enérgica que soubesse que era capaz de ser, e por mais indomáveis e obstinados que fossem seus filhos, qualquer exigência que fizesse teria como resposta apenas sarcasmo e evasivas. Assim, permaneceu sentada, tentando não segurar a xícara de chá com força excessiva e acabar quebrando a asa delicada.

A porta da sala foi aberta de novo. Jane Bansil, prima e antiga dama de companhia de Amy, fez uma leve reverência antes de se dirigir ao aparador e à generosa seleção de opções que esperavam por qualquer pessoa da crescente família que desejasse o café da manhã.

— Bom dia, milady — cumprimentou ela, escolhendo uma fatia de torrada e uma laranja fresca e sentando-se no extremo oposto a Francesca.

— Jane, você é uma convidada aqui. Pode se sentar onde quiser.

A jovem muito magra e empertigada se encolheu.

— Sim, eu sei, e agradeço por sua generosidade. O...

— Bobagem. Venha para cá e sente-se ao meu lado. Preciso de uma distração.

Com o cabelo preto preso no coque dolorosamente apertado que sempre usava, Jane voltou a se levantar, pegou o prato e se aproximou da cabeceira da mesa. Quando se sentou novamente, o prato bateu no mogno liso e polido, e ela se encolheu mais uma vez.

— Desculpe.

— Não precisa se desculpar. Se há uma coisa que essa casa não tem é silêncio.

— Ela é mesmo muito... animada — comentou a srta. Bansil.

— O que você vê para o seu futuro, minha cara? — perguntou Francesca. — Não tive tempo de perguntar.

— Ah, eu... eu... com certeza não vou impor a minha presença à senhora por muito mais tempo. Andei procurando e acredito que até o fim do mês já terei conseguido um trabalho.

— É isso que você quer? — A mulher tinha sido dispensada por seu empregador anterior, a própria tia, por permitir que Amy fugisse para a Escócia com Niall. — Não me lembro de você ou Amy gostarem muito da casa dos Baxter.

— Sou uma mulher sem recursos, milady. Preciso encontrar um emprego ou morrerei de fome. Um lugar que me desse um teto sobre a minha cabeça e garantisse as refeições seria... um alívio, eu creio.

— Mesmo podendo ficar aqui pelo tempo que quiser?

— Sei que não sou amaldiçoada com o defeito da ambição, e... ora, eu me atrapalho muito procurando as palavras corretas, mas gostaria de ter alguma tarefa a cumprir. Uma razão para acordar pela manhã, por assim dizer.

Francesca tomou um gole de chá.

— Ah. Você não deseja ser uma mulher ociosa como eu, então.

O rosto de Jane ficou muito vermelho.

— Ah, céus. Não! Não... foi isso que eu quis dizer. A senhora é mãe, se dedica a instituições beneficentes e raramente tem algum momento de lazer, pelo que posso ver.

— Bem, obrigada por isso. Se deseja encontrar uma posição, faça isso. Acaba de me ocorrer que a minha filha se casará em breve e não tenho dúvidas de que os meus filhos regressarão à Escócia assim que tiverem oportunidade. O que acharia de permanecer aqui comigo? Oficialmente? Como minha dama de companhia, ou minha secretária, ou como decidirmos chamar o cargo?

— Ah, meu Deus. Eu não tinha... Ah, nossa.

A porta do salão de café da manhã voltou a ser aberta e Smythe entrou com um bilhete entre os dedos.

— Pense nessa proposta, Jane. Imagino que eu vá precisar da sua resposta depois do casamento de Eloise.

Francesca fez um gesto, e o mordomo se aproximou da mesa e lhe entregou o papel. Ela abriu o bilhete. Os rabiscos elegantes de Coll ocupavam apenas duas linhas, onde ele havia anotado um endereço e um pedido a Niall ou Aden para que enviassem quatro rapazes de confiança para lá imediatamente. Por "de confiança", a condessa presumiu que eles queriam dizer escoceses.

— Niall e Aden viram isso? — perguntou ela.

— Sim, milady. O sr. Niall e quatro de seus rapazes escoceses partiram há pouco.

Francesca dobrou o bilhete e guardou-o no bolso.

— Quem entregou?

— Aquele cavalariço.

Ah, devia ser Gavin. Ela se levantou e foi até a porta do corredor.

— Mande-o ao meu escritório. Agora. Não quero dar tempo ao rapaz para inventar uma história.

Francesca agora sabia o endereço da sra. Jones e seu local de trabalho. O que ela não sabia — e precisava saber — era quem era aquela mulher, além de uma atriz excepcional. Se Persephone Jones estava fazendo o papel de uma donzela em perigo e assim chamara a atenção de Coll, aquele absurdo precisava acabar. Se havia algo mais em tudo aquilo, Francesca também pretendia descobrir.

—⁂—

Lady Macbeth com frequência tinha um séquito de mulheres ao seu redor. Afinal, ela fora a rainha da Escócia, mesmo que por muito pouco tempo. Temperance desceu da carruagem Oswell-MacTaggert, com Coll logo atrás, levantou os olhos e viu à sua frente um par de costas largas, usando kilts do clã Ross, e outros dois escoceses se adiantando para assumir a retaguarda. Com o irmão de Coll, Niall, que também estava descendo da carruagem, eram seis homens ao todo. Seis *highlanders* muito grandes e de aparência muito eficiente, todos ali com um propósito: mantê-la a salvo.

Temperance queria dizer a Coll que tudo aquilo talvez fosse um pouco demais, mas no momento estava feliz por tê-los todos ali. Se Coll não estivesse em Londres, se eles não tivessem se conhecido, ela provavelmente teria sido morta por aquele balde cheio de tijolos, ou teria que contratar alguém para protegê-la. E não tinha ideia de como encontrar aquele tipo de pessoa.

Se por acaso tudo aquilo tivesse sido apenas uma sequência de eventos desafortunados, e se quem a tirara da estrada na véspera não tivesse agido de propósito, então tudo aquilo e a lista que ela fizera para Coll seriam em vão. Uma pequena parte dela se apegava àquela ideia, porque a mera possibilidade de que alguém no mundo queria vê-la morta a arrepiava até os ossos.

— Persephone — falou Charlie, saindo das profundezas do teatro, quando ela entrou no Saint Genesius com sua comitiva. — Você está atrasada para a prova de figurino com Beth. Não... O que é tudo isso? Não faremos testes para escoceses fora da equipe do teatro.

— Não vamos fazer papel de escoceses — declarou Niall, estreitando um dos olhos. — Nós *somos* escoceses.

— O que esses escoceses estão fazendo nos bastidores, então? — continuou o administrador do teatro, olhando para todos eles como se tivessem saído do caldeirão das bruxas para atormentá-lo.

— Preciso falar com você sobre isso, Charlie — respondeu Persephone, soltando o braço de Coll e pousando a mão ao redor do braço do sr. Huddle — No seu escritório, talvez?

— Ah, Deus, você não está grávida, está? — perguntou ele, cobrindo o rosto com a mão livre. — Já temos a nossa lista de peças pronta para o próximo ano. Coordenei tudo com o que vão apresentar em Covent Garden e Drury Lane. Se você...

— Não estou grávida — interrompeu Temperance, cerrando o maxilar.

Pelo amor de Deus, ela era cuidadosa em relação àquelas coisas. E, sim, ela e Coll já tinham estado juntos intimamente várias vezes, mas ela sabia consultar um calendário. Se os dois permanecessem assim, o que esperava que acontecesse, na próxima semana ele teria que começar a usar o preservativo francês. Os lábios de Temperance se curvaram em um breve sorriso. *Como Coll reagiria àquilo?*, se perguntou.

— Você me quer lá, moça? — perguntou Coll, quando ela ainda estava perdida naquele pensamento.

Temperance deixou de lado a imagem que a divertira e balançou a cabeça em resposta. Parecia estranho demais sentir seu espírito se alternando entre o terror e o bom humor, tudo quase ao mesmo tempo. Se não fosse por Coll, se ele não tivesse aparecido na casa dela na noite anterior com uma boa dose de lógica, carinho e excitação, ela poderia muito bem estar a caminho de Dover, em busca de uma passagem para o continente. Teria se rendido sem nunca saber quem estava atrás dela, ou por quê.

Enquanto ela e Charlie iam até o escritório dele, Coll gritou ordens para seus homens atrás dela, posicionando-os no teatro. Ao seu redor, atores e equipe de palco trocaram olhares curiosos, especulando em voz alta sobre os motivos de os *highlanders* estarem ali e o que aquilo teria a ver com a peça.

— Então, fale logo — disse Charlie, soltando o braço do dela para se enfiar atrás da sua pequena escrivaninha.

— Alguém tirou a minha carruagem da estrada ontem à noite. — Temperance levantou a manga esquerda do vestido até o cotovelo, revelando arranhões e um hematoma.

Na mesma hora, o rosto de Charlie perdeu a cor avermelhada que o caracterizava.

— O quê? De propósito?

— Fomos atingidos três vezes, então devo dizer que foi de propósito. — Ela afundou o corpo na cadeira frágil em frente a ele. — Coll está convencido de que alguém está tentando me matar.

— Parece que sim, maldição — bradou Charlie. — Meu Deus. — Ele bateu com o punho na mesa e respirou fundo várias vezes. — Na verdade, estou um pouco aliviado. Quando vi você entrar aqui com aqueles gigantes, pensei que pretendia exigir um aumento de salário. Isso é pior, claro, mas, se eu tivesse que lhe oferecer um salário maior, Thomas, Jenny e Gordon fariam fila logo atrás de você.

— Fico feliz que esse seja apenas o seu segundo pior pesadelo, então — retrucou Temperance, o tom irônico. — Mas preciso lhe perguntar: você quer que eu permaneça aqui? Seja sincero, por favor. Da próxima vez que alguém atirar um balde de tijolos na minha direção, ele pode acabar atingindo outra pessoa.

O administrador robusto do teatro fitou-a por um longo momento.

— Antes de você aparecer, Persie, o Saint Genesius era um negócio bem-sucedido. Mas desde que chegou, a casa está sempre lotada. Posso me dar ao luxo de abrigar trupes itinerantes enquanto desenhamos cenários e figurinos como nunca foram vistos antes, porque sei que os assentos estarão ocupados quando apresentarmos a próxima peça. — Ele se recostou na cadeira e acenou com um lápis na direção dela. — Isso, minha cara, é graças a você.

O frio que Temperance sentia começou a diminuir.

— Não quero colocar mais ninguém em perigo, Charlie.

— Sabe quem está fazendo isso? Por acaso pulou na cama com o marido de alguém?

— Não. Não faço ideia. — Ela fechou os olhos por um momento. — Isso não é totalmente verdade. Talvez tenha algo a ver com a minha vida antes de vir para Londres.

— Antes de você se tornar Persephone Jones, quer dizer?

Ela o encarou, espantada.

— Como?

Charlie respondeu com um breve sorriso, antes de voltar a falar.

— Minha cara, estou na estrada há vinte anos. Conheço o nome de todos os atores de todos os teatros e trupes da Inglaterra. Alguém tão habilidoso como Persephone Jones não aparece *de repente*, a menos que tenha surgido do nada, totalmente pronta.

Aquele dia estava sendo cheio de surpresas, e algumas não a agradavam tanto quanto outras.

— Você suspeitou durante todo esse tempo e nunca comentou nada?

— Não sei quem você era e, para ser sincero, não me importo. Sim, quero que você fique, mesmo que isso signifique ter duas dúzias de *highlanders* rondando o teatro. Inferno, talvez possamos usá-los como decoração.

— Obrigada, Charlie — falou Temperance, comovida. — Não apenas por isso, mas pelos últimos seis anos. O Saint Genesius fez por mim pelo menos tanto quanto você diz que fiz pelo teatro.

Ela levara problemas até a porta dele, mas mesmo assim Charlie a convidava para ficar. Se soubesse que faria amizade com pessoas que a valorizavam por si mesma e por suas contribuições, sem se importarem com o sobrenome da sua família, ou com quanto dinheiro ela herdaria, fugir de Bayton Hall não teria sido tão assustador quanto fora oito anos antes.

— O seu *highlander* não parece o tipo de pessoa que fica parado esperando até alguém tentar fazer mal a você — comentou Charlie. — Ele tem um plano?

O highlander dela. Ele seria mesmo dela? Ou era simplesmente o próximo homem, aquele que manteria a cama dela aquecida até que se cansassem um do outro? Quando Coll olhava para ela, quando a tocava, não era aquilo que Temperance achava que aconteceria. Mas ele precisava se casar e ela precisava permanecer escondida. Muito bem escondida, se possível. Dois caminhos que não combinavam.

— Dei a ele alguns nomes para investigar — explicou Temperance quando Charlie ergueu uma sobrancelha para ela. — Mas espero que tudo isso seja obra de algum admirador fanático de Rosalinda que não gostou da minha interpretação.

— Poderíamos fazer alguma coisa com isso — murmurou Charlie, como se estivesse pensando em voz alta. — "Interpretações tão fantásticas que deixam os homens loucos." Ele pegou um pedaço de papel e escreveu um bilhete para si mesmo.

E ali estava Charlie Huddle, tentando transformar cada infortúnio em uma oportunidade.

— Se você fizer isso, todos os grupos de mulheres farão manifestações para proteger seus maridos, erguendo cartazes diante do teatro.

— Hum. Você tem razão. — Ele franziu o cenho, carrancudo, e riscou o que acabara de escrever. — Quanto a você, Persie, quero saber a que horas chegará aqui todas as manhãs e a que horas sairá todas as noites. Eu mesmo a acompanharei até a sua casa, se necessário.

— Não será necessário — respondeu Temperance. — Coll já declarou que não devo me aventurar a lugar algum sem que pelo menos dois de seus homens me acompanhem.

Aquilo, na verdade, fora um acordo, depois que ela se recusara a permitir que ele permanecesse o tempo todo ao seu lado. Coll tinha uma esposa tonta para encontrar e três semanas para fazer aquilo. Se o empreendimento não tivesse sucesso, Temperance não queria ser a responsável, mesmo que preferisse que ele permanecesse como estava.

Charlie olhou de relance para a porta aberta.

— Esse lorde Glendarril. Você costuma ser mais cautelosa, Persie. Tem certeza de que não é ele que a está colocando em uma posição de vulnerabilidade, para que possa... fazer o que deseja fazer?

— Não valho tanto trabalho — retrucou ela. Se havia uma coisa da qual Temperance podia ter certeza, era que Coll MacTaggert não gastaria seu tempo tentando assustar ou prejudicar uma mulher. Ou qualquer outra pessoa, aliás. Se alguém o irritava, ele dizia diretamente. Se desejava alguém, fazia o mesmo. — E, ainda que valesse, ele talvez seja o homem mais honrado que já conheci.

— Ora. Essa é uma afirmação que nunca ouvi você fazer antes.

— É verdade, não é mesmo? — Ela suspirou. — Alguém vai acabar com o coração partido, e tenho mais do que uma leve suspeita de que serei eu. — E, com aquilo, ela voltou a se levantar. — Vou procurar

Beth para a minha prova de figurino. E deixarei com você a tarefa de contar ao restante da trupe o que quiser. De qualquer forma, Gordon provavelmente culpará a peça escocesa por tudo.

— Já posso até ouvir. "Os fantasmas dos descendentes de Banquo vieram amaldiçoá-lo por ousar interpretar o rei na peça escocesa."

Temperance deu uma risadinha.

— Você nos conhece há tempo demais.

— Sem dúvida.

Quando ela saiu do escritório, a primeira pessoa que viu foi Coll, de cabeça baixa, analisando com o irmão mais novo, Niall, a lista que ela fizera. As colunas de fofocas sobre a alta sociedade tinham passado semanas babando pela bela aparência dos irmãos MacTaggert e, ao menos daquela vez, aquelas fofocas não eram exageradas. Se o terceiro irmão, Aden, estivesse à altura dos outros dois, então os pais MacTaggert tinham conseguido produzir os três homens mais atraentes que Temperance já vira.

Os dois homens falavam baixinho, as palavras uma mistura de inglês e gaélico escocês, a voz grave de Coll hipnotizante em seu fluxo e refluxo. Ela poderia tentar se convencer de que achava o som tão atraente porque a voz e o discurso dele de modo geral sempre chamavam a sua atenção, mas precisava admitir que o verdadeiro motivo era o fato de achar o próprio homem fascinante. Surpreendente. Delicioso. Viciante.

Tão viciante que durante os dois dias seguintes conseguiu mantê-la distraída de tudo que não era a peça e seu corpo firme e musculoso. Temperance não tinha ideia de que planos Coll precisara cancelar para passar a noite com ela, porque ele se recusara a lhe dizer. Ela sabia que ao menos um baile fora perdido, mas não discutira a respeito, porque o queria por perto.

Se aquilo fazia dela uma mulher egoísta ou apenas uma pessoa assustada com o mundo exterior, Temperance não sabia, mas a verdade era que nos últimos tempos tinha a sensação de que começara a se dividir em duas pessoas distintas: a ousada Persephone Jones, que se deleitava todas as noites com seu amante habilidoso, e a aterrorizada Temperance Hartwood, que se sobressaltava sempre que via alguma sombra e não conseguia dormir sem os braços fortes de Coll ao seu redor.

Com ele como uma distração adicional, a velocidade habitual com que o Saint Genesius fazia a transição de uma peça para a outra pareceu ainda mais rápida. Os cenários estavam quase terminados, as falas já tinham sido decoradas quase à perfeição e todos os figurinos, exceto um, já a aguardavam no camarim. Temperance suspirou e deixou o texto da peça de lado para assistir a Gordon Humphreys desfilando em seu traje de Macbeth, gesticulando sem parar para ter certeza de que as costuras resistiriam.

Na verdade, ela sempre tinha sido as duas mulheres, Temperance e Persephone. A única diferença naquele momento era que outra pessoa sabia daquilo. Ah, desde o momento em que vira Coll parado nos bastidores, ela soubera que ele seria um problema para seu equilíbrio e agora para seu coração. Não, não... não um problema de fato. Coll era perturbador, talvez. O homem mudara sua forma de pensar. E não podia culpá-lo pelos atentados contra a sua vida, embora eles tivessem começado logo depois que ela o conhecera.

Ou não tinham? Agora que pensava a respeito, Temperance se dava conta de que houve algumas outras coisas estranhas nos últimos tempos: um cavalo que puxava uma carruagem se assustando por uma garrafa jogada quando ela saía do teatro, tarde da noite. O conhaque horrível, com cheiro de alho, que alguém deixara na sua penteadeira cerca de dez dias antes.

Aquelas coisas talvez tivessem sido coincidências. Um dos assistentes de palco poderia ter bebido o conhaque e substituído por uma bebida mais barata. Os bêbados jogavam garrafas de vez em quando, especialmente nas primeiras horas da manhã. Ah, aquilo ia acabar levando-a à loucura.

— Você está com uma cara bem fechada, moça — comentou Coll, e Temperance levantou os olhos e o viu a poucos metros de distância, fitando-a.

— É que acabou de me ocorrer que os sacos de areia talvez não tenham sido o meu primeiro quase acidente — disse ela. — A menos que... Como posso saber se algo foi um acidente, uma coincidência ou algo com uma intenção maligna?

— Não há como saber. Do que se lembrou?

Temperance contou a ele sobre o conhaque e o cavalo assustado, e viu sua expressão tranquila ficar sombria enquanto ela falava. Aquilo confirmou o que Coll pensava sobre aqueles supostos acidentes, quer ela estivesse convencida ou não.

— O que você fez com o conhaque? — perguntou Coll quando ela terminou de falar.

— Joguei fora. No momento em que abri a garrafa, o cheiro era tão forte que quase vomitei.

— Você reconheceria o cheiro se o sentisse novamente?

— Acredito que sim. Mas...

— Essa noite visitaremos um boticário.

— Vou oferecer um jantar essa noite. E não pretendo desapontar Flora.

Coll franziu o cenho.

— Moça, não é uma boa ideia receber pessoas na sua casa, tê-las perto de *você*, nesse momento.

— Conheço as pessoas que estarão na minha casa hoje há muito mais tempo do que conheço você, Coll, e você tem... — Ela olhou ao redor deles, para a agitação dos bastidores. — Você tem compartilhado a minha *cama*. Está convidado a se juntar a nós, e não é teimosia, mas você e eu temos vidas. Não vou parar a minha e poupar alguém do trabalho de fazer isso.

— Teimosa — murmurou ele baixinho. — Eu vou me juntar a você na sua casa, então. Veremos o boticário pela manhã.

— Você tem um casamento para comparecer amanhã de manhã. E agora, se me dá licença, tenho uma prova final de figurino.

— *Aye*. Tenho algumas coisas para resolver hoje. Meus homens estarão por perto. Se precisar de alguma coisa, se sentir uma brisa fresca que seja de que não goste, avise a um deles.

— Farei isso.

Temperance teve vontade de perguntar para onde ele estava indo, se pretendia investigar mais a fundo as finanças de Dunhurst ou se o lugar para onde precisava ir era a casa de alguma jovem dama, para conversar com os pais dela sobre um possível casamento. Também não queria que ele fizesse aquilo, mas não podia argumentar contra a primeira possibilidade, e na verdade encorajara a segunda.

Coll colocou o dedo indicador sob o queixo de Temperance, inclinou a cabeça dela para cima e beijou-a.

— Não gosto de sair do seu lado, moça — murmurou ele, então se inclinou e tirou a faca da bota. — Mantenha isso com você.

— É Macbeth quem vê a adaga flutuante — falou ela, tentando ser bem-humorada.

— Prometa-me — pressionou Coll, a expressão inalterada.

Temperance soltou o ar e pegou a adaga.

— Não sei o que vou fazer com ela enquanto estiver usando o vestido de lady Macbeth.

— Você tem uma costureira aqui. Encontre um pedaço de pano e amarre-a na perna. — Coll se agachou e deslizou a palma da mão desde o quadril dela, pela coxa, até logo abaixo do joelho. — Por aqui, para que você consiga alcançá-la por baixo das saias.

Agora ele havia conseguido despertar todos os tipos de pensamentos maliciosos na mente de Temperance, e ela teria muita dificuldade em lembrar suas falas.

— Eu ainda preferiria descobrir que ninguém está atrás de mim, sabe?

Coll voltou a endireitar o corpo e pegou a mão dela.

— Lamento dizer, moça, mas de qualquer modo você tem um homem atrás de você.

Com um último beijo rápido, ele soltou a mão dela, virou-se e desapareceu nos bastidores escuros. Temperance se sentou no banco mais próximo. Coll achava que saber sobre o passado dela mudava tudo. Haviam imposto a ele a missão de encontrar uma esposa adequada e, embora Persephone Jones não se enquadrasse naquela categoria, lady Temperance Hartwood cumpria todos os requisitos dele e da família dele — pelo menos na mente de Coll.

Homens. Temperance amava a vida que levava — adorava atuar, estar no palco e ouvir os aplausos. Assim que fugira de casa, seu único pensamento era escapar de um casamento com o duque de Dunhurst. Poucas semanas depois, quando o dinheiro que levara consigo já começava a acabar, ela fizera a escolha entre trabalhar em uma loja, para um homem cujo olhar malicioso lhe dava arrepios; oferecer seus dotes pessoais em alguma esquina; ou responder a um anúncio procurando uma jovem para assumir o papel de Maria, a criada de Olivia em *Noite de reis*, em uma pequena trupe de teatro da Cornualha.

Aquele havia sido um momento muito fortuito — *Noite de reis* era a sua peça favorita, que já lera tantas vezes a ponto de quase decorá-la, e o trabalho lhe daria uma chance de se disfarçar, de se tornar alguém completamente diferente. Ninguém procuraria por Temperance Hartwood no palco. Foi naquele dia que Temperance deixou de existir e se tornou Persephone Jones.

— Persie — chamou Beth, a filha de Flora. — O sr. Huddle finalmente concordou que três trocas de roupa para você são suficientes para todos nós administrarmos. Deixe-me vestir o último figurino de novo para estar com tudo pronto a tempo para o ensaio geral.

— Claro. Desculpe… Eu estava perdida em pensamentos.

Temperance se levantou e foi atrás da costureira até a mesa repleta de tecidos, linhas, contas, rendas e couro.

— Não a culpo. Esse lorde Glendarril é bastante impressionante.

— Sim, ele é — disse ela. Nunca fora dita maior verdade. — Ele talvez se junte a nós para o jantar dessa noite.

Beth sorriu.

— Um grande lorde, se dignando a jantar com assistentes de palco e costureiras? Nunca ouvi falar de uma coisa dessas.

Temperance também não. Depois que eles acabassem de vez com aquela confusão de possíveis assassinos rondando-a, ela precisaria se afastar dele. Coll não combinava com a vida que ela levava, e ela certamente não combinava com a dele. Por acaso, aquele era um breve momento perfeito para ficarem juntos. Não duraria. Não podia durar. Por mais que ela começasse a desejar não ter determinado o desaparecimento tão completo de lady Temperance.

Capítulo 13

"Em dobro, em dobro, muito azar e muito esforço,
Borbulha, caldeirão, ferve e referve no teu fogo."
As três bruxas, *Macbeth*, Ato IV, Cena I

— Não entendo — disse Eloise, o tom exasperado. — Primeiro, você quer saber sobre todos que irão ao baile de máscaras de lady Fenster no domingo, então, me pede para descrever metade deles para você. Por que não vai ao baile e vê por si mesmo?

— Vão estar todos de máscara. — Coll folheou as suas anotações. — E estou tentando encontrar uma esposa, *piuthar*. Gostaria de saber com quem estou me envolvendo. Você sabe tão bem quanto qualquer um que um casamento não é apenas entre duas pessoas. É entre duas famílias.

— Você pode perguntar a Amy ou a Miranda, as duas sabem tanto quanto eu. E estou tentando encontrar um chapéu, pelo amor de Deus. — Ela lhe lançou outro olhar irritado e se adiantou mais para dentro do ateliê da modista.

Coll seguiu a irmã e fez outra anotação para si mesmo. A meia dúzia de outras mulheres no ateliê havia se aglomerado diante dele como ovelhas diante de um pastor, mas, a não ser para tentar evitar derrubar qualquer uma delas, ele ignorou-as e a seus olhares curiosos.

— E quanto a essa? — perguntou Coll, voltando à lista de nomes que realmente lhe interessavam. — Maria Vance-Hayden? Ela é neta do duque de Dunhurst, certo?

Eloise estacou tão abruptamente que ele quase tropeçou nela.

— Maria Vance-Hayden? — sussurrou ela, lançando um olhar para além dele, sem dúvida para ver se alguém poderia estar ouvindo. — É com ela que você... *Ela*?

— Ainda não sei, moça. Como é o avô dela?

Eloise torceu o nariz.

— Ele é um duque — respondeu, como se aquilo explicasse tudo.

— Sei que ele é um duque. Mas é um homem agradável? É sério? Como ele é?

Eloise se aproximou e passou a mão ao redor do braço do irmão, para poder ficar na ponta dos pés e alcançar seu ouvido.

— Ele não é um homem muito gentil. Não trocamos mais de duas palavras, mas o duque é casado com Penelope Vance, que acho que tem a mesma idade de Maria, e ele parece estar sempre segurando a esposa. Não é como se estivesse preocupado que ela fugisse, e mais como se... quisesse mantê-la sob seu controle ou algo assim. — Ela abaixou o corpo e soltou o braço de Coll. — Suponho que não se pode culpá-lo por isso. Ele deveria ter se casado com lady Temperance Hartwood, sabe.

Coll ergueu uma sobrancelha.

— Quem é essa?

— Santo Deus, você não conhece *nenhuma* fofoca boa, não é?

— Parece que não. Não sei. — Temperance não estava na lista em sua mão, mas ele não iria perder a oportunidade de descobrir mais sobre ela. — Conte.

— Só tive acesso a rumores e coisas semelhantes, porque eu tinha... 10 ou 11 anos, eu acho, quando tudo aconteceu. Mas lady Temperance Hartwood deveria se casar com Dunhurst e, em vez disso, ela fugiu de casa no meio da noite, na véspera do casamento.

Faltava uma semana para o casamento, segundo Temperance, mas Coll apenas assentiu.

— E para onde ela foi?

— Ninguém sabe. Não foi vista desde então. Ouvi dizer que Temperance fugiu para as Américas, que se casou com um caçador de peles francês e se veste como uma indígena.

— Como alguém sabe disso se ela não foi vista desde que fugiu?

— Ah, não seja tão lógico. — Eloise sorriu para o irmão. — Imaginar para onde ela foi é metade da diversão, não entende?

Diversão. Temperance não achara nada daquilo divertido, mas, ao mesmo tempo, quanto mais fora de propósito a especulação, mais segura ela estaria.

— Os pais dessa moça têm outros filhos?

— Não. Só ela. Ouvi outra história de que lady Temperance se casou com um açougueiro em York e tem seis filhos.

— Ela não mandou nenhum bilhete para a mãe e para o pai dizendo que está bem?

— Eu já lhe disse, ninguém ouviu nada sobre a moça. É de se imaginar que ela *diria* a eles onde está, porque embora seu primo, Robert Hartwood, vá herdar o título, será lady Temperance que ficará com a maior parte do dinheiro. Mas depois que o sr. Hartwood se casar, ele provavelmente pressionará lorde e lady Bayton para que lady Temperance seja declarada morta. Eu faria isso… se ela não se dá ao trabalho de reivindicar cem mil libras ou o que quer que seja, o próximo marquês deveria recebê-las.

A ponta do lápis de Coll quebrou. *Cem mil libras?* Aquela quantidade de dinheiro — ou metade dela, ou mesmo um terço — era um motivo e tanto para matar uma moça. Por que Temperance não havia comentado nada àquele respeito? Ele estava investigando com base no fato de que alguém poderia se sentir envergonhado se ela fosse descoberta.

— Você tem certeza de que essa moça vale tanto? — se forçou a perguntar Coll.

— Esse é o rumor. Acho que os pais ainda não a deserdaram porque ter um valor tão alto ainda à disposição talvez a encoraje a voltar, não acha?

— *Aye*, é de se supor que sim.

De repente, Eloise riu.

— Se está pensando em encontrá-la você mesmo, Coll, é melhor se colocar logo em ação e torcer para que os rumores sobre o açougueiro ou o caçador francês não sejam verdadeiros.

Coll precisou de toda a sua força de vontade para sorrir também.

— Tanto dinheiro faz a moça parecer um pouco mais atraente, não é? — Ele cerrou o maxilar, mesmo mantendo o sorriso. — O primo dela... qual é mesmo o nome dele? Você o conheceu?

— Robert — repetiu Eloise. — Robert Hartwood. Dancei com ele uma ou duas vezes. É um homem muito sério. Não sei bem o que Caroline Rilence fez para que ele a pedisse em casamento. Talvez ela o tenha feito rir, e isso confundiu o cérebro de Robert.

— Quando eles vão se casar?

— No fim do verão, eu acho. Me desculpe se não sei todas as fofocas, mas estou planejando meu próprio casamento, sabe. — Ela voltou a pegar o braço do irmão e apertou-o. — E preciso de um chapéu novo para usar no casamento de Aden e Miranda. Achei que tinha um, mas é muito parecido com o que Miranda disse que vai usar, e não quero que pareça que a estou imitando.

— Aden disse que o casamento seria um pequeno evento apenas com a família e o clérigo.

— E alguns amigos da mamãe. E haverá um almoço depois. As pessoas sempre falam sobre casamentos, não importa quem esteja se casando, Coll. Não quero que ninguém comente que escolhi o chapéu errado. — Ela levou as mãos à cintura. — Portanto, me ajude a procurar um ou vá embora.

"Alguns amigos da mamãe" poderia significar algo entre cinco e quinhentas pessoas. Coll torceu para que Aden soubesse daquilo, embora fosse provável que o irmão, tão astuto, tivesse plena consciência dos planos da mãe. O que significava que Aden havia concordado com a ideia, e ele e Francesca estavam adiantados no caminho de fazer as pazes.

Coll praguejou baixinho, seguiu caminhando atrás da irmã e continuou a checar suas anotações. Aden poderia ter perdoado a mãe por fugir da Escócia, mas *ele* não tinha motivos para fazer aquilo. A mulher não o ajudara em nada além de assustar as moças no teatro.

E quanto à alegação dela de que havia mandado cartas que ele nunca recebera e que, por sua vez, nunca recebera as cartas que *ele* lhe enviara, Coll não acreditava naquilo. Porque se o que Francesca dizia fosse verdade, aquilo significaria que alguém — o pai dele, Angus MacTaggert — mantivera os filhos afastados da mãe de propósito.

Ele diminuiu a velocidade enquanto continuava a caminhar pelo ateliê da modista. O conde Aldriss, Angus MacTaggert, era um homem teimoso. Ele se agarrava aos velhos costumes e criara os três filhos para serem homens indomáveis, independentes e para que desconfiassem de tudo que fosse inglês. Principalmente da própria mãe. E fazia alguma diferença se ela havia escrito para ele ou não? As cartas não mudavam o fato de Francesca ter deixado os três para trás, nem de nunca mais ter retornado. Se alguma carta guardasse uma explicação para *aquilo*, por Deus, ele queria ver.

No momento, porém, era mais urgente voltar ao Saint Genesius e ter mais uma palavrinha com Temperance. Ela lhe dera duas dúzias de nomes, talvez, metade dos quais ele já havia riscado graças a Eloise e seu conhecimento da alta sociedade. A maior parte das pessoas listadas não teria nenhuma razão no mundo para lhe desejar mal, mesmo que houvesse uma grande herança esperando por ela. Mas ainda restavam quatro ou cinco nomes, e com o que Eloise acabara de lhe contar, o querido primo Robert Hartwood subira para o primeiro lugar entre os suspeitos.

Comparando a lista de Temperance com a que ele próprio havia feito dos convidados daquela tolice de baile de máscaras de lady Fenster, parecia que seis pessoas que Temperance conhecia antes da fuga estariam presentes — incluindo os pais dela e, mais importante para a sua segurança, seu primo Robert.

Coll tinha usado a lista como uma desculpa para fazer perguntas a Eloise, mas agora parecia que iria comparecer ao baile. Só que com cada maldito convidado usando uma máscara, não teria grande chance de descobrir quem precisava vigiar.

— ... novo benfeitor de Persephone Jones — estava dizendo uma das outras moças à companheira no ateliê. — Você não sabia? E ele está atrás de uma esposa.

Coll olhou para ela. Era uma loira pequena, com cachos emoldurando o rosto e lábios projetados para a frente, expressão que ela deve ter praticado no espelho por horas.

— Estou atrás de uma esposa — falou ele. — A senhorita está se oferecendo?

A jovem guinchou como um rato... e caiu desmaiada no chão. As outras moças correram para cercá-la como um rebanho de vacas protegendo um bezerro e, com um sorrisinho, Coll deu as costas e saiu do ateliê.

Então, a parte supostamente adequada da sociedade o estava chamando de benfeitor de Persephone. Ele não era o maldito benfeitor dela! Não a ajudava a encontrar papéis nem tentava vendê-la para outros teatros. Era amante dela, maldição, e seu amigo. E, no momento, seu protetor. E se desejava que alguma daquelas coisas — ou todas elas — continuassem a ser verdade, não podia fazer nada em relação àquilo naquele momento, porque antes de mais nada ele precisava mantê-la viva e deter quem estava tentando matá-la.

O nome que ele havia circulado, aquele com maior probabilidade de tentar matá-la, tinha que ser o do primo. Nas Terras Altas, Coll teria ido até a casa do homem, chamado-o para fora e o espancado até transformá-lo em uma polpa sangrenta ou até acabar com ele. Mas ali era Londres, um lugar onde as pessoas eram civilizadas e membros de uma família só tentavam esfaquear um parente pelas costas, nunca pela frente. Assim, teria que ser paciente e cuidadoso e descobrir como se aproximar o bastante de Robert Hartwood para determinar se ele era um vilão — embora não tivesse ideia da aparência do homem.

Coll voltou a guardar a lista no bolso e montou em Nuckelavee. Identificar alguém em um baile à fantasia sem deixar que ninguém, incluindo o próprio investigado, soubesse que estava sendo vigiado... aquilo seria complicado. Mas por acaso ele conhecia uma pessoa que poderia lhe mostrar Robert Hartwood e que não faria muitas perguntas complicadas, porque ela já conhecia o segredo que ele prometera guardar.

Mas Temperance compareceria a um baile em Mayfair? Mesmo que fosse um baile de máscaras? Se ela não fizesse aquilo por ele, talvez

Coll pudesse convencê-la a fazer por si mesma. Por eles, porque ele queria muito dançar com ela.

—ww—

Temperance tirou a bandeja com copos das mãos de Gregory.

— Eu consigo sozinha — falou, ao mesmo tempo em que ria de uma história que Flora contava sobre seus primeiros dias trabalhando nos bastidores do Saint Genesius. — Você fica aqui e tenta explicar a nossa insanidade generalizada ao seu irmão.

— Duvido que alguém consiga — respondeu o criado, mas voltou a se sentar no longo sofá.

— Todos eles adoram você — disse uma voz com um sotaque profundo das Terras Altas, vindo de trás de Temperance quando ela entrou na cozinha silenciosa.

— Somos uma família, suponho. Deus sabe que todos nos acham loucos. — Ela pousou a bandeja e se virou para encará-lo. — Obrigada por ter vindo hoje. Os pequenos ficaram muito impressionados com o seu título e com o seu sotaque.

— E com o meu kilt. O menino mais novo, Michael, tentou tirar a calça e enrolar um guardanapo na cintura.

— Ora, é um kilt muito atraente. Não posso culpar Michael.

O kilt estava longe de ser a única coisa atraente naquele homem, mas ele já tinha ouvido Flora e Beth se referirem a ele como um deus escocês vezes demais naquela noite.

— Você vale mesmo cem mil libras?

Temperance ficou aliviada por já ter largado a bandeja.

— Onde ouviu uma coisa dessas? — conseguiu perguntar, agitando uma das mãos.

— Minha irmã me falou. Não se preocupe, não estava falando de você. Mas ela disse que você valia cem mil libras e que seus pais provavelmente não a deserdaram porque esperam que o dinheiro seja o bastante para convencê-la a voltar.

A face agradável que os pais dela costumavam exibir para o público a surpreendia com frequência. Talvez viesse dali o talento que ela descobrira para a atuação, afinal.

— Imagino que a razão por que meus pais não me declararam morta ou me deserdaram é porque então meu primo Robert saberia que ele ficará não só com o título mas também com o dinheiro, então deixaria de se curvar a todos os caprichos dos dois. Enquanto puderem balançar esse dinheiro na frente do rosto dele, também conseguirão manter o controle. — Temperance suspirou. — E não, pela minha última informação, não eram cem mil libras. Estava mais perto de cinquenta mil.

— Isso não é motivo de zombaria, moça. É...

— Foi assim que eles tentaram me controlar também — interrompeu ela. — Eu teria o dinheiro no meu próprio nome depois que eles morressem. Até lá, era melhor fazer o que mandassem, ou tudo iria para Robert.

— Eloise acha que depois que Robert se casar, vai pressionar os seus pais para que a declarem morta.

— É bem provável que faça isso. Mas duvido que tenha sucesso. — Ela pegou um pano de prato, enxugou as mãos e deixou-o de lado. — Não quero o dinheiro. E não desejo ser valorizada por ter direito a ele, como eu era por Dunhurst.

Temperance se virou para encará-lo. É claro que ela não mencionara o dinheiro. Sempre se resumia àquilo. Mesmo com Coll, que precisava de dinheiro para manter o pagamento das despesas de Aldriss Park. Se ele a tivesse, não precisaria respeitar os desejos da mãe. E por mais que a ideia de Coll ter uma razão legítima para querer se casar com ela tivesse um certo apelo, apesar do que o resto da sociedade pensava dela, Temperance não queria arrastá-lo para aquele jogo. Ninguém jamais ganhava, a não ser os pais dela.

— Temperance — começou a dizer Coll, baixando a voz para que ninguém fora da cozinha pudesse ouvi-lo —, cinquenta mil libras equivalem a cinquenta mil motivos para alguém querer matar você, se essa pessoa achar que isso daria aos seus pais um motivo para entregar o dinheiro a ela.

Temperance o fitou.

— Você acha... — Ela engasgou com as palavras, pegou a garrafa do vinho usado para cozinhar e tomou um gole. — Acha que *Robert* está tentando me matar?

— É o melhor motivo que consigo ver — respondeu Coll —, a menos que haja outra pessoa que herdaria a quantia depois dele. — Ele deu de ombros. — Você sabe que ele está noivo, certo? De casamento marcado para o final do verão.

— Sim. Com Caroline Rilence. Nós estudamos juntas. — Temperance fez uma careta. — Acompanho as páginas das colunas sociais no jornal. Gosto de saber quem está na cidade, quem vai se casar com quem e se ainda estou viva ou não.

— É uma coisa inteligente de se fazer. Eu esperaria isso de você. — Coll se adiantou um passo, pegou o vinho da mão dela, tampou e guardou de volta na prateleira. — Preciso dar uma olhada em Robert Hartwood. Mas também preciso ser sutil em relação a isso.

O próprio primo, tentando matá-la por dinheiro? Não chegava a ser inédito, é claro, mas pelo amor de Deus... Ela se fora havia quase oito anos.

— Estou desaparecida há muito tempo — disse Temperance em voz alta. — Se é Robert, por que agora?

— Ele está aqui em Londres. Talvez a tenha visto no palco e reconhecido você. Em vez de procurar seus pais, ele achou melhor cuidar para que você não reaparecesse. E o rapaz vai se casar, então deve estar pensando no dinheiro.

— Não. Eu não consigo acreditar nisso. Nunca fomos próximos, mas ele não é nenhum demônio.

— A verdade não se importa se você acredita nela ou não. Simples assim. Só precisamos encontrá-lo. — Coll voltou a se aproximar dela e tirou um pequeno frasco do bolso. — Cheire isso, moça, mas não toque.

Temperance franziu o cenho, esperou enquanto ele desarrolhava o frasco, então se inclinou hesitante para cheirá-lo.

— Alho — disse em voz alta.

— Como naquele uísque que você não bebeu?

Ela cheirou de novo.

— Sim. O que é?

Coll voltou a arrolhar o frasco e guardou-o no bolso.

— Arsênico. — Ele levou as mãos aos quadris dela, com uma expressão sombria no rosto. — Aquele não era um uísque ruim, moça. Era veneno.

Santo Deus. Todas aquelas pequenas coisas sobre as quais ela havia se perguntado de passagem se seriam coincidências ou acidentes... Alguém estava tentando matá-la havia pelo menos duas semanas.

— Persephone — chamou Coll, e ela voltou ao presente.

— Sim. Estou ouvindo.

— Preciso de alguém que possa me indicar quem é Robert Hartwood, que possa me mostrar onde ele está sem que metade de Londres perceba. — Ele segurou-a com mais firmeza. — Haverá um baile no domingo, na casa de lady Fenster. Um baile de máscaras. Se você...

Temperance sentiu um arrepio gelado percorrê-la.

— Não! Eu não vou até lá com você! — Ela cerrou o punho e socou o peito rígido dele.

Coll apenas puxou-a mais para perto.

— Preciso que me ajude a ajudá-la — continuou ele no mesmo tom calmo. — Não vou deixar nada acontecer com você. Juro pela Escócia, pelo sangue da minha própria família.

— E se os meus pais estiverem lá e me reconhecerem? — A escuridão pairou ao redor da sua visão, cercando-a.

— Então iremos para as Terras Altas — sussurrou Coll. — Você e eu. Nenhuma alma se atreveria a ir até lá. Não comigo e com todos os MacTaggert e o clã Ross para defendê-la.

Temperance fechou os olhos e encostou o rosto no peito dele. A batida forte de seu coração parecia constante, mas rápida — ele não estava tão calmo quanto fingia estar. Perceber aquilo a tranquilizou um pouco. Afinal, não era a única tendo dificuldades de assimilar aquele plano dele.

— Não posso, Coll. Desculpe. É... Me peça para fazer qualquer outra coisa.

Temperance sentiu o suspiro dele.

— Não se preocupe, minha moça. Vou descobrir outra maneira. Sinto muito por ter aborrecido você.

— Por favor, não deixe que nenhum deles suspeite. Não os quero de volta na minha vida. Nenhum deles. Prometa-me, Coll.

Os braços dele a envolveram.

— Eu prometo a você, *mo chridhe*.

— Obrigada.

Não importava do que ele a havia chamado em gaélico, parecia lindo, e Temperance achou melhor não descobrir o que significava. A última coisa que ela queria saber era que ele a havia chamado de tola ou idiota.

— Você acha que Beth ou Albert se oporiam se eu levasse um pequeno kilt para Michael ao teatro amanhã?

Albert, o marido de Beth, decerto desmaiaria com a ideia de um visconde dando um presente para o seu filho mais novo.

— Acho que seria adorável.

— Farei isso o mais cedo possível. À tarde, tenho que comparecer ao casamento de Aden. Deixarei meus homens com você e voltarei aqui antes do jantar.

— Seu irmão vai se casar amanhã. Precisa estar lá pelo tempo que ele quiser. E imagino que os seus homens também vão querer estar lá. Você disse que eles vieram da Escócia com você.

— *Aye*, eles gostariam. — Temperance sentiu outro suspiro quente em seu cabelo. — Você poderia ir comigo ao casamento. Será uma cerimônia pequena, apenas com a família e os amigos mais queridos da noiva.

— Parece que não me encaixo em nenhuma dessas categorias — retrucou ela ironicamente, surpresa por ter se sentido tão tentada pela ideia de passar o dia com ele, apesar de todos os olhares e de todo o desprezo que provavelmente receberia.

De certa forma, ela até acolheria bem os insultos, porque isso significaria que nenhum deles tinha a menor ideia de sua verdadeira identidade.

— Você é minha amiga, pelo que eu sei. E não perturbo aquela casa há dias. Inferno, há dias que mal coloco os pés na Casa Oswell. Todos vão pensar que me tornei mais civilizado. Vá ao casamento comigo.

Ela estaria mais segura na companhia dele. E aquilo permitiria que Coll concentrasse a atenção no irmão e no casamento. Sim, seria um gesto bastante magnânimo da parte dela — ou pelo menos foi o que Temperance disse a si mesma.

— Muito bem — murmurou. — Mas só porque eu impedi que você causasse qualquer alvoroço por dias.

Ele riu.

— Na maior parte do tempo, de qualquer modo.

Quando ela o encarou, curiosa, Coll inclinou a cabeça e pousou um beijo, suave, lento e gentil em seus lábios. Temperance já o vira irritado, embora ele nunca tivesse demonstrado com ela mais do que frustração. Coll MacTaggert seria um inimigo terrível, e Temperance se sentia feliz — mais do que feliz — por ele ter ficado ao seu lado naquela confusão. Ela poderia alegar que era gratidão que sentia por ele, mas já havia se sentido grata em algumas ocasiões antes, e aquele anseio profundo que enchia seu peito nunca fizera parte daquela sensação.

— Só não espere que a sua mãe fique encantada em me ver — alertou Temperance, tanto para o bem dele quanto para o seu próprio.

Seria fácil mergulhar naquele devaneio, onde Persephone Jones poderia se casar com lorde Glendarril e ela poderia continuar atuando enquanto ele... bem, em seu devaneio, ela supunha que ele decidiria que preferia Londres às Terras Altas, e que não via qualquer impedimento para que ela continuasse atuando, enquanto ele ficaria ao seu lado no teatro o dia todo e lhe dando prazer a noite toda. Aquilo seria suficiente para manter um homem acostumado ao trabalho duro e à autoridade mais do que ocupado...

— Isso não tem nada a ver com lady Aldriss — respondeu Coll, beijando Temperance mais uma vez.

Deus do céu. Com um último beijo, ela o afastou e ele a soltou.

— Irei com você amanhã — declarou ela, forçando a voz a permanecer firme. — Mas você ainda precisa encontrar uma esposa.

Coll inclinou a cabeça.

— Temp...

Ela posou a mão sobre os lábios dele, impedindo-o de continuar a falar.

— Não tente me seduzir. Vá encontrar uma maldita esposa. Quanto antes, melhor. Para o nosso bem.

— *Ceannairceach boireannach* — murmurou ele, a voz abafada sob a palma da mão dela.

— O que significa isso?

— Eu chamei você de teimosa e rebelde, porque você é — falou Coll, puxando a mão dela para baixo. — Formamos um bom par. Pelo menos pense nisso antes de correr de volta para o teatro. Sei que você não quer ouvir, mas está dito.

— Não estou correndo para lugar nenhum — afirmou Temperance, a expressão severa. — Tenho uma ocupação... um emprego, onde trabalho e sou remunerada. E é assim que consigo pagar essa casa, as minhas roupas e as minhas refeições. O fato de você viver da caridade da sua mãe, então justificar isso voltando-se contra ela e insultando-a, não lhe dá o direito de me insultar também.

Ele a fitou por um longo momento, os olhos verdes quase pretos na penumbra da cozinha.

— Eu vivo mesmo da caridade dela, eu acho — retrucou Coll, a voz sem expressão. — E continuarei a viver, porque a caridade dela também mantém as colheitas nos campos e os tetos de palha acima da cabeça dos meus arrendatários. A maior parte dos outros *lairds* entregou suas terras para servir de pasto para ovelhas e lavou as mãos em relação ao seu próprio povo. Os MacTaggert não fizeram isso e não vamos fazer. Mesmo que isso signifique ceder à vontade de uma condessa *sassenach* quando ela me diz que tenho que me casar.

Ele se virou e se dirigiu para a porta que dava para o beco estreito e para a rua mais além. Abriu-a com força, saiu e bateu-a atrás de si.

Agora ela conseguira, pensou Temperance. Ao menos não teria mais que se preocupar em escolher entre Coll e o Saint Genesius, e não teria que manter o coração trancado dentro do peito com tanta força que doía sempre que ele entrava no cômodo em que ela estava. Temperance pegou a bandeja de copos, enquanto tentava evocar alguma heroína que já interpretara e cujo coração fora ferido — mas logo franziu a testa antes de voltar a pousar a bandeja com força. Aquilo não era uma peça tola.

Sempre fora contra ser a heroína de todos, ser uma mulher fictícia lendária, então, quando conhecia um homem que gostava dela pelo que ela era, o afastava. Sim, gostava da vida que levava e, sim, havia encontrado um lugar seguro para morar e para... existir. Mas o mais estúpido de tudo aquilo era que ela *não estava* segura. Só o que estava naquele momento era sozinha.

A porta se abriu.

— Estarei aqui ao meio-dia — anunciou Coll. — Dois dos meus rapazes dormirão na sua sala e os outros dois ficarão de guarda. Eles farão uma troca e você não poderá sair de casa sem os quatro. E tranque essa maldita porta.

Daquela vez, a porta se fechou de uma forma quase civilizada. Por um momento, Temperance sentiu-se congelada por fora, enquanto pegava fogo por dentro.

Ele não se fora. Não tinha ido embora de vez. Coll, aquele homem teimoso, havia cedido. Ela o insultara da pior maneira que alguém poderia insultá-lo — acusando-o de escolher viver da caridade de uma inglesa —, e mesmo assim ele ainda estava disposto a levá-la a um casamento no dia seguinte. Um casamento onde a presença dela não faria nada além de lhe causar mais problemas.

De repente, Temperance sentiu os joelhos bambos e se apoiou contra a mesa. Sabia que aquele homem significava problema, mas não dera muita atenção ao fato de que ela também poderia causar muitos problemas para ele. E havia causado, desde o momento em que Coll mencionara o nome dela para a família, ou seu nome falso. E ainda assim ele permanecera ao seu lado.

— Senhorita Pers... nossa, você está bem? — perguntou Flora, entrando correndo na cozinha e passando um braço firme ao redor dos ombros de Temperance.

— Estou bem — mentiu ela. — Foi só uma tontura. Você poderia trancar a porta da cozinha, por favor?

— Meu Deus, sim. Gregory deveria ter trancado há uma hora. Homem tolo. Como ele consegue manter a cabeça apoiada nos ombros, eu nunca saberei. — A criada soltou-a e se aproximou para trancar a porta. — Você quer um pouco de água? Ou algo mais forte? Estou vendo que o homem gigante não está mais aqui.

Ela balançou a cabeça.

— Me dê um instante para recuperar o fôlego. Coll vai me levar ao casamento do irmão dele amanhã.

Flora a encarou espantada.

— Isso também me faria quase cair dura no chão. A mãe dele é lady Aldriss, não é? Uma das benfeitoras do Saint Genesius? Ah, Deus, espero que ela não envie uma carta furiosa ao sr. Huddle. Não quando você já tem escoceses fervilhando pelo palco.

Temperance havia esquecido que lady Aldriss não só tinha um camarote sazonal no Saint Genesius, mas que ela também contribuía para a manutenção anual do teatro. Charlie não iria gostar nem um pouco se alguém de sua trupe enfurecesse a mulher, mesmo que essa pessoa fosse a sua atriz principal. A condessa exercia grande influência em Mayfair. Se ela desse as costas ao Saint Genesius, outros fariam o mesmo.

— Serei humilde e grata — decidiu Temperance. — Estou curiosa para ver um casamento aristocrático.

— Eu também ficaria curiosa — concordou Flora. — Só não pareça curiosa demais, ou ela vai pensar que você está jogando seu anzol para pescar Glendarril.

Ah, já era tarde demais para aquilo. Ela não pescara Coll, mas, de alguma forma, os dois tinham ficado enredados um ao outro. E Temperance quase torcia para que nenhum deles conseguisse se soltar.

Capítulo 14

"Continua a Escócia no mesmo lugar?"
Macduff, *Macbeth*, Ato IV, Cena III

— Para onde diabo você está indo? — perguntou Niall, inclinando-se sobre o gradil da varanda para olhar para o saguão de entrada abaixo.

Ele usava o kilt, como Coll: por baixo de um paletó preto e colete vermelho, um com uma bolsa de pele de raposa — usada na frente do saiote escocês do kilt — de couro preto com borlas vermelhas e um *cantle*, um arco de metal prateado em relevo na parte superior e, pela primeira vez, os típicos sapatos escoceses Gillie amarrados nas panturrilhas, em vez de botas. Aden estava vestido da mesma forma e, embora parecesse rígido e formal, os três juntos sem dúvida deixariam em pânico qualquer inimigo do clã Ross.

— Encontro vocês na St. George — gritou Coll de volta, enfiando a sua *sgian-dubh*, a faca de um único gume, em uma das meias, deixando apenas o punho e a parte superior da bainha à mostra.

— Coll.

Ele endireitou o corpo e olhou para o irmão mais novo.

— O que foi? Não vou me atrasar. Você sabe que eu não perderia o casamento de Aden, assim como não perdi o seu. E viajei de Londres até Gretna Green para o seu.

Niall franziu o cenho.

— Eu só queria perguntar se você tem alguma novidade sobre a moça. Não é fácil encontrar alguém que se interesse por você.

Enquanto Niall falava, sua esposa, Amy, juntou-se a ele na balaustrada da escada. Ela usava um vestido simples de musselina pêssego, bordado com uma miríade de flores amarelas e verdes e um chapéu também pêssego enfeitado com flores naturais, e suas mãos estavam protegidas por luvas de pelica brancas, que chegavam à altura do pulso. Coll reparou em tudo aquilo. Ele não tinha ideia do que os convidados *sassenachs* usavam em um casamento e queria ter certeza de que Temperance tivesse o mínimo possível de preocupação a respeito do próprio traje. Coll podia apostar que ela não fora a um casamento desde o próprio... a que acabara não comparecendo. Afinal, já haviam se passado oito anos, e quem sabe o que mudara em termos de moda desde então.

— Amy, você está muito elegante — elogiou Coll, em seu sotaque arrastado, enquanto esperava que Smythe abrisse a porta da frente.

A jovem sorriu e fez uma reverência.

— Assim como você. Metade das mulheres em Londres vai suspirar ao ver vocês três hoje.

Coll ficou carrancudo.

— Eu preferi o seu casamento, moça. Breve, sem quase ninguém, e com uma bela refeição caseira depois.

Amy riu.

— E um bom preço oferecido por qualquer trabalho nas ferraduras dos cavalos de que precisássemos antes de os trazermos de volta para Londres.

Niall se inclinou e beijou-a.

— Eu me casarei com você de novo, dessa vez de forma mais apropriada, se quiser.

Amy segurou o rosto do marido entre as mãos enluvadas e retribuiu o beijo.

— Estou satisfeita, marido. Não se preocupe. Teremos muitas coisas para comemorar de uma forma mais adequada.

A julgar pelo viço do rosto dela e pelo brilho em seus olhos, aqueles dois estariam comemorando a primeira coisa em menos de nove meses. Coll sorriu.

— Vocês dois estão me deixando enjoado. Eu os verei na igreja.

Quando Gavin dobrou a esquina da casa com o cavalo e o faetonte a reboque, Coll fez uma pausa. O cavalariço também usava as suas melhores roupas, com um chapéu escocês elegante e o que parecia ser uma pluma de avestruz tingida de preto.

— Gavin, você está bonito! — exclamou.

O rosto do cavalariço ficou muito vermelho.

— Vou conduzir a carruagem dos noivos saindo da igreja. Não permitirei que nenhum homem diga que não me vesti à altura para transportá-los.

— Nenhum homem ousaria fazer isso. — Coll subiu no assento e se inclinou para pegar as rédeas da mão do rapaz. — Muito obrigado.

— Só entre nós, milorde — disse Gavin, subindo na roda da frente e baixando a voz —, o senhor mencionou ao seu *bràthair* que pretende tumultuar o casamento dele trazendo a sua moça?

— O dia hoje é para Aden e Miranda — respondeu Coll. — Não tenho intenção de tumultuar nada. Estou trazendo a moça para mantê-la protegida de perigos e à minha vista, e para que a maior parte dos nossos rapazes possa se juntar a nós.

O cavalariço assentiu.

— Se o senhor está dizendo, milorde.

Aye, era o que estava dizendo. Ele e a moça tinham um acordo. Não importava se a queria por perto ou se ela o acusara de ser fraco por concordar com as exigências da mãe, o fato era que ela precisava de proteção.

Quanto à acusação que ela fizera, sim, ele decidira ceder, porque aquela situação não tinha a ver apenas com o orgulho ferido dele. Francesca Oswell-MacTaggert custeava todas as despesas de Aldriss Park — uma propriedade de quatro mil acres, que abrigava trezentos homens, mulheres e crianças, dezenas de fazendas e lojas e duas vilas de pescadores, cortadores de turfa, colhedores de algas marinhas, além da casa principal, com todos os seus criados, jardineiros, cavalariços e cozinheiros. Em um bom ano, eles quase conseguiam ser autossustentáveis, mas na maioria das vezes as despesas superavam os lucros. Se não fosse pelo dinheiro Oswell-MacTaggert, metade dos moradores já teria tido que partir para a América, e todas as terras só teriam valor como pasto para ovelhas.

Temperance passara a ser responsável por si mesma aos 20 anos. Ela havia deixado para trás a família, a casa, os amigos e tudo o que lhe era familiar e encontrara uma maneira não apenas de sobreviver, mas de prosperar. Coll admirava muito aquilo. E a admirava. Mas a moça precisava cuidar apenas de si mesma, e aquilo lhe dava certas liberdades e luxos que ele não tinha.

Quando ele parou na frente da casa pequena dela, Gregory abriu a porta e deu um passo para o lado. Antes que Coll pudesse cumprimentá-lo, foi como se sua língua congelasse, e seu maxilar travou, deixando-o boquiaberto.

Temperance Hartwood saiu pela porta da frente, com dois *highlanders* usando kilts à sua frente, ambos olhando ao redor com a atenção de falcões. Ela usava um vestido de musselina e renda pêssego e lilás muito decoroso, com um xale lilás combinando ao redor os ombros e um chapéu decorado com flores lilás e amarelas sobre o cabelo mais ruivo que o pôr do sol. A combinação de decoro e ousadia simplesmente... o pegou de surpresa. Em algum lugar no fundo do seu peito, uma pequena pedra se soltou e desapareceu. Ela ainda queria estar perto dele, e, maldito fosse, mas ele também queria muito estar perto dela.

— Santo Deus — murmurou Coll, baixinho, mudando de posição no assento para oferecer a mão a ela. — Bom dia, Persephone.

A moça inclinou a cabeça.

— Coll. Estava em dúvida se você mudaria de ideia sobre eu acompanhá-lo hoje.

Ele pegou a mão dela e quase ergueu-a por cima da roda, até a moça estar acomodada ao seu lado no assento do faetonte.

— Tivemos uma discussão — falou Coll, dando de ombros enquanto estalava a língua para o baio de pernas longas. — Acho que ambos defendemos alguns argumentos válidos.

— Não, isso não é verdade — falou Temperance, segurando o assento com uma das mãos conforme eles se colocavam em movimento. —

Nossas circunstâncias podem ser semelhantes, mas você permaneceu onde estava por causa das pessoas que confiam em você. Isso é nobre.

Coll pigarreou.

— Espero que tenha tido uma noite tranquila. Não recebi nenhuma notícia dos meus rapazes sobre qualquer problema.

Ela assentiu.

— Sim. Infelizmente não dormi bem, mas ninguém tentou me matar.

Ele também não tinha dormido bem, o que em seu caso era incomum. Mas a verdade era que aquela tinha sido a primeira noite em quatro que passara na própria cama.

— Quase vim até aqui duas vezes para ver como você estava. E quase fui atrás do seu primo para arrebentá-lo, só por uma questão de princípio.

— Não temos provas. Na verdade, não temos provas nem de que o que vem acontecendo seja intencional. — Alguém na rua gritou o nome dela, e a moça colocou um sorriso no rosto na mesma hora, se virou e acenou. — E Robert? Ele não tem nenhum senso de humor e nunca fomos próximos, mas isso não faz dele um assassino. Ou alguém que contrataria um assassino.

Coll não gostava que as pessoas a reconhecessem. Mesmo seu disfarce de Persephone Jones já não era mais seguro. Porém, mantê-la trancada em segurança dentro de casa a mataria com a mesma certeza que uma bala. Temperance parecia estar sempre em atividade — era capaz de ser mais cheia de energia física e mental do que quase todas as pessoas que ele conhecia. Seria capaz de superar até Aden.

— Até descobrirmos quem é o responsável, suspeitarei de todos, se não se importa. Não é preciso muita coragem para oferecer algumas libras a alguém para deixar cair um saco de areia no momento certo.

Aquilo o incomodava ainda mais do que a ideia de haver um vilão solto por ali — quantas pessoas foram pagas para garantir que Temperance sofresse um acidente fatal?

Ela o fitou por um longo momento, e Coll fingiu não notar enquanto guiava o faetonte em direção à Hanover Square e à igreja de St. George. Por fim, Temperance pigarreou e cruzou as mãos no colo.

— Diga-me o nome de três mulheres que você está considerando como possíveis noivas.

Por um momento, Coll não conseguiu invocar o nome de nenhuma outra mulher. Pelo amor de Deus, já havia encontrado quem queria, e o mundo inteiro o considerava bom demais para ela. Mas ele achava que a verdade era exatamente o oposto.

— Elizabeth Munroe — falou, não porque a moça o interessasse de alguma forma, mas porque Temperance havia pedido nomes. — Lady Agnes Mays. Polymnia Spenfield.

— A srta. Spenfield não é uma das moças Spenfield? São cinco, certo? E os pais delas leiloam um cavalo todos os anos para tentar atrair homens para o baile.

— *Aye*. E eu nem ganhei o cavalo, então deve ser amor verdadeiro.

Como estava prestando atenção na reação dela, Coll a viu cerrar o maxilar e apertar as mãos. *Ótimo*. Temperance o queria, pelo menos um pouco — mesmo que não admitisse aquilo. Também não sabia como os dois lidariam com aquilo, mas Coll sabia quem ele queria.

— Ótimo, então — falou ela, a voz mais baixa do que o normal. — Quando vai pedi-la em casamento?

— Estava sendo sarcástico, e você sabe disso — retrucou Coll, irritado, parando o faetonte e ignorando os cocheiros que começaram a protestar atrás deles.

— Coll, vamos nos atrasar.

— Não, não vamos. Tenho algo a lhe dizer, Temperance Hartwood. Eu amo você. Sei que isso não muda nada, que para o mundo você é uma atriz e eu sou o filho mais velho de um conde, por mais inadequado que esses *sassenachs* me considerem para ser um lorde. Tenho uma responsabilidade e você tem uma vida que construiu para si mesma. Mas procurei por nove semanas, e mais do que isso nas Terras Altas, tentando encontrar uma mulher com quem eu gostaria de passar a vida, e sei muito bem quando encontrei uma. E isso é algo pelo que estou disposto a lutar. A não ser que você não sinta o mesmo por mim. Você sente? Minta ou diga a verdade, mas é melhor garantir que eu acredite em você.

Coll sacudiu as rédeas e os colocou a caminho novamente, os olhos fixos nas orelhas do baio. Se aquilo fosse algo que ele pudesse resolver com força bruta, já teria sido acertado dias antes. Mas, por mais forte que fosse, não conseguiria derrubar todo um modo de vida. Descobrir uma forma de os dois permanecerem juntos seria outro tipo de batalha — uma batalha que ele não tinha ideia de como travar. De qualquer modo, se não tivesse o coração de Temperance, ele não poderia vencer. E se mostraria um tolo ainda maior do que os *sassenachs* já o consideravam no momento.

— Eu ainda sou… ainda sou uma atriz, Coll. Pelo que o mundo sabe, e pelo que eu quero que todos saibam, sou apenas uma mulher comum que se exibe no palco na frente de estranhos. Você é o visconde Glendarril. Um dia será o conde Aldriss.

— Não perguntei quem somos, minha moça. Perguntei se você me amava.

Temperance abriu a boca, então voltou a fechá-la.

— Você tem alguma ideia do escândalo que se seguiria?

Coll deu de ombros e diminuiu a velocidade quando chegaram à Regent Street.

— Eu não disse que tinha uma solução. Ao menos, ainda não. Só quero saber se você sente por mim o mesmo que sinto por você.

Ela permaneceu em silêncio ao lado dele por tanto tempo que Coll começou a temer ter *de fato* avaliado mal cada maldita coisa que já havia acontecido entre eles. Se Temperance quisesse apenas um protetor para manter os lobos afastados, se cada homem para quem ela sorrisse se apaixonasse por ela, então ele supunha que iria procurar uma esposa no dia seguinte e passaria o resto da vida se perguntando por que diabo não conseguira ser mais sedutor, ou mostrar uma inteligência mais aguçada, ou ser mais civilizado, e como havia conseguido avaliar tão mal o que ela sentia.

— Como eu me sinto não importa — murmurou Temperance por fim. — Isso não muda nada.

— Se o que você sente não importasse, teria se casado com Sua Graça Dunhurst há oito anos. Como você se sentia, moça, mudou toda a sua vida. Então, sim, importa. E principalmente para mim.

Temperance se aproximou mais dele de repente, apoiou a cabeça em seu ombro e passou a mão ao redor do braço forte.

— É *claro* que estou apaixonada por você, Coll MacTaggert — deixou escapar, a voz vacilando um pouco no final. — Como eu poderia não estar? Você é montanhas e penhascos e riachos rochosos e ventos de inverno e o primeiro sopro da primavera. Meu primeiro gosto da primavera.

Nossa. Ele acreditava naquilo. Ela colocara a coisa de forma muito mais poética do que ele, é claro, mas parecia verdade. Coll sentiu o coração parar por um instante, para logo voltar a bater, com força e determinação.

— Você tem jeito com as palavras, moça.

E, se ele não a beijasse naquele momento, acabaria entrando em combustão com o calor do desejo que sentia. Assim, pegou a mão livre de Temperance e puxou as rédeas do baio com a outra.

— As pessoas vão nos ver.

— Deixe que vejam. — Enquanto os condutores das carroças de leite e feno atrás deles começavam a gritar e a praguejar novamente, Coll abaixou a cabeça e tomou os lábios dela. Os lábios macios de Temperance moldaram-se aos dele, ardentes e cheios de desejo. — *Is mise mo chridhe* — murmurou.

Temperance encostou a testa na dele, seu chapéu protegendo os dois dos transeuntes.

— O que significa isso?

— Você é o meu coração — traduziu Coll.

Ele precisava mesmo pedir desculpas a Niall e Aden por ter escarnecido das descrições dos dois de como era estar apaixonado. Ele, de fato, simplesmente… *soubera*.

E embora Temperance estivesse certa quando argumentava que dizer aquelas palavras não mudava nada, que aquilo não fazia com que os problemas dos dois desaparecessem nem faria com que a família dele aceitasse de repente uma moça que preferia ser considerada uma plebeia, ao menos lhe dava um motivo para lutar. E uma causa pela qual valia a pena batalhar.

— Santo Deus. — Temperance endireitou o corpo e pigarreou. — É melhor seguirmos, antes que comecem um protesto atrás de nós.

— *Aye.* — Coll segurou as rédeas com as duas mãos, sacudiu-as, e o baio voltou a trotar.

Aquele dia pertencia a Aden e Miranda, e ele pretendia fazer o máximo para não prejudicar aquilo. Mas, se alguém quisesse desafiá-lo sobre a convidada que estava levando ao casamento, Coll estava disposto a enfrentar todos os adversários, e o faria com um sorriso no rosto. Temperance Hartwood, ou Persephone Jones, ou como ela escolhesse ser chamada, o amava. *Aye*, naquele dia ele se sentia capaz de guerrear contra o mundo e vencer.

Coll quase não havia dito as palavras, porque sabia tão bem quanto ela que estar apaixonado não resolvia nada. Parte dele não queria tornar as coisas mais difíceis para Temperance. Mas a outra parte, a parte teimosa que dizia o que pensava, exigia saber se a moça queria o mesmo que ele. E mudava *tudo* saber que aquele era o caso.

—⁓—

Temperance já passara de carruagem pela Igreja de St. George, em Hanover Square, em duas ou três ocasiões, mas nunca caminhara entre as colunas jônicas austeras, nem vira o interior da igreja paroquial de Mayfair. Atrizes não recebiam convites para casamentos aristocráticos. Ao menos não até aquele dia.

Ela manteve a mão tensa ao redor do braço de Coll, que estava coberto pelo paletó preto, os olhos baixos enquanto se perguntava se seria atingida por um raio por ousar pisar no chão de pedra e entrar pelas portas principais na parte de trás da igreja.

Um pequeno grupo estava perto do altar, com uma quantidade tão grande de kilts vermelhos, pretos e brancos entre eles que Temperance soube que deviam ser os MacTaggert.

— Vou me sentar lá atrás, Coll — sussurrou ela. — Por favor, não crie nenhuma confusão por causa disso.

Para sua surpresa, ele inclinou a cabeça.

— Lá atrás, não. Quero você longe das portas — murmurou ele, mas parou no meio das fileiras de bancos de madeira. — Aqui deve servir — continuou, e guiou-a até um deles. — Os rapazes sabem que devem ficar atentos para qualquer pessoa que não seja convidada, mas, se você vir algo que a preocupe, espero que faça algum barulho.

— Tenho certeza de que isso daria muito certo — respondeu Temperance, sarcástica.

— Não me importo se vai dar certo ou não, moça. Só não quero arriscar que alguém lhe faça mal. Se você não concordar, em vez de ficar ao lado do noivo, eu me sentarei aqui ao seu lado.

Temperance já o conhecia bem o bastante para saber que ele estava falando muito sério.

— Farei muito barulho — murmurou ela. — Vá ficar com seu irmão.

Coll teve a desfaçatez de sorrir para ela antes de se virar e seguir até a frente da igreja. Era um lugar bonito, com mais colunas brancas no interior, madeira escura e polida e uma grande pintura de Cristo e seus discípulos atrás do altar, que ela achava que devia ser obra de William Kent. Por mais adorável que fosse a igreja, as pessoas a interessavam muito mais.

Ela também estava sendo notada. Temperance reconheceu o irmão mais novo, Niall, quando ele disse algo para a linda mulher loira ao seu lado, e assentiu enquanto ela se virava para olhar. Atrás deles, uma jovem esguia, de cabelos pretos e olhos verde-claros ficou na ponta dos pés e sussurrou no ouvido jovem alto ao seu lado. Aquela devia ser Eloise, pensou Temperance, a MacTaggert mais jovem, a que fora criada na Inglaterra, o que faria do jovem de olhos pretos seu noivo, Matthew Harris.

Do outro lado da noiva de uma beleza impressionante, vestida de branco, e de seu futuro marido de aparência poética e usando um kilt, estava um casal mais velho, provavelmente os pais da noiva. A mulher pequena usando um lindo vestido azul bordado com contas amarelas, o cabelo preto já mostrando alguns fios brancos sob um elegante chapéu de matrona, certamente era lady Aldriss. Temperance prendeu a respiração quando a condessa se virou para fitá-la, e só voltou a respirar quando a dama desviou os olhos novamente.

Havia cerca de uma dezena de outros convidados sentados nas duas primeiras fileiras de bancos, que só ficaram de pé quando o sacerdote vestido de preto e branco deu um passo à frente. Temperance também se apressou a se levantar e só voltou a se sentar quando o homem fez um gesto indicando que todos fizessem aquilo. Ela conhecia a maioria das palavras que ele usava na cerimônia, porque oito anos antes, outro pároco, de outra igreja, as recitara para ela enquanto ensaiava um casamento que nunca aconteceria.

No meio da cerimônia, um homem mais velho, com costeletas generosas e rosto magro e severo, sentou-se uma fileira à sua frente, na diagonal. Temperance engoliu em seco. Coll havia dito que seus homens estavam atentos a qualquer estranho, e aquele homem conseguira passar por eles. Ela poderia presumir, então, que se tratava de outro amigo da família? Se aquilo era verdade, por que não se juntara ao grupo na frente dos bancos?

Como não sabia se ele estava lá para o casamento ou por causa dela, Temperance não estava disposta a provocar nenhuma confusão, fosse lá o que tivesse prometido a Coll. Em vez disso, ela manteve a atenção fixa no perfil dele. Se o homem se virasse para olhar para ela, ou se ela visse uma faca ou uma pistola em suas mãos, certamente faria algum barulho.

Quando o sacerdote declarou o casal marido e mulher, e Aden pegou a noiva nos braços para um beijo que fez até Temperance corar, o restante dos convidados se levantou e se adiantou para parabenizar o casal. O homem mais velho permaneceu sentado, assim como ela. Depois de bater nas costas do irmão para cumprimentá-lo, Coll se virou para olhar para ela — e ficou paralisado, os olhos fixos no homem que chegara atrasado.

Temperance sentiu o coração saltar no peito. Será que ele havia reconhecido uma ameaça? Coll tinha um instinto para saber quando ela poderia estar em perigo. Quando ele avançou abruptamente, Temperance se levantou e se afastou o mais rápido que pôde.

— *Athair*? — bradou Coll. — Que diabo está fazendo aqui?

O restante do grupo também se virou. Temperance viu expressões perplexas nos rostos dos pais de Harris e dos outros convidados, surpresa na expressão dos outros dois irmãos MacTaggert, e um sorriso de prazer curvando os lábios da irmã deles, enquanto a condessa Aldriss ficava pálida como o vestido da noiva.

— Papai? — exclamou Eloise, correndo na direção do homem. — É você?

Papai. Angus MacTaggert, o conde Aldriss. O pai de Coll. Temperance levou a mão ao peito, em um gesto de alívio, e afundou no banco. *Graças a Deus.*

— O que eu estou fazendo aqui? — respondeu o conde. — Recebi uma carta dizendo que você perdeu o juízo, Coll. É isso que estou fazendo aqui.

Coll estacou na mesma hora, e seu olhar buscou o de Temperance.

— Não perdi nada — afirmou ele, voltando a atenção para o pai. — Mas o senhor tem dois filhos casados. Venha conhecer todas as suas filhas.

Outro tipo diferente de preocupação tomou conta de Temperance enquanto a jovem Eloise abraçava o pai, antes que as noras mais contidas também o cumprimentassem. Ela não sabia muito sobre lorde Aldriss, a não ser que ele alegara ter se recolhido ao seu leito de morte quando os filhos foram convocados a Londres, e que havia encorajado os rapazes a viver a vida com os punhos sempre erguidos.

O fato de ele ter viajado até ali e de ter chegado apenas uma semana depois que ela e Coll se conheceram lhe dizia várias coisas. Quem quer que tivesse enviado ao conde a mensagem sobre a declaração de Coll de que se casaria com ela não poupara despesas para fazer a notícia chegar às Terras Altas, e o conde, por sua vez, não perdera tempo para chegar a Londres. Algo colocara o patriarca dos MacTaggert rapidamente de pé, e Temperance podia muito bem adivinhar o que fora. Ela.

— Vamos todos voltar para a Casa Oswell? — disse Niall em voz alta, acima dos murmúrios crescentes. — A condessa preparou um almoço para todos no jardim.

— Sim — disse lady Aldriss, aprumando os ombros. — Todos, meus amigos e familiares, por favor, juntem-se a nós lá. Temos muito o que comemorar.

A condessa seguiu em direção ao restante dos MacTaggert e tocou o colar que usava. Para quase todo mundo, era um gesto inocente e inconsciente, mas para Temperance, com sua sensibilidade aguçada para humores e emoções, dizia muito. Lady Aldriss estava *nervosa*. Bem nervosa.

Mas a verdade era que a mulher estava olhando para um homem — seu marido — que ela não via fazia dezessete anos. Dezessete anos... quase o tempo de vida da filha. Temperance olhou mais uma vez para Coll, reparando na expressão cautelosa, os punhos cerrados. Um homem pronto para lutar contra a própria família por ela.

Bastaria um aceno de cabeça para que ele soubesse que ela havia decidido que não valia a pena lutar pelo que quer que os dois tinham — ou poderiam ter. Tudo voltaria a ser como era antes de se conhecerem, com a exceção, é claro, do fato de que alguém a queria morta. A ideia a aterrorizava, mas não tanto quanto a ideia de não ver Coll durante dezessete anos, ou nunca mais. De vê-lo casar-se com outra mulher simplesmente porque tinha o dever de fazê-lo. De vê-lo sair de Londres sem ela.

— Marido — disse lady Aldriss, parando a poucos metros do conde. Ele fitou-a por um momento.

— Esposa. — O conde estendeu a mão lentamente para pegar a dela, e levou-a aos lábios. — Está muito bonita nesta tarde.

Ela se desvencilhou da mão dele.

— Estou mais velha — retrucou. — Assim como você. Presumo que a sua presença significa que estamos de acordo sobre alguma coisa, finalmente?

Temperance respirou fundo, tendo em mente que aquela precisava ser a interpretação mais brilhante que já havia feito, e deu um passo à frente.

— Bom dia, lorde e lady Aldriss. Obrigada por permitirem a minha presença. Não sei se Coll contou a vocês, mas alguém está tentando me fazer mal. Ele insistiu que eu estaria segura aqui, e sou muito grata pela acolhida.

Agora, todos olhavam para ela, mas dois pares de olhos, um verde--escuro e outro cinza, a preocupavam mais do que os outros.

— É claro — disse lady Aldriss, o tom contido.

Afinal, depois de ser informada de que havia feito uma gentileza, uma dama não poderia voltar atrás.

— Não desejo ser motivo de discórdia em um dia tão importante — continuou Temperance, sorrindo para Aden e Miranda. — Esse é um momento para a família e para os amigos, e não quero me intrometer mais do que já fiz. Devo ir agora.

— Não — disse Coll assim que ela terminou de falar. — Eu lhe dei a minha palavra de que a manteria segura.

— Se alguém está tentando lhe fazer mal, moça — interveio o conde —, e temos os meios para manter essa pessoa afastada, então acho que não deveria ir a lugar nenhum, a não ser para se juntar a nós para o almoço.

— Eu... — Lady Aldriss engoliu fosse o que fosse que estava prestes a dizer. — É claro. Coll, nos encontraremos na Casa Oswell. Não demore. Temos coisas a discutir.

— Ah, eu estarei lá, não se preocupe — concordou o filho mais velho.

Ele pegou o braço de Temperance e conduziu-a em direção à porta.

— O que foi isso? — sussurrou. — O que está acontecendo entre nós não se resume a uma boa ação que estou fazendo para você. Não vou reduzi-la a isso.

— E não permitirei que vocês discutam sobre a minha falta de berço em uma igreja — respondeu Temperance no mesmo tom. — Dê um tempo a eles para pensarem em mim como algo que não uma arrivista em busca de um título, pelo amor de Deus.

Coll inclinou a cabeça.

— Então você é uma donzela em perigo?

— Sou alguém que espera ter conseguido invocar um pouco de compaixão por um ou dois minutos. — Ela respirou fundo. — Eu quero você, Coll. Você disse que está disposto a lutar por nós. Creio que também estou.

Um sorriso lento iluminou o belo rosto dele.

— É mesmo? Então acho que agora que você foi convidada para ir até a casa, talvez eu não deixe mais você sair.

Por ora, aquilo estava ótimo para Temperance.

Capítulo 15

"Que os símbolos de nobreza iluminem, como estrelas
Todos os que são deles merecedores."
                    Duncan, *Macbeth*, Ato I, Cena IV

A ENTRADA PRINCIPAL DA CASA Oswell tinha sido decorada com fitas brancas e rosas vermelhas e brancas. Aden teria preferido desaparecer em algum lugar privado com Miranda, mas até mesmo o esquivo irmão MacTaggert sabia que não deveria evitar os amigos e familiares que o haviam ajudado a encontrar sua noiva. Coll teria preferido escapar do almoço, porque, se havia uma coisa em que os MacTaggert se superavam, era em expressar suas próprias malditas opiniões sobre tudo.

Pelo menos com convidados presentes, ele poderia ter alguns momentos de paz com Temperance no jardim da Casa Oswell antes de entrar em contenda. E ele começara a descobrir que a paz tinha seus próprios atrativos. Um pouco de conversa aqui, um olhar ou um beijo roubado ali — coisas que ele subestimara até conhecer Temperance.

Nenhuma carroça MacTaggert extra havia chegado ainda, portanto, ou Angus viajara sem bagagem, ou se adiantara a ela. Para um homem em seu leito de morte, o pai chegara das Terras Altas com uma rapidez impressionante. O cavalo do conde não era o seu habitual castrado cinzento, coincidentemente batizado de Banquo, mas um cavalo castanho de aparência veloz que usava os arreios de Angus. Ele havia trocado de cavalo pelo menos uma vez, então.

Aquilo tudo era um pouco desconcertante — Angus costumava fazer as coisas em seu próprio tempo e, embora bradasse e gritasse sempre que tinha oportunidade, raramente parecia... inquieto. O que estava acontecendo no momento era uma exceção.

Coll evitou o grupo de criados reunidos no vestíbulo para dar os parabéns e desejar boa sorte a Aden e Miranda, e conduziu Temperance pelo interior da casa até o majestoso jardim. Havia uma dezena de mesas postas ali, e uma mesa comprida que tinha sido arrumada ao lado contava com pratos de sanduíches, bolos, frutas frescas, pudins e tortas. Era para ser uma refeição simples... mas a verdade era que Francesca nunca fazia nada pela metade.

— É lindo — comentou Temperance, afastando-se meio passo de Coll quando Niall apareceu com Amy, Eloise e Matthew.

— Acho que deveríamos nos sentar com Eloise e seu noivo — sugeriu ele. — Gostaria de comer um ou dois sanduíches antes do início da batalha.

— Se me permite uma sugestão — falou Temperance —, você mesmo disse que tem reputação de gostar de uma briga. Portanto é isso que vão esperar de você.

— Está sugerindo que eu leve um buquê de flores para Francesca? Ela lançou um olhar de soslaio para ele.

— Acontece que eu sei que você é mais do que um homem que gosta de brigar.

— Sim, mas não imaginei que teria que enfrentar Angus, além de Francesca.

Quando se lembrou das últimas conversas com membros da família, lhe pareceu provável que Eloise soubesse que haviam enviado uma mensagem ao conde. Niall também, embora, por mais que tivesse vontade de esbravejar com os dois por não terem lhe contado a respeito, a verdade era que nenhum deles tinha qualquer razão para pensar que Angus surgiria de repente em Londres. Afinal, o pai deles jurara em diversas ocasiões nunca mais pisar ali.

— Quase o acertei com a minha bolsa quando ele se sentou na minha frente — comentou Temperance, baixando ainda mais a voz. — Então, quando você falou com ele daquele jeito furioso, achei...

— Em um dia bom, o conde é um homem imponente. — Coll olhou por cima do ombro para os outros convidados que chegavam ao jardim, junto com os noivos. — Pode me dar licença por um instante?

— É claro.

Coll lançou um olhar significativo a Eloise, se afastou de Temperance e caminhou até onde estava Aden.

— Não tive a intenção de perturbar esse momento para você — falou ele com o irmão.

Aden balançou a cabeça.

— Estou casado com a minha moça. No que me diz respeito, você não perturbou nada. Mas quase caí duro quando avistei o pai.

— Somos dois.

— Você ama a moça? — perguntou Aden, os olhos cinzentos agora sérios. — Ou está só querendo atrapalhar os belos planos de Francesca?

O fato de Aden ter feito a pergunta sobre o amor dizia muito sobre como o irmão MacTaggert do meio havia mudado nas últimas semanas, assim como também era eloquente o modo como ele segurava a mão da moça de cabelo escuro ao seu lado.

— Eu não pretendia — respondeu Coll —, mas, *aye*. Eu amo.

— E não me bata, mas você tem certeza de que ela não está atrás de um título e de dinheiro?

— Disso eu tenho absoluta certeza — declarou Coll, o tom enfático. Temperance poderia ter um anel de duque no dedo e acesso a uma herança de cinquenta mil libras, mas virara as costas para as duas coisas em busca de um pouco de liberdade para fazer o que desejava da própria vida. — Se eu pudesse descobrir uma forma de me casar com ela e não ferir os sentimentos da parte civilizada da família, não estaria aqui prestes a entrar em uma discussão.

Miranda pousou a mão no braço dele.

— Se eu pudesse lhe dar um conselho hoje, seria seguir o seu coração. — Ela sorriu, os olhos marejados. — Também não estou pensando de forma muito lógica porque estou tonta de felicidade.

Coll sorriu e se abaixou para dar um beijo no rosto da cunhada.

— Nunca vi Aden tão contente — murmurou. — Ver você e ele, e Niall e Amy, me deixa feliz por termos todos vindo para Londres.

Aden soltou uma risadinha debochada.

— Vou registrar isso por escrito. Nunca pensei que ouviria tal coisa saindo da sua boca.

— Espere um pouco antes de fazer isso. Aposto que terá muitas outras coisas sobre as quais escrever antes do fim do dia.

Enquanto o irmão pensava naquilo, Coll voltou e encontrou Temperance sentada com Eloise e Matthew. Ótimo. Eloise havia entendido o que ele quisera dizer, então. Ele se sentou entre as duas moças.

— Matthew — falou, olhando para o noivo de Eloise. — Como está sua fuça?

O rapaz estendeu a mão para tocar o nariz com cuidado.

— Dolorida. E é um lembrete eficaz dos meus erros de julgamento.

— Fico feliz por você ter acrescentado essa última parte. Já conhecia a sra. Jones? Persephone, sr. Matthew Harris e minha irmã, lady Eloise MacTaggert.

Temperance assentiu, colocando um sorriso encantador no rosto.

— Prazer em conhecê-los. E ouvi dizer que estão prestes a se casar. Felicidades aos noivos.

Eloise sorriu.

— Obrigada. A senhora é... Meu Deus, é ainda mais bonita de perto. Sua Rosalinda me fez querer levantar e aplaudir no final de *Do jeito que você gosta*. Ah, que heroína corajosa!

— Obrigada, milady. É muito gentil da sua parte dizer isso.

— Ah, imagine. — Eloise estendeu a mão para tocar a de Temperance. — A senhora é maravilhosa! Li a crítica de Adams, e ele disse que em um determinado momento o espectador percebe que a sra. Jones parou de atuar e simplesmente *se tornou* Rosalinda. Essa não é uma citação exata, mas concordo plenamente!

— E, no entanto, aqui está ela — interrompeu Coll, antes que Eloise pudesse começar a colher rosas do jardim para jogar em Temperance —, e não é Rosalinda de forma alguma.

Temperance franziu o cenho.

— Jamais vai me ouvir reclamar por alguém estar elogiando o meu trabalho, Coll. Acho que a maior parte das jovens damas gostaria de ser tão ousada quanto Rosalinda. Sei que eu gostaria.

Eloise mostrou a língua para Coll.

— Qual será o seu próximo papel?

— Estamos ensaiando a peça escocesa no momento. Estreamos em dois dias.

— Ah, a senhora vai ser lady Macbeth! — Eloise levou abruptamente a mão à boca. — Posso dizer isso?

Temperance assentiu com uma risada.

— É uma tradição estranha. Dizer o nome da personagem é permitido, afinal, ela aparece na peça várias vezes. Só dizer o nome da peça em voz alta é que nos deixa petrificados.

— Graças a Deus. — Eloise puxou a cadeira para mais perto. — É verdade o que Coll disse? Que alguém está tentando lhe fazer mal?

— Ou é isso, ou tenho tido muito azar.

Coll não gostava do fato de ela continuar a colocar tudo como possíveis coincidências, embora ele conseguisse entender por que optava por fazer aquilo.

— Não é má sorte — afirmou. — É *boa* sorte que até agora você tenha tido apenas alguns arranhões e hematomas.

Criados se aproximaram das mesas, carregando bandejas de sanduíches e de doces. Finalmente. Um homem poderia morrer de fome antes que a etiqueta lhe permitisse comer. Enquanto aos outros convidados era oferecida uma variedade de vinhos doces, Smythe se adiantou com uma pequena bandeja contendo um copo de limonada, que colocou junto ao braço de Coll.

— Obrigado, Smythe — grunhiu ele.

Não demorou mais de um dia para que todos os empregados da Casa Oswell descobrissem que ele não tomava bebidas alcoólicas. Na verdade, Coll poderia jurar que, em mais de uma ocasião, uma garrafa de bebida alcoólica desaparecera pouco antes de ele entrar em uma sala. O temperamento de Coll ficava ainda mais arredio quando ele bebia, mas a casa só sentira os efeitos daquilo uma vez — e não havia sido inteiramente culpa dele. Afinal, fora Aden que o arrastara de volta antes que ele ficasse sóbrio.

— Milorde — disse o mordomo com um aceno de cabeça, e se afastou em direção à mesa do almoço.

Quando ergueu os olhos do copo de limonada, Coll pegou Temperance fitando-o, com uma expressão pensativa no rosto.

— O que foi?

— Você poderia tornar as próximas semanas muito mais fáceis para si mesmo — murmurou ela. — Uma jovem simpática, uma cerimônia tranquila, um almoço íntimo no jardim e um copo de limonada para o noivo.

— Se isso fosse tudo que eu desejasse, já teria conseguido — retrucou ele, e pegou a mão livre dela por baixo da mesa. — Eu prefiro uma briga, e fogo, e carne de veado assada com um bom molho junto com a minha limonada. E a minha mulher.

À sua esquerda, Eloise pigarreou.

— Você me disse que isso era só um relacionamento de fachada — sussurrou.

— E você não me contou que a condessa tinha mandado chamar o papai — retrucou Coll.

— Ela não fez isso — protestou a irmã. — Mamãe enviou uma carta a ele dizendo que estava preocupada que você tivesse ido longe demais, porque ele não havia se dado ao trabalho de contar aos filhos sobre o acordo até já ter chegado a hora de ele ser colocado em prática.

— Então você sabia que havia uma carta. — Ele ergueu uma sobrancelha.

— E você não achou que haveria? — devolveu a moça.

O pensamento *ocorrera* a Coll. Mesmo assim, a ideia de que o pai viajaria para Londres a pedido da ex-esposa parecia tão absurda que ele mal conseguia acreditar que o conde estivesse sentado ali, ao lado de Niall e Amy.

— Foi um pouco mais eficaz do que eu esperava — disse ele.

— Eu sei. Aquele ali é o meu pai. — Eloise apertou a mão de Matthew. — Nós nos correspondemos há anos, mas nunca pensei... — Uma lágrima escorreu pelo rosto dela. — Estamos todos aqui. Todos os MacTaggert no mesmo jardim. Já faz dezessete anos.

O restante dos convidados — amigos de lady Aldriss e de Miranda — pareciam ter percebido a mesma coisa. A conversa parecia contida para uma celebração de casamento, e todos os *sassenachs* se aglomeravam como galinhas que achavam ter ouvido uma raposa.

— Não deposite muita esperança nisso, Eloise — falou Coll depois de um momento. — Você é jovem demais para se lembrar, mas *eu* me lembro de todas as brigas e os xingamentos.

— Levando em consideração que passei dezessete anos esperando para ver você, Aden e Niall, colocarei esperança no que eu quiser — retrucou a irmã. — E não mude de assunto. Você pretende se casar com a sra. Jones? Onde está o sr. Jones?

Coll sentiu unhas se cravando em sua mão e fechou a boca, calando a resposta que estava prestes a dar.

— Por alguma razão — respondeu Temperance —, ser viúva é muito mais aceitável para o mundo do que ser solteira. O sr. Jones é uma invenção. Sem ele, eu nunca teria conseguido alugar uma casa e nunca teriam me oferecido um contrato para trabalhar no Saint Genesius.

— Um marido silencioso — disse Eloise, com uma inclinação maliciosa de cabeça. — Gosto disso.

— Fantástico — brincou Matthew, sorrindo. — Agora não terei mais chance de expressar qualquer opinião, não é mesmo?

— Nenhuma — respondeu a noiva dele, animada.

— Eloise — chamou lady Aldriss da mesa que dividia com Aden, Miranda e os pais de Miranda e Matthew. — Venha aqui, por favor.

Eloise e Matthew se levantaram e, depois de uma breve conversa com a condessa, foram se sentar com a tia de Matthew e os três filhos pequenos dela.

— Você viu isso? — grunhiu Coll. — Ela não queria que Eloise ficasse do nosso lado em uma discussão.

— Não posso culpá-la — sussurrou Temperance. — Eu não deveria tê-lo deixado me convencer a vir. Sem mim, você poderia ter tido uma reunião de família feliz.

— Não, porque teriam sido todos eles contra mim. Com você ao meu lado, acho que as minhas chances melhoram muito.

— Sim, posso soltar citações de Shakespeare com grande habilidade.

A boca de Coll se curvou em um sorriso.

— E você empunha o sarcasmo como uma espada. Não se esqueça disso. Já quase me decapitou mais de uma vez.

— Nunca. O mundo seria um lugar pior sem o seu lindo rosto.

Pelo amor de Deus, ele adorava aquela mulher.

— Aden costumava dizer que a única diferença entre mim e uma versão minha sem cabeça seria a minha altura.

Ela riu.

— Que horror! — falou, cobrindo a boca com uma das mãos antes de desistir de disfarçar o riso.

— *Aye*, vocês dois se dariam bem, não tenho dúvida — falou Coll, bufando.

— Seria ótimo ter a oportunidade de tentar — falou Temperance, suavizando o sorriso. — Mas, por favor, não estrague o que você tem com eles. Com a sua família. Vocês se adoram. Não perca isso por minha causa. Eu jamais me perdoaria.

— O que vai acontecer entre mim e a minha família depende deles. Eles sabem qual é a minha posição.

Coll também não queria ver aquele relacionamento prejudicado — todas as lições que aprendera ao longo dos anos tinham sido sobre a importância da família, e todas as brigas que travara tinham sido com a certeza de que pelo menos duas outras pessoas no mundo o apoiariam.

Se daquele dia em diante ele estivesse sozinho, aquilo mudaria algumas coisas — e drasticamente. Mas ele não estava enfrentando a família para ficar sozinho. Fazia aquilo para ficar com Temperance. Mesmo que eles a conhecessem apenas como Persephone.

— Coll, isso não é jeito de começar uma discussão.

— Só será uma discussão se decidirem que não concordam comigo. — Ele deu uma mordida em seu terceiro sanduíche. — Olhe eles ali, tentando decidir se posso ser pressionado a fazer algo que não escolhi.

Enquanto ele falava, Wallace, um dos flautistas que haviam trazido das Terras Altas — e mais importante, um dos rapazes que Coll havia deixado para vigiar a casa de Temperance —, entrou correndo no jardim, avistou-o e derrapou até parar ao lado da mesa.

— Milorde, está pegando fogo.

Coll ficou de pé.

— O que está pegando fogo?

— A casa. Estávamos vigiando a frente e os fundos, mas então Charles viu fumaça e gritou por mim, e quando voltei para a frente, todo o primeiro andar estava pegando fogo. Eu...

— A minha casa? — Temperance perdeu o ar. — E Flora? E Gregory?

— Não sei, milady. Vim para cá assim que...

— Fique aqui — ordenou Coll a Temperance. — Smythe! Não a perca de vista!

Diante do breve aceno do mordomo e ignorando os membros da sua família que exigiam informações, Coll atravessou a casa e saiu pela porta da frente, onde montou na sela do cavalo castrado que levara Wallace até ali. Ele cutucou as costelas do animal e partiu a galope, seguindo por Grosvenor e para o leste em direção a St. John's Wood.

Se alguém estivesse vigiando a casa dela, saberia que Temperance não estava lá. Aquilo seria uma tentativa de atraí-la? De fazer com que ela voltasse em pânico e se deparasse com um homem armado esperando por ela? Ou o incendiário não a vira sair e aquele era mais um atentado contra a vida dela?

Coll praguejou, passou entre um faetonte e uma carroça com móveis e continuou para o norte e para o leste. O cavalo castrado cinza não tinha a velocidade ou o vigor de Nuckelavee, mas, apesar do barulho e do tráfego, manteve as orelhas para trás e continuou em disparada. Coll pôde ver a fumaça subindo quando virou a Charlbert Street e entrou na Charles Lane. Filas de moradores se estendiam entre os poços locais e a casa, os baldes indo e voltando.

O andar superior da casa havia começado a pegar fogo, enquanto o térreo parecia pronto para se desintegrar a qualquer momento. Ainda praguejando, ele saltou do cavalo.

— Flora! — gritou. — Gregory!

— Aqui, milorde! — Gregory, sem paletó e com a camisa branca quase preta de fuligem, avançou mancando. — A casa simplesmente começou a arder em chamas — lamentou ele, com lágrimas escorrendo pelo rosto, fosse pela fumaça ou pela tragédia.

— Onde está Flora?

— Ela está ali na sombra — respondeu o criado, apontando para um grupo de mulheres reunidas, uma delas abanando o ar com um avental. — Não conseguimos encontrar Hades. Aquele gato maldito... ah, céus. Persie vai ficar arrasada.

Coll levantou os olhos para as janelas da frente do quarto principal. Então, despiu o paletó e entregou-o ao criado.

— Fique longe do fogo — ordenou, e saltou para agarrar o beiral inferior.

De lá, subiu no telhado e passou por cima de alguns buracos fumegantes até chegar às janelas. Estavam fechadas. Coll tirou a gravata, passou-a ao redor de uma das mãos, cerrou o punho e deu um soco na vidraça, virando o rosto. Ela se estilhaçou ao seu redor. Ele limpou a moldura com o cotovelo e saltou para dentro do quarto.

— Hades — chamou, e reparou que a porta do quarto estava aberta.

A fumaça pairava por todo o cômodo, saindo pela abertura que ele acabara de fazer.

— Hades. Venha cá, garoto. — Coll deitou de bruços e espiou embaixo da cama. Um par de olhos verdes refletivos olhou para ele. — Aí está você. Como imaginei.

O chão abaixo dele estava quente. Mais um ou dois minutos e a casa inteira estaria em chamas. Coll avançou e estendeu a mão ainda enrolada na gravata. O gato lhe deu um tapa com a pata, sibilou e recuou contra a parede até não ter mais para onde ir.

Coll respirou fundo, esperando que o gato estendesse a pata novamente, então esticou a própria mão para segurá-lo pela nuca.

Ele rolou o corpo, ficou de pé e deu outra olhada para a porta. As chamas lambiam o batente. Eles não sairiam por ali. Como o gato preto era uma bola tensa de garras, dentes e cauda, ele também não teria muita sorte escalando pelo lado de fora. Poderia jogar Hades pela janela e o gato provavelmente cairia em pé, mas então fugiria e eles nunca mais o veriam. Coll cerrou o maxilar e virou o animal para que o encarasse.

— Vamos descer agora. Estou salvando você, maldição, então não me mate.

Ele usou uma das mãos para soltar o lençol que estava por baixo da colcha da cama. Então, movendo-se o mais rápido que pôde, embrulhou nele o gato, a própria mão e o braço, até o cotovelo. Depois disso, soltou Hades dentro da bolsa improvisada, voltou a retirar o braço e fechou a abertura com as duas mãos.

Com o lençol se contorcendo à sua frente, Coll deu um nó no tecido, fazendo uma tipoia que poderia passar ao redor da cabeça e de um dos braços. As garras do animal o cutucavam, e a ferinha sibilava como o próprio diabo, mas aquilo teria que servir.

Coll voltou para fora e deu apenas três passos antes de seu pé esquerdo atravessar o chão. O calor o atingiu com força enquanto ele se apoiava nas mãos e tirava o pé do buraco. Tinha escolhido mesmo um ótimo momento para usar sapatos elegantes em vez de botas resistentes…

— Coll!

Ele olhou para baixo e viu Niall , junto com Gavin, Wallace e meia dúzia de outros homens de Aldriss Park e da Casa Oswell que chegavam a cavalo para se juntar a ele.

Coll se desvencilhou da bolsa improvisada com o lençol e ergueu-a à sua frente.

— Pegue o gato!

O mais suave possível, ele lançou Hades pela borda do telhado, em direção ao chão. Niall pegou o pacote nos braços e gritou quando as garras do gato se cravaram nele. Depois de pousar o lençol no chão e recuar um passo, ele assentiu.

— Desça por aqui!

Como o fogo já estava subindo pela borda do telhado e atravessando os buracos cada vez maiores ao seu redor, parecia que ele não escaparia com mais dignidade do que Hades. As telhas ameaçavam ceder sob o seu corpo.

Coll respirou fundo, tomou impulso e pulou.

Ele bateu com o ombro direito com força no chão e rolou, bem no instante em que o segundo andar desabava sobre o primeiro com um rugido estrondoso em meio às labaredas.

Todo o trabalho de Temperance — seis anos da vida dela — perdidos. Não. Tirados dela.

— Essa foi por pouco — comentou Niall, estendendo a mão.

Coll aceitou a ajuda do irmão e ficou de pé.

— Não consegui salvar nada para ela.

— Salvou o gato dela. E você mesmo não está morto, o que considero uma coisa boa.

Coll olhou para os destroços em chamas. Sabia que Temperance alugava a casa, mas aquilo não eliminava o fato de que havia perdido todos os seus pertences.

— Não é o bastante — murmurou. — Deixei dois rapazes aqui, vigiando, e ainda assim alguém conseguiu colocar fogo na casa.

— Milorde — chamou ofegante Charles Pitiloch, flautista do clã Ross, se adiantando. — Acho que o senhor precisa me demitir. Ouvi algo na lateral da casa e fui dar uma olhada. Quando voltei, a janela da frente estava aberta e a sala já estava em chamas.

Coll engoliu a própria raiva e frustração e bateu com a mão no ombro do homem mais baixo.

— Vocês que estavam vigiando forçaram quem fez isso a esperar até que a moça saísse de casa — falou, embora não tivesse certeza de que aquilo fosse verdade. — Fizeram tudo que eu poderia esperar de vocês.

— Não é essa a sensação que eu tenho — declarou Charles, a expressão carrancuda. — Não gosto de ser ludibriado.

— Eu também não. — Coll soltou o ombro do homem, se adiantou e pegou o lençol com cuidado. — Encontre uma cesta com tampa para mim, por favor? Acho que Hades vai destruir esse tecido em menos de um minuto.

— Sim, senhor. — E, com um rápido aceno de cabeça, o flautista ruivo saiu andando em direção ao bando de vizinhos aglomerados.

— Alguém está *mesmo* tentando matar aquela moça, então — falou Niall, baixando a voz. — Pensei que talvez você tivesse inventado isso.

— Eu gostaria de que fosse esse o caso. — Coll desviou o olhar da casa em chamas. — Obrigado por ter vindo.

Niall deu de ombros.

— Os MacTaggert sempre defendem uns aos outros, quer você tenha perdido a cabeça ou não.

— Talvez eu ache necessário lembrá-lo disso em breve.

— Ela é uma moça em perigo, Coll, e você é um homem que gosta de lutar. Estava fadado a gostar dela. Mas não se esqueça de que ela é uma atriz. Você tem certeza de que tudo isso é real? A moça não teria planejado o incêndio na própria casa, assim não teria para onde ir e só você poderia ajudá-la?

Se Coll não soubesse o que sabia sobre Temperance Hartwood, aquilo quase pareceria o enredo de alguma peça em que Persephone Jones interpretaria a donzela. Mas ele sabia quem ela era e como tinha ido morar naquela casinha pitoresca nos arredores de Mayfair, e por que nunca andava a cavalo no Hyde Park e sempre usava uma peruca de cor diferente todos os dias. Obviamente, ele não poderia revelar nada daquilo a Niall ou ao resto da família, mas, no fim, aquilo não importava.

— Ela não teve nada a ver com isso. Juro sobre a Bíblia.

Niall respirou fundo e soltou o ar novamente.

— Então, o que vai fazer com ela? A moça é bonita e tem modos que não me parecem diferentes dos de qualquer dama aristocrática de Mayfair, mas não é a "dama" inglesa com quem você deveria se casar. Amy diz que ela não seria convidada para nenhum lugar decente nem para participar de qualquer instituição beneficente ou igreja. Acha mesmo que você será o suficiente para ela?

— Eu não seria se ela estivesse atrás de mim pelo meu título — respondeu Coll, esforçando-se para manter a voz contida. Aquelas eram as mesmas perguntas que o resto da família faria, e Niall estava sendo mais delicado do que os outros seriam. — Estou mais preocupado com que ela não se afaste do palco pelo tempo necessário para que eu lhe mostre a Escócia.

Niall bufou.

— Se quiser encontrar uma forma de colocar Francesca no leito de morte *dela*, bastará lhe dizer quer se casar com uma atriz que não deixará o palco depois das bodas.

Muito do que as pessoas pensavam saber sobre Persephone Jones não era verdade. Mas aquele fato em particular perturbava Coll ainda mais do que a briga que se aproximava com os MacTaggert — porque a verdade era que Temperance amava atuar, e ele não conseguia imaginá-la desistindo daquilo. E também não tinha ideia se a atração que o palco exercia sobre ela seria mais forte do que ele e suas responsabilidades nas Terras Altas.

Capítulo 16

"Este é um degrau
Que devo galgar; do contrário, tropeço,
Pois ele se encontra em meu caminho."
Macbeth, *Macbeth*, Ato I, Cena IV

Os convidados foram embora. Bem, todos exceto um, ao menos. Lady Aldriss agiu com tanta habilidade que Temperance nem percebeu até que os pais da noiva desapareceram dentro da casa grandiosa e, quando se virou, ela só viu mesas vazias ao redor.

Por um momento, pareceu haver um impasse, com os MacTaggert e os Oswell-MacTaggert reunidos em torno de uma mesa, e ela sozinha no extremo oposto do jardim. A quantidade de membros da família havia diminuído — Niall saíra logo atrás de Coll, levando consigo uma boa quantidade de criados e cavalariços.

Coll tinha ido para a casa dela, que aparentemente estava pegando fogo. A informação ficara gravada em sua mente como palavras aleatórias que não pareciam guardar um significado real. As únicas partes nítidas eram os nomes que não paravam de afligi-la. Flora e Gregory eram sua família. E Hades... Ah, ela nem havia pensado em lembrar Coll do seu gatinho feroz.

Alguém se sentou diante dela. Temperance enxugou as lágrimas repentinas e ergueu os olhos.

— Milady — disse, a própria voz soando baixa e distante.

— Eu lhe devo desculpas — falou a condessa. — Duvidei da história de que alguém estava tentando lhe fazer mal.

— Eu mesma continuo a duvidar disso — admitiu Temperance, com um leve dar de ombros. — Vistos separadamente, os eventos que me aconteceram parecem apenas... coisas menores. Sacos de areia despencando bem em cima de onde eu estava sentada pouco antes, um balde cheio de tijolos caindo do andaime na minha direção. Mas então alguém tirou a minha carruagem alugada da estrada alguns dias atrás, fazendo-a capotar, e seja quem for que fez isso simplesmente foi embora. E agora... — Outra lágrima escorreu pelo rosto dela, que a enxugou.

— Você não recebeu nenhum bilhete estranho ou ameaça?

— Recebo bilhetes estranhos quase o tempo todo, milady. Um número surpreendente de pessoas, a maioria homens, acredita que sou a personagem fictícia que interpreto no palco. — Ela fez uma careta. — No início, até pensei que Coll pudesse estar interessado em Rosalinda.

— Mas ele não estava.

Temperance balançou a cabeça.

— Não. — Um lenço foi colocado em sua mão e ela enxugou os olhos. — Obrigada. Então, ele disse que tinha contado à senhora que pretendia se casar comigo, e eu fiquei... fiquei muito envergonhada.

— Mas não se sente muito envergonhada agora?

Temperance ergueu os olhos e encontrou o olhar penetrante de lady Aldriss. Ainda *deveria* se sentir muito envergonhada, afinal, tinha escolhido seguir seu caminho como plebeia, e Coll continuava sendo um visconde, fosse o título de cortesia ou não. Eles não eram iguais, porque ela fizera questão de garantir que não seriam. Ainda assim... ainda assim.

— Lorde Glendarril é muito persuasivo — falou Temperance em voz alta.

— Eu diria contundente em vez de persuasivo, mas sim, ele pode ser.

— No entanto, a *senhora* continua muito envergonhada, se não estou enganada.

Temperance respirou fundo e lembrou a si mesma que Coll estava pronto para aquela batalha antes de ela saber que sua casa provavelmente estava ardendo em chamas, e tentou se concentrar em seus pensamentos. No entanto, ela precisava louvar o senso de oportunidade da condessa, ainda que o mesmo não valesse para sua compaixão.

— Coll lhe contou que ordenei que ele se casasse nos próximos dezessete dias?

— Sim.

— Eloise me disse que, apesar da forma como escolhe ser chamada, você nunca foi casada.

— Isso mesmo. Nunca entendi por que isso faz qualquer diferença, mas até a ilusão de um marido torna uma mulher mais aceitável, mesmo que esse marido não esteja em lugar nenhum.

A condessa estreitou um pouco os olhos.

— Você tem garras, então, pelo que vejo. Interessante.

— Pode ser que, nesse exato momento, eu esteja perdendo todos os meus bens terrenos, milady. Isso me dá a sensação de que preciso proteger o que me resta, mesmo que seja apenas meu orgulho. — Ela soltou o lenço. — Estou apaixonada por Coll. Acho a sua natureza franca e seu espírito feroz admiráveis. Eu disse a ele que não deveríamos nos casar e apontei os problemas que isso causaria para nós dois. Como a senhora acaba de dizer, ordenou que ele se casasse. Se Coll vai passar a vida toda com uma mulher, prefiro que seja comigo.

— Ele tem irmãos, você sabe. Lorde Aldriss poderia muito bem deserdá-lo se Coll decidir se casar com você, e o título irá para Aden.

Temperance franziu o rosto.

— Isso na verdade tornaria as coisas mais fáceis. Mas é uma ameaça a que só ele pode responder.

Coll e uma vida mais simples pareciam muito compatíveis, na verdade, mas um Coll ocioso ali em Londres enquanto ela se apresentava no palco toda noite não parecia muito realista. Ele gostava de ser útil e estava acostumado a ter pessoas por perto que precisavam da sua ajuda. Mesmo que seu orgulho lhe permitisse que ela sustentasse os dois, Coll nunca toleraria ficar inativo. E a tudo aquilo se somava o fato de que ela talvez já não tivesse onde morar àquela altura.

— E se eu pudesse lhe oferecer os meios para que você viva como desejar? — perguntou a condessa, seguindo o rumo daquele pensamento. — Você e o inexistente sr. Jones poderiam comprar uma casa em Knightsbridge e você não precisaria mais buscar papéis no palco.

— Eu gosto de atuar — respondeu Temperance. — E ganho muito bem fazendo o que faço, muito obrigada.

— E mais, ela é boa nisso — disse a voz de Coll da porta atrás delas.

Temperance se virou. Ele estava sem o paletó, e a camisa branca estava suja e cheia de manchas pretas. A fuligem também manchava o seu rosto, e a expressão dele fez com que ela prendesse a respiração.

— Não sobrou nada, não é mesmo? — perguntou Temperance, sem conseguir manter a voz firme.

— Não... Mas Flora e Gregory estão a salvo. — Ele ergueu uma cesta com tampa em uma das mãos. — E resgatei Hades para você.

Temperance levou as mãos ao peito, e o alívio provocou um soluço.

— Você o salvou! — balbuciou, levantando-se de um pulo e passando os braços ao redor do peito firme de Coll.

Ele soltou a cesta e a abraçou. Segura. Coll a fazia se sentir segura, protegida e desejada, tudo ao mesmo tempo. Era uma sensação vertiginosa e inebriante, mesmo com toda a desolação ao seu redor.

— Sinto muito, moça. Não consegui salvar mais nada.

— Você não está ferido? — Ela se afastou para examinar o rosto dele, e limpou algumas manchas de fuligem da pele.

— Não. Um pouco chamuscado, talvez. E arranhado. — Ele levantou uma das mãos para mostrar a ela dois arranhões profundos nos nós dos dedos. — Acho que Hades pode ser em parte um gato selvagem escocês.

Temperance riu e enxugou os olhos.

— Eu não ficaria nem um pouco surpresa.

Coll ergueu os olhos acima da cabeça dela, fixando-os na mesa onde ela estava sentada.

— Você não conseguiu esperar até eu voltar para começar a sua batalha, não é mesmo, *màthair*? A minha moça ao menos teve oportunidade de dar alguns golpes?

— Sim, ela teve — retrucou lady Aldriss, o tom suave. — Eu teria pedido para falar a sós com ela de qualquer maneira, mas realmente não escolhi o melhor momento. Me desculpe por isso.

— A senhora está defendendo o nome da sua família — respondeu Temperance, encarando a condessa. — Entendo o orgulho. — Ela se ajoelhou, soltou a tampa da cesta e abriu-a com cuidado. — Olá, Hades — falou baixinho. — Meu bom menino, você está bem?

O gato espiou pela abertura estreita, então soltou um miado melancólico. Temperance prendeu a respiração e abriu totalmente a tampa — o gato subiu em seu colo, então se enrolou em uma bola de pelo. *Ah, graças a Deus.* Nem tudo estava perdido. Não o gatinho de rua de quem ela se apiedara seis anos antes. Ela o acariciou por algum tempo, então segurou-o nos braços e ficou de pé enquanto Coll colocava a mão sob um de seus braços para firmá-la.

— Obrigada, Coll — sussurrou Temperance, enfiando o rosto no pelo preto. — Obrigada.

— Vocês deveriam tê-lo visto — anunciou outra voz masculina —, dançando no telhado enquanto o fogo queimava os pés dele. Coll mal tinha dado três passos na rua quando a casa inteira desmoronou.

Temperance arquejou e agarrou Coll com a mão livre.

— Pelo amor de Deus, não faça isso de novo — sussurrou, os olhos fixos no rosto dele. A ideia de que Coll poderia ter morrido a deixou gelada por dentro. — Prometa.

— Não tenho a intenção de permitir que mais nenhuma casa seja incendiada, *mo chridhe.* — Um leve sorriso curvava seus lábios quando ele se inclinou e a beijou. — E Niall, feche essa maldita boca.

O irmão, ainda vestindo seu paletó elegante, mas também um pouco chamuscado, assentiu enquanto se dirigia até onde estava a esposa.

— Você quase *me* matou de susto, por isso quis compartilhar.

Todos os MacTaggert estavam juntos agora — até mesmo o patriarca recém-chegado da Escócia, aparentemente para impedir que Coll se casasse com ela. Mas eles eram uma família e não viviam todos sob o mesmo teto havia muito tempo, pelo que Coll lhe contara.

— É melhor eu ir ver como estão Flora e Gregory — falou Temperance, enquanto colocava Hades de volta na cesta. — Precisamos encontrar um lugar para ficar.

— Você vai ficar aqui — declarou Coll, a voz tranquila.

— Não vou. Hoje é o dia do casamento do seu irmão. Você deveria estar comemorando, em vez de se preocupando se alguém poderia colocar fogo na Casa Oswell.

— Eu gostaria de ver alguém tentar — respondeu ele, em um tom que a fez estremecer. Temperance não o via realmente furioso desde aquela primeira noite, quando ele acertara um soco em lorde Claremont. Mas agora havia algo a mais em sua voz. — Já mandei uma carruagem buscar Flora e Gregory. Você vai ficar aqui.

— Sim, claro — concordou lady Aldriss, aparentemente se dando conta de que perdera a discussão antes mesmo de começar. — Você estará segura aqui enquanto descobrimos quem está tentando prejudicá-la. — A condessa chamou a filha com um aceno de mão. — Eloise, por favor, acomode a sra. Jones no quarto amarelo. E, com o número de moças que residem aqui agora, acredito que podemos montar um guarda-roupa para você até que consiga substituir algumas de suas peças.

Embora Temperance com frequência achasse desconcertante — para não dizer enfurecedora — aquela necessidade incessante que a aristocracia tinha de ser educada, não podia negar que aquilo às vezes era útil. Ela fez uma reverência.

— Obrigada, milady.

Coll pegou sua mão.

— Huddle e o restante do grupo vão ficar preocupados com você. Se quiser escrever um bilhete para eles, providenciarei para que seja entregue.

Não era daquela forma que ela imaginara o correr daquele dia. Mas a verdade era que costumava dormir até tarde aos sábados e era provável que ainda estivesse na cama quando a sua casa começou a pegar fogo. Coll MacTaggert a salvara mais uma vez.

Temperance olhou de relance para o restante da formidável família dele, assentiu e se virou para seguir Eloise para dentro de casa.

Uma coisa estava se tornando evidente. Se pretendia permanecer viva por tempo o bastante para ver como tudo aquilo acabaria, teria que tomar uma posição e começar a agir para salvar a si mesma. Ser a donzela em perigo era uma coisa, mas Coll quase fora morto.

Aquilo não podia acontecer, sob nenhuma hipótese. Se ela o perdesse, seria porque os dois não tinham conseguido resolver suas diferenças. Não porque ele morrera tentando mantê-la segura.

—m—

— O rapaz está apaixonado — declarou Angus no que supostamente era o seu tom de voz baixo.

Apesar de não ter ouvido o sotaque suave do marido por dezessete anos, Francesca o teria reconhecido em qualquer lugar, assim como reconhecera o homem, apesar do cabelo cor de mogno ter se tornado grisalho e das rugas ao redor dos profundos olhos cinzentos. E as mãos dele... meu Deus, como ela se lembrava bem daquelas mãos grandes.

— Mas a mulher também está? — retrucou ela, deixando de lado todos aqueles pensamentos turbulentos e passando pelo marido para informar Smythe de que, além da atriz, ele teria que encontrar lugar para um conde e dois criados, e que a mesa naquela noite deveria ser posta para dez pessoas, em vez das oito que ela imaginara.

— Foi você quem falou com ela. O que acha? — perguntou Angus, seguindo a linha de raciocínio dela.

— Acho que você deveria estar conversando com as suas noras e com a sua própria filha, já que nenhuma delas havia colocado os olhos em você antes do dia de hoje.

— Nem uma palavra gentil para mim, então?

Ela estacou.

— Terei várias palavras para você em cinco minutos, depois de acomodar o restante da minha família.

Quando ela lhe escrevera, esperara algum tipo de ajuda, alguma ordem dele que pusesse um fim à loucura do filho mais velho antes que ele pudesse prejudicar a família. Mas vê-lo parado ali no fundo da igreja, uma versão mais velha mas inconfundível do homem que roubara seu coração e a fizera perder a cabeça em uma questão de dias, tantos anos antes... aquilo a deixou sem ar.

O que não deveria acontecer. Angus era teimoso, tacanho, arrogante e brigão, e ela o amaldiçoara tanto em dezessete anos que ele já deveria ter caído morto pelo menos uma dezena de vezes. Por que, então, ainda estava ansiosa para encontrar um espelho e checar se o cabelo estava arrumado?

Francesca se forçou a caminhar mais devagar, encontrou Smythe, então entrou em casa e foi para o seu escritório. Felizmente, a Casa Oswell era dela — o pai providenciara para que não apenas a riqueza da família permanecesse no nome da filha, mas também a propriedade Oswell. Ele e a mãe dela não confiavam em Angus, especialmente depois de uma corte que havia durado apenas uma semana, e o resultado daquilo era que Angus nunca conseguira alcançar a riqueza que buscava, o que tinha sido difícil para um homem tão orgulhoso aceitar. Em retrospectiva, Francesca tinha que admitir que o fato de ele se ver obrigado a consultá-la antes de cada despesa ou melhoria havia sido mais difícil do que ela jamais imaginara. Francesca se sentou atrás da escrivaninha, abriu a gaveta de baixo e tirou uma garrafa de uísque. Então, se serviu de um copo, bebeu de uma vez e voltou a guardar tudo na gaveta.

— Então você fez o que disse que faria — disse Angus, passando pela soleira e parando próximo à porta do escritório. — Domou os meus rapazes, encontrou esposas para eles e agora terá suas garras cravadas neles pelo resto dos seus dias.

— Eles encontraram as esposas por conta própria — retrucou ela. — E ainda me falta um.

— Sim. Achei mesmo que Coll seria o que lhe causaria mais problemas. Bom rapaz. Obstinado.

— Por que você nunca entregou a eles as cartas que escrevi? Ou me enviou as cartas que *eles* escreveram?

Um olho cinza se estreitou.

— Você pegou a nossa filhinha e me abandonou. Abandonou todos os seus meninos. Você me deu algum motivo para ser gentil com você? Porque se deu, não descobri qual seria.

— Teria sido bom para os nossos filhos saberem que eu ainda me importava com eles, que pensava neles.

Angus fez um gesto de desdém.

— Você os deixou arrasados quando foi embora. Deixou os três chorando de saudade. Eu os ajudei a se curar, mostrei como ser fortes e ensinei que não deveriam confiar em ninguém a não ser um no outro. E os três teriam amolecido se eu entregasse a eles as suas cartas floreadas sobre beijos, abraços e canções de ninar.

— Fico surpresa por eles terem se saído tão bem. Sei que isso se deu *apesar* da sua influência, e não por causa dela. E ao menos eles entendem que amor significa compromisso. *Verei* todos eles em Londres novamente, porque nossos filhos têm consciência de que suas esposas têm vida e família aqui. Sei muito bem que não foi você que ensinou isso a eles.

Para surpresa de Francesca, o marido lhe dirigiu um breve sorriso antes de se sentar na cadeira diante dela.

— *Aye.* Assim como não tive nada a ver com o fato de eles terem aprendido a dançar ou a ler poesia *sassenach* ou a aprender francês e latim. — Angus deu uma palmadinha nos braços da cadeira. — Sinto cheiro de uísque. Eu aceitaria um copo.

Francesca suspirou, voltou a tirar a garrafa e o copo da gaveta e deslizou-os por cima da escrivaninha, na direção dele.

— Você está tentando me dizer, do seu jeito enlouquecedor de sempre, que criou três cavalheiros refinados que se preocupam com as opiniões e os sentimentos dos outros?

— Me diz você, *bean na bainnse mo àlainn*.

Ela se lembrava do significado daquela frase. *Minha linda noiva.* Angus ainda sabia ser encantador, mas Francesca achava que já não se deixaria seduzir pelo seu sotaque e por seus modos confiantes. Ainda assim... o coração dela ainda acelerava quando ele falava em gaélico escocês, quando a chamava por qualquer um dos apelidos tolos que inventara para ela.

Francesca ajustou a postura dos ombros.

— Você está aqui para colocar um pouco de juízo na cabeça de Coll, ou não? — perguntou ela por fim.

— Não viu a mesma coisa que eu, moça?

— Você *não* vê que tudo em um casamento entre os dois beneficiaria a ela, e não a ele?

— Mas garantiria o custeamento das despesas de Aldriss Park. Isso já é alguma coisa. E foi você quem colocou isso nos ombros dele.

Sim, ela havia feito aquilo com os três. E, *sim*, aquilo colocara os filhos de volta em sua vida — sendo que dois deles não se arrependiam dos resultados. Aden e Niall haviam encontrado o amor e ambos estavam felizes — por mais incrível que parecesse. E, com aquele amor, também tinham encontrado algum espaço para a mãe, quer a considerassem merecedora dele ou não.

Francesca não poderia fazer a mesma afirmação no que dizia respeito a Coll. Ao menos em parte por culpa dele — desde o início, o filho mais velho parecia determinado a não se deixar comandar por um acordo que ele nem conhecia até uma semana antes de chegarem a Londres. E igualmente determinado a não permitir que ela ditasse os termos da sua vida.

Era suficiente que ela tivesse três dos quatro filhos? Se liberasse Coll do acordo, ele não seria obrigado a se casar. Em outras palavras, não se sentiria obrigado a se casar com Persephone Jones, e embora Francesca talvez nunca mais o visse, ele *teria* a oportunidade de encontrar uma mulher que amasse de verdade, em vez de se prender a quem ele achava que mais ofenderia a mãe.

— Você está se perguntando se liberar Coll do acordo o convenceria a dispensar a moça que escolheu — falou Angus, o tom pensativo, dando um gole no uísque. — Você viu o que eu vi, Francesca. Acho que nunca concordamos nem sobre a cor do céu, muito menos sobre o que é melhor para nós e para os nossos filhos, mas Coll não é mais criança. E ele encontrou o que queria.

— Você leu minha carta, não leu? — retorquiu ela. — É verdade que a sra. Jones é uma atriz conceituada, mas ela é uma *atriz*. Uma plebeia. Sem dúvida você acha divertido que eu me sinta envergonhada com isso, mas tem certeza de que é ela que deseja ver como a próxima lady Aldriss?

— Eu queria uma bela moça escocesa para cada um dos rapazes, caso não se lembre. — Ele cruzou os tornozelos, muito à vontade, como sempre fazia aonde quer que fosse. Se ao menos tivesse escolhido ir para onde ela queria, os dois ainda poderiam estar vivendo sob o mesmo teto. — Mas as moças que estão com eles não são quem eu esperava que você escolhesse.

— Quer dizer que não são aquelas flores de estufa delicadas e desfalecentes sobre as quais alertou nossos filhos? Não, elas não são. São mulheres. Mulheres fortes, as duas. — Francesca suspirou. — Suponho que o melhor que poderíamos esperar é que, se eu eliminar a obrigação de Coll se casar, ele e a sra. Jones continuem a ser amantes até que ele se canse de Londres e volte para as Terras Altas, para encontrar alguém mais apropriado. Isso, é claro, depende se a sra. Jones estará disposta a recolher as garras que está estendendo para uma aliança de casamento e um futuro condado.

— Ou a senhora pode considerar a possibilidade de fazer mais do que trocar algumas farpas com ela, abrir os olhos e perceber que Persephone não é apenas um escândalo ambulante.

Coll estava apoiado no batente da porta, com os braços cruzados diante do peito.

Ora. Ela teria preferido ter um plano antes de começar uma discussão, mas, como a discussão chegara até eles, se contentaria com o que tinha em mãos.

— O que há nela, então, que você acha tão irresistível?

— Para começar, Persephone não é uma criança — respondeu Coll. — É uma mulher adulta, com a experiência de uma mulher e a visão de mundo de uma mulher. Ela é pelo menos tão inteligente quanto Aden, eu acho, e não tem vergonha de usar a própria perspicácia. E é muito divertida. — Ele inclinou a cabeça. — Persephone não tem medo de mim, quando até os meus próprios irmãos procuram encontrar maneiras de manter meu temperamento sob controle. Ela é uma centena de mulheres em uma só, *màthair*, e a acho fascinante. Isso é resposta suficiente para a senhora?

— Ela vai desistir do teatro por você?

— Não sei. Não pedi isso a ela.

— Então você teria uma viscondessa a quem estranhos pagam para ver no palco todas as noites?

— Não há peças a não ser durante a temporada social — retrucou Coll, o tom ainda suave, mas revestido de aço. — Estranhos podem olhar para ela se quiserem, desde que ela volte para casa, para mim. — Para surpresa da mãe, ele se adiantou e afundou o corpo na cadeira ao lado do pai. — Vejo a situação da seguinte forma: a senhora pode me forçar a casar e eu me casarei com ela. Pode me liberar do compromisso de ter que me casar, e eu ainda me casarei com ela. Ou pode me proibir de casar e ameaçar manter todos em Aldriss Park como reféns se eu fizer isso. Nesse caso, a senhora ganharia, mas acho que eu encontraria uma forma de estar com ela de qualquer maneira.

Francesca encarou o filho. *Poderia* tentar forçá-lo a fazer o que ela queria. Isso daria a Coll a escolha de desafiá-la e perder Aldriss Park — ou, mais provavelmente, ele se casaria com alguma jovem dama medrosa e de mente fraca e manteria a sra. Jones como sua amante, o que o impediria de alcançar uma vida feliz. E o manteria fora da vida *dela*.

— Coll — disse Angus, virando o resto do uísque —, vá buscar a sua moça, sim? Sua mãe e eu precisamos de um minuto para conversar.

— *Aye*. Darei cinco minutos a vocês.

Depois que ele saiu, Angus serviu outro copo de uísque e deslizou na direção de Francesca.

— Beba.

— Já tomei um copo.

Ele abriu um sorriso.

— Mais um não vai lhe fazer mal. Pelo amor de Deus, mulher, você está prestes a ter que engolir seu orgulho e admitir que foi vencida pelo amor.

Francesca pegou o copo, carrancuda, e bebeu.

— Essa não é a primeira vez que sou vencida pelo amor, você sabe.

O sorriso de Angus se suavizou.

— Estou ciente disso. Eu lhe devo tantas desculpas, Francesca, que nem sei por onde começar.

Ela deixou escapar uma risadinha sem humor.

— Um único copo de uísque já afetou você, Angus, se está pronto a se desculpar. E dois claramente me afetaram, se estou sequer considerando a possibilidade de ouvir.

— Você está?

— Talvez.

Maldito fosse ele, de qualquer forma. Ela havia passado quase dezessete anos fervendo de raiva e, ainda assim, no momento em que o marido entrou pela porta, no momento em que ela ouviu sua voz, só conseguiu se lembrar das vezes em que ele a fizera rir, dos momentos em que Angus fizera seu coração cantar.

Francesca respirou fundo.

— Ela vai provocar um escândalo, sabe. Um escândalo que vai afetar a sua filha, as suas noras e a mim.

— Você é o cérebro dessa família... pense em uma maneira de evitar essas consequências.

— Isso não é de grande ajuda.

Em certo sentido, porém, era. Francesca tinha mais do que apenas a mente dela com que contar ali, tinha também poder e influência. Com aquelas armas, poderia arruinar Persephone Jones e garantir que a mulher não tivesse mais qualquer chance de uma carreira ali em Londres, se não no resto do Reino. A reação dela àquela união diria muito. As pessoas observariam e ouviriam.

Francesca caminhou até a janela e abriu-a. Aden quis que Miranda escolhesse o dia do casamento, e ela escolhera um lindo dia — o sol brilhava sobre as rosas do jardim e uma leve brisa agitava as folhas do grande e antigo carvalho no centro. E ela, Francesca, tentara começar uma briga com uma jovem que esperava para saber se perdera a casa para o fogo. E aquela mesma jovem não apenas se mantivera firme, como também arrancara sangue com suas garras afiadas.

— Chegamos — disse Coll. — O que vai ser?

Francesca se virou. Persephone Jones estava de mãos dadas com o visconde Glendarril e havia tirado o chapéu... e também o cabelo ruivo brilhante. Cachos cor de mel desciam até o meio de suas costas e sobre os ombros, impróprios e soltos, mas oferecendo uma visão muito agradável. Seu vestido lilás e pêssego parecia caro em sua simplicidade, como se ela tivesse usado seu melhor vestido para ir ao casamento. Teria sido para impressionar a família de Coll, ou seria uma medida de seu orgulho o fato de querer se encaixar no que, afinal de contas, era uma cerimônia aristocrática?

— Já a vi no palco talvez uma dezena de vezes — comentou Francesca, notando pelo canto do olho que Angus havia se levantado. — Você já foi Rosalinda, Julieta, Cordélia, a cortesã naquele tolo *A Mad World, My Masters*, a Recha de *Natan, o sábio*, e meia dúzia de outras personagens das quais não consigo me lembrar no momento. — Enquanto recitava a lista, outra pergunta chamou atenção da condessa e ela franziu o cenho. — Você tem alguma influência sobre as peças apresentadas no Saint Genesius, sra. Jones?

Persephone assentiu.

— Nem sempre sou atendida, mas dou a minha opinião.

— Ocorre-me que você interpretou um bom número de mulheres fortes e inteligentes.

— Obrigada, milady. Gosto de pensar que há uma razão pela qual as achei interessantes.

Hum. Coll dissera que a jovem era bastante inteligente e, depois de duas breves conversas — ou melhor, uma e meia —, Francesca não tinha motivos para contestar a afirmação.

— Voltando à minha linha original de raciocínio, você é uma jovem muito bonita que interpretou figuras românticas lendárias e foi assediada por mais de um cavalheiro rico, belo e nobre. Por que fixou os olhos em Coll?

— Não tenho certeza se quero que você responda isso — murmurou o filho mais velho de Francesca.

Persephone levantou os olhos para ele com um breve sorriso antes de voltar a encarar a condessa.

— A resposta está na sua pergunta, eu acho — disse ela. — Já interpretei algumas heroínas muito românticas e conheci homens que estavam atrás dessas heroínas. Um deles até se recusava a me chamar de qualquer coisa que não fosse Julieta. Coll esbarrou comigo nos bastidores e... bem, ele é muito bonito, a senhora sabe.

— Sim, eu sei — respondeu Francesca, o tom irônico. — Continue.

— Conversamos e, bem, descobri que ele estava lá para escapar de... alguma coisa, e que nem tinha me visto no palco. Coll só vira... a mim. O que parece tolice, suponho, mas já interpretei muitas personagens na vida, e ele é o primeiro homem que conheço que valoriza a pessoa que está por trás de todas elas.

Não parecia tolice. Francesca lançou um rápido olhar para Angus. Ou ele estava anormalmente calado, ou aprendera algumas coisas durante o tempo em que estiveram separados. Ela não sabia qual das duas opções achava mais perturbadora.

— Muito bem, então — falou a condessa, a voz um pouco embargada, o que ela torcia para que ninguém mais percebesse. — Se vocês dois conseguirem descobrir como pretendem continuar juntos, eu... nós... não temos objeções à sua união.

— Não têm? — replicou Persephone em voz muito baixa.

— Não. Haverá muitos rumores, muito mexerico e não posso dizer que aprove que continue a atuar no palco, mas não sou eu que vou me casar com você. O que vou fazer é garantir que todos saibam que vocês dois se tornaram inseparáveis desde o momento em que se conheceram. Meus filhos começaram essa temporada social virando-a do avesso, e não vejo motivo para que a temporada termine de outra forma.

— Isso significa que ela deseja felicidades a vocês, eu acho — interveio Angus. — Assim como eu.

Coll girou Persephone em seus braços e beijou-a. A paixão que Francesca viu foi quase suficiente para fazê-la enrubescer, mas também deixou claro que havia feito a escolha correta. Plebeia ou não, ela mesma não conseguira encontrar ninguém que combinasse melhor com Coll do que aquela mulher. E ele a encontrara por conta própria, o que era desanimador e deixava claro o erro da mãe.

Um momento depois, Persephone bateu no peito de Coll e ele soltou-a.

— Está certa disso, milady? Milorde? O escândalo...

— As pessoas vão falar. Não me importo. Estou certa do que disse — afirmou Francesca.

Persephone deu um pequeno passo à frente.

— Então acho que deveriam saber de uma coisa.

Atrás dela, Coll franziu o cenho.

— Persephone, você não...

— Família, não é? — interrompeu ela. — Você confia neles.

— *Aye*, confio.

— Então devo confiar também. — A atriz endireitou os ombros e cruzou as mãos elegantemente na frente da cintura. — Não sou Persephone Jones — declarou, em voz baixa. — Ou melhor, só fui Persephone Jones nos últimos sete anos. Antes disso, meu nome era... é... Temperance Hartwood.

Capítulo 17

"Vamos abrir
Nossos corações um ao outro."
                              Macbeth, *Macbeth*, Ato I, Cena III

— Nossa, que noite — disse Coll com um gemido, virando-se na confortável cama do quarto amarelo para ver Temperance sorrindo para ele no travesseiro ao lado. — O que está achando tão divertido?

— O fato de você praticamente não ter ameaçado ninguém ontem — respondeu ela, chegando mais perto e colando a boca à dele. — E ainda assim, aqui estamos.

— *Aye*, aqui estamos. Por ora. Mas, se continuar contando a todos sobre a sua verdadeira identidade, talvez acabe morrendo em um ou dois dias.

— Não contei a todos. Apenas aos seus pais.

— E aos meus dois irmãos, às minhas três irmãs e a um quase irmão. Pelo amor de Deus, moça, estou feliz que confie em mim e nos meus, mas sabe que eu teria me casado com você quer seu verdadeiro nome fosse Persephone Jones, Temperance Hartwood ou Mary Dairy.

Ela riu.

— Mary Dairy? Ah, fico feliz por não ter tido você por perto quando eu estava buscando um pseudônimo.

— Eu não fico. Você não estaria sozinha se eu estivesse lá.

Temperance ficou séria e estendeu a mão para afastar o cabelo escuro da testa dele.

— A minha vida teria sido muito diferente — murmurou ela. — Mas, levando em consideração o que descobri agora, não iria querer mudar nada.

Coll compreendia aquilo, mesmo que não gostasse da ideia de não ter estado por perto nos últimos oito anos para mantê-la segura e para que ela não se sentisse sozinha. Mas pensar em tudo aquilo só servia para deixá-lo frustrado e irritado. Temperance tinha razão, eles estavam juntos agora e era isso que importava.

— Fico feliz por isso, então.

— Sua irmã quer me levar para comprar roupas hoje — continuou ela — para repor o guarda-roupa que perdi. Eu poderia ir ao Saint Genesius e pegar algumas peças de figurino, mas não tenho certeza se andar por aí vestida como lady Macbeth ajudaria na missão da sua mãe de calar todas as fofocas.

Coll se sentou na cama e se espreguiçou. Ele a conhecia fazia uma semana e haviam estado intimamente juntos durante quase o mesmo período. No passado, nunca teria se considerado tão manso a ponto de gostar de dividir a cama com a mesma mulher todas as noites e acordar ao lado dela pela manhã. No entanto, lá estava ele, ansioso por uma longa vida fazendo exatamente aquilo.

— Você sabe que só superamos um obstáculo — falou Coll, pegando a mão dela e levando aos lábios. — Ainda há alguém atrás de você e não vou tolerar isso.

Temperance estremeceu.

— Não imaginei que fosse possível me sentir tão feliz e tão assustada ao mesmo tempo. Tem certeza de que a culpa é do meu primo?

— Não posso ter certeza até dar uma boa olhada nele e trocarmos algumas palavras, mas quem mais teria alguma coisa a ganhar se livrando de você? A menos que possa ser Jenny ou outra pessoa da trupe, cobiçando seus papéis, mas não vai aceitar que eu diga isso.

— Não, eu não vou. Conheço Jenny e a maior parte daquele grupo há anos. Se Jenny quisesse se livrar de mim, já teria me matado bem antes. Rosalinda é uma personagem muito mais popular do que lady

Macbeth. — Ela se sentou ao lado dele. — Falando nisso, ainda preciso ir aos ensaios.

— Não.

— Vamos estrear amanhã. Não se trata apenas de mim, Coll. Os outros atores, os assistentes de palco, Charlie... o teatro é o nosso sustento.

Ele praguejou baixinho, afastou os lençóis para o lado e se levantou.

— Então irei com você. Afinal, parece que não preciso mais perder meu tempo procurando uma noiva.

O que ele *precisava* fazer era comparecer a um baile de máscaras naquela noite. Ao menos agora que sua família conhecia a identidade de Temperance, seria possível convencer Eloise ou uma das outras moças a dançar com Robert Hartwood e lhe fazer algumas perguntas pontuais. Ele mesmo queria falar com o homem, é claro, e de preferência espancá-lo até ele desmaiar. Mas fazer isso sem provas ou admissão de culpa não seria bem aceito pelo resto da aristocracia.

Aquilo nem importava muito para Coll. O que o perturbava era a ideia de que o culpado talvez não fosse o primo de Temperance. Se não conseguisse encontrar um assassino em potencial, era um absurdo permitir que ela fosse a qualquer lugar, ainda mais que subisse ao palco, mas não tinha certeza de que mesmo ele, com seu tamanho e seus músculos, seria capaz de detê-la.

Algo quente roçou seu tornozelo. Coll se curvou e coçou Hades atrás das orelhas. Pelo menos o gato estava agradecido por ter tido a vida salva.

— Certifique-se de fechar seu gato aqui — falou, pegando o kilt e prendendo-o nos quadris. — Aden tem uma cadela que acabou de ter cinco cachorrinhos, e eles dominam o lugar.

Depois de vestir a camisa, Coll foi até a cama, colocou as mãos em volta dos quadris de Temperance e beijou-a longa e lentamente.

— Estarei no salão do café da manhã em cerca de vinte minutos, se quiser me encontrar lá para que eu possa lhe desejar bom-dia.

— Se me desejar bom-dia com mais entusiasmo do que acabou de fazer — declarou ela com um sorriso satisfeito —, teremos que ficar nus de novo.

— Não me tente. Essa seria uma maneira de mantê-la dentro de casa o dia todo, mas não tenho como permanecer aqui com você e ao mesmo tempo encontrar quem quer lhe machucar.

Quando Coll terminou de decidir quem cuidaria de Temperance com ele, quem verificaria se Robert Hartwood permanecia na lista de convidados para o baile de lady Fenster e ainda se ele poderia obter uma licença especial de casamento em Canterbury sem dar o nome verdadeiro da noiva — e se aquilo sequer era legal —, a maior parte da família, com a notável exceção de Aden e Miranda, já se reunira no salão de café da manhã ao lado dele.

— Precisa de um traje para hoje à noite? — perguntou Eloise a Temperance enquanto tomava sua xícara de chá muito doce. — Você é mais alta do que eu, mas tenho vários vestidos com bainhas generosas que poderíamos ajustar.

— Temperance não vai ao baile — interrompeu Coll.

Pelo amor de Deus, a moça tinha ficado aterrorizada com a ideia de comparecer ao evento quando ele mencionara aquilo, por isso, prometera a ela que encontraria outro caminho. Se o restante da família quisesse pensar que ele a estava controlando, que pensassem.

— Se é Hartwood quem está atrás dela, não darei qualquer chance a ele.

— Estive pensando a esse respeito — falou Temperance. — Outra pessoa pode fazer perguntas a Robert, mas quem o conhece sou eu. Se deparar comigo no baile pode muito bem surpreendê-lo e fazê-lo se entregar. — Ela terminou o próprio chá. — Então posso acertar um soco nele.

— Tem certeza? — perguntou Coll. — Achei que não queria arriscar ver seus pais lá.

Ele a viu estremecer. Já havia acrescentado mais dois *sassenachs* à sua lista de pessoas com quem gostaria de acertar contas quando Temperance lhe contara a sua história, mas, ainda mais do que suas palavras, fora a reação dela ao falar sobre eles ou mesmo quando ouvia que eles poderiam estar no mesmo ambiente que dizia a Coll tudo o que ele precisava saber sobre lorde e lady Bayton.

Temperance soltou o ar com força e balançou a cabeça.

— Estou disposta a arriscar. Quero saber quem está tentando me matar e quero que isso pare.

— Somos dois, *mo chridhe*.

Um sorriso tenso curvou os lábios dela.

— Alguém pode me dizer o que significa essa expressão?

— "Meu coração" — disse o pai de Coll com a boca cheia de ovo cozido. — Eu costumava chamar a *màthair* dos rapazes assim.

— Pelo amor de Deus, não quero ouvir isso — comentou Coll, a expressão fechada. — Aliás, o que aconteceu com você estar em seu leito de morte, pai?

— Tive uma recuperação milagrosa. E não questione o meu comportamento quando você foi visto correndo por Londres usando nada além de uma *claymore*.

— Eu estava atrás de uma cobra. E quase arranquei a cauda dela — retrucou Coll.

— Ótimo.

— *Aye.*

Elas conseguiram levar a costureira favorita de Eloise até a Casa Oswell às nove e meia da manhã e, às dez e meia, Temperance já tinha um vestido de seda e renda azul-escuro que lhe caía como uma luva e fluía como água. Niall se ofereceu para falar com o sacerdote que casara Aden e Miranda sobre certas questões legais, enquanto a própria Francesca convocou a presença do seu advogado para uma conversa sobre nomes e licenças especiais.

Antes que o advogado chegasse, Coll, Temperance e três escoceses de aparência imponente se dirigiram ao Saint Genesius e ao último ensaio geral da peça escocesa. Assisti-la se transformar na fria, majestosa e cruelmente ambiciosa lady Macbeth sempre impressionava Coll, ainda mais nos momentos em que todos interrompiam o ensaio e Temperance ria de algo que um dos colegas atores havia dito, voltando a se comportar como ela mesma.

— Persephone disse que você vai se casar com ela — falou Charlie Huddle, parando ao lado do caixote com espadas de madeira onde Coll estava sentado.

— *Aye.*

— Ela tem um contrato para se apresentar no Saint Genesius até a próxima temporada, e eu...

— Isso não é problema meu — interrompeu Coll —, a menos que ela não queira permanecer aqui.

— Mas ela será lady Glendarril. Isso não o incomoda?

— Não, nem um pouco. Mas pense na publicidade para o Saint Genesius. — Coll disfarçou um sorriso, enquanto observava o administrador do teatro absorver aquela informação.

— Eu... sim. Agora... Ah, nossa. Isso poderia ser... poderíamos ter a nossa temporada mais lucrativa de todos os tempos. Eu... — Huddle se afastou, falando por cima do ombro: — Com licença, preciso fazer algumas contas.

As pessoas pareciam não se cansar de dizer a Coll que ele deveria ficar envergonhado com a ideia de ter uma esposa atuando no palco. Se ele se importasse com o que os outros pensavam, aquilo até poderia ter feito diferença, mas esperava que não. Vendo como Temperance era boa no que fazia e sabendo como gostava de atuar, não conseguia se imaginar tentando tirar aquilo dela. Como dissera à mãe, a temporada social durava apenas da metade da primavera até o fim do verão. Ele poderia muito bem passar aquele tempo em Londres com ela. O resto do ano poderia ser passado na Escócia.

O pai se recusara a fazer aquele acordo pela mãe, e Coll não estava disposto a repetir os mesmos erros. Além disso, só a ideia de ver Temperance triste ou solitária o deixava furioso. Se pudesse evitar aquilo convivendo com os dândis de Londres, seria exatamente o que faria.

Dez minutos depois, Temperance caminhou na direção dele e não parou até passar os braços ao redor dos seus ombros e beijá-lo, a boca macia sorrindo contra a dele.

— Não estou reclamando, moça, mas o que fiz para merecer isso? — perguntou ele, envolvendo a cintura elegante dela com as mãos.

— Disse a Charlie que a minha permanência não dependia de você — murmurou ela.

— E o que mais eu diria?

— Você? Nada mais. *Eu* é que começo a me perguntar se está tão acostumado a cuidar das necessidades dos outros que não lhe ocorre a possibilidade de ser egoísta.

— Estou sendo egoísta — respondeu ele. — Gosto de ver você feliz.

— E eu gosto de estar feliz — sussurrou ela. — Acho que estava satisfeita com a minha vida até agora, mas você... me faz realmente feliz.

— Milorde — gritou Gavin do alto do cordame onde estava empoleirado —, o senhor avisou que queria estar de volta à Casa Oswell às seis horas. Já é quase isso.

— Eu não deveria ter dado um relógio de bolso a ele — murmurou Coll, soltando Temperance com relutância. — Já terminou aqui? Eloise diz que não haverá comida hoje à noite no baile, portanto pretendo jantar muito bem.

— Sim, terminamos. Estamos o mais preparados possível para amanhã.

Ela não disse mais nada, mas Coll percebeu o nervosismo em sua voz. E não era só porque interpretaria uma moça complicada diante de centenas de pessoas — ou mais, afinal, a notícia de que Persephone Jones iria se casar com lorde Glendarril já estava se espalhando.

— Se eu tiver que confiscar a pistola de cada homem da plateia antes que eles coloquem os pés dentro do Saint Genesius, farei isso — afirmou. — E não estou brincando.

— Sei que não está. Tudo tem sido bastante sutil até agora. Uma pistola é uma abordagem muito mais direta. Ainda estou preocupada com sacos de areia e bosques cênicos despencando.

— Eu ajudei a fazer o Bosque de Birnam. Ele não vai cair em cima de você.

Coll seguiu-a quando ela entrou no camarim para trocar as vestes preciosas e escuras pelo vestido de caminhada de musselina verde mais adequado, que Miranda havia lhe emprestado. E também colocou a peruca cor de marfim depois de prender o próprio cabelo para cima.

— O que acha? Passável? Infelizmente, a maior parte das minhas perucas estava na minha casa.

— *Aye*. Mais do que passável. Você me tira o fôlego.

A meio caminho da porta, Temperance parou, empurrou-o de volta para dentro e trancou os dois ali.

— Você tem consciência de que, quando quem quer que esteja atrás de mim souber que vamos nos casar, pode ficar mais desesperado?

Afinal, depois que eu estiver casada e meus pais não puderem me ameaçar de forma alguma, não terei mais qualquer motivo para não ir até eles e anunciar meu retorno. Nenhuma razão além da minha antipatia e repulsa geral, claro.

— Sim, isso passou pela minha cabeça. — É claro que ela havia pensado naquilo, a mente da mulher era muito rápida. — E não importa o que Robert pense, você irá procurar os seus pais se quiser, e ficará longe deles se assim preferir. No que diz respeito a Londres e ao resto das pessoas, vou me casar com Persephone Jones. Não precisa dizer o contrário a ninguém por minha causa.

— Você é um homem muito bom, lorde Glendarril — sussurrou Temperance, enxugando os olhos.

— Não conte isso a mais ninguém. Tenho uma reputação a zelar, sabia?

Eles voltaram para a Casa Oswell na carruagem da família, acompanhados por quatro batedores. A casa estava lotada de criados armados e também de alguns guerreiros de lorde Aldriss, que começaram a chegar um dia depois do conde. Quanto mais armas houvesse entre Temperance e o exterior, mais Coll gostava do lugar — principalmente porque ele levara a batalha para a Casa Oswell e para a própria família.

Depois do jantar, ele se retirou para o quarto, onde encontrou o paletó cinza, a calça azul e o colete amarelo que Oscar, o valete que atendia a ele e aos irmãos, havia deixado prontos para ele, junto com a camisa branca. A roupa parecia civilizada demais e o amarelo parecia uma cor de dândis, mas Coll tinha preocupações mais importantes do que tecido.

Havia pedido a Eloise que escolhesse uma máscara para ele — supunha que Amy e Miranda escolheram as que Niall e Aden usariam. Enquanto Oscar se adiantava para tentar dar um nó na gravata que não a deixasse como algo que parecia ter sido pisoteado por um cavalo, Coll tirou a máscara da bolsa de seda que Eloise havia deixado ali.

— Hum. Um leão — falou em voz alta, nem um pouco surpreso.

Ele gostava da cor de bronze do acessório, combinava bem com o cinza e o amarelo. Mas aquele pensamento o fez franzir o cenho — ele só iria se casar em breve, pelo amor de Deus, não estava prestes a se tornar uma moça. E também não se tornaria um homem civilizado, maldição.

Coll levou a máscara consigo enquanto atravessava o longo corredor até onde Temperance estava hospedada, ao lado do quarto de Eloise, e bateu na porta.

— Quem é, por favor? — soou a voz de Flora.

— Sou eu — respondeu ele. — Coll.

— Que Coll?

— MacTaggert, sua bruxa. *Laird* Glendarril, se essa for a sua próxima pergunta.

Flora abriu a porta.

— Não existem bruxas na minha família há pelo menos uma geração — brincou ela e se afastou para o lado.

Temperance estava diante da janela fechada, de costas para ele. Ela se virou lentamente, as saias azul-escuras flutuando ao redor dos tornozelos como sombras. Uma máscara de pavão azul e pérola cobria seus olhos e o nariz, e o leque de penas formava um arco no ar, na frente da sua testa. Com os olhos azuis cintilando e o cabelo agora ruivo entrelaçado com fitas azuis e pretas, o efeito era... mágico.

— Pelo sangue de Deus, moça — murmurou Coll.

— Ele gostou — interpretou Flora, batendo palmas.

Coll atravessou o quarto, até onde estava Temperance.

— Se eu gostasse mais — sussurrou —, não sairíamos desse quarto.

— Estava prestes a dizer a mesma coisa a seu respeito. — Temperance o examinou de cima a baixo e voltou a subir o olhar. — É um leão?

— *Aye*. — Ele colocou a máscara e na mesma hora se sentiu aflito com a sensação claustrofóbica. Pelo menos o acessório deixava a sua boca livre, permitindo que inspirasse um pouco de ar.

— Ela... combina com você — falou finalmente, e ficou na ponta dos pés, as mãos apoiadas nos ombros dele, para beijá-lo.

— Vai ter que me beijar muito para me distrair do fato de que estou usando uma gaiola no crânio — disse Coll, retribuindo o beijo com cuidado para não desarrumar o cabelo dela, ou tirar a máscara de pavão do lugar.

— Acho que posso fazer isso, desde que também me beije muito para me distrair da lembrança de que enfrentarei o meu primo esta noite.

— Negócio fechado, moça. — Ele se inclinou mais para perto e roçou os lábios na orelha dela. — Flora sabe a seu respeito ou você ainda é Persie para ela?

— Contei a ela e a Gregory há alguns minutos. — Temperance fez uma careta. — Já deveria ter contado aos dois há muito tempo, mas não queria arriscar que alguém me chamasse pelo nome errado. Como isso deve acontecer aqui, queria que eles soubessem da verdade por mim.

— Eu entendo, Persie — afirmou Flora de onde estava parada, perto da porta. — Ou milady, como eu deveria estar dizendo agora, pelo amor de Deus.

— Não, você não deveria. Persie está ótimo. De qualquer forma, é uma redução aceitável de Temperance.

— É mesmo, não é? — falou a criada, sorrindo. — Eu sempre disse que você era pura elegância até os ossos. Agora sei por quê.

Coll voltou a retirar a máscara e ofereceu a mão livre a Temperance.

— É melhor descermos. Você irá na carruagem com a minha *màthair*, o meu pai e Eloise. Estarei ao seu lado, montado em Nuckelavee. A segunda carruagem levará Aden, Niall e as moças deles.

Algumas semanas antes, eram cinco MacTaggert em Londres, e aquilo incluía Francesca e Eloise, ambas atendendo pelo sobrenome Oswell-MacTaggert. Agora eles eram oito, com Temperance quase como nona da lista e Matthew Harris pronto para chegar a décimo, mesmo que não fosse adotar o sobrenome — ele faria parte da família, e isso o tornava um MacTaggert.

Uma boa parte deles já aguardava no andar de baixo, no saguão, e… maldição, todos os homens MacTaggert usavam ou seguravam na mão uma máscara de leão. Eram todas diferentes, mas mesmo assim inconfundíveis.

— Acho que as moças talvez estejam se divertindo um pouco à nossa custa — comentou Coll, levantando a máscara com a mão livre.

Aden riu.

— Prefiro fazer parte de um bando de leões do que de um bando de gansos ou algo assim.

Todas as mulheres usavam máscaras de pássaros: Temperance a de um pavão, Eloise a de um cisne, Miranda a de uma coruja e Amy a de um falcão, enquanto Francesca usava um vestido branco e marfim e tinha o rosto coberto por uma máscara de pomba incrustada de penas e pedras preciosas. As fantasias haviam sido coordenadas e elas tinham incluído Temperance sem hesitar. Por isso, Coll se curvaria ao senso de humor coletivo e usaria uma maldita cabeça de leão sobre a sua.

Do lado de fora, ele entregou a própria máscara para Niall e montou em Nuckelavee. Três outros batedores juntaram-se a ele — a cena talvez parecesse ostentosa para o resto do mundo, mas não era apenas Temperance que Coll precisava proteger no momento. Ela fora acolhida pela família dele, e aquilo colocava todos em algum grau de perigo.

A casa imponente de lady Fenster ficava a apenas cinco minutos da Casa Oswell, mas foi tempo suficiente para que ele pensasse em tudo o que poderia dar errado naquela noite. Não teria sido apropriado arrastar Robert Hartwood pela orelha para um canto e exigir algumas respostas, mas Coll preferia aquilo a fazer Temperance confrontar alguém que passara quase oito anos evitando.

A aglomeração de veículos que obstruía toda a rua não ajudou muito a deixá-lo com um humor mais razoável. Coll entregou o garanhão para Gavin e abriu ele mesmo a porta da carruagem.

— Não gosto disso — comentou ele enquanto ajudava a mãe a descer. — Pessoas demais por trás de máscaras demais. Vamos resolver isso de outra maneira.

Temperance balançou a cabeça para ele.

— Consegui reunir toda a minha coragem, Coll. Se eu desistir agora, não sei se conseguirei fazer isso de novo.

— Você não...

— Uma palavrinha, Coll — interrompeu o pai dele, pousando a mão no ombro do filho.

— Não se preocupe — afirmou Aden em um tom tranquilo, intervindo para oferecer o braço livre a Temperance. — Não entraremos sem você.

Coll franziu o cenho e se afastou alguns passos com o conde.

— O que é?

— Gostaria de pensar que aprendi algumas coisas, mesmo que tenha demorado tempo demais — falou lorde Aldriss. — E, mesmo que possa ser tarde para mim, não é para você. Escolheu uma mulher forte. E uma mulher forte não fará o que você diz e não tomará cuidado com a língua quando discordar de você. Meu conselho é não esperar que ela faça isso. A moça disse que está pronta para esta noite. Confie nela.

Coll inclinou a cabeça.

— O que aconteceu com as mulheres frágeis, indefesas e delicadas como flores de estufa? O senhor disse que seria só isso que encontraríamos aqui em Londres.

— Sou um homem orgulhoso, rapaz, como você bem sabe. Não queria perder vocês, e menos ainda para a sua mãe. — O conde colocou a própria máscara de leão no rosto, a dele de ônix com amarelo. — Mesmo assim, aqui estamos todos nós, juntos.

Aye, lá estavam eles, todos juntos ali, e formavam um grupo formidável. Leões, sem dúvida — e um lindo bando de pássaros que nenhum outro homem conseguira capturar. Coll relaxou os ombros. Ele não seria o único cuidando de Temperance naquela noite — se tivesse que agir contra Robert Hartwood, não teria que fazer aquilo sozinho. Os MacTaggert permaneciam unidos. Sempre.

—∿—

Temperance observou pai e filho. Coll era mais alto e tinha ombros mais largos, mas qualquer um dos MacTaggert poderia colocar até mesmo o boxeador Gentleman Jackson de traseiro no chão. O que quer que os dois tivessem conversado, o sorriso no rosto de Coll enquanto ele caminhava na direção dela a aqueceu até os ossos.

Aquele homem enorme, que outros subestimavam porque, por algum motivo, achavam que músculos não significavam acuidade mental, queria estar com *ela*. Aquele deus das Terras Altas, com sua beleza esculpida, risada calorosa e mãos e boca muito habilidosas, que recebera ordens de encontrar uma noiva e passara semanas procurando por uma em Londres, a escolhera — mesmo que ela não estivesse sequer próxima da lista de candidatas.

— Está pronta? — perguntou Coll, pegando a máscara da mão de Niall e passando-a por cima do cabelo escuro e rebelde.

— "À brecha novamente" — citou ela, já que os guerreiros de Shakespeare sempre a faziam se sentir mais corajosa.

— Eu lhe disse que era *Henrique V* — brincou Coll.

— Nunca duvidei disso.

Temperance passou a mão ao redor do braço musculoso e resistiu ao impulso de se apoiar nele em busca de força. Naquele momento, as pessoas sabiam que Coll era o seu protetor, com toda a ênfase sexual que acompanhava o termo. Alguns talvez até adivinhassem que Persephone Jones ousaria entrar em um salão de baile aristocrático sem ser convidada, o que seria escandaloso, mas ninguém sabia ainda que iriam se casar. *Aquele* escândalo abalaria a alta sociedade.

Na entrada do salão de baile, lady Aldriss entregou ao mordomo o convite da família. Em seguida, eles foram anunciados como "lorde e lady Aldriss, lorde Glendarril e família", e Persephone entrou na sala sem ser apontada e sem ninguém virar as costas para ela. Mas ainda era cedo.

Fitas douradas, amarelas e brancas pendiam do teto, refletindo a luz dos candelabros em mil direções diferentes. O efeito era marcante, belo e exótico ao mesmo tempo. Do balcão, no alto, uma pequena orquestra tocava, enquanto logo abaixo deles havia duas mesas postas com tigelas de ponche e doces.

Pouco mais de uma centena de pessoas já havia entrado na casa e, embora inicialmente Temperance tivesse ficado satisfeita por poder usar uma máscara, logo se deu conta da desvantagem de todos os outros também estarem disfarçados. Se Coll estivesse certo, a pessoa que incendiara a casa dela ou contratara outra pessoa para fazer aquilo estava ali, e quem quer que tivesse cortado a corda que segurava os sacos de areia, soltado o balde ou conduzido a carroça que atingira sua carruagem poderia muito bem estar acompanhando os passos dela naquele exato momento. É só o que ela veria seria um urso, um tigre ou um papagaio.

— Quer dar uma volta comigo? — sugeriu Coll.

Temperance assentiu, tentando manter um meio-sorriso divertido nos lábios. O assassino poderia saber que ela estava hospedada com os MacTaggert, mas ninguém tinha motivos para acreditar que ela ousaria aparecer ali — fosse como Persephone ou como ela mesma. Sendo assim, ao menos por enquanto, tinha vantagem. E tinha Coll.

— Se vir alguém que acha que poderia ser Robert, aperte o meu braço — alertou ele. — Francesca está fazendo algumas investigações discretas para ver se conseguimos descobrir que máscara ele está usando.

— É estranho que eu esteja ansiosa para deixar todas essas pessoas apavoradas amanhã, quando eu representar lady Macbeth? — perguntou Temperance, o olhar indo de uma máscara para outra.

— Não. Eu mesmo estou ansioso para ver isso. Você assustou até a mim, e aquilo era apenas um ensaio.

— Duvido que alguma coisa assuste você — retrucou Temperance.

— A ideia de alguém lhe fazer mal me assusta — respondeu Coll baixinho. — A ideia de que algo contra o qual eu não possa lutar se coloque entre nós me assusta.

— Os últimos dois dias foram de um pesadelo a um sonho feliz — comentou ela. — Tenho medo de acordar e descobrir que nada disso é verdade.

Shakespeare teria adorado — a mulher que desistira da ideia de amor e casamento enquanto interpretava heroínas românticas, e o homem que a vira acima de todos os personagens, conquistara seu coração e a despertara.

— Virei a sua vida do avesso, eu sei.

— E sabe também que amo você por isso.

O sorriso sob a máscara feroz a fez sorrir também.

— *Aye*. E eu amo você. Você também virou algumas coisas do avesso para mim. Eu não trocaria nada disso por ouro.

Ela também não. Mas antes que Temperance pudesse dizer aquilo em voz alta, um homem magro com uma máscara de raposa passou por ela e um arrepio percorreu sua espinha. Temperance apertou os dedos ao redor do braço de Coll, sem nem se dar conta do que fazia.

— É ele? — perguntou Coll na mesma hora, parando e se virando. — Seu primo?

— Não — sussurrou ela, começando a tremer. — Aquele era o meu pai.

— Maldição. — Eles mudaram de rumo mais uma vez, e Coll guiou-os na direção oposta, praticamente erguendo-a do chão enquanto ela tentava acompanhar seu passo. — Vamos voltar para a Casa Oswell. Agora.

Temperance engoliu em seco e puxou o braço dele. Foi como cutucar uma nuvem de tempestade, mas Coll diminuiu a velocidade e olhou para ela.

— Essa ainda é a nossa melhor chance de encontrar Robert — sussurrou ela. — A peça estreia amanhã, e eu não posso...

— É arriscado demais, Temperance.

— As coisas são o que são. Já estou aqui. Meu pai passou direto por mim sem nem pestanejar. Temos que ficar.

Pelo maxilar cerrado e pela postura agressiva de Coll, ele não tinha ficado nada satisfeito com a conclusão dela. Mesmo assim, depois de um momento, assentiu.

— Não se afaste um passo de mim. Se for o caso, Nuckelavee está do lado de fora. Eu a jogarei em cima da sela e partirei com você para as Terras Altas. Só preciso de uma boa desculpa.

Aquilo soou muito mais tentador para ela do que deveria.

— Meus pais são muito mais avessos a escândalos do que os seus — afirmou Temperance, fazendo o possível para manter a voz firme e não soar como um ratinho assustado. — Duvido que fossem fazer uma cena, mesmo que me reconhecessem.

Aquilo ao menos fazia sentido, e ela se agarrou à ideia. Se os pais a reconhecessem, talvez tentassem abordá-la em particular, mas nunca em público. E, naquela noite, ela não queria ser abordada em particular por ninguém.

— *Aye* — grunhiu ele. — Mas vamos contar aos outros. Não precisamos que Aden ou Niall acabem atacando o seu pai.

Depois de encontrarem Aden e Miranda e de informá-los que pelo menos lorde Bayton estava presente, lady Aldriss se juntou a eles.

— Seu primo está aqui, minha cara — disse ela —, usando uma máscara de galo. E não fique alarmada, mas seus pais também estão.

— Temperance viu o pai há um minuto e quase fugiu pela janela — falou Coll.

— Isso não é verdade. Ele me assustou, só isso. Já cansei de fugir.

Tudo aquilo parecia muito intrépido, mas também apavorante. Ao mesmo tempo, ela estava falando sério. Fugira da casa dos pais havia oito anos e se mantivera escondida desde então, mesmo que seu melhor disfarce fosse permanecer escondida à vista de todos. Ela agora passara a ter um motivo para ficar e lutar pelo que havia encontrado. O único problema era que uma briga talvez estivesse envolvida.

— Então você sabe que seu pai é uma raposa. E a sua mãe é um cisne, como Eloise.

— Ela deveria estar usando uma máscara de galinha, para combinar com a de raposa — sugeriu Aden com um breve sorriso.

— Isso seria bem-humorado demais para os meus pais. Venha, Coll, quero encontrar aquele galo e acabar logo com isso.

— E eu gostaria de torcer o pescoço dele — acrescentou Coll.

Agora que sabiam que animal procurar, não demorou muito para que avistassem o primo Robert. Ele estava parado ao lado da mesa de acepipes, provando cada uma das guloseimas, uma após a outra. E parecia tão... familiar, como se tivesse passado apenas uma semana desde a última vez que Temperance o vira, e não oito anos. Robert ganhara um pouco de peso ao redor da cintura e agora também contava com uma papada, mas, mesmo com a máscara escondendo parte do rosto, era inconfundível.

Ao lado dele estava uma pata loira — de vez em quando ele entregava uma guloseima à mulher e ela a colocava na boca. Sua noiva, Caroline Rilence. Temperance não fora próxima da moça na escola e duvidava que poderia ter reconhecido Caroline na rua, mas não conseguia pensar em mais ninguém a quem Robert pudesse estar dando doces.

— É ele? — murmurou Coll perto dela.

— Sim. Tenho certeza.

Em resposta, ela sentiu os músculos dele se retesarem, e foi como se o ar estalasse conforme a tensão aumentava ao seu redor. Temperance deu as costas ao primo e pousou a mão no peito de Coll.

— Nada de socos. Precisamos falar com Robert primeiro.

Ele respirou fundo e sentiu a mão dela se mover enquanto seus pulmões se enchiam e se esvaziavam.

— Vou fazer um sinal para Eloise, então.

Coll tirou um botão do bolso, se virou, mirou e lançou-o no ar.

Temperance viu o botão atravessar metade do salão voando e atingir o jovem Matthew Harris na nuca. O rapaz se virou, assustado.

— Aqui — falou Coll, apenas com o movimento dos lábios.

Matthew fez uma careta, pegou o braço de Eloise e conduziu-a até onde estavam Coll e Temperance, ainda esfregando a nuca.

— Você não precisava me acertar daquele jeito — reclamou o rapaz com Coll.

— Era um botãozinho minúsculo, e você deveria estar prestando atenção. Nós o encontramos. Eloise, pode fazer com que ele dance uma valsa com você?

— Claro que posso — respondeu ela, com toda a confiança de uma jovem de 18 anos que fora a beldade da temporada desde o momento em que havia sido apresentada à sociedade. — Mostre-o para mim.

Depois de lhe indicarem Robert, a jovem afofou as penas de cisne da máscara, lançou um sorriso rápido e animado a Matthew e se afastou. Temperance tinha a nítida sensação de que Coll teria preferido estar muito mais próximo em caso de problemas, mas com toda a sua altura, ele conseguia ao menos ver a irmã conversando com Robert. Eloise voltou logo, com uma das mãos no peito.

— Meu Deus, isso foi emocionante.

— Funcionou? — apressou-se a perguntar Coll.

— Sim. A primeira valsa da noite. Felizmente, ele não sabia que Matthew já a reivindicara, mas, como não vou mesmo dançar com Robert, suponho que isso não tenha importância. — Ela deu uma palmadinha no braço de Matthew, como se para confortá-lo. — Mas a mulher que estava com ele não pareceu muito feliz.

— Aquela é a noiva dele — informou Temperance. — Você deve tê-lo surpreendido... Robert nunca foi um bom dançarino.

Enquanto falava, lhe ocorreu que em poucos minutos estaria dançando cara a cara com o primo, e teve que conter outra onda de tremores. Surpreendê-lo era a arma mais eficaz que tinham, e ela certamente era a melhor pessoa para fazer aquilo.

— Volto a dizer que você não precisa fazer isso. — Coll se colocou na frente dela, bloqueando sua visão de Robert. — Podemos encontrar outra maneira.

— Não posso dizer que estou ansiosa por isso — admitiu Temperance, encontrando o olhar verde cintilante dele através da máscara de leão feroz e tão adequada —, mas *estou* ansiosa para não precisar mais ter medo.

A música para uma quadrilha, a primeira dança da noite, começou, e Coll estendeu uma das mãos.

— Você tem um lugar no seu cartão de dança para mim, então?

— Sempre.

Temperance aceitou a mão dele e se deixou guiar por uma lateral do salão de baile, o mais longe possível da família dela. Coll dançava bem, era gracioso, atlético e muito atento às pessoas ao seu redor, que sem dúvida temiam ser pisoteadas.

Já fazia muito tempo que Temperance não dançava mais do que uma ou duas danças escocesas no palco, e ela se pegou sorrindo e sem fôlego no final da quadrilha. Aden a reivindicou para a contradança e Niall para a quadrilha que se seguiu. Aquelas três danças eram, para dizer o mínimo, uma forte lembrança de que a vida dela havia mudado. Não precisava mais encarar tudo sozinha. Se caísse, haveria alguém por perto para ampará-la antes que atingisse o chão — tanto literal quanto figurativamente. Ela se sentia... poderosa, por ter aqueles homens, aquela família, ao seu lado. Mesmo quando menina, Temperance raras vezes tinha ousado se desviar do caminho que lhe fora traçado, porque quando tinha 5 anos ouvira que, se não fizesse o que lhe mandavam, seria deixada do lado de fora de casa, para ser levada pelos ciganos, e acreditara naquilo.

Após uma breve pausa para descanso da orquestra, lady Fenster anunciou a valsa. O coração de Temperance saltou no peito e ela agarrou a mão de Coll e apertou com força. Então, sem olhar para trás, avançou e interceptou o galo que já estava a caminho de encontrar o cisne que era Eloise.

Ele deu meio passo para trás enquanto ela bloqueava seu caminho.

— Com licença. Tenho uma parceira para essa dança.

— Sim, o cisne. Eu troquei com ela.

— Não é assim que...

— Dance comigo, primo Robert — falou Temperance com muita clareza.

Os olhos castanhos se arregalaram por trás do bico do galo.

— Bom... Bom Deus! *Temperance?*

Capítulo 18

"É uma história contada por um idiota."
Macbeth, *Macbeth*, Ato V, Cena V

— Fale baixo — disse Temperance, observando com atenção cada contração do rosto do primo. — Você não quer causar uma cena, não é mesmo?

— Eu... onde? Como?

Ela havia esquecido a absoluta falta de imaginação do primo Robert.

— Dance comigo se quiser conversar — falou Temperance, surpresa ao descobrir que estava mais irritada do que com medo.

Se ele estava fingindo o susto, fazia aquilo muito bem, e ela não conseguia imaginar por que — a menos, é claro, que fosse para esconder o fato de que sabia quem ela era havia pelo menos uma semana e vinha tentando matá-la.

Maldito fosse, de qualquer maneira. Temperance bateu a mão na dele, pousou a outra mão em seu ombro e praticamente o arrastou para a pista de dança. Ele continuou a encará-la, boquiaberto, e ela teve que se esforçar para não deixar transparecer a irritação que sentia.

— Você até finge bem a surpresa — comentou Temperance, mantendo a voz baixa para que os pares ao redor deles não pudessem ouvir a conversa —, mas não estou convencida disso. Quando me reconheceu? Por acaso esteve em alguma das apresentações de *Do jeito que você gosta*?

Por cima do ombro de Robert, ela viu Coll passar com a cunhada Amy nos braços, mas ignorou seu olhar interrogativo. Aquele não era o momento para ela se permitir qualquer distração.

— Do que está falando? — perguntou Robert em um sussurro. — Você estava no teatro? Eu achei... achei que você tinha fugido para a América ou para algum outro lugar. Sinto muito, mas depois de todo esse tempo não pode me culpar por não ter notado você no meio da multidão enquanto assistia a uma apresentação, ainda mais quando eu pensava que estava do outro lado do mundo.

Temperance ficou confusa. O primo estava dizendo que achava que ela havia assistido ao mesmo espetáculo que ele?

— Você esteve no Saint Genesius, então. Eu sabia que havia me reconhecido.

— Não vi você no Saint Genesius, Temp. Se tivesse visto, teria contado aos seus pais, e eles parariam de manter a sua herança estúpida pairando sobre minha cabeça como um machado toda vez que eu mencionasse que queria morar em Devonshire e não na maldita Cumbria. Deus, odeio aquele lugar.

— Você está morando em Devon?

— Estou tentando. O irmão da minha mãe, meu tio William, tinha uma propriedade lá. O lugar agora é meu, mas seu pai continua insistindo que o título de Bayton pertence a Cumbria, e, se eu quiser que ele deserde você para que eu receba a herança, é melhor eu permanecer por lá.

— Mas você se mudou mesmo assim?

Nada daquilo fazia mais qualquer sentido.

— Sim, há um ano. Eu diria a ele que não quero o dinheiro se para isso tiver que morar naquela casa velha e cheia de correntes de ar, mas aquela herança tem que ir para algum lugar, não é? Depois que você foi embora, imaginei que eu acabaria morando lá, porque eles me fariam concordar com isso... e com um milhão de outras coisas, muito provavelmente... antes de me entregarem o dinheiro.

Agora que você voltou, os dois vão parar de me torturar com essa ideia e poderei finalmente decidir onde quero viver. — Robert franziu o cenho. — Mas o que isso tem a ver com ir ao teatro?

— Ao que parece, nada. — Pelo amor de Deus... Mas ele *estivera* no teatro. E alguém *estava* tentando matá-la. — Com quem você foi?

— Com os seus pais e com Caroline. Sabe, talvez Caroline tenha visto você lá. Ela ficou muito quieta depois, mas achei que fosse porque estava com raiva de mim por não ter pressionado o seu pai para que você fosse declarada morta. Sem ofensa, é claro, mas em algum momento eles teriam que perceber que Bayton ficaria comigo, quer eu morasse lá ou não, e a única diferença seria que, com o dinheiro em mãos, eu poderia reformá-la. Se o lugar é mesmo tão precioso para eles, era de se imaginar que pelo menos desejariam que fosse bem conservado. — Ele suspirou. — Agora não há mais esperança disso, a menos que você tenha se casado com um açougueiro e tenha uma ninhada de filhos rechonchudos. Você fez isso? Se bem que não está vestida como a esposa de um açougueiro...

— Não estou casada — falou Temperance, a conversa girando em sua mente enquanto ela tentava compreender. Enquanto tentava encontrar sentido em alguma coisa, na verdade.

— É isso, então. Se eu fosse você, faria com que os seus pais lhe prometessem o dinheiro por escrito em troca de se casar com alguém que eles aprovassem. Embora isso não tenha lhe servido antes. Por que fugiu, afinal? Só o que precisava fazer era manter Dunhurst feliz em sua velhice debilitada.

— Porque eu não queria me casar com um homem debilitado, quarenta anos mais velho do que eu. E ele não estava nada debilitado. Era cruel.

— Admito que não gosto muito dele, mas isso não é da minha conta.

A música parou, e eles também. Enquanto os outros casais se separavam para aplaudir, Coll apareceu abruptamente ao lado dela.

— Então? — perguntou, os olhos fixos em Robert. — Devo matá-lo?

O primo de Temperance empalideceu.

— Santo Deus, você é aquele escocês enorme, o que tomou Persephone Jones como amant... — Ele se interrompeu, o rosto já pálido assumindo um tom acinzentado. — Meu Deus, Temperance. Você é...

Ela agarrou a mão do primo e puxou-o em direção à porta. Com Coll logo atrás, empurrando Robert, eles seguiram em passo acelerado pelo corredor e entraram pela primeira porta que encontraram fechada. Só então Temperance soltou Robert e se virou para encará-lo, a expressão zangada.

— Fale baixo — ordenou.

— Você é *ela*! — exclamou ele, a voz baixa e rouca, carregada de entusiasmo. — Você é Persephone Jones!

Atrás dele, Coll ergueu uma sobrancelha.

— Mas que diabo...

Temperance fez um gesto de dispensa com a mão.

— Ele é um idiota.

— Quem? — perguntaram os dois homens em uníssono irregular.

— Ele. — Ela apontou para o primo. — Você.

— Por quê? Porque por acaso não reconheci a minha prima, que não vejo há oito anos, quando ela reapareceu como uma atriz famosa a quase quinhentos quilômetros de casa? — Ele levou a mão à boca. — Peça aos seus pais para colocarem por escrito que você será a herdeira deles *antes* de contar o que andou fazendo.

Temperance teve vontade de cobrir os olhos e os ouvidos ao mesmo tempo — a conclusão imediata de Robert, depois de não a ver por oito anos, era de que ela retomaria a vida do ponto onde havia parado, como se nunca tivesse tido nenhum motivo para partir...

— Preciso de um momento para pensar — falou Temperance, sentando-se e inclinando a cabeça sobre os joelhos.

— E mantenha *esse homem* longe de você — continuou Robert. — Se tio Michael e tia Georgiana se derem conta de que andou se deitando com um escocês, nunca vão perdoar...

Ele parou de falar e logo se seguiu um baque surdo, então algo pesado caiu no chão. Temperance levantou a cabeça e viu o primo Robert caído no tapete.

— Coll!

Ele deu de ombros, enquanto abria e fechava o punho.

— Ele não calava a boca. E insultou você.

— Robert não disse nada que não fosse verdade.

— Ainda assim, eu não gostei. — Coll passou por cima do outro homem, se aproximou e se agachou ao lado da cadeira dela. — Suponho que não ache que foi o primo Robert quem tentou matá-la.

— Exatamente. Ele ficou surpreso ao me ver, só quer a minha suposta herança porque o dinheiro tem que ir para ele se não for para mim, e só descobriu que sou Persephone Jones depois que viu você.

— Eu esperava que fosse ele. Preciso que fique a salvo, Temperance. E preciso saber que, agora que a encontrei, nenhum homem será capaz de tirar você de mim.

Temperance tocou o rosto dele, sentindo a aspereza da barba cerrada.

— Você não tem ideia de quanto tempo eu passei querendo alguém que simplesmente valorizasse... a mim — sussurrou ela. — Quase esqueci quem era essa pessoa.

Ele sorriu e beijou a palma da mão dela.

— Já eu a teria reconhecido em qualquer lugar, *mo chridhe*. Agora me diga, ele falou alguma coisa interessante?

— Robert assistiu a uma apresentação de *Do jeito que você gosta*, mas não tinha ideia de que era eu no palco. — Ela respirou fundo, desejando poder afundar no chão com Coll e deixar todo o resto se dissipar. — Meus pais e a noiva dele também estavam lá.

— Você ainda acha que seus pais não têm motivos para lhe fazer mal?

— Suponho que, se eu fosse um constrangimento muito grande, eles poderiam me desejar morta, mas matar Persephone Jones faria com que a verdade sobre a minha identidade emergisse. E eles não iriam querer isso.

— Concordo. Seria menos desagradável se a deserdassem silenciosamente ou lhe pagassem uma quantia em troca de permitir que a declarassem morta.

— Sim.

— E a srta. Caroline Rilence, então? Você disse que estudou com ela.

Temperance já não se surpreendeu por Coll ter lembrado o nome de Caroline e onde ela conhecera a colega de escola.

— Foi na escola de etiqueta. Eu não a conhecia bem. Acho que só o bastante para lembrar o nome dela.

Coll inclinou um pouco a cabeça.

— E ela era uma moça ambiciosa?

— Sinceramente, não tenho ideia.

Temperance fechou os olhos por um momento, tentando ignorar tanto o primo caído no chão quanto o olhar atento de Coll sobre ela. Tinha frequentado a Escola de Aperfeiçoamento para Damas de Boa Criação da sra. Paulton doze anos antes. Quando evocara o nome de Caroline, tinha se lembrado de uma garota loira e magra, com um sorriso hesitante e uma voz tolerável quando cantava.

— Ela só estava... lá — disse Temperance por fim, abrindo os olhos. — Para ser sincera, acho que não nos conhecemos o bastante para que ela deseje que eu morra.

— Ainda assim, essa moça estava no teatro. Ela está aqui hoje?

Apesar do tom tranquilo, a dureza sob as palavras de Coll fez com que ela se lembrasse de que ele não era um homem com quem se deveria brincar.

— Sim. Está com uma máscara de pato, branca com contas verdes.

Ele estendeu a mão.

— Não posso deixar você aqui. Vou pedir para que Niall venha até aqui, acorde seu primo e diga que ele bateu com a cabeça em alguma coisa. E que se não quiser bater com a cabeça de novo, vai manter a boca fechada sobre ter visto você essa noite.

Coll ajudou-a a passar por cima do primo que gemia, e eles saíram para o corredor.

— Nunca bati em uma mulher, mas, se essa Caroline Rilence está tentando fazer algum mal a você, pretendo me certificar de que ela pare. Custe o que custar.

De volta ao salão de baile, Coll localizou os irmãos, foi até eles e mandou Niall de volta para ameaçar Robert, enquanto Aden ficava vigiando as portas da frente para impedir a partida de uma pata. Então, deixou Temperance aos cuidados de Amy e de Miranda, que a pegaram pela mão para conduzi-la até onde estavam lorde e lady Aldriss.

— Caroline Rilence — disse a mais velha das duas, Miranda, em um tom pensativo. — Eu a conheço, mas apenas superficialmente. Ela sempre pareceu bastante tímida. Vê-la como assassina... Parece tão estranho.

— Não podemos ter certeza de que é ela — lembrou Temperance. — O fato de sabermos que ela estava no teatro não significa nada. Meia dúzia de pessoas que vi aqui essa noite me reconheceriam como Temperance, se pensassem em me procurar.

Mas ninguém além de Robert e os MacTaggert a conhecia como Temperance Hartwood naquela noite. As pessoas estavam começando a sussurrar umas para as outras por trás das máscaras, lançando olhares ou encarando-a abertamente. Começavam a reconhecer Persephone Jones. Aquilo não iria terminar bem, não se ela continuasse tentando se manter no anonimato.

Quando outra contradança terminou, uma mulher rechonchuda, vestida de branco e rosa, se adiantou pisando firme, com uma cabeça de unicórnio com um chifre imponente empoleirada acima do cabelo preto, que já se tornava grisalho, e meia dúzia de outras mulheres mascaradas atrás dela. Sim, eram sempre as mulheres que não gostavam de vê-la em lugares como aquele, como se todas esperassem que ela lançasse algum tipo de feitiço sobre seus maridos.

— Talvez devêssemos partir — murmurou lady Aldriss, pousando a mão em seu ombro.

— Só um momento — pediu Temperance. — Acho que posso ajudar Coll de alguma forma.

Ela foi até onde estava a anfitriã e fez uma elegante reverência para lady Fenster.

— Milady — falou em um tom que todos ao redor poderiam ouvir —, agradeço a sua indulgência. Nobres pessoas, amanhã estrearemos no teatro Saint Genesius a nossa primeira versão da peça escocesa, também conhecida como... — Temperance se inclinou um pouco, levando a mão à boca enquanto baixava a voz em tom conspiratório — Macbeth.

O nome dela — seu nome falso — começou a ecoar pelo salão de baile, e Temperance fez um gesto amplo e abrangente, abarcando os convidados ao redor.

— Posso tentar agradá-la ainda mais, milady, e a seus convidados radiantes? Talvez apresentando uma parte do solilóquio sonâmbulo de lady Macbeth? Algo ligeiramente sombrio, que faça com que as mulheres desejem o braço de um marido para protegê-las?

Os arrepios exagerados e murmúrios de aprovação das pessoas reunidas ao seu redor já foram uma ótima resposta, mas Temperance não se mexeu até lady Fenster assentir em aprovação. Temperance respirou fundo, apagou as velas mais próximas e se virou de costas, então voltou a olhar para a frente. Com a máscara no rosto, ela teria que se fiar mais no tom de voz do que nas expressões faciais, mas estava acostumada àquilo. Afinal, o público nos assentos do fundo do Saint Genesius mal conseguia ver o palco.

Temperance ergueu as mãos, e esfregou-as lentamente uma na outra, como se estivesse lavando-as em uma bacia.

— "Sai, mancha maldita! Sai, estou dizendo. Um, dois... ora, mas então é esse o momento de se fazer a coisa. O Inferno é tão escuro! Que vergonha, senhor meu marido! Que vergonha: um soldado, e com medo? Haveríamos de ter medo do quê? Quem é que vai saber, quando ninguém tem poder para obrigar-nos a contar como nós chegamos ao poder? E ainda assim, quem poderia adivinhar que o velho tinha tanto sangue dentro das veias?"

Ela inclinou a cabeça, ainda olhando para as mãos, recitando silenciosamente as falas que não eram dela, notando que as pessoas formavam um semicírculo hipnotizado e silencioso ao seu redor. *Ótimo.* Aquilo tornaria mais fácil para Coll localizar Caroline.

— "O Barão de Fife era casado. Onde estará agora a esposa dele? Mas será que estas mãos não estarão jamais limpas? Basta, meu Senhor, vamos parar já com isso. Pões tudo a perder com esses teus sobressaltos."

Ao ver Coll no fundo do salão, Temperance assentiu brevemente e ele fez um gesto para que ela continuasse, tendo naquele instante o pai e Niall ao lado.

— "Lava tuas mãos, veste teu camisolão, não te apresentes com o rosto tão pálido. Estou te dizendo, uma vez mais, Banquo está morto e enterrado. Ele não tem como sair da cova. Para a cama, para a cama! Alguém bate à porta. Vem, vem! Vem de uma vez, dá-me tua mão. O que está feito feito está, e não tem volta. Para a cama, para a cama, para a cama!"

Naquele momento, ela levantou a cabeça e deu um passo rápido à frente, aparentemente assustada com o que estava ao seu redor. Uma mulher que estava na frente da aglomeração de convidados gritou e várias outras se sobressaltaram. Temperance abaixou os ombros, sorriu e fez outra reverência profunda.

O estrondo de aplausos teria feito Charlie Huddle chorar. Sem dúvida, todas as apresentações no Saint Genesius estariam lotadas depois daquilo. No entanto, o mais importante foi ver Coll se aproximando, a mão ao redor do braço de uma jovem com máscara de pato, arrastando-a para a frente.

— Essa é ela? — perguntou ele sem preâmbulos.

O cabelo era loiro, mas as contas daquela pata eram mais simples e as penas não tão cheias.

— Não — sussurrou Temperance. — Deixe-a ir antes que você mate a moça de susto.

— O que... lady Aldriss! — A jovem fez uma reverência nervosa.

— Ah, lady Agnes — falou a condessa, e pegou a mão que Coll acabara de soltar, apertando-a com delicadeza. — Lamento que meu filho não tenha boas maneiras. Sei que a senhorita gosta de teatro e achei que gostaria de conhecer a sra. Jones.

— Ah. — Lady Agnes começou uma reverência, mas logo se conteve, lembrando-se de que ninguém se curvava diante de uma plebeia. Em vez disso, então, ela inclinou a cabeça regiamente. — Senhora Jones, que apresentação maravilhosa. Acho que não vou nem conseguir dormir essa noite.

— É muita gentileza da sua parte, milady.

Depois que a jovem dama voltou correndo para junto dos amigos, lady Aldriss franziu o cenho.

— Pare de agarrar mulheres pelo braço, meu caro — disse ela ao filho mais velho. — Não importa quem sejam, ou o que acha que elas possam ter feito.

— Ela era a única maldita pata nessa casa — respondeu Coll. — Onde está Robert Hartwood?

— A caminho de casa, acredito — disse Niall. — Pobre rapaz, depois de bater a cabeça em um poste daquele jeito. Ele ficará quieto, mas por não mais do que um ou dois dias, eu acho. O tal Robert mencionou ter escapado do controle do tio nada menos do que três vezes enquanto eu o arrastava para fora da casa.

Ela fugira, então. Caroline havia deixado a Casa Fenster, e sem dar sequer uma desculpa ao noivo. Um novo arrepio gelado subiu pela espinha de Temperance. Como poderia ser ela? Alguém de quem ela mal se lembrava a queria morta? Por quê? Por causa do dinheiro? Tinha que ser aquilo, mas matar alguém que só queria permanecer escondida soava cruel e brutal demais.

— Robert talvez não se importe se vai ou não receber a herança destinada a você — falou Coll —, mas eu apostaria dinheiro agora mesmo no fato de que a noiva dele não está nada feliz com a possibilidade dessa herança não ir parar nas mãos dele.

— Vou descobrir o endereço dela — afirmou a condessa. — O resto de vocês, estamos voltando para casa. Depois você poderá fazer uma visita a ela, Coll. Com seus irmãos.

Lorde Aldriss se adiantou um passo.

— Permanecerei com você, esposa. Devemos nos manter juntos, você sabe.

Agora todos queriam dar uma palavra com Temperance, enquanto os MacTaggert se dirigiam para a porta, o que tornava a saída deles lenta. Quando uma raposa e um cisne apareceram na fila para cumprimentá-la, ela tocou a manga de Coll. Ele se adiantou na mesma hora, colocando-se entre ela e os fãs.

— Vocês estão me sufocando — grunhiu Coll, abrindo espaço para o resto dos MacTaggert apenas com a imponência da sua presença. Eles saíram em duplas, com Coll na retaguarda.

— Moça, que apresentação soberba — comentou Aden, pegando a mão dela e apertando-a. — Se Coll alguma vez lhe causar problemas, basta fazer aquele discurso. Acho que isso vai acalmá-lo.

— "Soberba?" — repetiu Miranda, sorrindo.

— *Aye.* Venho aprendendo a falar *sassenach*, sabe.

— Ora, pare com isso, pelo amor de Santo André — murmurou Coll, pegando o braço de Temperance e puxando-a para junto dele. — Já sabemos de quem se trata, moça. Agora só precisamos encontrá-la.

— E depois?

— Então acho que veremos quanto poder lady Aldriss pode exercer sobre um ou dois juízes. Ou eu mesmo colocarei Caroline Rilence dentro de uma caixa e a enviarei para a América. — Ele abaixou a cabeça. — E esse sou eu, sendo o mais civilizado que consigo.

Correto ou não, aquilo parecia ser o suficiente para acalmar Temperance um pouco. Ela deduziu o que poderia estar acontecendo: Caroline queria o dinheiro para ela e para Robert, então, quando se deparou inadvertidamente com a pessoa que iria herdá-lo, tomou providências para impedir que Temperance reivindicasse a fortuna. Mas, talvez por ter deixado aquele dinheiro para trás sem pensar duas vezes, ela achava toda aquela ideia absurda — com certeza não valia a vida de alguém.

Ao entrar na carruagem atrás de lady Aldriss, Temperance olhou por cima do ombro e viu Coll montando Nuckelavee, seu enorme cavalo preto. Se não conseguissem encontrar Caroline, restava uma maneira de detê-la. Bater na porta da Casa Hartwood era a última coisa que Temperance queria fazer, é claro. Mas aquilo não se resumia mais somente a ela. Os MacTaggert a haviam acolhido e um deles a amava. Ela não permitiria que eles corressem qualquer risco por causa dela.

Começava a entender que os MacTaggert realmente sempre defendiam uns aos outros.

Capítulo 19

"Deixa o resto comigo."
Lady Macbeth, *Macbeth*, Ato I, Cena V

Caroline Rilence não estava em casa. De acordo com o mordomo e com os pais arrogantes dela, a moça adoecera de repente e partira para a residência da família em Leeds, embora não soubessem dizer por que haviam permitido que uma mulher doente fizesse uma viagem de carruagem tão longa, tendo apenas uma camareira como companhia.

Parecia muito mais provável que ela tivesse inventado alguma história sobre *highlanders* desagradáveis e ido se hospedar com uma amiga. O problema, percebeu Coll, era que nenhum deles conhecia o bastante sobre Caroline para saber quem eram seus malditos amigos.

— Preciso de mais nomes — disse ele, resistindo à vontade de bater com o punho na mesa do café da manhã. Já havia quebrado dois lápis, e aquilo não adiantara de nada, a não ser fazer com que Eloise o repreendesse por ser uma "montanha furiosa", como ela o chamara.

— Sinto muito, Coll —, disse Miranda, girando a xícara de chá nas mãos. — Caroline é cinco anos mais velha do que eu, e sua distância de idade para Amy e Eloise é ainda maior. Eu não a conheço bem.

— Ela seria considerada uma solteirona, por não estar casada aos 27 ou 28 anos — acrescentou Amy. — É mais provável que compareça a recitais e leituras de livros do que a bailes.

— Essa moça teve menos de um dia para desaparecer — insistiu Coll. — Nenhum homem ou mulher consegue fazer isso tão rapidamente sem deixar um rastro que possa ser farejado por um caçador.

— Eu fiz isso rápido assim — retrucou Temperance, a própria xícara de chá intocada. — Tudo depende do que ela está disposta a deixar para trás.

— Essa mulher tentou matar você por dinheiro. Ela não está tentando deixar nada para trás. Só pretende se esconder até pararmos de procurá-la.

Nesse meio-tempo, a mulher poderia se tornar ainda mais desesperada do que antes. A solução mais fácil teria sido informar lorde e lady Bayton de que a filha deles estava viva e bem, mas Temperance não queria chegar perto dos dois — e Coll não poderia culpá-la por aquilo.

— Agora que você suspeita dela, talvez Caroline perceba que é muito arriscado tentar qualquer outra coisa. — Eloise estendeu a mão por cima da mesa para pousá-la sobre a de Temperance. — Eu não iria querer ter nenhum dos nossos atrás de mim.

— O problema é que não sabemos onde ela foi parar. Temperance, não quero que saia por essa porta até que a encontremos.

Ela levantou a cabeça na mesma hora, cravando os olhos azuis nele.

— Tenho uma apresentação hoje à noite e todas as noites durante as próximas quatro semanas.

— Mas você…

— *Não* vou deixar de fazer aquela peça — declarou Temperance, a voz tensa. — Todos no Saint Genesius estão contando comigo. Não tenho nem uma substituta.

Coll praguejou e bateu com o punho no tampo da mesa.

— Eu não sei como protegê-la, então! — bradou, nervoso.

— Apenas esteja lá. De qualquer forma, duvido que ela ouse fazer alguma tentativa com tantas testemunhas. Até agora, Caroline, ou quem quer que ela tenha contratado, atacou enquanto eu estava mais ou menos sozinha.

Coll não sabia se ela estava tentando convencê-lo ou a si mesma, mas compreendia seu ponto de vista. Aonde quer que Temperance fosse, estaria em perigo. Mesmo em casa, eles não podiam garantir que alguém não tentaria incendiar a Casa Oswell. No palco, ela teria pelo menos centenas de testemunhas e relativamente poucas entradas e saídas a ser vigiadas.

De um ponto de vista lógico, era mais seguro do que qualquer lugar, exceto em seus braços. Aquilo não significava que ele gostava da ideia. De forma alguma. Mas, como o pai dissera, o problema de amar uma mulher forte e obstinada era que ela tinha opiniões vigorosas e não era tímida ao expressá-las.

— Muito bem. Você estará no palco. E eu ficarei nos bastidores, vigiando cada maldito minuto.

— E nós estaremos na plateia, vigiando de lá — comentou a mãe, entrando na sala. — Essa é a sua vida, Temperance, e Deus sabe que conquistou o direito de conduzi-la como quiser. Mas, por favor, tenha em mente que, quer você decida ser conhecida como Persephone ou como Temperance, seu sobrenome será MacTaggert.

— E o título dela será lady Glendarril — interveio Coll. — Não tente fazê-la se sentir culpada, milady. Os pais agiram errado com Temperance. Mas ela não é a única que pode afirmar isso.

Francesca franziu levemente os lábios, mas assentiu.

— Não há como contestar isso.

— Você foi um pouco duro, não? — perguntou Niall, enquanto a mãe deles saía da sala.

— Cansei de acordos que servem aos propósitos de outra pessoa — retrucou Coll. — E agora acho que estamos saindo para ir ao teatro. Vejo vocês lá essa noite, certo?

— *Aye* — confirmou Aden. — Levarei um traje adequado para você se trocar.

— Enquanto isso, faremos mais algumas perguntas sobre quem poderia chamar Caroline Rilence de amiga — acrescentou Niall.

Coll não poderia estar em todos os lugares ao mesmo tempo e precisava permanecer ao lado de Temperance. Quer achassem que ela estaria mais segura no palco ou não, ele não estava pensando apenas naquela noite. Sua mente estava em todas as outras noites, pelo resto da vida deles. E ele queria muito estar sempre ao lado de Temperance.

As horas seguintes não o deixaram menos preocupado, embora tenha ficado impressionado com o esforço de Charlie para colocar homens em cada saída checando ingressos ou confirmando que membros da plateia eram mesmo quem afirmavam ser. Mesmo assim, como era noite de apresentação, o teatro estava lotado na parte da frente e nos fundos, com atores e seus amigos ou familiares, assistentes de palco procurando encantar uma ou duas moças apresentando-as a Gordon Humphreys, a Thomas Baywich, a Persephone Jones ou a Clive Montrose, que era belo demais para o gosto de Coll.

Eles repassaram a peça mais uma vez e, pela primeira vez, Humphreys até disse a palavra "Macbeth", antes de ter que se sentar e se abanar com seu texto cheio de anotações. Foi um bom desempenho — talvez o melhor que Coll já vira, e ele assistira a vários nas Terras Altas. Em sua opinião, ninguém fizera uma lady Macbeth como a de Temperance, e provavelmente sua atuação jamais seria igualada — e ainda era só o ensaio.

Um murmúrio surdo que começou do outro lado das cortinas foi se tornando mais alto até Coll já não conseguir ouvir mais os próprios pensamentos.

— É sempre tão alto? — perguntou a Temperance, enquanto via Charlotte, uma moça baixinha, terminar de prender o cabelo preto como breu que lady Macbeth usaria.

— Na noite de estreia, sim. Nas outras noites, não — respondeu ela, olhando-se no espelho antes de adicionar um toque a mais de ruge ao rosto. — Saudável no início, pálida no final — disse em voz alta, lançando um rápido sorriso na direção dele.

Um gongo soou próximo.

— Cinco minutos até abrirmos a cortina — avisaram.

Persephone se levantou.

— É hora de fazer uma prece aos deuses do teatro — brincou ela, o humor em desacordo com o vestido austero cinza e bordô que usava.

Coll endireitou o corpo de onde estava, encostado na parede.

— Eu gostaria de beijar você — murmurou, pegando a mão dela para pousá-la sobre o seu braço —, mas não quero ser o culpado por arruinar sua aparência saudável.

— Você, meu caro, é a razão da minha aparência saudável. Quase não preciso de maquiagem.

Temperance se virou, ergueu o corpo junto ao peito dele e envolveu sua nuca com a mão. Seus lábios vermelho-rubi encontraram os dele em um beijo com gosto de chá e desejo.

Coll envolveu-a nos braços e tirou-a do chão, aprofundando o beijo. Não importava a roupa que estivesse vestindo, ou por que nome atendesse, só o que importava era que Temperance pertencia a ele, e ele a ela.

— Eu amo você, moça — murmurou Coll.

— Eu amo você, Coll — respondeu ela. — Agora me coloque no chão.

Foi o que ele fez, embora preferisse trancar a porta do camarim, despi-la daquelas roupas sombrias e escuras e substituí-las pela sua boca. Temperance tirou um lenço de uma gaveta, limpou com cuidado a boca dele e retocou a própria maquiagem.

— Boa...

Ela tapou a boca dele.

— *Não* me deseje boa sorte — sussurrou ela. — Isso traz a pior sorte imaginável.

— Vocês são todos loucos, sabe disso — sussurrou Coll de volta, beijando a palma da mão dela e voltando a pousá-la em seu braço. — Não vou lhe desejar nenhum mal.

— Diga algo em gaélico que me daria vertigens se eu ouvisse na minha língua — sugeriu ela, com os olhos fixos na boca dele.

— *Tha mi airson a bhith còmhla riut an-dràsta.*

— Já sinto vertigens mesmo ouvindo apenas em gaélico — declarou Temperance, baixinho. — Me diga depois o que significa.

— *Aye.* Isso é uma promessa.

Coll deixou-a no palco com os companheiros, enquanto permanecia nas sombras, observando Charlie Huddle guiá-los em uma combinação de prece e feitiçaria para que tivessem sucesso. Terminado aquilo, os atores foram para suas posições iniciais e Coll encontrou um lugar de onde pudesse ver tanto o camarim de Temperance quanto o palco.

As cortinas se abriram com um estrondo retumbante, e as três bruxas começaram suas falas em meio a sons de trovão gerados por Harry Drew e seus assistentes de palco. Por mais ensaios a que já tivesse presenciado, Coll sentiu um desejo renovado de assistir ao espetáculo mais uma vez. Mas resistiu com firmeza. Temperance poderia, sim, estar mais segura no palco do que em qualquer outro lugar, mas isso não significava que ele poderia correr o risco de se distrair.

Conforme cada ator fazia a sua primeira aparição, o público reagia com aplausos e gritos, embora nenhum tão alto quanto os que foram dedicados a Temperance. Coll não tinha ideia do que os nobres de sangue azul pensariam se descobrissem que estavam aplaudindo um deles, uma moça que ousava desafiá-los e a seus costumes, e que fazia aquilo com habilidade e talento.

A peça era curta para os padrões das obras de Shakespeare, e o grupo havia decidido abrir mão do intervalo — pelo menos na noite de estreia. Os três assassinos mataram Banquo de uma forma bastante espetacular, fazendo com que pelo menos uma moça na plateia gritasse, e alguém aparentemente desmaiou quando o fantasma de Banquo chegou ao banquete de Macbeth, todo vestido com tiras cinzentas de musselina e tilintando uma corrente para impressionar.

— Você não acha que alguém tentaria fazer mal a ela aqui, não é? — disse uma voz baixa ao lado dele.

Coll se virou para olhar. O rapaz bonito que Temperance havia contado ter sido roubado de um dos outros teatros, Clive Montrose — que mais lhe parecia um nome inventado.

— Não estou disposto a arriscar — falou Coll.

— O senhor é um bom homem, milorde.

— Sou cauteloso.

— Falando nisso — continuou Montrose —, agora mesmo reparei, por acaso, em alguém carregando um saco de aparência pesada. Não me lembro de ser necessário um saco tão pesado para nada, especialmente nos andaimes.

— Onde? — sussurrou Coll, endireitando o corpo.

Os malditos cordames permaneciam escuros, embora ele pudesse ver homens subindo neles, como aconteceria durante toda a peça.

— Aqui — sussurrou Montrose de volta, e algo pesado acertou a nuca de Coll.

—m—

Um estampido persistente soava em seus ouvidos, como se alguém batesse sem parar em uma panela com uma colher. Coll abriu os olhos e viu... nada. Ele franziu o cenho, levou as mãos atrás do corpo, deu impulso e... bateu com a cabeça em alguma coisa antes que conseguisse se sentar direito.

Coll tentou se virar, então bateu em outra parede, e em outra. *Cristo.* Ao seu redor, paredes e escuridão. Ele continuou a bater repetidamente, a respiração ofegante, sem conseguir colocar força o bastante nos golpes para mover qualquer coisa.

Um pequeno espaço no escuro — seu pior pesadelo. E ele... ele tinha algo a fazer... Alguma coisa importante.

Coll fechou os olhos com força e parou de se mexer. O teatro. *Macbeth.* Temperance. Meu Deus, deveria estar protegendo Temperance. Ele prendeu a respiração, escutando. Podia ouvir Malcolm dando a notícia a Macduff de que sua esposa e seus filhos haviam sido assassinados. Portanto, se passara pouco tempo desde que o colocaram ali dentro.

A cena final de lady Macbeth, a mesma que Temperance havia interpretado no baile de máscaras da noite anterior, seria a próxima. Coll se forçou a respirar devagar e voltou a estender a mão. Madeira. Tábuas. Estava dentro de um caixote, então — provavelmente um dos que usavam para guardar as espadas de madeira, que agora deviam estar todas nas mãos dos atores, porque aqueles caixotes tinham trancas.

Ele se virou, colocou as mãos embaixo do corpo e deu impulso para cima. Antes que seus braços estivessem totalmente esticados, suas costas tocaram o alto do caixote. Coll se agachou, apoiou as mãos, então ergueu o corpo com toda força. A madeira rachou, mas o caixote permaneceu fechado.

Ele praguejou, mas manteve os olhos fechados para não ver como o espaço era pequeno, então se abaixou e forçou o caixote de novo. Na terceira vez, a tampa voou para cima e voltou a cair, quase atingindo-o na nuca. Amparando-a com um braço, Coll saltou para fora do caixote.

Montrose o deixara em um emaranhado de cenários e mobília não utilizados. Quando Coll conseguiu se colocar de pé de novo, Temperance estava no palco, torcendo as mãos. *Graças a Deus.* Ele avançou, limpando o sangue que escorria do couro cabeludo. Temperance fez uma pausa em seu discurso, e o médico e depois a dama de companhia começaram seu diálogo — só que a voz da dama de companhia não era a de Jenny Rogers. E a mulher também não conhecia suas falas. Coll sentiu o sangue gelar nas veias.

De repente, o médico se afastou e a dama de companhia correu em direção a Temperance. Coll subiu ao palco com um brado, empurrando o médico para o lado — o maldito Clive Montrose — para chegar até a mulher desconhecida antes que ela alcançasse Temperance.

— Peguem esse homem! — gritou, apontando um dedo para Clive Montrose, enquanto alcançava a dama de companhia vestida de preto e a erguia do chão.

Ao longe, Coll pensou ter ouvido Aden responder, então se surpreendeu quando a mulher acertou um chute em seu estômago, xingando. Quando ela apontou uma adaga para o seu rosto, ele a soltou.

— Para trás, moça! — ordenou a Temperance, esquivando-se de outro golpe.

Coll tinha sido criado para jamais bater em uma mulher e, embora pudesse tê-la derrubado no chão, hesitou. Mas, quando ela se virou com um grito para encarar Temperance, ele agarrou-a pelas pernas, fazendo-a tropeçar.

De repente, a mulher ficou imóvel, e Coll ergueu a cabeça para olhar para Temperance. Ela havia levantado um dos lados das austeras saias pretas e roxas e estava parada como uma deusa da vingança, a adaga que ele lhe dera em uma das mãos, a pouquíssimos centímetros do rosto de Caroline Rilence.

— Você vai parar — ordenou Temperance. — Não sou uma coisinha insignificante para você jogar fora como se fosse lixo, a fim de atender às suas próprias ambições. Tenho meus próprios sonhos e desejos, e eles não incluem tolerar a sua inveja.

— Vou contar a eles! — gritou Caroline. — Vou contar a todos eles!

Temperance não cedeu.

— Não, *eu* vou contar a eles — retrucou, o tom frio. — Sou Persephone Jones. Também sou lady Temperance Hartwood e você está no meu palco. Saia. Agora.

Por um instante, tudo ficou tão silencioso que Coll poderia jurar que conseguia ouvir o tique-taque do próprio relógio de bolso. Então, o teatro entrou em erupção.

Em meio ao caos que se seguiu, Niall apareceu ao lado dele e agarrou Caroline, que se contorcia, enquanto Coll se levantava.

O palco estava lotado de pessoas, algumas dos bastidores, outras da plateia. Ele estremeceu e avançou, afastando quem estava à sua frente até chegar a Temperance.

— Ela machucou você? — perguntou, ansioso.

Temperance abaixou lentamente a adaga e entregou-a a ele.

— Não. Mas machucou você. — Ela estendeu a mão, tocou a cabeça dele e seus dedos saíram ensanguentados. — Chega. Vou matá-la. — Temperance estendeu a mão para a adaga.

Coll manteve a arma longe do seu alcance.

— Você não vai fazer isso. Foi Clive Montrose que me acertou na cabeça. Achei que não chegaria até você a tempo. O...

— Nós o pegamos! — Aden e o pai arrastaram Montrose para o palco, com o figurino rasgado e o rosto sujo e machucado.

— O que está acontecendo aqui? — perguntou Charlie Huddle, o rosto muito pálido. — Persephone, eu... quem... o quê...

— Chame alguns patrulheiros da Bow Street — interrompeu Coll — e contaremos a todos ao mesmo tempo. Mas longe dessa confusão. — Ele indicou com um gesto a multidão atrás deles, onde um bom terço do público tentava chegar ao palco, um segundo terço saía correndo, enquanto o último terço permanecia parado, assistindo à confusão. — E um de vocês, procure Jenny Rogers. Ela provavelmente está em um caixote qualquer em algum lugar nos bastidores.

— Sim. Rapazes, esvaziem o teatro! — gritou Huddle, e os assistentes de palco e os atores saltaram do palco para começar a conduzir as pessoas em direção às portas da frente do teatro. — Gordon, Lawrence... encontrem Jenny.

— Muito eficiente — observou Niall, enquanto via a enxurrada de pessoas começar a deixar a plateia.

— Treinamos para o caso de um incêndio — murmurou Huddle, a cor começando a voltar ao seu rosto. — Eu nunca... Ela tentou *matar* você, Persie.

— Clive também — acrescentou Coll em um rosnado.

Huddle se virou para olhar para o ator, que estava entre Aden e Angus com uma expressão desafiadora no rosto. O administrador do teatro se adiantou e se postou na frente do homem, encarando-o.

— Fiquei curioso com o motivo de você ter pedido para se juntar ao Saint Genesius, para depois recusar qualquer papel mais importante na peça — falou, as mãos na cintura. Então, para surpresa de todos, acertou um soco no queixo de Montrose. — Traidor.

Assim que um trio de patrulheiros chegou, Coll e Temperance contaram a sua história, com grande ajuda dramática dos atores restantes. Eles tiveram que repetir tudo quando um juiz subiu ao palco na companhia de lady Aldriss, e, àquela altura, a história praticamente ganhara vida própria.

Por fim, nas primeiras horas da manhã, Coll pegou a mão de Temperance.

— Vamos para casa, minha moça.

Ela se apoiou no ombro dele.

— Mesmo que os meus pais não estivessem aqui essa noite, certamente já terão ouvido a história pela manhã — comentou ela, em um fio de voz.

— Eles estavam aqui — falou Eloise, pegando a mão de Temperance enquanto caminhavam em direção ao fundo do palco. — Eu os vi. Acho que foram arrastados para fora do teatro com o resto do público.

— Durma primeiro. Então acertaremos tudo com eles — disse Coll. Não gostava de ver Temperance parecendo tão frágil.

— Sim. Vamos dormir primeiro.

Ela adormeceu na carruagem antes mesmo de se colocarem em movimento. Coll carregou-a escada acima até o quarto que ela estava ocupando, trancou a porta, recusando todas as ofertas de ajuda, despiu-a ele mesmo e cobriu-a com mantas macias antes de tirar a roupa e se juntar a ela. Depois daquela noite, já não se importava muito com quem sabia o quê. Só o que importava era que nunca mais iria para a cama ou acordaria sem Temperance ao seu lado.

Capítulo 20

"Ó Escócia, Escócia!"
Macduff, *Macbeth*, Ato IV, Cena III

— Queremos ver a nossa filha — insistiu lady Bayton, levando mais uma vez um lenço ao canto de um dos olhos. — Há oito anos não vemos a nossa querida filha, lady Aldriss.

Francesca olhou para Coll, que assentiu. Ele já vira o suficiente para avaliar com precisão que tipo de pessoas eram o marquês e a marquesa de Bayton e para confirmar que Temperance os havia descrito com precisão.

— Muito bem — disse a condessa. — Se não se importa, Coll?

Ele se levantou e foi até a porta da biblioteca. Temperance estava parada no corredor, oscilando o corpo na ponta dos pés, como fazia antes de começar uma apresentação.

— Eu ainda teria grande prazer em jogá-la por cima do ombro e cavalgar com você até as Terras Altas — sugeriu, em voz baixa.

— Não. Tornei a minha identidade pública para me proteger, e a todos os outros, de qualquer outra conspiração. Isso precisa ser feito. Eu preciso fazer.

Ela o tocou para que se afastasse e passou por ele em direção à biblioteca da Casa Oswell. Seus pais se levantaram e se adiantaram em sua direção até ela erguer a mão.

— Não — falou Temperance, o tom muito calmo. — Só concordei em vê-los para dizer o que eu gostaria de ter tido forças para dizer oito anos atrás. Não quero o dinheiro de vocês. Não anseio por um título ou por um lorde influente. Não pretendo manipular qualquer suposto lorde para ganhar mais poder ou influência. O que vou fazer é me casar com Coll MacTaggert, lorde Glendarril. E vou continuar me apresentando no teatro pelo menos até o final dessa temporada e durante a próxima, porque tenho um contrato assinado em que me comprometo a fazer isso. Não me importa se vocês sentem vergonha de mim ou se estão mortificados porque a sua própria reputação será prejudicada. Agradeço a ambos por terem me alimentado, me vestido e por terem custeado a minha educação. E isso é tudo que tenho a dizer a vocês.

As palavras foram ditas de forma muito calma e comedida. Coll estava muito orgulhoso dela. Quando a mão que Temperance mantinha nas costas acenou freneticamente, chamando-o, ele deu um passo à frente e segurou-a, apertando seus dedos com delicadeza.

— Mas você é nossa filha — contestou a mãe. — Existem obrigações familiares e promessas que foram feitas, isso sem mencionar o… aborrecimento que você nos causou. Oito anos, Temperance! E agora a descobrimos em um *palco? Atuando?* Isso é o bastante para perturbar um santo.

— De acordo com o jornal — continuou o pai —, a sua casa foi incendiada. Certamente podemos ajudar a reconstruí-la, então poderemos voltar a discutir o seu futuro. Afinal, você não é mais uma debutante, mas acredito que podemos conseguir algo melhor do que um visconde da Escócia. O…

— Quem diabo são essas margaridas empoeiradas? — bradou lorde Aldriss, entrando na sala. — Eu os ouvi insultar o meu filho e herdeiro? Sabe o que fazemos na Escócia quando um homem insulta outro homem em sua própria casa? Nós o damos de alimento aos nossos cães! E na Escócia, temos cachorros grandes… grandes como ovelhas. Maldito seja você, quem quer que seja, e saia da minha casa antes que eu coloque a marca da minha bota no seu traseiro!

— O que o meu marido está dizendo — continuou lady Aldriss — é que a filha de vocês declarou a sua intenção de se casar com o nosso filho, e também deixou bem claro que não deseja mais fazer parte da vida de vocês. Portanto, sugiro que vão embora agora, antes que se vejam com uma bota escocesa colada no traseiro.

Como todos os *sassenachs*, os pais de Temperance tinham grande talento para palavras, debates, contratos e acordos. Ameaças de violência física, no entanto, os deixavam zonzos como piões. Ainda balbuciando sua indignação, o casal permitiu que Smythe os conduzisse pela porta da frente.

— Ora, isso foi bem impressionante — comentou Francesca em um tom suave. — Cães do tamanho de ovelhas?

— Ora — grunhiu o marido. — Eles se foram, não é mesmo?

— Sim, eles se foram.

— *Aye*, se foram — concordou Coll, puxando a mão que Temperance ainda apertava.

Em vez de soltá-lo, ela se virou para encará-lo.

— Eles foram embora.

— *Aye*.

— Eu estou livre.

— *Aye*.

— Eu ouvi o gongo? Acredito que o café da manhã esteja servido — disse lady Aldriss, gesticulando de forma não muito sutil para o conde.

Um momento depois, Coll e Temperance tinham a biblioteca só para eles.

— Em que está pensando? — perguntou ele.

A ideia de que Temperance estava livre parecia agradável, mas também parecia significar que ela não tinha mais quaisquer vínculos, e Coll não gostava muito daquilo. Afinal, *ele* era um vínculo.

— Estou pensando que talvez seja melhor você trancar a porta — sussurrou ela, segurando o rosto dele entre as mãos.

— Não precisa pedir outra vez.

Coll trancou as três portas que davam acesso à biblioteca, de várias partes da casa, então voltou para tomar Temperance nos braços. Ele ergueu-a, carregou-a até o sofá fundo e sentou-se ali com ela no colo.

— Eles vão nos esperar para o café da manhã? — perguntou Temperance, tirando a camisa de dentro do kilt e deslizando a mão quente pelo peito dele.

— *Aye*. Estarão todos lá.

— Então não deveríamos nos atrasar. Não muito.

— Posso cuidar disso, desde que não use contra mim mais tarde.

Temperance riu.

— "Apaga-te, apaga-te, chama breve."

Coll estreitou os olhos, mas não conseguiu conter um sorriso.

— Ora, pare com isso agora mesmo.

Ele mudou de posição, colocando-a de joelhos para levantar até acima dos quadris o lindo vestido emprestado amarelo e vermelho, então afastou o kilt. Ver Temperance dispensando os pais como uma rainha já o havia excitado, e agora, com ela beijando-o daquele jeito e se esfregando em seu colo, estava mais do que pronto para ela.

— Venha cá, moça.

Temperance se afundou nele, gemendo enquanto o recebia dentro do seu corpo. Quando pousou as mãos nos ombros dele e começou a se mover, Coll agarrou-a pelos quadris com uma investida para acompanhar seu ritmo. Só aquilo importava: os dois, juntos. Não importava onde morariam ou se ela passaria as noites no palco durante alguns meses do ano. Inferno, ele iria vê-la todas as noites.

— Coll — falou Temperance, a voz rouca, arqueando as costas e se agarrando a ele enquanto atingia o clímax.

Coll acompanhou-a, se derramando dentro dela enquanto arremetia mais uma vez, com força.

— Temperance Hartwood — sussurrou, quando foi capaz de falar novamente. — Temperance MacTaggert.

Ela sorriu, ainda um pouco sem fôlego.

— Eu amo você, Coll. Só tê-lo comigo me torna... mais do que eu era. Não sei como dizer isso, mas eu... Nunca imaginei que seria tão feliz.

— Isso me pareceu muito bem-dito. *Tha mi airson a bhith còmhla riut an-dràsta* — falou ele pela segunda vez.

— Agora me diga o que significa essa frase — sussurrou ela, beijando-o de novo.

— Significa "quero estar com você agora" — traduziu Coll. — *An-còmhnaidh*. Significa "sempre".

— *An-còmhnaidh* — repetiu ela, com ótima pronúncia. — É o que eu quero também.

— Milorde? O café da manhã está servido — soou a voz de Smythe, abafada pela porta. — Lady Aldriss solicitou a sua presença.

— É claro que sim.

— Ela nos ajudou, Coll. E me aceitou antes mesmo de saber que eu não era Persephone Jones.

Aye, Francesca fizera aquilo. E havia contado a ele algumas coisas em que valia a pena pensar — e que geraram algumas perguntas que ele queria que o pai respondesse. Se Coll descobrira alguma coisa quando se apaixonara por Temperance, fora que, quando duas pessoas fortes se encontravam, uma delas tinha que ceder. E ceder não significava perder. Significava apenas encontrar um caminho diferente.

— Vamos comer alguma coisa, então — falou ele devagar, ajudando-a a se levantar e ajustando a saia ao redor dos seus tornozelos.

Mas, quando os dois chegaram ao salão do café da manhã, não encontraram nem o pai nem a mãe ali. O restante da família, porém, estava em volta da edição cuidadosamente passada do jornal *London Times* da condessa.

— Vocês viram isso? — perguntou Eloise, sacudindo o jornal. — "A audiência não teve alternativa que não permanecer sentada, paralisada, enquanto o camarote de lady Aldriss ejetava escoceses, e outro *highlander*, o próprio lorde Glendarril, subia ao palco, usando seu kilt, para arremessar os atores ao redor como se fossem peças de xadrez."

— Eu não arremessei quase ninguém — retrucou Coll. — Talvez tenha empurrado Montrose para o lado.

— Fique quieto. "Então, a rainha da Escócia revelou não ser a sra. Persephone Jones, mas lady Temperance Hartwood! Essa testemunha ficou absolutamente encantada com a magnificência de tudo isso. A única pena foi que Macbeth acabou impedido de proferir seu famoso solilóquio final. Mas quem sabe amanhã."

— Fomos magníficos — repetiu Niall com um sorriso amplo. — Eu não diria que fomos ejetados do camarote, mas é verdade que Aden e eu saltamos pela lateral. Quase aterrissei no chapéu de lady Darlington.

— Sinto muito por já ter tido mesmo que um único pensamento pouco caridoso a seu respeito, Temperance — falou Eloise, deixando o jornal de lado para abraçar a noiva de Coll. — Meus irmãos passaram a noite saltando sobre coisas usando kilts, e eu já fui convidada para mais duas festas essa manhã.

— Tenha em mente apenas que não seremos tão acrobáticos toda vez que formos a algum lugar — advertiu Aden, rindo.

— Andei pensando — continuou Eloise. — Vocês poderiam se casar na mesma cerimônia que Matthew e eu, Coll. Desde que você diga o seu "sim" primeiro, o acordo terá sido honrado.

Coll serviu um pouco de comida em dois pratos e sentou-se ao lado da irmã, com sua moça do outro lado.

— Eu não...

— Nós nem sonharíamos com isso — respondeu Temperance antes que ele tivesse oportunidade. — Estamos falando do *seu* dia. E, pelo amor de Deus, você teve o noivado mais longo de que me lembro.

— Tivemos que esticá-lo pelo tempo necessário para dar aos meus irmãos a oportunidade de encontrar esposas inglesas e se casarem — respondeu a moça com um sorriso atrevido. — Em troca, me prometeram um grande baile de casamento, portanto estou satisfeita.

— Vou me casar com Temperance assim que puder ir a cavalo até Canterbury e voltar — interveio Coll. — Muito provavelmente hoje à noite.

Lady Aldriss entrou no cômodo.

— Os casamentos geralmente são realizados aos sábados.

— Não o meu.

Temperance pigarreou.

— Charlie adiou a apresentação dessa noite para encontrar alguém que decore as falas de Clive — disse ela, olhando para Coll. — Assim... da minha parte, estou livre.

Lady Aldriss suspirou.

— Vou mandar uma mensagem ao padre Thomas, então.

Ela colocou as mãos atrás das costas, então juntou-as na frente do corpo e torceu-as ligeiramente. Algo a estava afligindo.

— O que a senhora queria nos dizer? — perguntou Coll.

— Ah, sim, isso. — Ela respirou fundo. — Perdoem o momento que escolhemos, mas o seu pai tem algo a dizer a todos vocês.

Angus MacTaggert entrou também no salão de café da manhã, carregando uma pesada caixa de madeira.

— Rapazes, eu fiz o que fiz para que vocês crescessem fortes e independentes, e não se dispusessem a se curvar a qualquer moça e às opiniões dela — declarou o conde sem preâmbulos.

A condessa pigarreou.

— Dito isso — continuou ele —, acho que reagi de forma exagerada ao fato da *màthair* de vocês nos deixar para trás. As cartas que vocês escreveram, implorando para que ela voltasse… eu não as enviei. — Angus abriu a caixa, retirou uma pilha de cartas amarradas com barbante e colocou-as sobre a mesa.

A expressão de Coll se tornou séria. Francesca havia dito que fora aquilo que acontecera, mas ele não acreditara na mãe. Ou melhor, preferira acreditar na versão com a qual cresceu: que Francesca tinha um coração frio e os abandonara sem olhar para trás, para nunca mais voltar.

— O senhor mentiu para nós.

— *Aye*, menti. Para o bem de vocês. Ou foi o que achei. — O conde tamborilou com os dedos na tampa da caixa de madeira. — E ela também mandou uma ou duas cartas para vocês, e não as entreguei, pelos mesmos motivos.

— "Uma ou duas cartas?" — repetiu lady Aldriss, erguendo uma sobrancelha, os braços cruzados diante do peito.

— Ora. — Angus virou a caixa, despejando seu conteúdo. As cartas caíram na mesa. Cem delas, se não mais, que cobriram a superfície de madeira e caíram no chão. — Pronto. Fui eu e o meu maldito orgulho. Façam o que quiserem com elas. Não vou me desculpar por ter criado vocês para que se tornassem quem são, três rapazes dos quais qualquer homem ficaria orgulhoso.

Com isso, o conde colocou a caixa debaixo do braço, deu meia-volta e saiu do cômodo.

Aden se inclinou na cadeira para pegar uma carta que caíra no chão ao lado dele.

— Niall, essa é para você — disse ele, jogando o envelope para o irmão mais novo, que a agarrou junto o peito.

— Essas cartas não me eximem de nada — declarou Francesca calmamente, voltando a abaixar os braços. — Eu esperava que o pai de vocês me convidasse a voltar, para visitá-los, ou melhor ainda, para anunciar que ele não era capaz de criar vocês três sozinho e que precisava que eu voltasse. Mas eu deveria simplesmente ter ido. Deveria ter ido ver os meus filhos, mas não fui, porque, por mais orgulhoso que Angus seja, sou igualmente culpada. — Ela indicou a pilha deslizante de correspondência com um gesto. — Como seu pai disse, façam o que quiserem com elas. Eu só queria que soubessem que, durante todos esses anos que passamos separados, eu amei... e amo... vocês. Todos os quatro, todos os sete, todos os futuros oito.

Uma lágrima rolou pelo rosto de Temperance quando a condessa saiu do aposento, fechando a porta ao passar. Todos os criados também haviam saído, sem dúvida atendendo a um dos sinais discretos dela. As moças começaram a chorar. Coll empurrou a cadeira para trás.

— Acho que a lição que fica no final de tudo isso — falou lentamente, sabendo que os irmãos seguiriam sua deixa —, é que todos conseguimos encontrar alguém que nos ame, por mais loucos que sejamos. Guardarei esse ensinamento comigo, junto com a promessa de que meus filhos não crescerão com pais teimosos demais para encontrarem um senso comum em uma discussão... e o senso comum é o fato de que se amam.

Temperance se levantou também e se colocou ao lado dele.

— Você é um bom homem — falou baixinho, e ficou na ponta dos pés para dar um beijo em seu rosto. — Tenho sorte de ter encontrado você.

— Acho que foi ele que a encontrou quando estava fugindo de outras duas moças — gracejou Aden, sem se preocupar em esconder o sorriso.

— Não estrague o meu momento — retrucou Coll, enquanto segurava Temperance, sua moça teimosa, inteligente e linda, pela cintura e a beijava.

— Por falar em momentos — disse Niall, levantando-se —, acho que devo contar a vocês que Amy e eu estamos...

— Não — interrompeu Coll, sorrindo. — *Meu* momento. Nosso momento. — Ele ergueu Temperance no ar e olhou no fundo de seus olhos enquanto ela ria sem fôlego, as mãos apoiadas nos ombros dele para se equilibrar. — Eu amo você, moça.

— *An-còmhnaidh* — respondeu Temperance, sorrindo para ele, com lágrimas nos olhos azul-celeste. — Sempre.

Este livro foi impresso pela Vozes, em 2025,
para a Harlequin. O papel do miolo é avena
70g/m², e o da capa é cartão 250g/m².